Verbannt zwischen Schatten und Licht

Verbannt

zwischen Schatten und Licht

von Kira Gembri

Titelbildgestaltung: Julia Gembri

ISBN 978-1478191872

E-Mail: kira_gembri@hotmail.com
Facebook: Kira Gembri

Für meine Schwester Julia.

Du kanntest Rasmus und Lily von Anfang an
(vor allem Lily, die ja fast täglich in
deinem Zimmer auf dem Teppich hockt).
Danke für die Klopapiersache;
dafür, dass du sie oft selbst ausprobiert hast;
und natürlich für den wunderbaren Titelvorschlag.
In meinem Herzen wird dieses Buch immer
„Der Kuss des Schwasiban" bleiben.

1. Kapitel

Die Farbe seiner Augen konnte ich zunächst nicht erkennen, so schmal waren sie; es sah aus, als würde er direkt in das gleißendste Sonnenlicht blicken.

Jinxy packte mich am Arm und kniff ein Stück meiner Haut zwischen ihren Fingern zusammen. „Lily, Schlafzimmerblick auf drei Uhr!", zischte sie in mein Ohr.

Ich wischte mir über die Wange. „Ja, danke, ich habe es gesehen!", murmelte ich peinlich berührt und versuchte mich aus ihrer Umklammerung zu befreien. Jinxys Flüstern war meistens laut genug, um bis ans andere Ende einer Turnhalle zu schallen. Meine Erleichterung darüber, den ersten Tag hier nicht alleine überstehen zu müssen, verflüchtigte sich zusehends – meine beste Freundin war bei aller Liebe kein sehr feinfühliger Mensch, und mit ihr an meiner Seite würde ich bald die Aufmerksamkeit der ganzen Schule auf mich gezogen haben. Was für mich wirklich übel war. Nachdem Jinxy die ersten Peinlichkeiten vom Stapel gelassen und einige Leute gegen sich aufgebracht hatte, begriffen die meisten für gewöhnlich rasch, dass man sie einfach gernhaben musste. Sie zwang einen gewissermaßen dazu, während sie auf dem Weg zum Image des allseits beliebten Klassenclowns kein Fettnäpfchen ausließ. Unglücklicherweise geriet ich als ihre ständige Begleiterin ebenfalls in den Lichtkreis des allgemeinen Interesses, und meine Peinlichkeiten waren weniger liebenswert. Sie waren einfach nur peinlich.

Es war nicht etwa so, dass ich mich bloß ein wenig tollpatschig benahm. Natürlich goss ich mir Saft über den Rock, kurz bevor wir zum Schulfotografen gerufen wurden, und natürlich war ich schon einmal auf einer Bananenschale ausgerutscht und hatte mir das Bein gebrochen. (Ja, richtig verstanden: auf einer Bananenschale. So etwas passiert nicht nur in Cartoons.) Mir stießen aber auch immer wieder Dinge zu, auf die ich gar keinen Einfluss hatte; und obwohl meine Freundin streng genommen ebenfalls nichts für mein Pechvogeldasein konnte, nannte ich sie seit unserem ersten Zusammentreffen vor sechs Jahren „Jinxy", meine Unglücksbringerin: Sie schaffte es, dass keines meiner Missgeschicke von den anderen unbemerkt blieb.

Gerade jetzt war es ihr gelungen, den Jungen mit dem „Schlafzimmerblick" auf uns aufmerksam zu machen. Als hätte er jedes ihrer Worte verstanden – und vermutlich war das auch so –, wandte er sich halb zu uns um. Sein rechter Mundwinkel zuckte in die Höhe, wobei ein Grübchen in seiner Wange erschien; dann hatte er sein Gesicht wieder unter Kontrolle. Nach einem kurzen unbeteiligten Blick (seine Augen waren übrigens dunkelbraun) drehte er sich wieder zurück.

Großartig! Wie es aussah, gab es zwei neue Witzfiguren an der Schule. Dabei hatte ich mich so sehr darauf gefreut, dieses Image endlich loszuwerden! Die Galilei High war eine Elite-Anstalt, und irgendwie hatte ich gehofft, dass Jinxy sich nach Eintritt in diese heiligen Hallen wie durch Zauberhand in eine strebsame, zurückhaltende Person verwandeln würde. Nun ja, in eine Person wie mich, genauer gesagt. Dabei hätte schon ihre Kleidung genügen müssen, um mich eines Besseren zu belehren. Bestimmt würden bei ihrem Anblick viele Lehrer bereuen, sich nicht vehementer gegen die Abschaffung der Schuluniformen zur Wehr gesetzt zu haben:

Zu ihren bunt bepinselten Doc Martens-Stiefeln und ihren geflickten Jeans trug Jinxy heute ein Flanellhemd, das über und über mit grinsenden Affengesichtern bedruckt war und das ich stark in Verdacht hatte, ein Pyjamaoberteil zu sein. Ihre hellblonden Haare hatte sie zu sieben wippenden Zöpfen geflochten, und an ihren Ohrläppchen baumelten ein Donut und ein Muffin aus Plastik. Schon in unserer alten Schule war sie für ihren Modegeschmack berühmt gewesen; doch hier, wo die meisten so angezogen waren, als wären sie auf dem Weg zum Golfplatz, würde meine Freundin auffallen wie ein bunter Hund.

Als wir die Turnhalle verließen, wo uns der Schulleiter begrüßt hatte, war es auch leicht, den dunkel gekleideten „Mr Schlafzimmerblick“ zwischen all den pastellfarbenen Blusen und Polohemden im Auge zu behalten. Jinxy drängte sich rücksichtslos an den anderen Schülern vorbei und schleppte mich dabei hinter sich her. Auf diese Weise gelang es ihr tatsächlich, in der Schlange vor dem Hauptgebäude einen Platz ganz dicht bei dem Jungen zu ergattern.

Ich senkte den Kopf und versuchte mich hinter meinem glatten kastanienbraunen Haar zu verstecken – mit äußerst bescheidenem Erfolg, da es mir nicht einmal bis zu den Schultern reichte. „Jinxy“, protestierte ich mit zusammengebissenen Zähnen, „du blamierst mich bis ins Mark.“

„Und wennschon“, flötete meine Freundin ungerührt, „manchmal muss man einen Menschen eben zu seinem Glück zwingen. In unserer alten Schule hast du mit keinem Jungen jemals mehr als ein paar Sätze gewechselt. Das beabsichtige ich hier zu ändern.“

Ich wusste aus Erfahrung, dass jeglicher Widerstand zwecklos war. Um meine Freundin nicht noch mehr zu provozieren, hüllte ich mich in Schweigen und heftete meinen Blick auf den Hinterkopf des Jungen, den Jinxy offenbar dazu auserkoren hatte, mein Ehemann zu werden. Sein schwarzes Haar war an den Seiten kurz geschnitten und oben etwas länger, wo es zerzaust von seinem Kopf abstand. Ich hatte so eine Frisur schon bei einigen anderen Jungen gesehen und hatte sie allesamt in Verdacht, jeden Morgen mindestens eine halbe Stunde auf diesen nachlässigen Struwwel-Look zu verwenden; doch bei ihm glaubte ich sicher sein zu können, dass er heute Früh genau so aus dem Bett gestiegen war.

Endlich war die Schlange so weit vorgerückt, dass wir hinter Jinxys Objekt der Begierde durch das imposante Eingangstor treten konnten. Unsere Schritte hallten von den hohen Wänden der Aula wider, und ich zog fröstelnd die Ärmel meines hellgrauen Strickpullovers über meine Hände. Das Sonnenlicht, das durch die efeubewachsenen Buntglasfenster hereinfiel, schaffte es weder die Kälte, noch die Schatten zwischen den hohen Säulen zu vertreiben.

„Huh“, machte Jinxy, legte den Kopf in den Nacken und drehte sich einmal um sich selbst. „Willkommen in Hogwarts! – Und guten Tag auch, der Herr“, sie machte einen kleinen Knicks vor der marmornen Büste eines streng dreinblickenden Mannes mit Spitzbart. Erleichtert bemerkte ich, dass sie den Jungen in Schwarz offenbar für einen Augenblick vergessen hatte; er war nach links abgebogen und verschwand schnell im Gedränge.

„Komm, dort drüben hängt ein Gebäudeplan“, lockte ich und zeigte zum anderen Ende der Aula.

Jinxy unterbrach ihr leises Gespräch mit dem spitzbärtigen Herrn und sah mich vorwurfsvoll an. „Jetzt haben wir das Schnittchen aus den Augen verloren!“, maulte sie und rupfte mir meinen Stundenplan aus der Hand. Sofort hellte sich ihre Miene wieder auf. „Aber bestimmt sehen wir ihn gleich in Englisch, das fühle ich im kleinen Zeh! Los, wir müssen nach links.“

Wie sich herausstellte, hatte Jinxys kleiner Zeh nicht gelogen, doch sie sollte kaum Gelegenheit dazu bekommen, diesen Triumph auszukosten. Weil wir als Letzte den Klassenraum betraten, blieben uns nur noch zwei Plätze direkt vor dem Lehrerpult, und unter den strengen Augen von Professor Scott wagte es nicht einmal Jinxy, sich den Hals nach „Mr Schlafzimmerblick" zu verrenken. Ich selbst war vollauf damit beschäftigt, mir Notizen zu machen: Offenbar legte man an der Galilei High School gleich am ersten Tag nach den Ferien ohne Umschweife mit dem Unterricht los. In meiner alten Schule hatten es die meisten Lehrer ruhig angehen lassen, manche hatten uns sogar nach unseren Urlaubserlebnissen gefragt oder uns zumindest einen Überblick geboten, was uns im kommenden Schuljahr stoffmäßig erwarten würde. Doch Professor Scott, der hier gerade erst seine Stelle angetreten hatte, kündigte uns schon für das Ende dieser Woche eine Klausur über Shakespeares *Hamlet* an, um uns besser kennenzulernen, wie er behauptete. Ich hatte das Stück natürlich längst gelesen, doch die Hintergrundinformationen, die der Englischlehrer uns dazu lieferte, brachten selbst mich ins Schwitzen.

Noch schlimmer wurde es in dem darauffolgenden Lateinkurs (den mein Ehemann in spe zu Jinxys grenzenloser Enttäuschung nicht besuchte). Professor Grabowski sah so klischeehaft aus, dass es fast unheimlich war: Ihr graues Haar war zu einem Dutt zusammengebunden, um den dürren Hals trug sie eine Perlenkette, und auf ihrer spitzen Nase saß eine Brille mit goldenem Gestell. Außerdem schien ihr Charakter genau so zu sein, wie man ihn sich bei einer Lateinlehrerin erwartete. Sie rief uns der Reihe nach an die Tafel und ließ uns Textstellen übersetzen, um zu sehen, wie sehr unser Latein „über den Sommer eingerostet" war. Mit Schrecken stellte ich fest, dass hier ein anderes Lehrbuch benutzt wurde als in meiner alten Schule, und dass mir die meisten Vokabeln, die in meinem Übungssatz vorkamen, völlig unbekannt waren. Offensichtlich entrüstet über Jinxys und meine mangelhaften Leistungen zog die Professorin ihre dünnen Augenbrauen hoch und schrieb etwas in ein Notizbüchlein. Schamrot kehrte ich auf meinen Platz zurück, während Jinxy sich völlig unbekümmert neben mich setzte und sofort damit begann, ihren Arm mit einem Kugelschreiber zu verzieren.

Wenn man sie so sah, fiel es schwer zu glauben, dass wir beide die Einzigen aus unserem Jahrgang gewesen waren, die den Wechsel an die Galilei High geschafft hatten. Ich selbst hatte monatelang darauf hingearbeitet, doch Jinxy war ganz plötzlich auf die Meinung verfallen, dass sie mich unmöglich alleine lassen konnte. Mehr oder weniger spontan war sie deshalb zur Aufnahmeprüfung angetreten – und hatte bestanden. Wenn man von dem Mathematiktest absah (denn in diesem Fach war meine Freundin zweifellos ein kleines Genie), verdankte sie das den zahlreichen Spickzetteln in ihrem BH und den auf ihre Oberschenkel gekritzelten Notizen, die sie unter einem kurzen Rock versteckt hatte. Weil kein normaler Lehrer jemals auf die Idee kommen würde, solch intime Stellen zu kontrollieren, hatte dieses System Jinxy bereits durch zehn Schuljahre gebracht, ohne dass sie viel Zeit mit Lernen vergeudet hätte. Und nachdem sie in den beiden auf Latein folgenden Kursen die Kriegsbemalung auf ihren Armen zur Perfektion gebracht hatte, war ich mir sicher, dass sie auch in Zukunft mit ausgestopften BH-Körbchen zu den Prüfungen erscheinen würde.

Fünfundvierzig Minuten freie – und dank Jinxy ungenutzte – Studienzeit musste ich noch über mich ergehen lassen, dann konnten wir die furchteinflößend dicken

Schulbücher endlich in unseren Schließfächern verstauen und uns auf den Weg zur Cafeteria machen.

Ich hatte ein Glas mit Wasser aus dem Trinkbrunnen gefüllt und balancierte es soeben auf meinem Tablett in Richtung Essensausgabe, als ich den Jungen in Schwarz sein schmutziges Geschirr abliefern und auf den Ausgang zustreben sah. Jinxy, die gerade den Menüplan studierte, schien es nicht zu bemerken – sie wirkte selten so konzentriert, wenn sie irgendetwas anderes las.

„Oh, heute ist ein herrlicher Tag", verkündete sie nun und strahlte mich an. „Mousse au chocolat zum Nachtisch! Und du hast gemeint, es würde mir an dieser Schule nicht gefallen."

Das Tablett wie einen Rammbock vor ihre Brust haltend, huschte sie wieselflink auf die Schlange hungriger Schüler zu. Bei dem Versuch, ihr zu folgen, verschüttete ich selbstverständlich das Wasser und kehrte missmutig zum Trinkbrunnen zurück. Als ich mit einiger Verspätung bei der Essensausgabe anlangte, hob die Frau hinter der Theke entschuldigend die Hände.

„Tut mir leid, Schätzchen, das Schokomousse ist schon alle."

„Warum überrascht mich das jetzt nicht?", murmelte ich und nahm stattdessen ein vertrocknet aussehendes Stück Kuchen entgegen.

Jinxy wartete bereits ungeduldig auf mich. „Und, an welchen Tisch wollen wir uns setzen? Wo ist der knuffigste …", ihr Blick blieb an einem Jungen hängen, der alleine an einem Vierertisch in unserer Nähe saß und gerade mit einem Stück des verdorrten Kuchens beschäftigt war: Er hatte es in mehrere kleine Würfel geschnitten und baute daraus auf seinem Teller einen Turm. Jinxy sah ihm eine Weile fasziniert dabei zu, dann räusperte sie sich überdeutlich.

„Mit dem Essen spielt man nicht", erklärte sie streng. Der Junge hob den Kopf und schüttelte sich eine blonde Haarsträhne aus den blauen Augen.

„Wirklich?", fragte er trocken. „Was soll ich denn sonst damit tun?" Dann spähte er an meiner Freundin vorbei, entdeckte mich und mein Tablett und schenkte mir ein mitleidiges Lächeln.

„Na, hat dich auch der Fluch des Uralt-Kuchens getroffen?" Er machte eine einladende Bewegung in Richtung der freien Stühle an seinem Tisch, und Jinxys piksender Zeigefinger in meinem Rücken zwang mich dazu, das Angebot anzunehmen.

„Hallo, ich bin Sam", stellte er sich vor und brachte den Kuchenturm zum Einsturz. „Gemessen an der Höhe des Schulgeldes hätte ich hier eigentlich eine etwas ansprechendere Kost erwartet."

„Ich bin Mia – aber nenn mich Jinxy. Das ist Lily", antwortete meine Freundin eifrig, „und das", sie deutete auf ihre halbgeleerte Dessertschale, „ist absolut köstlich."

Ich versuchte ihr unter dem Tisch einen kleinen Tritt zu verpassen, aber mein Fuß fischte ins Leere. „Dann bist du also auch neu hier?", wandte ich mich höflich an Sam.

„Ja. Nachdem ich in diese Stadt gezogen bin, war ich drei Semester lang an einer weniger renommierten Schule ganz in der Nähe. Aber dann haben mich meine Lehrer an die Galilei vermittelt."

„Und wie findest du es bis jetzt?"

Sam zuckte mit den Schultern und begann an dem Etikett seiner Saftflasche herumzukratzen. Offenbar konnte er die Hände nicht stillhalten, eine Angewohnheit, die ich von mir selbst kannte und die ihn mir gleich noch ein wenig sympathischer werden ließ. „Bis jetzt habe ich keinen Poltergeist gesehen, und die Lehrer haben auch noch kein offensichtliches Interesse an meinem Blut gezeigt, aber ich bin sicher, das wird sich noch ändern."

„Ist ein bisschen gruselig hier, was?", sagte ich und erwiderte sein Lächeln. „Jinxy und ich haben vorhin den Zorn von Professor Grabowski auf uns gezogen. Bei der kann ich mir einen unnatürlichen Blutdurst gut vorstellen."

„Uh, die hatte ich in der ersten Stunde. In Zukunft werde ich ihr Klassenzimmer wohl mit einem *‚morituri te salutant'* betreten."

Ich lachte, und Jinxy warf mir einen komischen Seitenblick zu. „Freaks", murmelte sie und fuhr damit fort, ihre Schüssel auszulecken.

„Das war der Gruß der Gladiatoren an den Kaiser und bedeutet *‚die Todgeweihten grüßen dich'*", erklärte ich ihr.

„Außerordentlich interessant", gab sie unbeeindruckt zurück. „Wir müssen übrigens schon wieder los."

Sam warf einen Blick auf seine Armbanduhr und stand auf. „Ich habe jetzt Chemie, und ihr?"

„Mathematik", antwortete Jinxy mit einem geradezu diabolischen Funkeln in den hellgrünen Augen. Ich stöhnte leise auf – nicht nur, dass dieses Fach mein schlechtestes war, es war auch noch Jinxys bestes. Was bedeutete, dass sie sich in den Mathestunden immer ganz besonders langweilte.

„Okay, also dann", sagte Sam, nachdem wir die Cafeteria gemeinsam verlassen hatten, und nickte uns zu. „Wir sehen uns sicher bald mal wieder."

„Ja, das wäre schön", brachte ich noch heraus, bevor Jinxy mich unterhakte und hinter sich her zerrte.

„Jetzt bleib doch mal *cool*, Lily", zischte sie, doch kaum hatten wir unsere Schließfächer erreicht, verwandelte sich ihr verkniffener Gesichtsausdruck in ein höchst zufriedenes Grinsen. „Schokolade und reihenweise appetitliche

Jungs, ich weiß gar nicht, was es da zu jammern gibt", frohlockte sie und kramte dabei lautstark in ihrem Spind herum. „Und jetzt auch noch Mathematik. Das wird bestimmt amüsant."

„Hör mal, Jinxy, ich bitte dich wirklich inständig –", begann ich, aber da hatte sie sich bereits ihre Mappe auf den Kopf gelegt und machte sich, diese erstaunlich sicher balancierend, auf den Weg zum Klassenzimmer.

Die ersten zwei Drittel der Unterrichtsstunde vergingen überraschend schnell und überraschend ereignislos. Professor Humboldt, der gewisse Ähnlichkeiten mit Jinxys spitzbärtigem neuem Freund aus der Aula aufwies, hatte die Zeit damit verbracht, uns die Ableitungsregeln für die Differentialrechnung einzubläuen. Erst gegen Ende machte er sich daran, uns einige Übungsaufgaben zur Anwendung dieser Regeln zu erklären. Besorgt schielte ich zu Jinxy hinüber, doch diese hatte brav Heft und Kugelschreiber bereitgelegt und blickte aufmerksam nach vorne. Ich entspannte mich etwas, bis Professor Humboldt sich zur Tafel drehte – da stand Jinxy auf.

„Nicht schon wieder", stöhnte ich, packte meine Freundin am Saum ihres Affenshirts und versuchte, sie auf ihren Platz zurückzuziehen. *„Nicht an dieser Schule!"*

So sehr ich auch an ihr zerrte, Jinxy rührte sich keinen Millimeter. Kaum hatte der Lehrer allerdings die Kreide abgesetzt und sich zu uns umgewandt, saß sie wieder auf ihrem Platz und schrieb eifrig die Angabe in ihr Heft.

„Jinx, ich warne dich!", zischte ich möglichst drohend, doch es klang eher wie ein Flehen.

Inzwischen hatte ein Mädchen den nächsten Rechenschritt angesagt, und Professor Humboldt drehte sich abermals zur Tafel. Sofort stand Jinxy wieder stramm. Die ersten Schüler fingen an zu kichern. Ahnungslos sprach der Professor vor sich hin, während er schrieb:

„Nun kommen wir zur zweiten Ableitung. Meine Herrschaften, bitte beachten Sie die Ableitungsregel. Zweimal x zur dritten Potenz wird demnach zu – Mia …?"

„Sechs x hoch zwei", antwortete Jinxy wie aus der Pistole geschossen und ließ sich auf die Sitzfläche zurückplatschen, als der Lehrer ihr einen wohlwollenden Blick über die Schulter zuwarf.

„Hör sofort auf damit!", fauchte ich sie an. „Deinetwegen komme ich überhaupt nicht mehr mit! Wenn der Prof. mich etwas fragt, werde ich mich total blamieren!"

„Wenn du brav mitmachst, helfe ich dir gern", wisperte Jinxy mit einem verschlagenen Grinsen zurück. Schon wieder stand sie Habtacht, während Professor Humboldt ihre Antwort an die Tafel schrieb, ohne auf das unerklärliche Gekicher in der Klasse zu achten. Ich starrte verzweifelt auf das Zahlenchaos in meinem Heft und gestand mir ein, dass ich keine Wahl hatte, sofern ich an diesem Schultag keine weitere Niederlage riskieren wollte.

„Wenn's sein muss", flüsterte ich ergeben, als Jinxy wieder unschuldig wie ein Lämmchen auf ihrem Stuhl saß und der Lehrer einen Jungen für eine falsche Antwort tadelte. Sobald er uns den Rücken zugekehrt hatte, stand ich zusammen mit Jinxy auf. Ein leises Schaben verriet mir, dass meine liebe Freundin meinen Stuhl verschoben hatte, damit ich mich danebensetzte. Ich drehte den Kopf, um nachzusehen, da ließ mich die Stimme von Professor Humboldt herumfahren.

„Ja, Lily? Brauchen Sie irgendetwas?"

Wie ein Kaninchen die Schlange starrte ich ihn an. Jinxy, die längst auf ihrem Stuhl saß, bebte vor unterdrücktem Lachen.

„Na ja, ich muss ...“, stotterte ich, und meine Ohren begannen zu glühen, als der Lehrer die Augenbrauen hochzog. „Ich muss – mal.“

Hinter mir prusteten einige los. Professor Humboldt sah mich missbilligend an. „Hätten Sie das nicht in der Pause erledigen können?“

„Wirklich, Lily, du hast ja wohl eine winzige Blase“, flüsterte Jinxy tief über ihr Heft gebeugt.

„Natürlich. Entschuldigen Sie“, antwortete ich verlegen.

„Nun gehen Sie schon“, drängte der Professor, wedelte ungeduldig mit der Hand und widmete sich wieder seiner Ableitung. So schnell wie möglich huschte ich aus der Klasse.

Als ich auf den Flur hinaustrat, umfing mich sofort wieder die Kälte, die mich auch am Morgen in der Aula zum Frösteln gebracht hatte. Die Schule wirkte wie ausgestorben; nur wenn ich direkt an einer Türe vorbeikam, drang die Stimme des Lehrers als dumpfes Gemurmel zu mir heraus. Ich ging auf eine Fensternische zu, lehnte die Stirn gegen die bunte Scheibe und atmete tief durch. Das Brennen in meinen Wangen ließ allmählich nach, doch das änderte nichts daran, dass ich innerlich noch immer vor Wut kochte. Diese dreimal verfluchte Jinxy! Hatte sie es sich etwa zur Lebensaufgabe gemacht, mich so oft wie nur irgend möglich zu blamieren? Wie sollte ich es an ihrer Seite durch die zwei Schuljahre schaffen, die noch vor mir lagen?

Erst als mein Zorn ein wenig abgeflaut war, gestand ich mir ein, dass ich meine Schulzeit *ohne* Jinxy nur noch schwerer verkraften würde. Ich brauchte sie, auch wenn ich ihre Vorstellung von einer amüsanten Unterrichtsstunde wohl niemals teilen würde. Ohne meine beste

Freundin war ich ein Nichts, ein blasses Gespenst, das sich hinter dicken Büchern verbarg und mit dem Hintergrund verschmolz: Im Grunde waren Jinxys Streiche und all ihre peinlichen Bemühungen, mich mit irgendwelchen Jungen zu verkuppeln, nichts anderes als Versuche, mich aus meinem Schattendasein herauszuholen.

Als ich bei diesem Gedanken angekommen war, hatte sich meine Wut auf Jinxy bereits restlos verflüchtigt. Ich trat vom Fenster zurück und sah mich etwas unschlüssig um: Wenn meine Ausrede weiterhin glaubhaft wirken sollte, konnte ich jetzt noch nicht in die Klasse zurückkehren. Weil ich ohnehin nichts Besseres zu tun hatte – denn zu sehen gab es auf dem Flur rein gar nichts, nicht einmal aufgehängte Schülerzeichnungen oder Schaukästen – beschloss ich, mich tatsächlich auf die Suche nach den Toiletten zu machen. Es dauerte nicht lange, bis ich eine Türe mit der verschnörkelten Aufschrift *Damen* gefunden hatte; das kam mir für ein Schülerklo zwar im ersten Augenblick etwas seltsam vor, doch als ich den Raum betrat, erkannte ich, dass das Türschild ausgezeichnet dazu passte. Ebenso wie das restliche Gebäude machten auch die Toiletten in der Galilei High School einen imposanten Eindruck: Die Kloschüsseln waren gut zehn Zentimeter höher als anderswo, um die Spülung zu betätigen, musste man an einer Kette ziehen, und die bronzenen Wasserhähne waren altmodisch geschwungen. Außerdem war es natürlich eiskalt und ziemlich ungemütlich.

Nachdem ich noch einige Schlucke modrig schmeckenden Wassers getrunken hatte, verließ ich diesen altehrwürdigen Ort und machte mich auf den Weg zurück zum Klassenzimmer. Anfangs war ich zu sehr in Gedanken versunken, um zu bemerken, dass nicht nur meine eigenen Schritte die Stille durchbrachen; dann wurde mir mit einem Mal klar, dass mir jemand folgte.

Unsinn, dir folgt *doch niemand,* rief ich meine Fantasie zur Ordnung. *Es geht einfach zufällig jemand hinter dir.* Trotzdem konnte ich nicht anders, als meine Schritte etwas zu beschleunigen. Auch die Person hinter mir ging schneller.

„Hey", hörte ich jemanden halblaut rufen, doch ich blickte nicht zurück. Viel zu oft hatte ich nun schon wildfremde Menschen begrüßt, weil ich nicht begriffen hatte, dass sie eigentlich jemandem winkten, der in meiner Nähe stand.

„Warte doch mal – wie heißt du?"

„Lily", murmelte ich undeutlich – immer noch nicht sicher, ob tatsächlich ich gemeint war – und wandte mich halb um.

Es war der Junge in Schwarz. Mr Schlafzimmerblick.

Schnell schaute ich wieder nach vorne. Mein Misstrauen war berechtigt gewesen: Der meinte doch ganz bestimmt nicht mich. Oder verwechselte er mich mit jemandem?

Ich hörte, wie er rasch aufholte. Dann (mein Herz setzte einen Schlag aus) fassten zwei Hände nach meiner Taille und hielten mich fest. Mein Verfolger machte noch einen Schritt, setzte dabei den Fuß fest auf und zog ihn dann mit einem schleifenden Geräusch wieder zurück. Ein Schauer rieselte meine Wirbelsäule hinab, als der Junge sich von hinten über meine Schulter beugte und mit ruhiger Stimme zu mir sagte: „So ist es besser, Lily. Ich bin übrigens Rasmus."

Ebenso plötzlich, wie er mich berührt hatte, ließ er mich wieder los und bog in den nächsten Gang ein. Ich blieb wie versteinert stehen, bis er nicht mehr zu hören war; dann drehte ich mich noch einmal um und blickte zu Boden.

Dort lag ein langes Stück Klopapier, das ich die ganze Zeit an meinem Absatz hinter mir hergeschleppt hatte.

Als ich etwas benommen zu Professor Humboldts Klassenraum zurückkehrte, war der Unterricht bereits beendet. Bei den Schließfächern traf ich Jinxy in Begleitung von Sam. Ich erwischte meine Freundin gerade noch dabei, wie sie den Arm unserer Cafeteria-Bekanntschaft tätschelte und Sam einen ihrer berühmten Honigkuchengrinser schenkte. Dann hopste sie zu mir herüber.

„Ich muss jetzt in meinen Zeichenkurs, viel Spaß noch, und ich ruf dich am Nachmittag an!", verabschiedete sie sich verdächtig hastig und flitzte auch schon die Stufen hinab. Biologie war das einzige Fach, das wir nicht gemeinsam hatten – Jinxy hatte es mit der Begründung abgelehnt, dass sie für die vielen Fremdwörter und Bezeichnungen eine andere BH-Größe brauchen würde. Ein wenig unschlüssig blieb ich an der Klassentür stehen, bis mich jemand am Ellbogen berührte.

„Hey, Lily", sagte Sam freundlich. „Wollen wir uns nebeneinander setzen? – Übrigens, danke für die Einladung", fuhr er fort, als wir in derselben Bank Platz genommen hatten, „ich komme gern."

„Einladung zu …?", hakte ich vorsichtig nach und schob mein Biologiebuch ein Stück von mir weg. Diese Sache roch eindeutig nach Jinxy und erforderte meine ganze Aufmerksamkeit.

„Nun ja", begann Sam etwas verwirrt, „eben zu der Party? … Bei dir zu Hause, heute ab neunzehn Uhr? Jinxy hat gemeint, deine Eltern wären auf Reisen."

„Das sind sie", bestätigte ich perplex. Sam wartete stirnrunzelnd darauf, dass ich weitersprach, also fügte ich noch hastig hinzu: „Und ich freue mich, dass du kommst.

Es wird aber eigentlich keine Party, sondern eher eine … gemütliche Runde oder so."

Zum Glück blieb es mir durch den Unterrichtsbeginn erspart, weitere Erläuterungen abgeben zu müssen. Wie gemütlich würde diese Runde schon werden, wenn sie nur aus Jinxy, mir und Sam bestand? Oder besser: wie peinlich? Während Professor Osorio uns über die Prüfungsmodalitäten in seinem Kurs aufklärte, fischte ich verstohlen nach meinem Handy und tippte ohne auf das Display zu sehen:

Hast du den Verstand verloren?

Schon wenige Sekunden später kam eine Antwort-SMS: *Nö, ist noch da. Wenn du für Getränke sorgst, bringe ich was zu essen und frag noch ein paar Leute aus meinem Zeichenkurs. Schau nicht so, davon kriegst du Falten.*

Tatsächlich hatte ich eine derart verkniffene Miene aufgesetzt, dass Sam mich besorgt von der Seite ansah. „Alles okay?", flüsterte er, und ich beeilte mich, ein freundliches Lächeln auf mein Gesicht zu zwingen. Ein Haufen unbekannter Leute im Haus meiner Eltern hin oder her – ich wollte Sam auf keinen Fall das Gefühl geben, unerwünscht zu sein. Um außerdem eine weitere unangenehme Konfrontation mit einem Lehrer zu vermeiden, ließ ich das Handy in meine Tasche zurückgleiten und beugte mich über mein Biologiebuch. Was da heute Abend bei mir daheim stattfinden sollte, entsprach wohl Jinxys Vorstellung von „Kontakte knüpfen"; und wer konnte schon sagen, ob sie damit nicht vielleicht Recht behalten würde?

Einige Stunden später, ich platzierte gerade einen Stapel Untersetzer gut sichtbar auf dem empfindlichen Wohnzimmertisch, war mein Optimismus bereits dahin. Meine Eltern waren Antiquitätenhändler und behielten einige der schönsten Stücke für sich; nicht auszudenken, wenn die

Leute, die Jinxy eingeladen hatte, Wasserflecken auf der Tischplatte und Kratzer im Ledersofa hinterlassen würden. Einen Moment lang spielte ich mit dem Gedanken, Schonbezüge über die Polstermöbel zu legen, doch dann schwante mir, dass das vermutlich keinen besonders gastlichen Eindruck machen würde. Ich musste also versuchen, die Party ruhig zu halten – meine Eltern waren zwar in vielerlei Hinsicht sehr tolerant, doch was uralte Möbel anbelangte, verstanden sie keinen Spaß. Abgesehen davon entsprachen die beiden überhaupt nicht dem Bild, das die meisten Menschen wohl von Antiquitätenhändlern hatten: Sie verkauften nicht etwa in einem schlechtgehenden Laden irgendwelchen Ramsch, sondern reisten auf der Jagd nach kostbaren antiken Stücken durch die ganze Welt und zählten ein paar richtige Berühmtheiten zu ihren Kunden. Dass während ihrer Reisen niemand mehr für mich den Babysitter spielte, verdankte ich der Tatsache, dass meine Eltern mir vertrauten, und ich hatte nicht vor, das wegen Jinxys verrückter Einfälle aufs Spiel zu setzen.

Kaum war ich in Gedanken bei meiner Freundin angelangt, hörte ich, wie vor dem Haus einige Autotüren zugeschlagen wurden. Schritte und Stimmen näherten sich, dann läutete jemand Sturm: Das klang nach Jinxy. Ich öffnete, und sie wirbelte strahlend herein, gefolgt von sieben Jungen und Mädchen. Nicht zu fassen – wie hatte sie nach nur einem Tag an der neuen Schule so viele Leute dazu bewegen können, den Abend bei einer völlig Fremden zu verbringen? Ich fühlte einen kleinen Stich, als mir wieder einmal klar wurde, wie beliebt Jinxy hätte sein können, wenn sie nicht immer mit mir zusammen gewesen wäre.

„Die meisten sind aus meinem Zeichenkurs", erklärte sie gut gelaunt und drückte mir einige gewaltige Tüten Knabberzeug in die Arme. „Ich hätte ja zu gerne auch den

Klopapiermann eingeladen, aber ich konnte ihn nicht mehr finden." Natürlich wusste Jinxy längst Bescheid.

„Bitte nenn ihn nicht so", flüsterte ich nervös und führte meine Gäste ins Wohnzimmer. Die meisten von ihnen verhielten sich anfangs noch etwas steif, doch nachdem ein flachshaariger Junge namens Eric eine mitgebrachte CD in die Anlage geschoben hatte, wurde die Stimmung zusehends gelöster. Und spätestens, als Jinxy die anderen aufforderte, ihr aus einiger Entfernung Knabbereien in den weit geöffneten Mund zu werfen, schien sich wirklich jeder zu amüsieren. (Aus Angst um den Teppich wollte ich dieses Treiben zunächst zwar unterbinden, doch Jinxy fing die Chips und Gebäckstücke wirklich jedes einzelne Mal.) Ich war gerade dabei, die Schälchen neu zu füllen, als Eric mich ansprach.

„Ziemlich cool von dir, schon an deinem ersten Tag ein paar Leute einzuladen", lobte er, während er sich ein Glas Cola einschenkte.

„Danke", sagte ich und ignorierte Jinxys Stoß in meine Rippen.

„Und, wie war dein Start an der Galilei? Auf einer Skala von schlimm …"

„… bis grauenerregend?", unterbrach ich ihn und versuchte in Gedanken nachzuzählen, wie oft ich mich blamiert hatte. „Zumindest hatte ich heute noch keine Sportstunde."

„Wieso denn?", erkundigte sich Eric verständnislos. Ein Blick auf seinen drahtigen Körper verriet mir, dass er meine Abneigung gegen Sport wohl kaum würde nachvollziehen können.

„Nur so, ich habe mich heute einfach nicht ganz fit gefühlt", meinte ich ausweichend.

„Verstehe. Nach der langen Sommerpause bin ich auch nicht mehr perfekt in Form, aber das heutige Basketballtraining ist trotzdem ziemlich gut gelaufen."

„Glaubst du, ihr gewinnt dieses Semester die Schulmeisterschaft?", mischte sich eine Blondine ein, von der Jinxy gesagt hatte, sie habe sie deshalb eingeladen, weil sie auf dem Weg zu den Schließfächern in sie hineingelaufen war.

Eric zuckte die Achseln. „Schon möglich, wenn Rasmus sich mal dazu bequemen würde, sich richtig ins Zeug zu legen."

„Rasmus?", rutschte es mir heraus. „Den habe ich heute kennen gelernt." Es hörte sich so an, als wäre er mein Sitznachbar gewesen und als hätten wir uns gepflegt über unsere Stundenpläne ausgetauscht. Jinxy erwies sich als gute Freundin und schnaubte nur leise durch die Nase.

„Der ist doch merkwürdig, oder?", fragte Eric sofort. „Ich bin zusammen mit ihm in der Basketballmannschaft, und ich sage dir, der nervt echt ..." Er runzelte die Stirn. „Ursprünglich wollte er gar nicht in unser Team, aber Coach Rodriguez hat ihn zufällig spielen gesehen und ihn dann sozusagen dazu gezwungen. Zu Beginn hat er sich auch wirklich total reingehängt, doch dann hat einer seiner scharfen Pässe einem anderen Jungen die Nase gebrochen. Seitdem kann ihn der Coach kaum mehr dazu bewegen, ordentlich mitzumachen. Er schmeißt ihn aber nicht raus, weil er meint, Rasmus hätte *viel Potential*." Man konnte deutlich hören, dass Eric über diese Einschätzung des Trainers nicht gerade glücklich war.

„Na ja, das ist doch irgendwie verständlich", wandte ich ein. „Wenn ich jemanden mit meiner Spielweise verletzen würde, wäre ich von da an wahrscheinlich auch vorsichtiger."

„Zum Glück musst du dir darüber keine Gedanken machen, weil du hauptsächlich dich selbst in Gefahr bringst", stichelte Jinxy neben mir und biss drei Salzstangen in der Mitte durch, sodass sie links und rechts wie Schnurrhaare aus ihrem Mund ragten.

„Schon, aber auch sonst …", fuhr Eric fort und grinste auf einmal. „Irgendwie verklemmt scheint er auch zu sein: Er weigert sich, nach dem Training mit uns anderen zusammen zu duschen. Da will wohl jemand nicht zeigen, was er hat."

Allmählich wurden mir Erics Lästereien unsympathisch. Ich wollte gerade etwas erwidern, als Sam plötzlich einwarf: „Das finde ich jetzt wirklich nicht so seltsam, ich mache das genauso. Ich weiß nämlich aus Erfahrung: Es ist oft schwer zu sagen, was dreckiger ist, die Duschen selbst oder das Gerede mancher Jungs da drin." Er warf mir einen Blick zu, und ich schenkte ihm ein Lächeln. Dass er einen fremden Jungen verteidigte, brachte ihm auf jeden Fall mehrere Pluspunkte ein.

Eric, der bemerkte, dass sich das Gespräch in eine von ihm unerwünschte Richtung bewegte, schickte etwas missmutig hinterher: „Jedenfalls hat er sich noch nicht sonderlich viele Freunde gemacht, seit er an die Galilei High gewechselt hat."

„Rasmus ist auch neu?", fragte ich überrascht.

„Kann man eigentlich nicht behaupten. Er ist vor anderthalb Jahren dazugekommen, mitten unterm Semester."

„Wann denn? – Entschuldige, Lily", sagte Sam und beugte sich an mir vorbei, um nach einer Flasche zu greifen. Bei dieser Gelegenheit bemerkte ich, dass er ein ziemlich gutes Parfum trug.

„Am 15. 10. Ich weiß es noch so genau, weil ich an dem Tag meinen ersten Lateintest hatte – *in den Iden des Oktober,* wie die Grabowski immer gesagt hat – und der hat mir zwei Wochen Hausarrest und einen Nachhilfelehrer eingebrockt."

Erics Erwähnung der Lateinprofessorin erinnerte mich schlagartig daran, dass ich mich noch auf die nächste Stunde hatte vorbereiten wollen. Ein derartiges Debakel wie heute sollte mir ganz bestimmt nicht noch einmal passieren. *Streberleiche!,* beschimpfte ich mich selbst, doch ich konnte nicht anders, als von da an immer wieder auf die Uhr zu schauen und darauf zu hoffen, dass sich die Gesellschaft bald auflösen würde. Irgendwann schienen die anderen gewisse Signale von mir zu empfangen, die sie dazu bewogen, sich nach und nach zu verabschieden. Als schließlich auch Eric lässig winkend die Haustüre hinter sich zugezogen hatte, blieb ich mit Jinxy alleine zurück, die mir beim Aufräumen half.

„War doch gar nicht so übel, oder?", fragte sie siegessicher und leerte – der Ordnung halber – auch noch die letzte Chipstüte. „Du hättest sie gar nicht so früh hinausschmeißen müssen."

„Ich habe doch überhaupt nicht ...", protestierte ich schwach, doch Jinxy unterbrach mich mit einem milden Lächeln.

„Deine Bücher jammern schon nach dir, ich weiß."

Eine Weile spülten wir schweigend Gläser ab, dann durchbrach ich schuldbewusst die Stille: „Meinst du, sie haben gemerkt, dass ich genug von ihnen hatte?"

„Ist doch egal", gab Jinxy ungerührt zurück. „Nur um Sam hättest du dich ein bisschen besser kümmern können, der sah schon irgendwie verletzt aus. Wahrscheinlich hatte er sich von diesem Abend etwas mehr erhofft, als dir und Eric beim Plaudern zuzusehen."

Ich spürte, wie mein Gesicht heiß wurde, und wandte mich schnell zur Seite, um das Geschirrtuch zum Trocknen über eine Stuhllehne zu hängen. „Blödsinn", murmelte ich in Jinxys Kichern hinein. „Das war's übrigens, wir sind fertig."

„Okay", nickte sie, ging in den Flur und schlüpfte dort in die knallgelbe Regenjacke, die sie im Herbst bei jeder Wetterlage zu tragen pflegte. An der Haustür blieb sie jedoch stehen und drehte sich zu mir um. „Soll ich nicht lieber bei dir übernachten? Es macht mir nichts aus, ehrlich. Selbst wenn das bedeutet, dass ich morgen Mauerblümchen-Klamotten für die Schule von dir leihen müsste."

So war Jinxy – sie brachte mich jeden Tag mehrmals in Verlegenheit, doch wenn es um meine absolut lächerliche Angst davor ging, alleine zu Hause zu schlafen, tat sie so, als wäre das etwas völlig Selbstverständliches.

„Nein, ist schon in Ordnung", wehrte ich ab, ließ aber so viel Dankbarkeit wie möglich in meiner Stimme mitschwingen. „Ich werde jetzt noch ein, zwei Stunden lernen, da langweilst du dich doch zu Tode. Wir sehen uns dann morgen, ja?"

„Wie du meinst", sagte sie achselzuckend, drückte mir einen ihrer berühmt-berüchtigten Jinxy-Schmatzer auf die Wange und hüpfte in die Finsternis hinaus. Ich blickte ihr nach und wünschte mir einmal mehr, ihre Unerschütterlichkeit würde eines Tages ein wenig auf mich abfärben. Seufzend schloss ich die Türe und stieg die Treppe zu meinem Zimmer hinauf.

Obwohl ich es vor meinen Eltern nie im Leben zugegeben hätte, mochte ich die Einrichtung unseres Hauses nicht besonders. Einmal abgesehen davon, dass man die Möbel wie seinen Augapfel hüten musste, machten die wuchtigen Formen, das dunkle Holz und die schweren Vorhänge einen düsteren Eindruck auf mich. Mein Zimmer stellte allerdings eine Ausnahme dar: Mit seinen sonnengelben Wänden, dem flauschigen Teppich und der gepolsterten Fensterbank neben dem vollgestopften Bücherregal war es ganz und gar mein Reich, mein Refugium. Leider änderte all diese Gemütlichkeit nichts daran, dass ich nachts im Bett ständig Geräusche aus dem Rest des Hauses hören konnte: In den Heizungsrohren knisterte es, und der Holzboden knackte in so regelmäßigen Abständen, dass es wie langsame Schritte klang. Irgendwo hatte der Wind einen Fensterladen aufgedrückt, der jetzt gegen die Mauer klapperte, doch ich würde den Teufel tun und durch das dunkle Haus tappen, um danach zu suchen.

„Angst ist eine sehr wichtige Reaktion des Bewusstseins", flüsterte ich beschwörend vor mich hin. „Sie dient als Warnsignal, und durch eine Erregung des Sympathikus wird der Körper auf Angriff oder Flucht vorbereitet. Aber in deinem Fall – *Flucht vor wem?*"

Wie immer nützte es fast gar nichts; erst nach etwa einer Stunde schlief ich mit dem Kopf tief unter der Decke ein.

Die Nacht war friedlich: Bis auf das ferne Rauschen des Verkehrs und das gelegentliche Auffrischen des Windes war nichts zu hören. Obwohl die Stille beruhigend hätte wirken müssen, spürte er, wie sich seine Schultern vor Anspannung verkrampften, während er in die Dunkelheit hinausstarrte. Sein ganzer Körper schien wie elektrisiert, und trotz seiner Müdigkeit hielten ihn die bangen Zweifel in hellwacher Alarmbereitschaft. Um sich abzulenken, versuchte er sich auf etwas anderes zu konzentrieren, irgendetwas – aber er konnte keine klaren Gedanken fassen. Sie entschlüpften ihm immer wieder, bis sich schließlich ein Bild vor sein inneres Auge schob, das er festzuhalten imstande war: das blasse Gesicht eines Mädchens, und es erstaunte ihn, dass gerade diese Erinnerung ihn für einen Moment aus seinen qualvollen Grübeleien herauszureißen vermochte. Schließlich war dieses Gesicht weder besonders markant noch mit herausragender Schönheit gesegnet, wobei doch eine gewisse Zartheit in diesen Zügen und den großen grauen Augen lag. Abgesehen davon kannte er das Mädchen so gut wie gar nicht. Die paar Worte, die sie miteinander gewechselt hatten, konnten eigentlich unmöglich ausreichen, um ein tieferes Interesse in ihm zu wecken. Trotzdem beschlich ihn das unbestimmte Gefühl, dass er sie im Hinterkopf behalten musste, und er hatte gelernt, sich auf seine Ahnungen zu verlassen. Was auch immer es war, das ihn bei dem Gedanken an sie andere, drängendere Fragen vergessen ließ: Es war nur der Anfang.

2. Kapitel

Der nächste Schultag begann wieder mit meinem Lieblingsfach Englisch. Beim Betreten des Klassenzimmers war ich so darauf bedacht, starr geradeaus zu blicken, dass ich beinahe über einen Rucksack gestolpert wäre, der zwischen den Bänken stand. Während ich meinen Sturz abfing, drehte ich unvernünftigerweise den Kopf.

Rasmus war schon da. Er saß regungslos auf seinem Platz, die Unterarme auf die Tischkante gestützt und mit Kopfhörern über den Ohren; das Lärmen der hereinströmenden Schüler erreichte ihn nicht.

Schnell ließ ich mich neben Jinxy auf meinen Stuhl plumpsen und duckte mich. Ich hatte zwar beschlossen, das Klopapier-Ereignis absolut ungerührt hinter mir zu lassen, doch natürlich spielten dabei meine sich eilig verfärbenden Wangen nicht mit. Während Professor Scott die Anwesenheit überprüfte, schielte ich vorsichtig über die Schulter nach hinten. Rasmus hatte die Kopfhörer in den Nacken geschoben und schraffierte gerade mit dem Bleistift irgendetwas auf seinem Collegeblock. Als er aufgerufen wurde, hob er nur kurz die linke Hand, ohne den Blick von der Zeichnung zu wenden.

Er beachtete mich überhaupt nicht. Ich fragte mich, ob ich allmählich den Verstand verlor, als sich ein leichtes Gefühl von Enttäuschung in mir breitmachte.

Die nächsten drei Schulstunden vergingen rasch. In Latein verbesserte sich meine Laune deutlich, da sich zeigte, dass mein Streberverhalten vom Vorabend gefruchtet hatte: Mit meiner Übersetzungsleistung konnte ich Professor

Grabowski, wenn schon kein Lächeln, so zumindest ein wohlwollendes Nicken entlocken.

Dieses Hochgefühl verflüchtigte sich allerdings schlagartig, sobald wir uns auf den Weg zum Nebengebäude machten, wo die Sportstunde stattfinden sollte. Kaum hatten wir den Umkleideraum betreten, weckte die Duftmischung aus Hartplastik, Hanfseilen und Schweiß Erinnerungen an kleinere und größere Katastrophen, die ich an meiner alten Schule erlebt hatte. Es war nicht nur so, dass ich mich *nicht fit genug* fühlte, wie ich Eric gegenüber behauptet hatte (obwohl meine bedauerlich schlaksigen Arme und Beine tatsächlich nicht dafür gemacht zu sein schienen, sich athletisch zu bewegen). In der Turnhalle war ich einfach so etwas wie ein Fremdkörper, den irgendwelche höheren Mächte offenbar so schnell wie möglich beseitigen wollten. Verstohlen rieb ich über die jüngste Narbe an meinem rechten Knie, die ich einem Sturz vom Barren verdankte.

„Trödeln wird dir jetzt auch nichts nützen“, riss Jinxy mich herzlos aus meinen Gedanken und zog den Reißverschluss des gepunkteten Overalls hoch, den sie immer beim Sport trug. Ich schlüpfte missmutig in Jogginghose und T-Shirt und folgte ihr in die Turnhalle.

Schon am Vortag, bei der Begrüßungsrede des Direktors, hatte mich die Größe des Saals eingeschüchtert; doch nun, da die Bankreihen und das kleine Podium verschwunden waren, wirkte der Raum geradezu gigantisch. Er bot Platz genug, dass vier Sportkurse gleichzeitig darin abgehalten werden konnten: In unserer Nähe wärmten sich gerade einige jüngere Schülerinnen mit Sprungseilen auf; in der anderen Hälfte der Halle machte auf einer Seite eine Horde Jungen Liegestütze, und auf der anderen Seite trainierte … die Basketballmannschaft.

War ja klar.

Sofort wurde ich von einer Woge der Dankbarkeit für die Ausmaße des Saals erfüllt. Wenn ich mich nicht allzu halsbrecherisch benahm, würde mich Rasmus mit Sicherheit nicht bemerken.

Zur Einstimmung ließ uns die Trainerin fünfzehn Minuten lang joggen. Ich wusste zwar, dass ich nicht sehr schnell war, aber ich hatte geglaubt, zumindest die Grundlagen des Laufens seit meinem zweiten Lebensjahr zu beherrschen – Coach Svensson belehrte mich eines Besseren. „Oberkörper leicht nach vorne neigen, Wirbelsäule bleibt entspannt! Ober- und Unterarme im rechten Winkel zueinander seitlich am Körper mitschwingen lassen! Und ein bisschen mehr Tempo, meine Damen, ein gesunder Geist wohnt nur in einem gesunden Körper!"

„Der gesunde Geist kommt einem spätestens dann abhanden, wenn man hundertmal im Kreis gerannt ist", keuchte Jinxy an meiner Seite, doch mir blieb nicht einmal genug Atem, um ihr zu antworten. Endlich wurden wir durch einen Pfiff erlöst. Meine Erleichterung hielt allerdings nur so lange an, bis uns die Trainerin befahl, Barren, Reck und Kasten aufzubauen. Vergnügt hopste Jinxy in Richtung Gerätekammer – wenn es darum ging, herumzuwirbeln und sich zu überschlagen, war sie ziemlich talentiert. Ich blieb inzwischen unglücklich in einer Ecke stehen, bis Coach Svensson mich entdeckte. „Kümmern Sie sich bitte um das Reck", trug sie mir auf, „es kommt gleich ein junger Mann, der Sie dabei unterstützt."

Sie zeigte zur anderen Hälfte der Halle hinüber, wo sich ein Junge aus der Liegestütze übenden Gruppe gelöst hatte und nun direkt auf mich zusteuerte. Schon von weitem erkannte ich Sam an seinen blonden Haaren.

„Hab meine Sportsachen vergessen", erklärte er, als er mich erreicht hatte, und wies auf sein kariertes Hemd und seine Jeans. „Deswegen hat mich der Trainer dazu verdonnert, bei den Mädchen aufzubauen und zu sichern."

„Ach so", nickte ich; dann fiel mir ein, was Jinxy am Abend zuvor über seine aufgebrachte Stimmung gesagt hatte. Verlegen fügte ich hinzu: „Übrigens, wegen gestern ... tut mir leid, dass es dir nicht so gut gefallen hat."

Sam schenkte mir ein völlig unverkrampftes Lächeln. „Mir tut's leid, falls ich mich komisch verhalten habe. Das war ... einfach Unsinn. Wahrscheinlich war ich schon ein bisschen müde und hab da was falsch aufgefasst."

Mit einem Anflug von schlechtem Gewissen wurde mir klar, dass er die Sache bloß herunterzuspielen versuchte. Falls Jinxy mit ihrer schrägen Theorie Recht hatte – dass Sam mich irgendwie mochte – dann hatte er mein Verhalten nicht einfach „falsch aufgefasst", sondern ich hatte ihn an diesem Abend tatsächlich ziemlich wenig beachtet. Weil er aber gerade wieder einen gut gelaunten Eindruck machte, beschloss ich, seine Ausrede einfach so stehen zu lassen.

„Okay, dann sei jetzt mal der starke Mann, und hilf mir bitte mit dem Reck", forderte ich ihn möglichst munter auf. Gemeinsam schoben wir die beiden Metallsäulen, zwischen denen die Reckstange befestigt werden sollte, an die richtige Stelle. Dann trug Sam die Stange aus dem Geräteraum herbei, als hätte sie kaum ein Gewicht. Er manövrierte sie zwischen die beiden Säulen und hielt sie waagrecht, während ich in die Hocke ging und die Löcher in den Metallpfosten zählte, um die richtige Höhe für die Verankerung festzustellen. Als eine wütende Stimme zu uns herüberschallte, drehten wir beide gleichzeitig den Kopf und blickten zur anderen Hälfte der Turnhalle.

Dort war gerade der Basketballtrainer dabei, einen Jungen mit dunklem, zerzaustem Haar zur Schnecke zu machen, während die anderen Teammitglieder teils betreten, teils zufrieden um die beiden herumstanden. Ich musste nicht einmal die Augen zusammenkneifen, um mir sicher sein zu können, dass der Junge Rasmus war. Alles an ihm drückte Ablehnung aus, seine Haltung, ja sogar seine Kleidung: Zwar hatte er seine dunklen Jeans gegen lange graue Sporthosen getauscht, aber er trug noch immer seinen schmal geschnittenen schwarzen Pullover, als wollte er dadurch zeigen, wie wenig er sich um das Training scherte. Auch auf seinen wild gestikulierenden Lehrer schien er kaum zu achten, obwohl dessen Schimpftiraden so laut waren, dass ich trotz der Entfernung und des Lärms in der Turnhalle einige Satzfetzen aufschnappen konnte: Offenbar ging es darum, dass Rasmus sich und somit sein ganzes Team hängen ließ, indem er nur halbherzig spielte, und dass er mit unangenehmen Konsequenzen zu rechnen hatte.

Ich glaubte zu erkennen, wie Rasmus desinteressiert mit den Schultern zuckte, aber gleichzeitig richtete er sich ein wenig auf und hob das Kinn. Es sah so aus, als wäre seine Geduld durch die endlosen Vorhaltungen des Trainers allmählich erschöpft und als regte sich in ihm sein Widerspruchsgeist. Ich rechnete schon damit, dass er im nächsten Augenblick etwas entgegnen oder gar wutentbrannt aus dem Saal stürmen würde; stattdessen blieb er jedoch reglos stehen, bis die Strafpredigt zu Ende war und sich die anderen Jungen bereit machten, um das Basketballspiel fortzusetzen. Erst als der Trainer in seine Trillerpfeife blies, setzte sich Rasmus wieder in Bewegung.

Es ging so schnell, dass ich gar nicht bemerkt hatte, wie er auf einmal in Ballbesitz gelangt war. Mit unfassbarem Tempo und Geschick dribbelte er zwischen den Spielern der anderen Mannschaft hindurch und warf den Ball dann scheinbar beiläufig einem seiner Teamkameraden zu, den die Wucht des Passes zwei Schritte nach hinten stolpern ließ. Gleich darauf wurde der Junge von den Gegenspielern massiv bedrängt und gab hilflos an Rasmus zurück, der inzwischen in der Nähe des Korbes stand. Als Rasmus hochsprang, um den Basketball mühelos im Netz zu versenken, wirkte es beinahe, als hätte er für einen Augenblick die Gesetze der Erdanziehung außer Kraft gesetzt – es sah so einfach und gleichzeitig so beeindruckend aus, dass mir der Mund offen stehen blieb.

In diesem Moment ließ Sam über mir die Reckstange los.

Rasmus' Spiel hatte mich so in den Bann gezogen, dass ich die Bewegung nur aus dem Augenwinkel wahrnahm. Erst durch Sams Aufschrei wurde ich in die Wirklichkeit zurückgeholt, und es war wohl der Schreck, der mich dazu befähigte, mich innerhalb von Sekundenbruchteilen zu ducken und aus der Gefahrenzone zu rollen. Die Reckstange, die eben noch direkt über meinem Kopf geschwebt hatte, krachte zu Boden; anstatt dabei meinen Schädel zu zerschmettern, streifte sie mich nur am Handgelenk. Ein stechender Schmerz zuckte durch meinen Arm, und ich schloss für einen Moment die Augen. Als ich sie wieder öffnete, sah ich Sam neben mir knien.

„Lily, alles in Ordnung?“, stammelte er, kreidebleich im Gesicht. „Es tut mir so leid – nein, warte, bleib lieber noch liegen …“

Ein gepunkteter Blitz schoss in mein Blickfeld und schubste Sam unsanft zur Seite. „*Wer* versucht schon wieder meine beste Freundin zu ermorden?“, trompetete Jinxy und schnappte nach meinem Arm. „Oh, igitt. Da wird alles ganz dick und blau.“

Als nächstes vernahm ich dankbar die barsche Stimme der Trainerin, die augenblicklich den Trubel um mich herum etwas besänftigte. „Alle treten jetzt mal ein paar Schritte zurück. Mia, hören Sie um Gottes Willen auf, um das arme Mädchen herumzutanzen. – Können Sie aufstehen?", wandte sie sich an mich, und ich nickte benommen. „In Ordnung, dann wird dieser Junge Sie jetzt zur Schulärztin bringen." Irgendjemand half mir auf die Beine, dann legte Sam meinen unverletzten Arm um seine Schultern und stützte mich, während wir die Turnhalle unter dem Starren der anderen verließen. Ach, wie ich solche Szenen liebte! Zumindest hatte meine kleine Showeinlage in der anderen Hälfte des Saals offenbar keine Aufmerksamkeit erregt. Nur Eric drehte kurz seinen flachsblonden Kopf in meine Richtung, während seine Teamkameraden das Match fortsetzten, ohne von dem ganzen Tumult Notiz zu nehmen.

Wir waren kaum aus dem Sportgebäude ins Freie getreten, als Sam auch schon anfing, auf mich einzureden wie auf ein krankes Pferd. Ich hatte ihn bis dahin eher für den schweigsamen Typ gehalten und stellte nun überrascht fest, dass er gute Chancen hatte, Jinxy im Schnellsprechen Konkurrenz zu machen.

„Du kannst dir gar nicht vorstellen, wie leid mir das alles tut. Oh Mann, ich hoffe, dein Arm ist nicht gebrochen, kannst du eigentlich das Handgelenk bewegen? Sieht echt übel aus, noch dazu ist es die rechte Hand – bist du Rechtshänderin? Und wenn es nun ein Bruch ist?"

„Sam, hör mal …"

„Ich weiß überhaupt nicht, wie das passieren konnte. Ich schätze mal, ich war einfach abgelenkt, und dann ist mir die Reckstange plötzlich aus den Fingern gerutscht! Und du warst direkt darunter, ich meine, dein Kopf – wenn du nicht gerade noch ausgewichen wärst, ich will mir gar nicht ausmalen, was …"

„Sam!"

„Was denn, wird dir schlecht?", fragte er und starrte mich an.

„Überhaupt nicht. Das ist wirklich nicht das erste Mal, dass mir so etwas passiert, okay? Und es ist auch hundertprozentig sicher kein Bruch. Mach dir bitte keine Gedanken deswegen, ist ja noch mal gutgegangen."

Sam atmete tief durch, und sein Gesichtsausdruck entspannte sich ein wenig. Er sah aus, als wäre er soeben aus einem bösen Traum erwacht. „Ist noch mal gutgegangen", wiederholte er mit einem etwas zittrigen Lächeln, während er mir das Schultor aufhielt. Trotzdem stützte er mich weiter, als wir schweigend die Treppe hinaufstiegen. Nur allzu deutlich konnte ich dabei spüren, wie sich seine Muskeln unter dem Hemd anspannten, und zum Glück stand ich noch zu sehr unter Schock, um zu erröten. Nach einer gefühlten Ewigkeit erreichten wir endlich das Schulkrankenzimmer direkt neben dem Sekretariat. Sam klopfte für mich und ließ sich auch nicht davon abbringen, mir in den Raum zu folgen. Dort erklärte er in knappen Worten die Situation. Während ich untersucht wurde, nickte er mir aufmunternd zu; doch als er sich einmal umdrehte, um der Ärztin eine Kühlkompresse zu reichen (wie ich vermutet hatte, war mein Handgelenk bloß geprellt), sah ich für einen Moment sein Gesicht im Spiegel über dem Waschbecken. Noch immer war er aschfahl, und ohne sein gezwungenes Lächeln war deutlich zu erkennen, wie sehr ihn die ganze Sache mitgenommen hatte.

„Das muss jetzt fünfzehn Minuten gekühlt werden, bevor ich dir einen Verband anlegen kann", verkündete die Schulärztin und strich sich ein karottenrot gefärbtes Löckchen hinters Ohr. „Inzwischen können wir ja den Unfallbericht ausfüllen."

Routiniert beantwortete ich die mir wohlbekannten Fragen; nur an der Stelle, an der eine genaue Beschreibung des Unfallhergangs gefordert wurde, geriet ich kurz ins Stocken. Dann behauptete ich, mir selbst sei die Reckstange entglitten und bei meinem Versuch, sie aufzufangen, auf meinem Handgelenk gelandet. Ich vermied es, Sam anzusehen, während die Schulärztin diese Version der Geschichte anstandslos niederschrieb. Anschließend holte sie meine Akte aus dem Sekretariat, um den fertigen Bericht einzuheften. Zuerst hegte ich die unvernünftige Hoffnung, dass die Angelegenheit damit erledigt sein würde, doch da geschah das Unvermeidliche: Die Schulärztin begann in dem Ordner zu blättern.

„Deine Akte ist beeindruckend", bemerkte sie nach einigen Minuten mit einem merkwürdigen Unterton in der Stimme, „und das meine ich durchaus nicht im Positiven." Kopfschüttelnd las sie vor: „Quetschungen, Gehirnerschütterungen, Knochenbrüche – ein Biss von einer giftigen Spinne und leichte Verbrennungen im Gesicht nebst völlig abgebrannten Augenbrauen?" Sie zog ihre eigenen perfekten Brauen so hoch, dass sie unter ihrem orangefarbenen Pony verschwanden.

„Das eine war in Bio, das andere in Chemie", murmelte ich widerstrebend. Die Schulärztin verkniff sich einen Kommentar und durchforstete weiter meine Akte, wobei sie das Pausenklingeln entweder nicht wahrnahm oder schlichtweg ignorierte. Bevor sie an die Stelle kam, die davon berichtete, wie ich mich auf eine gesprungene Klobrille gesetzt und mir dabei den Oberschenkel aufgeschnitten hatte, unterbrach ich sie schließlich ungeduldig: „Ja, ich weiß, ich bringe mich selbst ständig in Lebensgefahr. Ich sollte mir wohl einen besseren Schutzengel zulegen. Kann ich jetzt gehen?"

Dass die Schulärztin derart auf meinen vielen Unfällen herumritt, ärgerte mich vor allem deshalb, weil es Sam noch mehr zu beunruhigen schien. Er brachte es nicht einmal mehr fertig, mich anzuschauen, sondern starrte durch die geöffnete Tür ins Sekretariat, während er um

Fassung rang. Ich folgte seinem Blick und sah dort ausgerechnet Rasmus stehen, der ein Formular ausfüllte – obwohl er uns den Rücken zugekehrt hatte, wusste ich sofort, dass er es war. Großartig! Zwar glaubte ich nicht, dass er meine Stimme erkennen konnte, aber es würde genügen, wenn er einen Blick über die Schulter warf, und er würde mich erneut in meiner Rolle als Pechvogel erleben. Zu meiner Erleichterung reichte er der Sekretärin allerdings das Blatt Papier und ging hinaus, ohne sich zu uns umzudrehen.

Nur äußerst widerwillig riss sich die Schulärztin von der spannenden Lektüre los und wickelte elastische Binde um mein immer noch geschwollenes Gelenk. Endlich entließ sie uns mit einer hoheitsvollen Handbewegung.

Als wir wieder auf dem Flur standen, der jetzt von lärmenden Schülern bevölkert war, schielte ich vorsichtig zu Sam hinüber. Dann fragte ich zögernd: „Geht's dir ein bisschen besser?"

Er brachte ein kurzes Lachen zustande. „Klaust du mir da nicht gerade den Text?", gab er zurück und wirkte dabei schon viel mehr wie der Junge, den ich am Vortag in der Cafeteria kennen gelernt hatte.

„Schon, aber du hast vorhin ziemlich fertig ausgesehen."

„Ja …", unvermittelt blieb er stehen und schaute mich fest an. „Die Sache ist die – wenn dir durch meine Schuld etwas Ernsthaftes passiert wäre, hätte ich das vermutlich ewig bereut."

Es klang so aufrichtig, dass ich meinen Blick verlegen auf den Marmorfußboden senkte. Zum Glück durchbrach Sam nach wenigen Sekunden unser Schweigen: „Kommst du jetzt mit zum Essen?", erkundigte er sich, wobei sich seine Stimme wieder völlig normal anhörte. Ich atmete erleichtert auf, musste aber trotzdem ablehnen:

„Ich geh schnell zur Turnhalle zurück, schließlich hab ich noch immer meine Sportsachen an. Bis später in Bio, okay?"

Im Umkleideraum erwartete mich Jinxy, die sofort auf mich zugesaust kam und mein Handgelenk mit spitzen Fingern hochhob, um es eingehend zu begutachten.

„Hör auf damit, es ist nur eine Prellung", sagte ich leicht genervt.

„Oh, gut! Aber du fängst das Schuljahr hier gleich richtig an, was? Zumindest konnte der arme Sam ein bisschen den edlen Ritter für dich spielen, ich wette, das war ziemlich romantisch!" Sie riss erwartungsvoll die Augen auf, und ich glaubte fast sehen zu können, wie sich der Geifer in ihren Mundwinkeln sammelte.

„Es ging", murmelte ich ausweichend. „Und jetzt sollten wir uns beeilen, wenn wir noch etwas zu Mittag essen wollen!"

Diese Zauberformel wirkte sofort, doch Jinxy wäre nicht sie selbst gewesen, wenn sie sich auf Dauer mit ausweichenden Antworten hätte abspeisen lassen. Während der Mathematikstunde setzte ich mich standhaft dagegen zur Wehr, ihre Gier nach einer kitschigen Geschichte zu befriedigen, doch dafür machte sie in der letzten Pause keinerlei Anstalten, sich auf den Weg zu ihrem Zeichenkurs zu begeben. Stattdessen folgte sie mir wie ein Hündchen zum Klassenzimmer von Professor Osorio, dem Biologielehrer. Als ich mich auf den Platz setzte, den Sam mir neben sich freigehalten hatte, ließ sie sich auf den Stuhl zu meiner anderen Seite plumpsen und starrte uns beide mit glitzernden Augen an.

„Jinxy", raunte ich aus dem Mundwinkel zu ihr hinüber, *„was tust du hier?"*

„Ist das nicht offensichtlich?", gab sie zurück, doch noch ehe ich etwas erwidern konnte, fügte sie unschuldig hinzu: „Meine beste Freundin hatte heute einen schweren Unfall. Was wäre ich denn für ein Mensch, wenn ich jetzt nicht bei ihr bleiben und ein wenig auf sie achten würde? Mein Zeichenlehrer versteht das bestimmt."

„Netter Versuch", knurrte ich, doch wie schon am Tag zuvor verhinderte der Beginn des Biologieunterrichts ein unangenehmes Gespräch. Professor Osorio hängte einige Abbildungen an die Tafel, die Jinxy mit wachsendem Missfallen betrachtete, und leitete gleichzeitig das Thema der Stunde ein:

„Die Haut ist das schwerste und flächenmäßig größte Organ des menschlichen Körpers. Außerdem ist sie erstaunlich vielseitig. Wer kann mir sagen, welche Funktionen die Haut erfüllt?"

„Ich könnte mir vorstellen, dass man ohne halt ziemlich blöde aussieht", grummelte Jinxy vor sich hin.

„Schutz, Regulierung von Temperatur und Wasserhaushalt, Energiespeicher, Sinnesfunktion?", zählte Sam ohne zu zögern auf. Ich schaute überrascht zu ihm hinüber, als er ebenfalls den Kopf drehte und meinem Blick begegnete.

„Oh, ich!", meldete sich Jinxy leidenschaftlich zu Wort. „Kommunikation durch Erblassen und Erröten!"

„Sehr gut", lobte der Biolehrer und runzelte gleich darauf die Stirn, als er sich ganz offensichtlich fragte, wie er Jinxy in der letzten Kurseinheit hatte übersehen können.

„Das war fies", murmelte ich mit gesenktem Kopf.

„Du bist fies", zischte sie sofort zurück. Es war deutlich zu bemerken, dass sie meine mangelnde Mitteilungsbereitschaft mehr und mehr wurmte. Wie ein verbittertes Rumpelstilzchen hockte sie auf ihrem Platz und ließ Sam und mich keine Sekunde aus den Augen. Als er mir bei der Skizze eines Haarfollikels half, die mir wegen meines geschwollenen Handgelenks nicht richtig gelingen wollte, hellte sich ihre Miene ein wenig auf, doch bald darauf sank sie in ihr düsteres Brüten zurück. Ich wusste, dass sie sich zu Tode langweilte und es bereits bitter bereute, ihren Zeichenkurs sausen gelassen zu haben.

Schließlich nahte das Ende der Stunde, und Professor Osorio fasste noch einmal die wichtigsten Inhalte zusammen. Auch ich war mittlerweile in Gedanken ein wenig abgeschweift: Dank Jinxy fragte ich mich nun selbst, ob mein Erlebnis mit Sam irgendwelche Folgen haben würde. Zwar hatte ich mich schon fast daran gewöhnt, mich ab und zu auf dem Boden liegend wiederzufinden, umringt von einer Horde schaulustiger Mitschüler; doch abgesehen von meiner Freundin hatte sich bisher noch niemand so ehrlich besorgt gezeigt wie Sam. Während ich ihn verstohlen dabei beobachtete, wie er sich sorgfältig Notizen machte und dabei ab und zu eine widerspenstige blonde Strähne aus seiner Stirn strich, hörte ich kaum, dass Professor Osorio sagte:

„Abschließend noch einmal zur Wiederholung: Die altgriechischen Bezeichnungen für die Hautschichten sind Subcutis, Dermis und Epidermis. Und wie lauten die anderen Namen? Lily?"

Ich blickte erst auf, als Jinxy mir einen Stoß in die Rippen versetzte. Angestrengt lauschte ich auf die Frage, die noch in meinem Kopf nachhallte, um herauszufinden, was man eigentlich von mir wollte. Als die Stille im Klassenzimmer schon kaum mehr auszuhalten war, begann ich zögernd: „Ähm, das wären dann – Unterhaut, Lederhaut und … also …" Jinxy flüsterte etwas in sich hinein. „Vorhaut", wiederholte ich erleichtert.

Hinter mir explodierte die Klasse in schallendes Gelächter. Gleichzeitig ertönte die Schulglocke, und ich wartete gar nicht erst darauf, dass Professor Osorio uns entließ, sondern raffte meine Bücher zusammen und suchte das Weite.

Noch nie zuvor war ich so froh gewesen, dass Jinxy an Schönwettertagen immer mit dem Fahrrad zur Schule kam – auf diese Weise blieb mir die Anstrengung erspart, sie während der Heimfahrt im Bus zu ignorieren. In gebückter Haltung kauerte ich auf meinem Platz und gab vor, zu lesen; in Wirklichkeit aber pochte das Blut viel zu laut in meinen Ohren, als dass ich mich hätte konzentrieren können. Während ich verbissen auf die Buchstaben starrte und in regelmäßigen Abständen umblätterte, versuchte ich mir einzureden, dass ich schon viel peinlichere Dinge erlebt hatte, doch das verbesserte meine Laune nicht wesentlich. Was war nur neuerdings mit mir los? Natürlich war ich auch an meiner alten Schule vom Pech verfolgt gewesen, aber zumindest hatte ich mich darauf verlassen können, dass meine Leistungen im Unterricht diese Blamagen mehr oder weniger wettmachten. Doch nun hatte ich gerade mal den zweiten Schultag hinter mich gebracht und war bereits in vier Kursen unangenehm aufgefallen, wenn man meinen Stunt in der heutigen Sportstunde mitzählte.

Zu Hause angekommen ging ich sofort zum Kühlschrank, holte eine halbvolle Milchflasche heraus und trank sie in einem Zug leer. Das bescherte mir zwar vorübergehende Bauchschmerzen, kühlte dafür aber meinen Zorn ein wenig ab. Zähneknirschend gestand ich mir ein, dass ich Jinxy nicht für alle Pannen der letzten zwei Tage verantwortlich machen konnte, genaugenommen noch nicht einmal für die letzte: Im Unterricht vor mich hin zu träumen und mir dann auch noch von ihr die Antwort vorsagen zu lassen, war schließlich absolut untypisch für mich. Bestimmt hatte meine Freundin gar nicht erwartet, dass ich ihren Scherz einfach nachplappern würde, und wahrscheinlich würde sie den Nachmittag damit verbringen, ihre berühmten „Tut-mir-leid"-Gummibärchen-Muffins für mich zu backen. Trotzdem wollte ich sie nicht allzu schnell davonkommen lassen.

Ich war gerade dabei, den Kühlschrank nach einem Snack zu durchstöbern, als wie erwartet das Telefon klingelte. Wutschnaubend griff ich nach dem Hörer. „Jinxy, du Stinktier!", blaffte ich hinein. Am anderen Ende der Leitung blieb es einen Moment lang still. Dann –

„Ich fürchte, du verwechselst mich. Ich bin nicht Jinxy", er räusperte sich, „das Stinktier. Hier ist Rasmus."

Ich schloss die Augen. Als das Schweigen zu lange andauerte, fragte ich atemlos: „Wer?", und hätte mich gleich darauf am liebsten mit der Telefonschnur erwürgt. *Wer?* Die Bekanntschaft wie vieler Rasmuse hatte ich an der Galilei High noch gleich gemacht?

„Der von … gestern", erklärte er, was zugegebenermaßen auch nicht sehr intelligent klang, doch ich stellte dankbar fest, dass er offenbar zu taktvoll war, um die genaueren Umstände unseres Kennenlernens zu erwähnen.

„Ach ja. Woher hast du meine Nummer?"

„Aus dem Telefonbuch."

Was hatte ich denn erwartet? Natürlich kannte er meinen Nachnamen, da Professor Scott am Anfang der Englischstunde jeden Kursteilnehmer aufgerufen hatte, um die Anwesenheit zu überprüfen. Das Telefonkabel hinter mir herschleppend ging ich zu dem Spiegel, der im Flur an der Wand hing, und probierte einen möglichst gelassenen Gesichtsausdruck. Beiläufig sagte ich zu meinem Spiegelbild: „Verstehe. Also … was gibt's?"

„Ich hatte mich gefragt, ob du heute Abend Zeit hättest, etwas mit mir zu unternehmen."

„Was denn?“ Der Gesichtsausdruck hielt. Nur meine Stimme rutschte eine halbe Oktave hinauf.

„Wie wär's mit Kino? Wir könnten uns kurz vor halb sechs vor dem Movie Castle treffen.“

„Ja, okay. Aber ... Rasmus?“ Er hatte aufgelegt. Augenblicklich verschwand meine lässige Miene, und eine Irre starrte mir aus dem Spiegel entgegen. Mechanisch wählten meine Finger Jinxys Nummer. Ich zuckte erschrocken zusammen, als sie schon nach dem ersten Klingeln abhob und sofort lossprudelte:

„Lily, ich wollte dich gerade anrufen! Die Sache in Bio tut mir echt leid, aber ich hätte nie gedacht, dass du wirklich ...“

„Das ist jetzt nicht so wichtig!“, fiel ich ihr ins Wort. *„Rasmus hat mich gerade um ein Date gebeten.“*

Jinxy quiekte kurz auf, und ich konnte hören, wie irgendetwas zu Boden polterte. „Rasmus?“, wiederholte sie nach einigen Sekunden. „Rasmus mit dem gefährlichen Blick? Rasmus, der Retter aller Klopapieropfer? *Der* Rasmus?“

„Mhm. Er hat mich gefragt, ob ich heute Abend mit ihm ins Kino will, und ich hab zugesagt.“

„Natürlich hast du das“, gab Jinxy milde zurück. „Was denn sonst.“

„Aber findest du das denn nicht merkwürdig? Wieso sollte er mit mir ausgehen wollen? Unser erstes Zusammentreffen ist mir nicht unbedingt so vorgekommen wie der Anfang einer großen Romanze.“

„Ich wollte dich ja eigentlich nicht darauf hinweisen“, verkündete Jinxy feierlich, „aber du siehst ziemlich gut aus, weißt du. Womöglich war das Klopapier an deinem Schuh nicht das Einzige, was Eindruck bei ihm gemacht hat.“

„Meinst du wirklich?“, fragte ich unbehaglich.

„Na klar, du könntest nur vielleicht ein bisschen mehr Farbe vertragen. Ich leihe dir gern was für heute Abend! Erst gestern hab ich mir was Neues zugelegt, so ein neongelb gestreiftes –"

„Oh, nein danke, das ist lieb von dir, aber wirklich nicht nötig."

Ich ließ noch einige Dating-Tipps über mich ergehen, aber bevor sich Jinxy allzu sehr in diese Materie vertiefen konnte, würgte ich sie mit dem Hinweis darauf ab, dass ich mich noch für den Abend zurechtmachen musste. Im Eiltempo erledigte ich meine Hausaufgaben; anschließend duschte ich, föhnte mir die Haare und kleidete mich sorgfältig an. Danach betrachtete ich mich zufrieden im Spiegel. Mein Haar wurde von einem Band zurückgehalten, das farblich perfekt zu meinem knielangen, königsblauen Rock passte. Unter meiner Lieblingsstrickweste blitzte eine blütenweiße Bluse hervor, die ich extra gebügelt hatte. Lächelnd nickte ich meinem Spiegelbild zu. Ich sah überraschend gut aus. Ich sah aus wie ein ... Schulmädchen. Mein Lächeln fiel in sich zusammen. Verdammt!

Vor mich hin fluchend begann ich eine Schublade nach der anderen zu durchwühlen; dabei konnte ich auf einmal ganz gut nachempfinden, was in meiner Mutter vorging, wenn sie vor ihrem vollgestopften Kleiderschrank stand und uns kreischend kundtat, dass sie wohl oder übel nackt ausgehen müsse. Nur dass ich bei weitem nicht so viele Klamotten besaß wie sie: Bisher war ich davon überzeugt gewesen, mit T-Shirt, Röhrenjeans und Wollpulli für nahezu alle Gelegenheiten gewappnet zu sein. Ich war bereits kurz davor zu resignieren, als meine Finger ganz hinten im Schrank auf eine Plastiktüte stießen. Darin befand sich ein Kostüm, das Jinxy mir letztes Jahr zu Halloween aufgedrängt hatte – nach einem Blick auf das giftgrüne Bustier erinnerte ich mich wieder daran, weshalb ich schließlich nicht als „sexy Hexe", sondern als Gespenst gegangen war. Der kurze schwarze Rock erschien mir mit einem Mal jedoch ganz brauchbar, und nach einigen weiteren Minuten des Stöberns fand ich bei meinen Strandsachen ein türkisfarbenes Neckholder-Top, das gut dazu passte. Ich klaute meiner Mutter noch eine knappe schwarze Jacke, entschied mich nach einigen jämmerlichen Gehversuchen gegen ihre hochhackigen Stiefel und verließ endlich das Haus mit dem Gefühl, mein Bestmögliches getan zu haben.

Als ich sieben Minuten vor halb sechs beim Movie Castle ankam, war Rasmus schon da. Er lehnte in der Nähe des Eingangs an der Wand und war in die Musik aus seinem MP3-Player vertieft. In seinen Doc Martens, den schwarzen Jeans und der grauen Jacke mit dem hochgestellten Kragen sah er zu erwachsen aus, um noch zur Schule zu gehen, und ein paar vorbeiziehende Mädchen im Studentenalter drehten die Köpfe in seine Richtung. Er schien das gar nicht zu bemerken, doch auf einmal blickte er hoch und schob sofort die Kopfhörer in den Nacken, als er mich entdeckte.

Wenn ich etwas wirklich hasste, dann war das, aus größerer Entfernung auf einen Menschen zuzugehen, der mir entgegensah. Aus irgendeinem Grund erklang dann in meinem Kopf immer eine schmalzige Filmmusik, und ich hatte das merkwürdige Gefühl, meine Schritte beschleunigen und schließlich auf ihn zulaufen zu müssen, um mich in seine Arme zu werfen. Was ich natürlich nicht tat, als ich endlich bei Rasmus angelangt war. Weil ich nicht wusste, ob ich ihm die Hand oder gar ein Küsschen geben sollte, entschied ich mich dafür, ihm stattdessen ein bisschen zu winken.

„Hallo", sagte ich, während meine Finger durch die Luft wedelten.

„Hey", gab er knapp zurück und stieß sich von der Mauer ab. „Zur Auswahl stehen diese Filme, die fangen beide um halb sechs an", fügte er übergangslos hinzu und deutete auf zwei Plakate. Auf dem einen machten zwei roboterartige Gebilde Drohgebärden, das andere zeigte eine Frau im rosa Negligé, die mit gekrümmtem Finger einen deutlich älteren, befrackten Herrn in ihr Bett zu locken versuchte.

„Ähm, das da", schlug ich verlegen vor und wies auf das erste.

„Würde ich auch sagen", meinte Rasmus ohne den Anflug eines Lächelns, dann reihte er sich in die Schlange vor der Kasse ein. Ich stellte mich daneben und war dankbar für die klebrige Fahrstuhlmusik, die aus einem Lautsprecher über dem Ticketschalter drang; so war unser Schweigen noch halbwegs erträglich. Nachdem wir jedoch das Kinogebäude betreten hatten und Rasmus sich nur kurz erkundigte, welches Getränk ich haben wollte, begann ich mich zu fragen, ob er tatsächlich schüchtern sein konnte. Ich hatte zwar nicht viel Ahnung von solchen Dingen, aber da er mich aus heiterem Himmel um ein Treffen gebeten hatte, fand ich doch, dass mir eine Erklärung zustand. Oder zumindest ein klitzekleines Kompliment für mein Outfit. Als er mir schließlich wortlos eine Popcorntüte in die Hand drückte – und nichts ist blöder, als schweigend Popcorn zu knuspern – plapperte ich in meiner Nervosität einfach drauflos.

„Ich gehe ja wirklich gerne ins Kino, du auch? Leider habe ich nur selten Gelegenheit dazu, Jinxy wird nämlich meistens nach zehn Minuten aus dem Saal geworfen, und, na ja, alleine zu gehen ist ein bisschen armselig. Und sonst –" Ich stockte. War ich gerade dabei, Rasmus zu erzählen, dass ich noch nie von einem Jungen ins Kino eingeladen worden war? Er sah mich mit seinem schläfrigen Raubkatzenblick an und wartete darauf, dass ich den Satz beendete.

„Das klingt jetzt, als hätte ich seit Urzeiten kein Date mehr gehabt", murmelte ich verlegen.

„Und? Ist es so?", fragte Rasmus unbeeindruckt und führte mich zu unseren Plätzen.

„Na ja, es gab da einen Jungen, vor einiger Zeit ... Aber das hat dann nicht mehr funktioniert."

Rasmus nickte; er schien wesentlich weniger überrascht von der Geschichte über diesen ominösen Jungen zu sein als ich selbst.

„Er war aus dem Schachklub an meiner alten Schule. Ich meine, er war Fußballspieler. Also, er hat schon auch Schach gespielt, aber nur zum Spaß, er war kein Nerd oder so ...", ich nahm einen hastigen Schluck von meiner Cola, „wie auch immer, und wann hattest du deine letzte Freundin?"

„Ist schon bald zwei Jahre her", sagte er erstaunlich ehrlich, und ich dachte daran, dass er damals fünfzehn oder allerhöchstens sechzehn Jahre alt gewesen sein musste. Die Ernsthaftigkeit, die in seiner Stimme mitschwang, wollte irgendwie nicht so recht zu meiner Vorstellung von so einer Jugendliebe passen. Andererseits hatte ich selbst mit meinen sechzehn Jahren auf diesem Gebiet so gut wie keine Erfahrungen vorzuweisen – wenn man einmal von einigen Küssen bei dem Wahrheit-oder-Pflicht-Spiel absah, zu dem mich Jinxy auf einer Party genötigt hatte.

„Wie war sie so?", fragte ich, ohne zu wissen, ob es mich überhaupt interessierte. (Irgendwie hoffte ich einfach, dass mich das einfühlsam erscheinen ließ.)

„Außergewöhnlich", meinte er und warf mir einen kurzen Blick zu. Ich senkte schnell den Kopf und starrte auf meine Füße. Meine sehr gewöhnlichen Füße in sehr gewöhnlichen, ausgelatschten Chucks. „Aber das konnte nicht gut gehen", fuhr Rasmus fort, ohne etwas zu bemerken. „Es hat sich herausgestellt, dass wir zu … verschieden waren." Er sprach das Wort gedehnt aus, so wie ich es schon öfter bei Jungen erlebt hatte, wenn sie Ausdrücke verwendeten, die ihnen platt oder klischeehaft vorkamen.

„Und dann?", erkundigte ich mich höflich.

„Dann bin ich in diese Stadt gekommen." Es wirkte nicht unbedingt so, als hätte das direkt mit unserem vorigen Gesprächsthema zu tun, also hakte ich nach:

„Wieso, mussten deine Eltern aus beruflichen Gründen umziehen?"

„Ja."

Seine knappe Antwort brachte mich wieder aus dem Konzept. Ich hatte erwartet, dass er präzisieren würde, *welcher* Elternteil einen neuen Job angenommen hatte, oder dass er mir überhaupt einen anderen Grund für den Umzug nennen würde; ein schlichtes „Ja", nachdem ich völlig ins Blaue hineingeraten hatte, war irgendwie irritierend für mich.

„Wie war es dort, wo du vorhin gewohnt hast?", fragte ich mit wachsender Verzweiflung weiter.

„Ruhiger", gab er zurück, als versuchte er, seinen eigenen Rekord im Vage-Antworten-Geben zu brechen. Nach einer Pause fügte er wenigstens hinzu: „Ich wohne allerdings am Stadtrand, da ist es noch erträglich. Dort in der Nähe gibt es einen Ort, an dem man tatsächlich die Sterne sehen kann. So richtig, meine ich."

Er hat die Sterne erwähnt, rief ein kleines triumphierendes Stimmchen in meinem Kopf. Ich war mir ziemlich sicher, dass das gemäß des Dating-Einmaleins ein gutes Zeichen war.

„Wo denn?", fragte ich. Die Werbung war vorbei, nun erschien in tiefroten, zerfließenden Lettern der Titel des Films auf der Leinwand. Im Hintergrund erklang eine leise Musik, bei der sich mir die Nackenhaare aufstellten. Rasmus beugte sich ein bisschen zu mir herüber und sagte leise:

„Wenn du willst, zeige ich es dir nachher."

„Okay", wisperte ich zurück und starrte angestrengt geradeaus.

Das einzig Gute, was ich später über den Film hätte sagen können, war, dass er nicht lange gedauert hatte. Vermutlich hätte es mich misstrauisch machen sollen, dass ich das einzige Mädchen im ganzen Kinosaal war. Nachdem der intergalaktische Roboterkampf ein grausiges, wenn auch unblutiges Ende gefunden hatte, folgte ich Rasmus auf wackligen Beinen zu seinem Auto – wobei diese Bezeichnung für eine derartige Schrottkarre vermutlich etwas hochgegriffen war. Als Rasmus mir die hintere Türe aufhielt und ich ihn verwirrt ansah, wies er auf den Beifahrersitz und erklärte entschuldigend: „Da stehen die Sprungfedern raus."

Ich saß also während der zwanzigminütigen Fahrt auf der Rückbank und kam mir ein bisschen so vor wie ein kleines Mädchen, das von seinem Vater vom Ballettunterricht abgeholt wurde. Von einem sehr wortkargen Vater. Mit sexy zerzaustem Haar …

„Sind wir bald da?", fragte ich schließlich und hoffte, dass ich mich nicht allzu quengelig anhörte. Die Scheiben hatten sich beschlagen und ich konnte unsere Umgebung kaum erkennen, doch das Knirschen der Reifen verriet mir, dass wir die befestigte Straße verlassen hatten.

„So gut wie", gab Rasmus knapp zurück. Ein paar Minuten später brachte er seinen altersschwach keuchenden Wagen endlich zum Stehen und stieg schnell aus. Danach öffnete er für mich die hintere Autotür – mit einer beiläufigen Höflichkeit, die weder gestellt wirkte, noch so richtig zu seinem sonstigen Auftreten passen wollte. Ich machte einige Schritte in die kühle Abenddämmerung hinaus und wäre gleich darauf beinahe über einen Gesteinsbrocken gestolpert. Verwundert hob ich den Kopf und sog dann vor Überraschung scharf die Luft ein. Auf den ersten Blick fühlte ich mich von den blassen Felsen, die uns umgaben, an die künstliche Mondlandschaft erinnert, die in dem Roboterfilm gezeigt worden war: Wir befanden uns am Eingang zu einer Art halboffenem Talkessel, der von schroffen Steinwänden gebildet wurde. Am oberen Rand dieses Beckens zeichneten sich dicht beieinanderstehende Bäume gegen den rot verfärbten Himmel ab, und weit hinten glaubte ich eine Wasseroberfläche in der Abendsonne glitzern zu sehen.

„Was … ist das?“, stieß ich hervor. Ich hatte nach unserem Gespräch erwartet, dass Rasmus mich zum Grundstück seiner Eltern mitnehmen würde, um mir dort die Sterne zu zeigen; vom Anblick dieser unwirtlichen Gegend fühlte ich mich nun zugleich überrumpelt und ein kleines bisschen enttäuscht.

„Ein aufgelassener Steinbruch“, erklärte Rasmus sachlich, aber ich hatte dennoch den Eindruck, dass er sich von mir etwas mehr Begeisterung erhofft hatte. „Er befindet sich ganz nah am Stadtrand, trotzdem wissen nicht viele davon.“

„Wieso wird hier nicht mehr gearbeitet?“, erkundigte ich mich eilig – vermutlich in demselben bemüht fachmännischen Tonfall, in dem absolut ahnungslose Leute bei meinen Eltern nachfragten, aus welcher Epoche ein bestimmtes Möbelstück stammte.

Rasmus zuckte mit den Achseln. „Ich schätze mal, dass sich Naturwerksteine anderswo viel billiger abbauen lassen, zum Beispiel in Asien. Jetzt ist der Steinbruch wohl schon seit dreißig Jahren stillgelegt. Soweit ich weiß, gab es mal die Idee, ihn als Mülldeponie zu nutzen, aber das war aus irgendwelchen rechtlichen Gründen nicht möglich."

„Ah." Ich las einen Brocken vom Boden auf, drehte ihn zwischen den Fingern und betrachtete ihn mit geheucheltem Interesse, so als könnte er sich jeden Augenblick in Gold verwandeln. Als Rasmus ein leises Geräusch von sich gab, blickte ich irritiert zu ihm hinüber und bemerkte, dass er zum ersten Mal an diesem Abend lachte. Er nahm mir ohne Umschweife den Stein aus der Hand und warf ihn achtlos über die Schulter.

„Siehst du diese Plattform auf halber Höhe?", fragte er mich und deutete nach oben. „Von dort hat man einen ganz guten Ausblick. Los, da wollen wir jetzt mal hinauf!"

Ich legte den Kopf in den Nacken und entdeckte eine breite Stufe im Fels. In der Wand dahinter erkannte ich eine knapp mannshohe, ovale Öffnung, durch die man vermutlich in eine kleine Höhle gelangte. Für mich sah sie allerdings so aus wie ein dunkles Auge, das mich bedrohlich von weit, weit oben her anglotzte.

„Da hinauf?", wiederholte ich und bemerkte zu spät, dass sich meine Stimme so anhörte, als hätte Rasmus mir eine monströse Spinne zum Verzehr angeboten.

„Ja, wieso nicht? Oder hast du Höhenangst?"

„Aber nein", winkte ich lässig ab – was streng genommen nicht einmal gelogen war. Vor der Höhe an sich hatte ich tatsächlich keine Angst, sehr wohl jedoch davor, in die Tiefe zu stürzen. Oder davor, dass mir ein Felsbrocken auf den Kopf fiel.

„Du sollst ja nicht direkt die Steilwand hinaufklettern", drängte Rasmus. „Es gibt einen kleinen Pfad am seitlichen Hang, da ist es eigentlich recht einfach." Jetzt, da er diesen

Plan gefasst hatte, wirkte er auf einmal merkwürdig aufgekratzt. Er wartete meine Antwort gar nicht ab, sondern machte sich sofort auf den Weg, wobei er sich trittsicher über das Geröll bewegte. Leise vor mich hin schimpfend und vermutlich etwas weniger elegant stapfte ich hinterher.

Anfangs war es wirklich nicht allzu schwierig, dem Pfad zu folgen, da dieser zunächst noch relativ sanft anstieg. Nach und nach verwandelte er sich allerdings in einen schmalen Steg, der schließlich so steil bergauf führte, dass ich sicherheitshalber meine Hände zu Hilfe nahm. Bald kroch ich den Weg eher in gebückter Haltung entlang als dass ich ging (und wenn ich an meinen kurzen Rock dachte, war ich froh, dass Rasmus nicht hinter mir war). Zu allem Überfluss kam ein kühler Wind auf, der meine nackten Beine mit Gänsehaut überzog und mich zum Zittern brachte. Trotz allem geriet ich jedoch nicht in Panik: Als ich es einmal wagte, den Blick vom Boden zu heben und nach vorne zu sehen, bemerkte ich nämlich, dass Rasmus sich alle paar Sekunden nach mir umdrehte. Dabei streckte er die Hand in meine Richtung, als wüsste er von meinem „Koordinationsproblem“. Ich ignorierte diese angebotene Hilfestellung zwar würdevoll, aber es war immerhin schön zu wissen, dass es ihm nicht völlig gleichgültig war, ob ich wie ein überreifer Apfel in die Tiefe plumpste.

Später vermochte ich überhaupt nicht abzuschätzen, wie lange wir für den Aufstieg gebraucht hatten; gemessen an der Menge von Angstschweiß, die in dieser Zeit meinen Rücken hinabgerieselt war, konnte es gut und gern eine ganze Stunde gewesen sein. In Wahrheit hatte es vermutlich bloß fünfzehn Minuten gedauert, denn es war immer noch nicht richtig finster, als ich schließlich erschöpft auf die Felsplattform krabbelte. Noch bevor mich der Wind dazu bringen konnte, spontan einen auf Marilyn Monroe zu machen, setzte ich mich schnell hin und klemmte mir den Rocksaum zwischen die Knie. Sowieso wurde mir gerade ganz schwindelig vor Stolz, dass ich, die ich nicht einmal eine Turnhalle gefahrlos betreten konnte, diesen halsbrecherischen Aufstieg bewältigt hatte. Falls ich jedoch von Rasmus' Seite mit einem Lob oder zumindest mit einem beifälligen Grunzen gerechnet hatte, wurde ich enttäuscht: Er hatte sich neben der Felsnische gegen die Wand gelehnt und blickte schweigend in die Geröllhalde hinunter, die von der untergehenden Sonne in ein orangerotes Licht getaucht wurde.

„Sieht schön aus", meinte ich zaghaft, und er nickte. Noch bevor sich der Himmel jedoch ganz verdunkelt hatte, richtete er sich auf und sagte ausdruckslos:

„Lass uns lieber wieder hinuntergehen. Der Abstieg ist nicht unbedingt einfacher, und es wäre besser, wenn wir ihn nicht bei völliger Finsternis antreten müssten."

Seit wir im Steinbruch angelangt waren, hatte Rasmus auf mich ein bisschen ungeduldig gewirkt, so als würde er auf irgendetwas warten, das einfach nicht eintrat. Langsam fing ich an, mich zu fragen, ob Jinxy hinter der ganzen Sache steckte – vielleicht hatte sie ja Gerüchte darüber gesät, was für ein geistreicher und liebenswerter Mensch ich war. Dann blieb Rasmus natürlich nichts anderes als bittere Enttäuschung, die in diesem Augenblick überdeutlich wurde.

„Aber … die Sterne?", stammelte ich hilflos und fühlte mich gleich noch ein bisschen elender, als mir klar wurde, wie lächerlich ich mich anhörte.

Rasmus ging hinter mir in die Hocke und streckte neben meinem Kopf den Arm aus, um in Richtung der blassen Mondsichel auf den Himmel zu zeigen. „Siehst du das da, tief am Horizont?", fragte er gedämpft, weil sein Mund ganz nah an meinem Ohr war. Ich bemerkte zum ersten Mal, dass seine Stimme ein bisschen rau klang. Mein Herz begann schneller zu schlagen.

„Ja“, flüsterte ich.

„Das ist die Venus. Ist zwar ein Planet, aber die Sterne kannst du dir ganz ähnlich vorstellen: helle Pünktchen auf dunklem Grund. Können wir jetzt gehen? Ich bin echt am Verhungern.“

Wir begnügten uns mit dem erstbesten Schnellrestaurant, das wir nach einigen Minuten Autofahrt fanden. Während die kaugummikauende Kellnerin unsere Bestellung aufnahm, streifte sie mich mit einem merkwürdigen Blick, so als fragte sie sich, was ein Typ wie Rasmus mit einem windzerzausten, rotgesichtigen Ding wie mir wollte. Ich konnte es ihr nicht verdenken.

Die lauwarmen Nudeln, die sie uns kurz darauf servierte, schmeckten ziemlich fade. Ich schnappte mir die Tabascosoße und schüttelte das Fläschchen über meinem Teller, doch die Öffnung schien irgendwie verstopft zu sein. Noch ein kräftiger Ruck – und ein Schwall roter Soße ergoss sich über meine armen Spaghetti. Rasmus hatte mich natürlich beobachtet und runzelte jetzt die Stirn.

„Ist das nicht ein bisschen viel?“

„Aber nein“, meinte ich fröhlich und wickelte Nudeln um meine Gabel, „genau so mag ich mein Essen. Richtig schön scharf.“

Ich würde mich nicht blamieren. Nachdem ich im Steinbruch mit dem Leben davongekommen war, würde ich auch noch den restlichen Abend über die Runden bringen, *ohne* mich als Pechvogel zu outen, und ich würde unter gar keinen Umständen anfangen zu weinen, auch wenn mein Mund gerade wie Feuer brannte. Vor allem aber musste ich Rasmus zum Reden bringen, damit er mich nicht mehr so ansah.

„Also, Rasmus“, begann ich mit leicht betäubter Zunge, und mein Blick fiel auf das lederne Armband, das er mechanisch ein Stück nach hinten schob, bevor er nach seinem Besteck griff. „Wo hast du das denn her?“

„Ist ein Andenken“, antwortete er ausweichend und drehte es gedankenverloren herum, sodass die metallene Plakette daran nach oben zeigte. „Ich trage es eigentlich so gut wie immer, außer beim Sport.“ Alles in seinem Tonfall und in seiner Mimik schien das Wort *Exfreundin* zu signalisieren.

„Bringt das … irgendwie Glück oder so?“

Kurz und freundlos lachte er auf. „Nein. Und abgesehen davon glaube ich auch nicht an so was.“ Er musterte mich, während ich ungeschickt mit der Gabel hantierte – von unserer Kletterpartie tat mir das geprellte Handgelenk ziemlich weh – und wies dann mit dem Kinn auf meinen Verband. „Sieht aber so aus, als könntest *du* einen Glücksbringer gebrauchen“, fügte er hinzu, und eine Frage schwang in dieser Bemerkung mit. Als hätte er mich bei etwas Verbotenem ertappt, sah ich erschrocken hoch. War er doch Zeuge meines heutigen Unfalls gewesen, oder versuchte er einfach nur ein bisschen Konversation zu machen? Ich hatte auf jeden Fall nicht die Absicht, Rasmus darauf hinzuweisen, dass eine Stunde Geräteturnen – und erst recht ein Ausflug in einen Steinbruch – für mich mit hoher Wahrscheinlichkeit von einer Stippvisite beim Arzt gekrönt war. Wer wollte schon mit einem Mädchen ausgehen, das eine Spur aus Blut und Verwüstung hinter sich herzog?

„Ach, das“, sagte ich wegwerfend und zupfte an dem Verband. „Das war weiter nichts, nur eine kleine Sportverletzung, wie sie manchmal eben vorkommt.“ Und auf den

Verdacht hin, dass er mein Gespräch mit der Schulärztin womöglich doch mitangehört hatte, fabulierte ich wild drauflos: „Zum Glück wird an der Galilei aus so etwas keine große Sache gemacht. Die Ärztin an meiner alten Schule war hochgradig hysterisch und hat die winzigsten Unfälle zu richtigen Katastrophen aufgebauscht. Jinxy und ich haben deshalb ziemlich abenteuerliche Schülerakten mitgebracht. Aber sag mal", lenkte ich das Gespräch hastig in eine neue Bahn, „ich habe gehört, dass du auch noch nicht so lange an der Galilei High School bist. Wo warst du denn vorher – bist du ... zusammen mit deiner Exfreundin zur Schule gegangen?"

Oh Mann. Damit war es amtlich: Ich war offenbar besessen von Rasmus' Verflossenen. Wie nicht anders zu erwarten, senkte er den Blick auf seinen Teller und begann das Essen in Rekordtempo in sich hineinzuschaufeln, anstatt mir zu antworten. „Bist du fertig?", fragte er schließlich abweisend. Ich schob meine ungenießbaren Spaghetti seufzend von mir und stand auf. Er zahlte für mich und half mir dann in meine Jacke, doch dabei verlor er kein einziges Wort mehr. Im Auto wartete er damit zu starten, bis ich ihm verlegen meine Adresse genannt hatte. Es hätte mich nicht gewundert, wenn er mich vor meinem Haus einfach nur schnell hätte rausspringen lassen; viel erstaunlicher fand ich es, dass Rasmus wie selbstverständlich mit mir ausstieg und mich zur Haustür begleitete. Zaghaft begann ein winziges Pflänzchen Hoffnung in mir zu sprießen – klar, meine Bemerkung über seine ehemalige Freundin war taktlos gewesen, aber andererseits auch nicht schlimm genug, als dass mich ein Junge, der mich gerade zu Kino und Essen eingeladen hatte, deswegen auf einmal hassen sollte. Umständlich kramte ich meinen Schlüsselbund hervor und zögerte, die Türe aufzuschließen. Ich selbst hatte ja keine Erfahrung auf diesem Gebiet, doch in den Liebesfilmen, die ich mir manchmal mit Jinxy ansah, war das Spielen mit dem Schlüsselbund so etwas wie ein Code. Bedauerlicherweise hingen an dem Ring genau zwei Schlüssel: einer für die Haustüre und einer für mein Fahrrad. Nachdem ich eine Weile damit geklimpert hatte und Rasmus schließlich die Stirn runzelte, gab ich es auf. Ich öffnete die Tür einen Spalt, wandte mich noch einmal zu ihm um und murmelte: „Na dann, ich schätze, wir sehen uns morgen."

„Gute Nacht", antwortete Rasmus förmlich. „Und danke für den Abend." Damit drehte er sich um und ging zu seinem Auto zurück.

3. Kapitel

Am nächsten Tag fehlte Rasmus in Englisch. Weil ich einer Konfrontation mit ihm hatte entgehen wollen, war ich extra spät zur Schule gekommen; deshalb hatte Jinxy noch keine Gelegenheit gehabt, mich mit ihren Fragen zu löchern. Während der ganzen Stunde huschten ihre Augen zwischen mir und dem leeren Platz in der Reihe hinter uns hin und her, und es erstaunte mich, dass sie nicht explodierte. Um sie für ihre Unaufmerksamkeit zu tadeln, hielt Professor Scott sie nach dem Pausenklingeln zurück, sodass ich es unbehelligt zu den Schließfächern schaffte. Dort traf ich auf Sam, der mir freundlich zunickte, bevor er seinen Spind aufschloss. Ich wollte gerade ein Gespräch mit ihm beginnen, als Jinxy wie eine Kanonenkugel auf mich zugeschossen kam und mich unsanft am Arm packte.

„Wie war dein Date mit Rasmus?“, begann sie augenblicklich, mich auszuquetschen. „Und was hast du ihm angetan, dass er heute das Bett hüten muss?“

Ich glaubte zu sehen, dass Sams Schultern leicht zuckten, während er sich über seinen Rucksack beugte und die Bücher für den nächsten Kurs einräumte. Nachdem er sich wieder aufgerichtet hatte, winkte er uns beiden nur kurz zu und ging los.

„Das war nicht besonders feinfühlig von dir“, rügte ich Jinxy.

„Pph“, machte sie ungerührt, „er kann ruhig wissen, dass er Konkurrenz bekommen hat. Jungen interessieren sich viel mehr für einen, wenn sie wissen, dass man begehrt ist. So nach dem Motto: Leute, fresst … Mist, tausend Fliegen können sich nicht irren."

„Ich weiß nicht, ob ich diesen Vergleich besonders schmeichelhaft finden soll", sagte ich pikiert.

„Ach, du verstehst doch, was ich meine", erwiderte sie mit einer wegwerfenden Handbewegung. „Und jetzt komm bitte wieder zum eigentlichen Thema zurück!"

Widerwillig schilderte ich ihr den unglücklichen Verlauf des vergangenen Abends. Jinxy schlug sich natürlich sofort auf meine Seite und erklärte Rasmus zum Jammerlappen, weil er sich durch die Erwähnung seiner Exfreundin derart aus der Fassung bringen ließ. „Mach dir nichts draus, Lily", versuchte sie mich zu trösten. „Wahrscheinlich fehlt er deswegen, weil er kapiert hat, wie peinlich er ist."

Ich brachte nur ein schwaches Lächeln zustande. Die Frage, warum Rasmus nicht in die Schule gekommen war, quälte mich viel zu sehr, als dass ich darüber hätte Witze reißen können. Auch am nächsten Tag ließ er sich in Englisch nicht blicken, und ich konnte nicht in der Sporthalle nach ihm Ausschau halten, weil ich wegen meines verletzten Handgelenks für zwei Wochen vom Turnunterricht befreit war. Die fünfte Stunde brachte ich also im Studierzimmer zu, wo mir Sam Gesellschaft leistete. Er schwänzte dafür den Informatikkurs, den er von nun an statt seines Sportkurses besuchen sollte.

„Sie haben festgestellt, dass meine Ausbildung in dieser Hinsicht bisher *äußerst mangelhaft* war", erzählte er mir grinsend. „Jetzt muss ich in diesen Vertiefungskurs, um das wieder aufzuholen, und Sport fällt für mich fürs Erste ins Wasser, weil ich darin meine Pflichtstunden schon absolviert habe."

„Du Glücklicher", seufzte ich sehnsüchtig. „Wenigstens bleibt mir der Geruch nach Sportlerschweiß noch für kurze Zeit erspart. Wie du siehst, hast du mir einen großen Gefallen getan, als du mich mit dieser Reckstange beworfen hast."

Zufrieden stellte ich fest, dass Sam darüber bereits lachen konnte. Überhaupt wirkte er ziemlich gut gelaunt, nachdem er noch am Vortag in der Biologiestunde mit einer todunglücklichen Miene neben mir gesessen hatte. Das Grinsen verschwand allerdings rasch wieder aus seinem Gesicht und machte einem verlegenen Ausdruck Platz. „Ähm, Lily", fing er zögernd an, „mir ist aufgefallen, dass du dir Gedanken darüber gemacht hast, warum dieser Junge gestern gefehlt hat."

„Und heute Morgen", rutschte es mir heraus.

„Hm … ja. Also, ich habe letzte Pause gesehen, wie er ins Schulgebäude gekommen ist. Scheint alles okay zu sein."

Meine gemischten Gefühle angesichts dieser Neuigkeit wurden rasch von der Rührung abgelöst, die bei Sams Anblick in mir hochstieg. Noch immer kam es mir erstaunlich vor, dass er sich tatsächlich für mich zu interessieren schien, aber wenn es so war, musste ihn die Nachricht von meinem Treffen mit Rasmus ziemlich mitgenommen haben. Dass er mir jetzt trotzdem von der Rückkehr seines vermeintlichen „Rivalen" erzählte, nur um mich zu beruhigen, war mehr als nobel von ihm. Warum machte ich mich eigentlich wegen eines miesgelaunten Kerls wie Rasmus verrückt, wenn so ein netter Junge wie Sam in meiner Nähe war?

Diese Frage drängte sich mir noch stärker ins Bewusstsein, als ich Rasmus kurz darauf in der Cafeteria erspähte: Er saß alleine an einem Tisch und zog gerade die Plastikfolie von einem nagelneuen *Hamlet*-Exemplar ab. Morgen würden wir diese superwichtige Klausur schreiben, die zwanzig Prozent der Gesamtnote ausmachte, und er fing *jetzt* damit an, die Pflichtlektüre zu lesen? Ich beschloss, das zum Anlass dafür zu nehmen, alle verletzten Gefühle in unendliche Gleichgültigkeit ihm gegenüber umzupolen. Diese Ungerührtheit brachte ich mit etwas zum Ausdruck, das ich für ein verächtliches Schnauben hielt.

„Gesundheit", sagte Jinxy, dann folgte sie meinem Blick. „Oh, da sitzt ja Mr Danke-für-den-Abend, dieser blöde Wicht, dieser Affen..."

„Jinx", murmelte ich warnend und zog sie hinter mir her, um einen möglichst großen Abstand zwischen ihr leidenschaftliches Getuschel und Rasmus' Tisch zu bringen. „Ist schon gut, ehrlich. Ich habe mir gerade überlegt, dass ich sowieso nie mit ihm hätte ausgehen sollen. Das passt doch gar nicht zusammen, so ein obercooler Bad Boy und eine wie ich."

Das ganze Wochenende arbeitete ich daran, diese Erkenntnis zu meiner felsenfesten Überzeugung zu machen. Zum Glück kamen am Freitagabend meine Eltern zurück, die mir einen riesigen Stoß uralter Bücher mitbrachten und schon darauf brannten, alles über meinen Start an der Galilei High zu erfahren – das hielt mich weitgehend vom Grübeln ab. Ich hatte immer den Eindruck, dass sich meine Mutter und mein Vater hin- und hergerissen fühlten zwischen der Leidenschaft für ihren Beruf und dem Pflichtgefühl als treusorgende Eltern. Deshalb versuchten sie wohl, mir in der spärlichen Zeit, die wir miteinander verbrachten, doppelt so viel Aufmerksamkeit zu schenken. Weil sie am Mittwoch bereits wieder auf eine Stippvisite nach Schottland wollten, bestürmten sie mich am Wochenende geradezu mit Fragen nach meinen neuen Lehrern und Mitschülern. Ich gab mir die größte Mühe, mir genügend interessante Anekdoten aus den Fingern zu saugen, um ein ganz bestimmtes Thema meiden zu können ... oder eher einen ganzen Themenkomplex, der Klopapier, Exfreundinnen und schmale, kalte Augen beinhaltete.

Die Professoren an der Galilei gehörten anscheinend zu jener irritierenden Sorte von Lehrern, die sich als Wochenendbeschäftigung nichts Schöneres vorstellen konnten, als über Schülerheften zu brüten: An meiner alten Schule hatte ich oft wochenlang auf die Rückgabe einer Klausur warten müssen, doch Professor Scott hatte bereits am Montag den Stoß korrigierter Aufsätze dabei. Sorglos lehnte ich mich zurück, während die meisten anderen nervös auf ihren Sitzen herumrutschten (wie Rasmus sich verhielt, konnte ich nicht sagen, weil ich es standhaft vermied, in seine Richtung zu blicken). Meine Arbeit war gut geworden, dessen war ich mir sicher. Ich hatte Hamlets Zögern unter einem psychoanalytischen Blickwinkel interpretiert und den Geist des Vaters als Metapher für das schlechte Gewissen des Prinzen entlarvt: Der Theorie über den Ödipuskomplex zufolge hatte Hamlet seinen Vater als Rivalen im Kampf um die Liebe der Mutter betrachtet. Die Verbrechen seines Onkels – den König zu töten und die Königin zur Frau zu nehmen – erinnerten ihn an seine eigenen frevlerischen Wünsche, sodass er von seinen Schuldgefühlen lange daran gehindert wurde, den Mord an seinem Vater zu rächen.

Professor Scott schritt zwischen den Bankreihen auf und ab, das Paket Hefte wie ein Kellner sein Tablett auf einer Hand balancierend. „Einige von Ihnen", sagte er spöttisch, „hatten wohl Besseres zu tun, als ihre Zeit mit der Lektüre dieses Dramas zu verbringen. Nur so lässt es sich erklären, dass mitunter felsenfest behauptet wurde, nicht die Königin, sondern Hamlets Geliebte Ophelia habe Gift getrunken. Bitte versuchen Sie sich zu merken: Shakespeare hat durchaus noch andere Stücke geschrieben als

Romeo and Juliet." Neben mir stöhnte Jinxy auf; ganz offensichtlich hatte sie eine falsche Inhaltszusammenfassung in ihrem BH versteckt gehabt.

„Andere wiederum", fuhr der Englischlehrer fort, „haben mich mit ihren Leistungen positiv überrascht – insbesondere eine Person, die sich im Unterricht bisher nicht allzu sehr hervorgetan hat."

Ich richtete mich ein wenig auf, als der Professor ein Heft aus dem Stapel zog. Es stimmte, ich hatte mich in Englisch noch nicht oft zu Wort gemeldet; die einschüchternde Art des Lehrers, gepaart mit meiner Angst zu erröten, hatte mich davon abgehalten. Auch jetzt spürte ich, wie sich mein Gesicht erhitzte: Womöglich würde mich Professor Scott bitten, meinen Aufsatz der Klasse vorzulesen, und ich wusste nicht, ob ich eine solche Vorstellung ohne Peinlichkeiten überstehen konnte. Trotzdem zwang ich ein höfliches Lächeln auf meine Lippen, als der Lehrer sich meiner Bank mit den Worten näherte:

„Herzlichen Glückwunsch – Rasmus." Über meinen Kopf hinweg reichte er das Heft seinem Besitzer. „Sie haben es geschafft, den Zwiespalt, in dem der Dänenprinz sich befindet, auf meisterhafte Art und Weise zu analysieren. In Ihrer Interpretation wird das berühmte Zitat ‚*To be or not to be*' zur alles entscheidenden Frage: Handeln oder nicht handeln? Und in welche Richtung soll Hamlet gehen? Sie beschreiben gut nachvollziehbar, wie lähmend der Druck der Entscheidung wirken kann, selbst wenn die Alternativen klar vor einem liegen. Wie ist Ihnen das gelungen?"

Rasmus fuhr sich mit einer Hand durch die Haare und ließ sie noch ein wenig zerzauster zurück. Er schien kein bisschen verlegen oder stolz zu sein; der Ausdruck seiner schmalen Augen wirkte geradezu gelangweilt.

„Ich schätze, ich kann mich einfach ganz gut in einen Narzissten des elisabethanischen Theaters einfühlen“, gab er trocken zurück und schob das Heft in seinen Rucksack, noch bevor Professor Scott ihn auffordern konnte, den Essay vorzulesen.

Nach einem kurzen Achselzucken fuhr der Lehrer fort, die Aufsätze auszuteilen. Jinxys Heft ließ er ohne Kommentar auf die Tischplatte klatschen, als verströmte es einen unangenehmen Geruch; als er mir meines überreichte, sagte er dazu: „Gut gemacht, Lily. Aber bitte seien Sie sich das nächste Mal Ihrer Interpretation nicht allzu sicher, sondern bleiben Sie offen für weitere Möglichkeiten. Der Geist des Vaters etwa muss nicht zwingend als Metapher betrachtet werden – wenn Sie Shakespeare lesen, behalten Sie bitte im Hinterkopf: *‚Es gibt mehr Ding' im Himmel und auf Erden, als deine Schulweisheit sich träumt.'*“

Beunruhigt schlug ich mein Heft auf und blätterte hastig bis zum Ende des Essays, wo Professor Scott die Note eingetragen hatte.

Ich hatte eine Zwei.

Nur verschwommen nahm ich wahr, wie der Lehrer die restlichen Hefte zurückgab. Ich hatte noch nie etwas Schlechteres als eine Eins minus auf einen Aufsatz bekommen, bei dem es um Literatur ging: Das war meine große Stärke, mein Trumpf. Es war das einzige Fachgebiet, bei dem ich mir meine Noten nicht durch übermäßigen Fleiß erarbeiten musste, sondern für das ich so etwas wie Talent besaß – ein Talent, dem ich in erster Linie die Aufnahme an die Galilei High School verdankte und das mir den Weg zu einer guten Uni ebnen sollte. Und wenn nun diese Zwei den Anfang einer Serie von immer schlechter werdenden Noten darstellte? Dass ich eine Eliteschule besucht hatte, würde mir bei dem späteren Kampf um

Ausbildungs- und Arbeitsplätze nichts nutzen, wenn ich nur lausige Zeugnisse von dort mitbrachte.

Ich war schon dabei, mich in eine mittelschwere Panik hineinzusteigern, als plötzlich Professor Scotts Stimme zu mir hindurchdrang: „Wie Sie wissen, wird das Ergebnis der Klausur die Endnote entscheidend beeinflussen. Weil ich Sie mit dieser Arbeit jedoch gleich am Schulanfang mehr oder weniger überrumpelt habe, gebe ich Ihnen die Möglichkeit, Ihre Leistung im Nachhinein ein klein wenig auszubessern: Wenn Sie mir bis Ende der Woche Ihren Essay sorgfältig korrigiert und gegebenenfalls auch völlig umgeschrieben zurückgeben, erhalten Sie dafür einige Pluspunkte."

Wie um seine Worte zu unterstreichen, schrillte gleich darauf die Pausenglocke. In einer Art Trancezustand blieb ich auf meinem Platz sitzen, unempfänglich für Jinxys wortreiche Beschwerden über „Emo-Prinzen und Gespenster". Aus dem Augenwinkel nahm ich wahr, wie Rasmus seinen Rucksack über die rechte Schulter schwang, um dann auf die Tür zuzustreben. In diesem Moment hatte sich in mir bereits ein Entschluss gebildet: Ihn in die Tat umzusetzen würde peinlich und entwürdigend werden – und es war absolut notwendig. Nachdem ich Jinxy schnell irgendeine Ausrede zugemurmelt hatte, stürzte ich hinter Rasmus her.

Erstaunlich schnell bewegte er sich an den Schülern vorbei, die nun alle aus den Klassenzimmern strömten, und ich hatte große Mühe, ihm auf den Fersen zu bleiben. Um ihn in dem Gedränge nicht aus den Augen zu verlieren, legte ich noch einen Zahn zu; deshalb schaffte ich es nicht rechtzeitig abzubremsen, als Rasmus in der Aula stehen blieb, um einen Aushang am Schwarzen Brett zu lesen.

„Hoppla", rutschte es mir heraus, nachdem ich gegen seinen Rücken geprallt war, „entschuldige."

„Kein Problem", murmelte er, warf mir einen flüchtigen Blick zu und wollte auch schon seinen Weg fortsetzen. Ich gab mir einen Ruck.

„Ähm, Rasmus?", fragte ich zaghaft. Mit nachsichtiger Miene drehte er sich erneut zu mir um, offenbar in der Erwartung, dass sich dieses Missverständnis gleich wieder aufklären würde.

„Was gibt's?"

Ich räusperte mich und hoffte, dass sich dadurch das nervöse Zittern in meiner Stimme vertreiben ließ. Dann erklärte ich hastig: „Es geht um die Klausur – um deinen Aufsatz über Hamlet, den der Prof. so gelobt hat. Ich hab meinen Essay diesmal nicht so gut hingekriegt, und deshalb wollte ich dich fragen, ob du mir bei der Verbesserung helfen könntest."

„Du meinst, ich soll dir Nachhilfe geben?" Es klang, als hätte ich ihn dazu aufgefordert, eine Münze hinter meinem Ohr hervorzuzaubern. Ich hatte vollkommen Recht gehabt: Das hier *war* peinlich und entwürdigend.

„Ja, bitte", bestätigte ich kleinlaut, obwohl allmählich Ärger in mir darüber aufstieg, mich überhaupt in diese Situation gebracht zu haben.

Unschlüssig rieb Rasmus sich mit einer Hand den Nacken. „Na ja, welche Note hast du denn auf die Klausur bekommen?"

„Eine Zwei."

Einige Sekunden lang sah er mich schweigend an. „Aha."

„Jetzt denkst du wahrscheinlich, dass ich eine Streberin bin", sagte ich heftig und reckte trotzig das Kinn vor.

Wieder gab es eine kurze Pause, bevor er antwortete. „Aber nein."

Ich spürte, wie ich vor Unbehagen zu schwitzen begann, und holte tief Luft. Auf einmal hatte ich es satt, mich vor ihm immer so schrecklich hilflos zu fühlen. Bevor ich mich wieder in ein stammelndes, jämmerliches Etwas verwandeln konnte, kratzte ich all meinen Mut zusammen und legte los:

„Weißt du was? Du kannst dir deinen Sarkasmus sparen. Ja, und auch deinen Dank, den kannst du dir ganz besonders sparen. Danke für den Abend? Ist das dein Ernst? Schließlich hast *du mich* angerufen, *du* wolltest mit mir ausgehen, und es tut mir leid, dass ich dich enttäuscht habe, aber da kann man eben nichts machen. Ich hätte mir fast in die Hosen gemacht in diesem Steinbruch, ja, ich hatte natürlich überhaupt keine Hosen an, sondern einen wirklich viel zu kurzen Rock, in dem einem wirklich viel zu kalt wird, und dann hatte ich den Mund voll scharfer Soße, und dann *schaust* du auch noch dauernd so, so“ – ich bemerkte, dass ich den Faden verlor – „jedenfalls ist es mir egal, was du denkst. Dann bin ich eben eine Streberin, na und? Meine Aufsätze sind wirklich gut, zumindest waren sie das immer, und es wäre nett von dir, wenn du mir dabei helfen würdest, dass sie wieder gut werden.“ Damit waren sowohl mein Mut als auch mein Zorn restlos verpufft.

Rasmus starrte mich aus ungewöhnlich großen Augen an. „Okay“, meinte er dann.

„Danke“, flüsterte ich zurück, und da sich der Boden leider nicht vor mir auftun wollte, wandte ich mich schnell zum Gehen.

„Das war es übrigens wirklich wert“, hörte ich ihn plötzlich hinter mir.

„Was?“, fragte ich, ohne mich umzudrehen.

„Das Frieren. Der Rock. Das war es wirklich wert.“

„Morgen nach der letzten Stunde würde es mir passen", brachte ich hervor. Dann – und ich hätte schwören können, dass er lautlos lachte – ergriff ich die Flucht.

Am nächsten Tag lernte ich schon vor der verabredeten Nachhilfestunde eine wichtige Lektion: Obwohl ich mich von der Turnhalle fernhielt, durfte ich mich keineswegs in Sicherheit wiegen. Ich saß gerade mit Jinxy und Sam in der Cafeteria, als einige der jüngeren Schüler damit begannen, einen Ball über mehrere Tische hinweg hin und her zu kicken. Die Frau von der Essensausgabe stürzte mit erhobener Kelle hinter ihrem Tresen hervor und fing an zu zetern, woraufhin die Jungen sich erschrocken nach ihr umdrehten und den Ball aus den Augen ließen. Er sauste in unsere Richtung, prallte – was sonst? – direkt in mein Gesicht und landete schließlich mit einem satten Platschen auf Jinxys Teller.

„Sie ist nicht gebrochen", stellte die Schulärztin wenig später fest und unterließ es endlich, an meiner schmerzenden Nase herumzudrücken. Angesichts der Tatsache, dass das Mädchen mit der spannenden Akte schon wieder auf ihrer Behandlungsliege saß, konnte sie ihre Miene nur schwer unter Kontrolle halten. „Kühlen Sie die Stelle und tragen Sie diese Salbe auf. In ein paar Tagen sollte es wieder normal aussehen."

Normal? Bedeutete das etwa, dass ich gerade *abnormal* aussah?

„Sei ehrlich", wandte ich mich besorgt an Jinxy, als wir das Krankenzimmer verließen, „wie wirkt mein Gesicht?"

„Schön bunt", antwortete sie tröstend. Der Spiegel im Mädchenklo gab ihr zur Hälfte Recht: Ich sah tatsächlich bunt aus. Meine Nase leuchtete in einem wunderbaren Tiefrot, und auf meinen Wangenknochen breiteten sich malerische violette Schatten aus. Heute jedenfalls keine Nachhilfe für mich!

Als die Biologiestunde zu Ende war, verabschiedete ich mich von Sam und setzte mich auf eine Bank vor dem Schulgebäude, um auf den Bus zu warten. Dann schrieb ich eine SMS an Rasmus, dessen Nummer ich nach seinem Anruf bei mir zu Hause in mein Handy eingespeichert hatte:

Tut mir leid, ich muss unser Treffen absagen. Ich habe – hier überlegte ich kurz und tippte dann: *einen persönlichen Termin.* Zufrieden stellte ich fest, dass sich das einerseits ziemlich wichtig anhörte, andererseits war es unwahrscheinlich, dass Rasmus genauer nachfragte. Ich wollte mein Handy gerade wieder in meiner Umhängetasche verstauen, als das kleine Briefzeichen am Display aufleuchtete.

Zu schade, schrieb er. Sonst nichts. Ich scrollte bis zum Ende des Textfeldes, um mich zu vergewissern, dass da nicht doch noch etwas stand.

„Wie persönlich denn genau?"

Erschrocken fuhr ich herum und befand mich gleich darauf Auge in Auge mit Rasmus, der sich über die Rückenlehne der Bank beugte. Plötzlich nur wenige Zentimeter von meinem ramponierten Gesicht entfernt, gab er etwas von sich, das in etwa wie ein Räuspern klang. Dann schwang er sich kommentarlos über die Lehne und landete direkt neben mir.

Es ist nur peinlich, wenn du die Peinlichkeit zulässt.

„Ähm, ist eigentlich nicht so wichtig. Ich meine, ich könnte es zur Not verschieben. Aber kannst du dir denn jetzt auch ein paar Stunden Zeit nehmen?", fragte ich und versuchte dabei einen strengen Tonfall anzuschlagen, der nur mäßig gelang.

„Aber sicher doch."

„Und du hast deine Unterlagen dabei?"

„Na klar."

„Und … du wirst mich auch nicht Rudolph nennen?"

„Würde mir nicht im Traum einfallen." Sein kurzer Hustenanfall kam mir ziemlich verdächtig vor.

„Meinetwegen. Wohin wollen wir gehen? Vielleicht können wir einen Platz in der Bibliothek ergattern …"

Ohne mich ausreden zu lassen, langte Rasmus zu mir herüber, zog mir das Heft einfach aus der Hand und schlug es auf. Während er las, wirkte er auf merkwürdige Weise zugleich entspannt und hochkonzentriert, so als gelänge es ihm dabei alles andere auszublenden. Zwischen seinen Augenbrauen erschien eine winzige senkrechte Falte. Ich rutschte unruhig auf meinem Platz hin und her, bis er das Heft endlich wieder sinken ließ.

„Sauklaue", bemerkte er trocken.

„Gar nicht!"

„Ziemlich viele Adjektive."

„Ist ja auch kein Zeitungsartikel."

Auf einen Schlag veränderte sich sein Gesicht. Wenn er lächelte, wurden seine Augen noch schmaler, und zu beiden Seiten seiner Mundwinkel verwandelten sich seine Grübchen schließlich in breite Lachfalten. „Dein Essay ist gut, wirklich", sagte er unvermittelt. „Den Scott stört doch nur, dass du deinen Interpretationsansatz so darstellst, als wäre er der einzig Richtige. Ich könnte dir schon ein paar kleine Tipps geben, aber bist du dir sicher, dass du sie hören willst? Du scheinst nicht sehr empfänglich für meine Kritik zu sein."

„Entschuldige", murmelte ich betreten. „Ich bin es nicht gewohnt, Nachhilfeunterricht zu nehmen."

„Und ich bin es nicht gewohnt, welchen zu geben. Für so was bin ich irgendwie", er lehnte sich zurück und musterte mich kurz, „zu cool." Unbehaglich fragte ich mich, ob er wohl meinen Kommentar über seine späte *Hamlet*-Lektüre und seine Bad-Boy-Attitüde mitangehört hatte. Bevor ich ernsthaft anfangen konnte, mich zu schämen, setzte er hinzu: „Und zu hungrig. Ich würde vorschlagen, wir gehen jetzt erst mal irgendwo was essen."

„Du willst mir beim *Essen* bei der Verbesserung meines Aufsatzes helfen?", fragte ich skeptisch.

„Ja, wieso nicht? Auf dem Weg dorthin überlege ich mir, wie viel von meiner Weisheit ich mit dir teilen kann. Da kommen mir bestimmt die besten Einfälle, denn wie hieß es doch gleich bei Mark Twain? *Hunger is the handmaid of genius.*"

„Ich glaube, das war irgendwie anders gemeint."

„Siehst du, wir werden uns nachher noch wunderbar über die Interpretationsmöglichkeiten von Literaturzitaten streiten können", stellte er aufmunternd fest. „Und jetzt lass uns fahren. Ich kenne da ein italienisches Restaurant, in dem die Pasta wirklich gut ist. Hm – besser als beim letzten Mal." Es hörte sich fast so an, als wollte er sich für mehr als nur das schlechte Essen bei unserem Treffen entschuldigen.

„Okay", willigte ich etwas atemlos ein, „dann freu ich mich schon auf Spaghetti."

„Und auf deine Begleitung natürlich. Ich übernehme den galanten Part jetzt einfach mal für dich."

Obwohl ich angestrengt auf mein Heft starrte, glaubte ich sein breites Grinsen wahrnehmen zu können. „Ist doch klar", murmelte ich, dann ließ mich die Verlegenheit trotzig werden. „Du könntest dich ja auch einmal etwas mehr wie ein Gentleman benehmen."

„Gern. Soll ich jetzt?", fragte er, und in seiner Stimme lag etwas, das mich erneut nervös auf der Bank herumrutschen ließ.

„Schon gut", würgte ich kleinlaut hervor. Ich war mir nun sicher, dass er sich über mich lustig machte, und diese charakterliche 180-Grad-Wende, die er seit unserem missglückten Date hingelegt hatte, bereitete mir beinahe Ohrensausen.

„Du hast Recht, so auf Befehl wird das nichts. Also, können wir los?"

„Mhm …" (Ich hatte in diesem Moment die überflüssige Entdeckung gemacht, dass das Braun von Rasmus' Augen mit hellen Sprenkeln durchsetzt war, und gab mir einen Ruck.) „Ich meine: ja."

Obwohl ich wegen des kaputten Beifahrersitzes wieder mit der Rückbank Vorlieb nehmen musste, gestaltete sich die gemeinsame Autofahrt diesmal unendlich weniger krampfig als in der Woche zuvor. Als sich nicht sofort ein Gespräch zwischen uns entwickeln wollte, schaltete Rasmus einfach das Radio an – ich war erstaunt, dass es funktionierte, und fragte mich, warum wir den Weg zum Steinbruch in peinlicher Stille zurückgelegt hatten. Eine Hand nachlässig am Lenkrad, schaltete Rasmus durch die verschiedenen Sender, drückte ein Volkslied und einen R'n'B-Song weg und landete schließlich bei Nat King Coles *L-O-V-E*. Ich wartete darauf, dass er nach einem anderen Lied suchte, aber zu meiner Überraschung blieb er dabei. Er machte sogar lauter.

„Magst du das?", erkundigte ich mich, um unser Schweigen zu brechen.

„Ja, du nicht?", gab er achselzuckend zurück.

„Ich weiß nicht recht … Aber ich glaube, mein Opa findet den Song ganz gut."

Rasmus schnaubte leise. „Banausin. Damals gab es eben noch richtig eingängige Musik, nicht so wie heute. Ich glaube nicht, dass es die Lieder, die jetzt in den Charts sind, in fünfzig Jahren immer noch im Radio spielen wird."

„Du hörst dich sogar so ähnlich an wie mein Opa."

„Ruhe auf den billigen Plätzen", schoss Rasmus sofort zurück, aber seine Stimme klang freundlich.

„So wie dein Beifahrersitz aussieht, bin ich mir nicht sicher, was hier die billigsten Plätze sind", wagte ich einzuwenden.

„Diesen Seitenhieb auf meinen mühsam ersparten Wagen übergehe ich jetzt mal. Der Song hebt meine Laune einfach viel zu sehr."

„Du wirst aber nicht mitsingen, oder?", fragte ich besorgt. „Jinxy singt sehr gern im Auto. Und sehr laut. Man muss dazusagen, dass sie gar kein Auto hat, das heißt, sie singt im Bus."

Rasmus lachte. „Keine Sorge, diesen Genuss muss man sich erst mal verdienen. Was dachtest du übrigens, welche Musik ich gerne höre?"

„Na ja … Metal vielleicht?"

„Manchmal schon. Aber wieso hättest du ausgerechnet darauf getippt?"

„Du bist doch immer dunkel gekleidet. Die Stiefel und die schwarzen Jeans … und so weiter … und du wirkst eben ein bisschen düster."

Die Reifen quietschten, als die Ampel auf Rot sprang und Rasmus abrupt bremste. Er drehte sich halb zu mir um. *„Düster?"*

Nervös nestelte ich an meinem Gurt herum. „Du weißt schon."

„Nein, eigentlich nicht", meinte er in einem interessierten Tonfall und wandte sich wieder nach vorne. „Aber das würde erklären, warum mir die Frau an der Essensausgabe immer extragroße Portionen gibt. So versucht sie mich wahrscheinlich zu besänftigen."

„Das glaube ich nicht“, antwortete ich verlegen.

„Vielleicht hat sie Angst, dass ich ansonsten *sie* verspeisen könnte.“

„Hör auf.“ Was ich hätte sagen können, war: *Selbst der Bedienung in der Cafeteria wird nicht entgangen sein, wie gut du aussiehst.* Zum Glück konnte ich mich zusammenreißen. Rasmus parkte inzwischen schwungvoll in einer winzigen Lücke zwischen zwei Autos ein, und der Motor erstarb mit einem letzten jämmerlichen Husten. Ich hatte während unserer Unterhaltung nicht auf den Weg geachtet; als ich nun aus dem Fenster schaute, schnappte ich empört nach Luft.

„Wir stehen vor *meinem* Haus!“

„Stimmt auffallend.“

„Hast du nicht gesagt, dass wir Pasta essen wollen?“

„Und wie immer stehe ich zu meinem Wort“, erklärte er würdevoll und zog den Zündschlüssel ab. „Aber in einem Restaurant gibt es zu viele Ablenkungen.“

Und hier etwa nicht?, dachte ich. Beziehungsweise – ich sagte es laut.

Rasmus bemühte sich um eine beherrschte Miene. „Ich garantiere dir, dass die nächsten Stunden lehrreich sein werden“, sagte er nachdrücklich, und ich gab mein Bestes, die Zweideutigkeit dieses Satzes zu ignorieren. „Mir ist übrigens noch eines eingefallen.“

„Ein was?“

„Ein passendes Literaturzitat: *Man kann nicht gut denken*“, begann er.

„Derzeit scheint nur einer Probleme damit zu haben“, versuchte ich zu spotten.

„... nicht gut lieben“, fuhr er unbeirrt fort, und ich spürte, wie die Hitze in mir hochstieg, *„... nicht gut schlafen, wenn man nicht gut zu Abend gegessen hat.“*

„Virginia Woolf?“

„Eine weise Frau“, stellte er fest. Erst jetzt bemerkte ich, dass er mich während unseres Wortwechsels aus dem Auto und bis zur Türe manövriert hatte. Ergeben kramte ich meinen Schlüssel hervor und verdrängte den Gedanken an das letzte Mal, als wir gemeinsam so vor dem Haus gestanden hatten.

„Schick“, kommentierte Rasmus die Einrichtung, nachdem ich ihn ins Wohnzimmer geführt hatte.

„Tja, meine Eltern sind Antiquitätenhändler und schleppen das Zeug aus aller Welt an.“

„Und wo ist dein Zimmer?“, fragte er beiläufig.

„Gleich oben, aber ich denke, der Wohnzimmertisch ist um einiges –“

Er war schon auf dem Weg die Treppe hinauf. „Und deine Eltern sind gerade unterwegs?“, rief er über die Schulter.

„Die kommen erst gegen neun Uhr abends wieder, aber …“ Hilflos hastete ich hinter ihm her.

„In Ordnung. Ich müsste sonst Angst haben, dass sie mich in deinem Zimmer erwischen“, er öffnete die Tür, „… und das wäre äußerst unpassend. – Wer ist das?“, erkundigte er sich plötzlich höflich und hielt meinen zerrauften Teddy eine Armeslänge von sich weg.

„Ach, gib das her“, brummte ich, rupfte ihm den Bären aus der Hand und schleuderte ihn so achtlos wie möglich auf meinen Schreibtischstuhl.

„Das?“, wiederholte Rasmus vorwurfsvoll, aber zum Glück wurde seine Aufmerksamkeit von etwas anderem abgelenkt. Er blieb vor meinem Bücherregal stehen und pfiff leise durch die Zähne. „Wenn du die wirklich alle gelesen hast, dann verstehe ich, warum du keine Nachhilfe von irgendeinem *Bad Boy* annehmen möchtest“, bemerkte er, während er den Blick über die Buchtitel huschen ließ. Diesmal war es offensichtlich, dass er damit auf meinen

abfälligen Kommentar zu Jinxy anspielte. „Du hast ja alle lehrplanrelevanten Werke hier versammelt", fuhr er fort und zog wahllos einige Bände heraus (wobei er die alphabetische Ordnung durcheinanderbrachte).

„Na ja, bei den meisten hat mir die Lektüre auch wirklich Spaß gemacht", antwortete ich ausweichend, „und außerdem bin ich eben gerne vorbereitet."

Abrupt stellte Rasmus die Bücher wieder zurück und drehte sich zu mir um. „Das ist mir auch schon aufgefallen", meinte er. „Wieso stehst du eigentlich so unter diesem Zwang, alles ganz und gar unter Kontrolle zu haben?"

Ich zögerte einige Sekunden lang, aber dann fasste ich einen Entschluss. Er war ein Junge. Und er war in meinem Zimmer. Ich musste einfach davon ausgehen, dass ich ihm vertrauen konnte, also holte ich tief Luft und stieß dann schnell hervor: „Also, die Sache ist die – du musst wissen, ich bin ein ziemlicher Pechvogel."

„Ein *was?*", fragte er nach und trug damit nicht gerade dazu bei, meine Verlegenheit zu mindern.

„Ein Pechvogel", wiederholte ich beschämt. „Bei unserem ... unserem Treffen letzte Woche habe ich bezüglich meiner Schülerakte sozusagen gelogen. Ich habe tatsächlich schon eine Menge Unfälle gehabt, was im Klartext bedeutet, dass ich mich am laufenden Band blamiere."

Rasmus musterte mich eine Weile schweigend; sein Blick wirkte – vermutlich das allererste Mal, seit ich ihn kannte – hellwach. Schließlich sagte er langsam: „Und du glaubst, wenn du immer Klassenbeste bist, kannst du diese Blamagen besser verkraften? Denkst du nicht, dass du dadurch nur noch verkrampfter wirst?"

Diese unverblümte Analyse meiner Selbst weckte in mir das Gefühl, als säße ich auf einem Präsentierteller. Ich versuchte es vor Rasmus zu verbergen, aber meine schauspielerischen Fähigkeiten ließen mich offenbar im Stich, denn er versicherte beinahe hastig:

„Ich werde mich von nun an ausschließlich zu oberflächlichen Themen äußern, wenn du willst."

„Ist doch okay", antwortete ich undeutlich, „ich gebe schon was auf deine Meinung." Unfassbar, was für ein Gänschen ich sein konnte! Zum Glück schien mir Rasmus nicht richtig zugehört zu haben. Er hatte sich ein wenig aufgerichtet und sah mich wieder fest an. Dann fragte er völlig übergangslos:

„Was hattest du heute in der Cafeteria?"

„Fischstäbchen", stammelte ich verwirrt.

„Bäh", machte Rasmus ernsthaft und fing dann doch an zu grinsen, als er mein Gesicht sah. „Das ist meine professionelle Meinung zu *diesem* oberflächlichen Thema. Ich hoffe, da gibst du auch einiges drauf. Und jetzt", verkündete er und erinnerte mich in seiner Vorfreude merkwürdigerweise an Jinxy, „sollten wir ganz dringend was zu essen bestellen."

„Was willst du für diesen Champignon?"

„Nichts", kam es heraus, bevor ich darüber nachgedacht hatte, „Freunde teilen ihr Essen doch einfach."

Wir saßen auf dem Teppich in meinem Zimmer und verspeisten die beiden Pizzen, für die wir uns in letzter Sekunde anstelle der Pasta entschieden hatten. Leider besaß Rasmus zu wenig Taktgefühl, um meine Aussage unkommentiert zu lassen. „Ach, sind wir das jetzt?", fragte er, während ich ihm meinen Teller hinhielt und er einen Champignon auf seine Gabel spießte. Ich konnte ganz genau sehen, dass er mir bei dieser Gelegenheit auch ein Stück Speck klaute.

„Tritt mir den Pizzarand ab, und wir sind es", forderte ich unglaublich cool.

„Das kannst du vergessen", erwiderte Rasmus ungerührt. Erst extra spät fügte er hinzu: „... ich meine das mit dem Rand."

„War ja klar", log ich, und mein Herzschlag begann sich wieder zu beruhigen. „Ich finde, bloß weil wir ... also dieses verpatzte Treffen letzte Woche muss nicht bedeuten, dass wir nicht befreundet sein können."

Rasmus schob seinen leeren Teller weg und lehnte sich zurück. „Ich weiß nicht recht", meinte er nachdenklich, „schließlich bin ich dein Nachhilfelehrer."

„Und was für ein eifriger auch noch!"

„Davon kannst du dich gleich selbst überzeugen", verkündete er. Anstatt jedoch nach meinem sträflich vernachlässigten Heft zu greifen, fing er an, das schmutzige Geschirr zusammenzustellen, um es in die Küche hinüberzubalancieren. „Ich spüle, du trocknest ab."

Die nächsten Minuten verbrachten wir einträchtig über das Spülbecken gebeugt, wobei ich es allerdings zur Sicherheit vermied, den Arm meines neuen *guten Freundes* zu berühren. Schließlich fiel mein Blick auf die Anzeige der Mikrowelle, und ich stellte fest, dass es bereits nach acht Uhr war. Meine Eltern mussten jeden Augenblick nach Hause kommen, also packte Rasmus seine Sachen zusammen. Während ich ihn in den Flur begleitete, staunte ich darüber, dass es tatsächlich Spaß gemacht hatte, den Nachmittag mit ihm zu verbringen: Klar, seine Art von Humor war manchmal etwas irritierend, und er hatte die unangenehme Fähigkeit, in meinem Gesicht zu lesen wie in einem Buch ... trotzdem war es ärgerlich, dass er sich nicht schon früher von dieser Seite gezeigt hatte. Als er sich bückte, um seine Docs zuzuschnüren, rutschte mir heraus: „Du verhältst dich schon komisch, in aller Freundschaft gesagt."

„Was meinst du jetzt genau?“, fragte er belustigt und richtete sich auf.

Eilig öffnete ich für ihn die Haustüre, um seinem Blick auszuweichen, während ich antwortete: „Ein bisschen mehr vom heutigen Du und ein bisschen – viel – weniger von dem, das du mir letzte Woche gezeigt hast, und es wäre deutlich einfacher mit dir.“

„Und einfach hast du es lieber?“, erkundigte er sich plötzlich lauernd. Anstatt an mir vorbeizugehen, blieb er ganz dicht neben mir stehen und lehnte sich gegen den Türrahmen. Schlagartig wurde mir bewusst, dass ich es den ganzen Abend lang vermieden hatte, näher über unser merkwürdiges Date nachzudenken. Er selbst hatte es mit keiner Silbe erwähnt, und ich konnte mir immer noch keinen Reim darauf machen, weshalb er mich plötzlich eingeladen und ebenso plötzlich wieder das Interesse an mir verloren hatte. Wegen meiner verletzten Gefühle hatte ich mir danach eingeredet, dass er irgendwie enttäuscht von mir gewesen war, oder dass es sich bei ihm um einen mürrischen Sonderling handelte, der keine Ahnung hatte, wie man mit Mädchen umging. Die letzten Stunden hatten mich jedoch eindeutig eines Besseren belehrt, und auf einmal beschlich mich der Verdacht, dass Rasmus eine instabile Persönlichkeit besaß: In der Schule gab er sich als „cooler Bad Boy“; vor einigen Tagen war er mir gegenüber noch schroff und unnahbar gewesen; und nachdem ich mit ihm gerade eben über einem Stück Pizza Freundschaft geschlossen hatte, wirkte er nun, da er mich eindringlich musterte, beinahe ein bisschen gefährlich.

Weil ich auf meine Antwort warten ließ, hakte er nach: „Soll ich versuchen, es dir in Zukunft leicht zu machen?“ Diesmal war die Zweideutigkeit nicht mehr zu überhören.

Ich gab mir Mühe, mein Unbehagen vor ihm zu verbergen. „Werd nicht unverschämt.“

„Es würde dich ein Stöhnen kosten, mir die Spitze zu nehmen“, erwiderte er ernsthaft, und ein Schauer überlief mich, bis mir klar wurde, dass es sich dabei um ein Zitat handelte.

„Das war das erste Mal heute, dass du direkt auf das Theaterstück Bezug genommen hast“, versuchte ich die Situation mit einem gespielt vorwurfsvollen Ton zu entspannen.

Rasmus wich keinen Millimeter zurück, doch sein Gesicht hatte wieder einen schalkhaften Ausdruck angenommen. „Als wir vorhin auf dem Teppich saßen, hätte ich fast gefragt: *Fräulein, soll ich in Eurem Schoße liegen?* Aber ich konnte mich gerade noch beherrschen.“

„Deine Lehrmethoden sind mehr als fragwürdig.“ Im Stillen überlegte ich, ob ich wohl jemals wieder den *Hamlet* würde lesen können, ohne zu erröten.

„Soll ich dir etwas verraten?“, bot er an und beugte sich noch ein bisschen weiter zu mir herunter.

„Lieber nicht.“

„Es geht aber um das Stück. Warum zögert Hamlet so lange, sich an seinem verbrecherischen Onkel zu rächen? Hier sind ein paar meiner Lösungsvorschläge.“ Ich konnte nun seinen Atem an meiner Wange spüren und wollte zurückweichen. Mein Körper wollte das aber offenbar nicht.

„Er ist zu sehr von sich selbst eingenommen“, begann Rasmus aufzuzählen. *Wie du,* fügte ich in Gedanken hinzu.

„Er ist möglicherweise verrückt.“ *Aber hallo.*

„Er plant den perfekten Mord.“ Endlich gelang es mir, mich von der hypnotischen Kraft seines Blicks zu befreien. Fröstelnd trat ich einen Schritt zurück, im selben Augenblick, als er sich vom Türrahmen abstieß und auch schon die drei Stufen zu unserem Vorgarten hinuntergesprungen war. „Wenn er seinen Onkel bereits im ersten Akt abgemurkst hätte, wäre das Stück übrigens reichlich kurz geraten", rief er über die Schulter zurück, „denk mal drüber nach." Damit verschwand er in der Dunkelheit.

4. Kapitel

„Oh Mann“, stöhnte Jinxy auf, während sie kurz vor Beginn der ersten Stunde ihr Schließfach durchwühlte. „Ich habe den starken Verdacht, dass jemand Nacht für Nacht meine Sachen durcheinander bringt. Womöglich hat er auch mein Englischbuch als Geisel genommen. Außerdem hab ich meinen Essay noch nicht verbessert … wir haben bis Freitag Zeit dafür, oder? Ich glaube, ich muss meinen einfach ganz neu schreiben. Wie lange hast du denn für die Korrektur gebraucht?“

„Ich hab es auch noch nicht gemacht“, erwiderte ich unschuldig, doch Jinxy drehte sich sofort zu mir um und sah mich alarmiert an.

„*Du* schiebst Hausaufgaben vor dir her?“, fragte sie stirnrunzelnd. „Wieso das denn?“

„Na ja, ich wollte es gestern zusammen mit Rasmus erledigen, aber wir sind dann doch nicht dazu gekommen.“

„Einen Moment“, Jinxy stellte ihren Rucksack auf den Boden und kam zu mir herüber, um mir ihr Ohr an den Mund zu halten. „Bitte sag das noch einmal, ich hab da gerade so ein komisches Klingeln gehört.“

„Rasmus war gestern bei mir zu Hause“, erklärte ich widerwillig. „Er wollte mir Nachhilfe geben.“

„Ach, er wollte dir *Nachhilfe geben*!“ Die Gänsefüßchen, die Jinxy zeigte, waren gewaltig.

„Ja, und dann haben wir Pizza gegessen.“

„Ihr habt also *Pizza gegessen*!“

„Würdest du bitte damit aufhören?“, fragte ich gereizt. „Wir sind jetzt eben Freunde!“

„Ihr seid *Freunde*", wiederholte Jinxy, und es hätte sich nicht anders angehört, wenn sie stattdessen „ihr seid Regenwürmer" gesagt hätte.

„Allerdings", gab ich möglichst würdevoll zurück, doch es klang auch ein wenig trotzig. Ich versuchte gar nicht erst, leise zu sprechen, obwohl ich wusste, dass mich Sam von seinem Schließfach aus hören konnte – vielleicht würde das ja sogar dazu beitragen, dass sich die Situation zwischen uns beiden ein wenig entspannte. Jinxy starrte mich noch einige Sekunden lang an, dann schüttelte sie sich, als wollte sie einen bizarren Traum loswerden. „Okay, pass mal auf", begann sie eindringlich und packte mich am Arm, während sie den Zeigefinger der anderen Hand suchend über unsere Mitschüler wandern ließ. „Der da drüben", sie deutete auf einen dicklichen Jungen, „*der* könnte ein Freund sein. Oder der dort mit den roten Haaren und der Brille. Oder meinetwegen – oh, vielleicht auch Eric", sie schenkte ihm ein strahlendes Lächeln, als er sich verwirrt zu uns umdrehte, und fuhr dann leider in derselben Lautstärke fort: „Der ist zwar recht sportlich, allerdings erinnert er mich mit diesem Gesicht ein bisschen an ein Frettchen. *Aber*", jetzt packte sie mich an den Schultern und sah mir fest in die Augen, „Johnny Depp wäre kein Freund. Eigentlich ist es auch bei Sam schade drum, und auf gar keinen Fall eignet sich Mr Schlafzimmerblick dazu. Alles klar?"

„Immerhin könnte er nicht mein Vater sein, im Gegensatz zu Johnny Depp", meinte ich ausweichend und versuchte mich aus ihrem festen Griff zu winden. „Schau mal, wir probieren es jetzt mit Freundschaft, weil es zwischen uns auf eine andere Weise nicht klappen würde. Wir hatten schon ein Date, und das ist total in die Hosen gegangen, du erinnerst dich?"

„Wäre fein, wenn man das wörtlich verstehen könnte", murmelte Jinxy in sich hinein und fuhr auf meinen vorwurfsvollen Blick hin mit erhobener Stimme fort: „Inwiefern war euer kleines Stelldichein gestern denn was anderes als ein Date?"

„Ich hab dir doch schon gesagt, das war kein Date, sondern –"

„Nachhilfe, ich weiß", fiel mir Jinxy ins Wort. „Und mir scheint, du hast tatsächlich Hilfe nötig."

„Danke. Können wir jetzt in den Unterricht gehen?"

Auf einmal veränderte sich der Gesichtsausdruck meiner Freundin. „Okay", sagte sie nachdrücklich. „Das sollten wir tun."

Mir war natürlich klar, was hinter ihrem lila geblümten Stirnband vor sich ging: Ihr war gerade eingefallen, dass ich in Englisch auf Rasmus treffen würde. Studie am lebenden Objekt. Aber hatte ich eine Wahl?

Lässig spazierte ich auf das Klassenzimmer zu und betrat es ohne jede bissige Bemerkung, als Jinxy mir mit einer übertriebenen Geste den Vortritt ließ. Rasmus hatte wieder seine Kopfhörer auf, und das war mir nur recht. Somit war ich nicht gezwungen, mir irgendeine geistreiche Begrüßung auszudenken, sondern es genügte, wenn ich ihm beiläufig zunickte. Ich streifte ihn im Vorbeigehen mit einem Blick und hob dabei kurz das Kinn in seine Richtung, bevor ich mich auf meinen Platz setzte. Sehr gelungen. Sehr freundschaftlich. Jinxys Meinung darüber – und ganz gewiss hatte sie eine – konnte ich nicht mehr hören, weil Professor Scott gleich darauf mit dem Unterricht begann. Nach dem üblichen „Guten Morgen, Herrschaften" und dem Aufrufen der Namen stürzte er sich sofort in seinen Vortrag:

„Wie Sie bereits wissen – oder es nach der Klausur zumindest wissen sollten –, ist *Hamlet* Shakespeares längstes

Stück, und die Hauptperson spricht ungefähr die Hälfte der Zeit."

„Ist mir unangenehm aufgefallen", brummte Jinxy neben mir.

„Die Zweifel und inneren Konflikte des Prinzen werden in seinen Monologen enthüllt, er sinnt über die schmale Grenze zwischen Recht und Unrecht nach, grübelt, wie er dem Auftrag seines Vaters gerecht werden kann, und natürlich erörtert er in einem seiner berühmtesten Monologe die Frage: Sein oder Nicht-Sein?"

„Nie davon gehört", ätzte Jinxy erneut und machte ein Schweineschnäuzchen, als ich streng zu ihr hinübersah.

„Die Argumente in diesen Diskussionen werden also von ein und derselben Person geliefert, weshalb man das auch als ‚Dialog mit sich selbst' bezeichnen könnte – vor allem, da es sich bei Hamlet um eine innerlich so zerrissene Figur handelt. Natürlich sind die Monologe in Shakespeares Dramen in einer sehr ausgefeilten rhetorischen Form geschrieben, was genaugenommen im Widerspruch zu der psychischen Verfassung der Personen steht."

Apropos psychische Verfassung – ich war allmählich um meine eigene ein wenig besorgt. Da Jinxy sich in ein Tic-Tac-Toe-Spiel gegen sich selbst vertieft hatte, wäre es mir eigentlich möglich gewesen, meine Aufmerksamkeit voll und ganz Professor Scott zu widmen: Dieser referierte gerade inbrünstig über den inneren Monolog in der Erzählprosa und darüber, wie man ab 1900 versucht hatte, mittels Umgangssprache und Halbsätzen die Verworrenheit realistischer Gedankengänge nachzubilden. Allerdings fiel es mir seltsam schwer, mich zu konzentrieren, weil ich das irritierende Gefühl hatte, als würden tausende Ameisen meine Wirbelsäule entlanglaufen. Ich fragte mich, ob ich mich nach Rasmus umdrehen und nachsehen sollte, ob er mich beobachtete ... da erhob Professor Scott die Stimme und riss mich aus meinen Grübeleien:

„Deshalb“ (weshalb?) „habe ich mir überlegt, dass es eine gute Übung für Sie wäre, selbst einen kleinen inneren Monolog zu verfassen. Bedienen Sie sich dabei der Methode der *Écriture automatique,* schreiben Sie also einfach, was Ihnen gerade durch den Kopf schießt, und verwenden Sie nicht allzu viele Gedanken auf Interpunktion, Rechtschreibung oder Grammatik.“

„Ich werde nie wieder einen Gedanken darauf verwenden“, gelobte Jinxy feierlich.

„Sobald Sie fertig sind, geben Sie mir Ihr Arbeitsblatt ab und widmen Sie sich für den Rest der Stunde der Lektüre von *Macbeth*“, ordnete der Lehrer an, während er die Pultreihen abschritt und linierte Papierbögen verteilte.

Sorgfältig schrieb ich *Innerer Monolog – Écriture automatique* und das Datum oben auf mein Blatt. Dann starrte ich es an. Es war sehr groß, sehr weiß, sehr leer. Einfach so drauflloszuschreiben entsprach überhaupt nicht meiner üblichen Vorgehensweise; für gewöhnlich machte ich mir ein paar Notizen, bevor ich einen Text verfasste, und legte eine ungefähre Struktur fest. Allerdings bezweifelte ich, dass das bei dieser Aufgabe erwünscht war.

Außer mir hatte offenbar niemand Schwierigkeiten damit, seinen Gedanken freien Lauf zu lassen und dabei mitzuschreiben: Es war nur das eifrige Gekritzel zahlreicher Stifte auf Papier zu hören. Und gleich der gewaltige Nieser, der sich gerade mit einem Kribbeln in meiner Nase ankündigte ... Ich hielt den Atem an und versuchte mich abzulenken, indem ich zu Jinxys Blatt hinüberschielte, das sich beängstigend schnell mit windschiefen Buchstaben füllte. Meine Freundin schien die Bezeichnung „Dialog mit sich selbst“ allzu wörtlich zu nehmen; mit Müh und Not entzifferte ich in der ersten Zeile: *„Guten Morgen, liebe Jinxy, wie geht es dir heute?"*

Nach einer Weile wurde die Stille von Stühlerücken und Papierrascheln durchbrochen, als die ersten Schüler ihre Arbeiten bei Professor Scott ablieferten. Auch Rasmus hatte seinen inneren Monolog bereits beendet, und ich legte die Hand über mein nahezu leeres Blatt, während er an meinem Pult vorbeiging. Er schien sich jedoch kein bisschen für meine intimen Gedankengänge zu interessieren; auch als er zu seinem Platz zurückkehrte, warf er mir nicht einmal einen flüchtigen Blick zu. Ich tat so, als müsste ich etwas aus meiner Tasche holen, und spähte dabei zu Rasmus hinüber, um zu sehen, ob er tatsächlich *Macbeth* zu lesen begann.

Tat er nicht. Er sah mir direkt in die Augen.

Der Stoß meines Ellbogens gegen die Tischkante riss vermutlich einige meiner Mitschüler aus ihren stummen Selbstgesprächen, als ich mich ruckartig wieder nach vorne drehte. Ich beugte mich tief über mein Arbeitsblatt und radierte verbissen die Efeuranken aus, die ich bis jetzt gezeichnet hatte. Dann setzte ich fest entschlossen den Stift erneut auf das Papier und versuchte die Tore zur schöpferischen Kraft meines Unterbewusstseins zu öffnen. Dabei fragte ich mich, weshalb meine Kleidungswahl heute ausgerechnet auf diesen hässlichen geblümten Wollpullover gefallen war, an dessen Schulterrückseite auch noch mein einjähriger Cousin seine erste Rote-Bete-Kostprobe für die Ewigkeit festgehalten hatte. Verstohlen löste ich das Zopfgummi von meinem kurzen Pferdeschwanz und legte den Kopf schief, sodass meine Haare auf eine Seite fielen und hoffentlich den blassroten Fleck verbargen. Außerdem erweckte diese Haltung vielleicht den Anschein, dass ich kritisch über das nachdachte, was der Professor vorhin zum Besten gegeben hatte – was auch immer das gewesen sein mochte. Und behauptete meine Mutter nicht immer, dass ich einen Schwanenhals hatte, der geneigt besonders stark zur Geltung kam? War das überhaupt etwas Gutes? Andererseits konnte man dasselbe bestimmt auch von Keira Knightley sagen, und dann musste es etwas Gutes sein.

Ich zuckte zusammen, als Jinxy sich auf dem Rückweg zu ihrem Platz plötzlich zu mir herunterbeugte und mir zuflüsterte: „Hast du Wasser im Ohr?" Schnell richtete ich mich wieder auf. „Mir hilft es dann immer, wenn ich mit schiefem Kopf auf und ab hopse", fuhr meine Freundin fort. „Kannst du in der Pause ja mal versuchen!"

„So", ließ sich Professor Scott vernehmen, „ich habe jetzt Ihre inneren Monologe erhalten und bereits einige davon überflogen. In wenigen Minuten ist die Stunde zu Ende, holen Sie sich dann bitte ..." Er brach ab und sah stirnrunzelnd zu mir herüber. Erschrocken zog ich den Kopf ein. „Sie sind ja immer noch nicht fertig!", bemerkte der Lehrer vorwurfsvoll und reckte den Hals, um auf mein Blatt zu sehen. „Sie sollten bloß ein paar Sätze schreiben, keinen Roman! Kommen Sie doch bitte nach vorne und lesen Sie uns vor, welches Meisterwerk Sie in der langen Zeit zustande gebracht haben."

Als würde ich an Schnüren hängen, stand ich von meinem Platz auf und ging steifbeinig zur Tafel. Währenddessen staunte ich darüber, dass auf meinem Arbeitsblatt tatsächlich etwas stand: Ich hatte fein säuberlich einen Satz unter den anderen geschrieben, und ganz offensichtlich hielt auch mein Unterbewusstsein viel von Interpunktion, Rechtschreibung und Grammatik. Mehr konnte ich allerdings nicht mehr feststellen, denn schon forderte mich Professor Scott ungeduldig auf, mit dem Vorlesen zu beginnen.

„Rote B…" Oh nein. Stand da etwas von Roter Bete? Ich wollte mich gerade in betretenes Schweigen versenken, als der Professor mit einem Blick auf die Uhr drängte:

„Wir warten!"

Ich räusperte mich und heftete meinen Augen angestrengt auf das vollgekritzelte Papier in meinen Händen. Mit belegter Stimme begann ich noch einmal: „Rote Blutspuren ziehen sich über meine Schultern. Habe ich einen Schwan… einen schwankenden Willen – zu leben? Andererseits sagt man dasselbe bestimmt auch von Kei…" Auweia. Ich löste mich von dem unseligen Geschreibsel und deklamierte spontan drauflos: „… von Kindern der Nacht, die zwischen düsteren Schatten ihr Unwesen treiben", und jetzt den Bogen schlagen zu meiner Einleitung, „dürstend nach meinem Blut." Ich warf einen schnellen Blick auf den Zettel und begann einen weiteren Satz zu lesen: „In meinem Ohr habe ich … Gift, hineingeträufelt von meinem Widersacher" (da kam mir ja der *Hamlet* gelegen!), „und es hilft nichts, wenn ich mit schiefem Kopf – auf mein bitteres Ende warte. Aus verführerisch schmalen Augen", ich holte tief Luft und schloss, während ich das Blatt sinken ließ, „sieht mir geduldig der Tod entgegen."

Zumindest in einer Hinsicht konnte ich meine Darbietung als Erfolg verbuchen: Selbst Professor Grabowski hatte es noch nie geschafft, dass eine derart vollkommene Stille im Klassenraum herrschte. Absolut jeder schien mich mit offenem Mund anzustarren, bis irgendwo ein Glucksen ertönte und ich nur raten konnte, dass es von Jinxy kam.

Schließlich kratzte sich Professor Scott betreten am Kopf. „Das, hm, geht Ihnen also während meines Unterrichts durch den Sinn, Lily?"

„Sieht ganz so aus", wisperte ich, und dann ertönte sie, die unvergleichliche, anbetungswürdige Pausenglocke.

Die anderen Schüler lösten ihre geweiteten Augen von meiner Person und drängten sich um den Englischlehrer, um zu sehen, ob ihre Monologe von ihm bereits korrigiert worden waren. Jinxy fand ihr Blatt sofort und kicherte bloß unbekümmert über den knappen Kommentar, der in roter Tinte unter ihrem Gekritzel prangte. Sie war bereits dabei, mich aus dem Klassenzimmer zu lotsen, als ich aus dem Augenwinkel wahrnahm, wie Professor Scott Rasmus wohlwollend zunickte. „Sehr feinfühlig geschrieben", konnte ich gerade noch sein Lob hören, „viel zu ausgefeilt zwar, um einen realistischen Gedankenvorgang darzustellen, aber Sie beweisen ein besonderes Talent für Personenbeschreibungen."

Rasmus' Erwiderung ging in dem Pausenlärm, der uns beim Hinaustreten auf den Flur entgegenschlug, vollständig unter.

In meiner Freistunde traf ich Sam im Studierzimmer. Sofort spürte ich unendliche Erleichterung bei der Aussicht, nun endlich neben einer Person sitzen zu können, die mir nicht ständig ins Ohr kicherte. „Hey", flüsterte ich ihm zu, während ich auf den leeren Platz neben ihm rutschte. „Solltest du nicht in Informatik sein?"

„Heute kommen neue Computer", gab er ebenso leise zurück, „deswegen haben wir frei. Ich dachte, ich erledige mal einen Teil meiner Hausaufgaben, da hat sich eine Menge angesammelt."

„Bei mir auch", nickte ich und wies dabei auf den Stapel Hefte, den ich mir vorbereitet hatte. Zu spät bemerkte ich, dass meine *Hamlet*-Klausur, die immer noch auf eine Verbesserung wartete, ganz zuoberst lag. Sam war es natürlich nicht entgangen, und seine Miene verfinsterte sich.

„Das hier dürfte dir zumindest nicht allzu schwer fallen, nachdem du gestern so wertvolle Tipps bekommen hast", murmelte er undeutlich.

„Du hast mein Gespräch mit Jinxy also mitgehört?", fragte ich, und als mir klar wurde, wie angriffslustig das klang, schickte ich in einem sanfteren Tonfall hinterher: „Dann weißt du doch auch, dass Rasmus und ich nur befreundet sind."

Sams Schnauben hätte ebenso gut von Jinxy stammen können. Schweigend fuhr er mit seiner Lateinübersetzung fort.

„Sam, sei bitte nicht so", sagte ich hilflos. „Was genau ist denn eigentlich das Problem?"

Ruckartig hob er den Kopf. „Oh, ich habe absolut kein Problem, aber du vielleicht", erwiderte er, und es hörte sich überraschend bissig an. „Ich weiß ja nicht, was bei eurem Date letzte Woche vorgefallen ist, aber ich weiß, dass er sich danach eine Weile nicht blicken gelassen hat und dass du am Boden zerstört warst. Und als der Typ dann wieder aufgetaucht ist, hat er dich behandelt wie Luft. Jetzt beschließt du ernsthaft, dass du mit ihm befreundet sein willst? Bist du noch ganz bei Trost?"

„Das lass bitte meine Sorge sein", antwortete ich steif.

Lautstark schob Sam seinen Stuhl zurück und stopfte zugleich seine Hefte in den Rucksack. „Ich ... muss nur kurz was holen", behauptete er, aber er sah mich dabei nicht an, und es klang, als hätte er eigentlich mit sich selbst gesprochen. Dann verließ er den Raum, ohne sich noch einmal nach mir umzudrehen.

Mit meiner Laune stand es nicht zum Besten, als ich die überfüllte Cafeteria betrat. Nach meinem Streit mit Sam hatte ich mich kein bisschen auf die Klausurverbesserung konzentrieren können, und auch die Lateinübersetzung, die ich mir stattdessen vorgenommen hatte, war mir schwerer gefallen als gewöhnlich. Trotzdem hatte ich mich dazu gezwungen, wenigstens diese eine Sache ordentlich zu erledigen, sodass die Pause schon halb vorüber war, bis ich endlich mein Mittagessen erhalten hatte. Mit dem vollen Tablett in den Händen schaute ich mich nach Jinxy um – und als ich sah, mit wem sie beisammensaß, sank meine Stimmung auf den Gefrierpunkt. (Was merkwürdigerweise nicht bedeutete, dass mir kalt war. Im Gegenteil.)

„Lily!", rief Rasmus zu mir herüber und breitete einladend die Arme aus. „Gesell dich zu uns Kindern der Nacht! – Übrigens", fügte er mit gedämpfter Stimme hinzu, nachdem ich nähergekommen war, „wenn du jemanden brauchst, dem du deine morbiden Gedanken anvertrauen kannst … ich bin für dich da."

„Was bin ich froh, dass es heute Spinat gibt!", rief ich statt einer Antwort überschwänglich aus und knallte mein Tablett auf die Tischplatte.

„Besonders die Stelle mit den verführerisch schmalen Augen des Todes fand ich sehr ansprechend. Wie kommt man bloß auf so was?"

„Dabei ist Spinat gar nicht so gesund, wie es immer heißt. Der Irrglaube, dass er so viel Eisen enthält, rührt möglicherweise von einem Kommafehler bei der Angabe der Inhaltsstoffe her."

„Lily mag es irgendwie nicht, wenn man sie für absonderlich hält", wandte sich Jinxy in vertraulichem Ton an Rasmus.

„Ich kann bloß nicht fassen, dass Professor Scott schon wieder so begeistert von deiner Arbeit war", meinte ich unwirsch, während ich an der Schuhsohle herumsäbelte, die aus irgendeinem Grund in meinem Spinat schwamm. „Du hast da wohl einen richtigen Fan gewonnen."

„Nur kein Neid", sagte Rasmus und strich sich demonstrativ eine nicht existierende Haarsträhne aus dem Gesicht. „Ich bin ja nicht umsonst dein Nachhilfelehrer."

„Ich wüsste zu gern, auf welche Erfolge sich diese Aussage stützt", brummte ich. „Übrigens, ich habe gehört, wie der Prof. dein Talent für Personenbeschreibungen gepriesen hat. Also – wen hast du eigentlich beschrieben?"

Sorgfältig legte Rasmus das Besteck auf seinem leeren Teller ab, sodass Messer und Gabel genau parallel zu einander ausgerichtet waren. „Patrick Star", sagte er dann.

„Tatsächlich!"

„Aber ja. Aus irgendeinem Grund ging mir sein geblümtes Höschen heute während der Englischstunde einfach nicht aus dem Kopf."

Ich funkelte Rasmus gereizt an, bevor ich verlangte: „Lass es mich lesen!"

„Wieso?"

„Wer weiß, vielleicht kann ich noch was daraus lernen?"

„Tja", antwortete er gedehnt, „ich wollte dieses Thema eigentlich vermeiden, aber allmählich sollten wir uns über eine Bezahlung meiner Dienste als dein Lehrer unterhalten."

„Na schön, was willst du dafür?"

Einen Moment lang sah er mich so durchdringend an, dass ich direkt fühlen konnte, wie sich mein Blut bereit machte, in meine Wangen zu schießen. Dann sagte er allerdings nur: „Gib mir deinen Nachtisch."

„Niemals!", rutschte es mir heraus. „Heute gibt es Vanillepudding, und zufälligerweise liebe ich Pudding über alles."

„Wirklich über alles?", erkundigte er sich in demselben lauernden Tonfall, den ich schon von unserem vorabendlichen Intermezzo an der Haustür kannte.

Ich schluckte hörbar. „Ja, ganz recht. Nichts geht bei mir über Pudding."

Rasmus lehnte sich wieder zurück. „Das ist schade", meinte er und ließ einen Flaschendeckel beiläufig zwischen den Fingern kreiseln. „Dann kann ich dir meinen inneren Monolog leider nicht geben. Ich fühle mich so richtig nutzlos als Nachhilfelehrer."

„Ich bin sicher, wenn du nur wolltest, könntest du mir noch so einiges beibringen", erwiderte ich schnippisch. Neben mir prustete Jinxy in ihre Puddingschüssel, und ich begriff mal wieder viel zu spät. Rasmus verzog zwar keine Miene, aber ich senkte trotzdem schnell den Kopf so tief über mein Essen, dass ich beinahe meine Nase darin eintauchte. „Oder ... ich probiere es einfach noch mal alleine."

„Hier", sagte Rasmus gönnerhaft und schob seine Dessertschale zu mir herüber, während er aufstand. „Nimm meinen Pudding. Du brauchst ihn viel dringender als ich."

Er schlenderte auf den Ausgang der Cafeteria zu und sah dabei so verflixt gut aus, dass ich vor Wut meine Serviette in der Faust zerknüllte. Jinxy hatte das Kinn in die Hand gestützt und betrachtete mich mit einem Gesichtsausdruck, als würde ihr gerade eine äußerst interessante Vorstellung geboten. „Lily", begann sie nun ernsthaft, „wenn das jetzt dein neues Verhalten gegenüber guten Freunden ist ... muss ich mir dann nicht auch Sorgen machen?"

Die zusammengeknüllte Serviette schwirrte knapp an ihrem Ohr vorbei. „Freundschaft mit Jungs ist ziemliches Neuland für mich", gab ich verbissen zurück. „Aber ich bin schon dabei, mich daran zu gewöhnen."

Nachdem er das Schulgebäude und somit all die schnatternden und herumalbernden Jugendlichen hinter sich gelassen hatte, fand er endlich die nötige Ruhe, um seinen düsteren Gedanken nachzuhängen. Die Sache mit der „Freundschaft" war mehr als lächerlich, doch Lilys Verhalten hatte deutlich gezeigt, dass sie selbst daran glaubte oder es zumindest versuchte. Er hätte diese ganze Farce vielleicht sogar amüsant gefunden, wenn dadurch nicht eine Reihe höchst unangenehmer Möglichkeiten in sein Blickfeld gerückt worden wären. Noch war nichts passiert, doch er machte sich keinerlei Illusionen über Lilys Sicherheit, hatte es sich doch bereits gezeigt, dass sie nicht einmal in der Schule vor Unfällen gefeit war. So harmlos das alles bisher auch scheinen mochte – unsichere Verrenkungen eines Teenie-Mädchens –, er durfte es nicht auf die leichte Schulter nehmen. Etwas musste geschehen, und zum Glück war er bereit.

Ich kam mit ziemlich gemischten Gefühlen zu Hause an: Sam hatte mich während des Bio-Unterrichts krampfhaft ignoriert – andererseits konnte ich mich zu meiner abgrundtiefen Schande nicht genug auf dieses leidige Thema konzentrieren, um den Klang von Rasmus' Stimme aus meinem Kopf zu vertreiben. Zur Strafe für diese Charakterschwäche stürzte ich mich gleich auf meine Mathematik-Hausaufgaben, kaum dass ich meinen Schreibtisch erreicht hatte. Die zermürbende Beschäftigung mit Taschenrechner und Formelheft brachte mich zumindest auf andere Gedanken, aber sobald ich mich der nächsten Aufgabe zuwandte, war dieser Effekt sofort dahin: Die Klausurverbesserung – jetzt aber wirklich. Als auf höchst irritierende Weise eine Puddingschüssel vor meinem inneren Auge zu schweben begann, versuchte ich mich abzulenken, indem ich ein wenig in meiner *Hamlet*-Ausgabe blätterte. Doch auch das brachte nicht den gewünschten Erfolg: *Lady, shall I lie in your lap? … To live in the rank sweat of an enseamed bed, stew'd in corruption?* Das war ja obszön! Ich wunderte mich darüber, dass eine solche Lektüre im

Englischunterricht durchgenommen wurde, und noch mehr erstaunte mich, dass mir diese gewissen Stellen im Stück bisher nie aufgefallen waren. So schnell – aber natürlich auch so gewissenhaft – wie möglich überarbeitete ich meinen Essay und ging dann nach unten, wo das Rumpeln von Koffern den nahenden Aufbruch meiner Eltern ankündigte. Sie wollten einen Nachtflug nach Schottland nehmen und waren wie üblich viel zu spät dran.

„Also, Lily, wir sausen dann mal los“, verkündete mein Vater, der mitten in dem Experiment steckte, sich einen Vollbart wachsen zu lassen, und einen entsprechend abenteuerlichen Eindruck machte.

Ich half ihnen dabei, ihre Koffer die Stufen vor unserer Haustür hinunterzuhieven, und zog den Kopf zwischen die Schultern, als mich eine eisige Windböe traf. Beunruhigt blickte ich zum Himmel hinauf, über den der Sturm dunkelgraue Wolkenfetzen trieb, und fragte: „Wird eure Maschine denn überhaupt starten bei so einem Wetter?“

„Ach, mein Mädchen“, sagte meine Mutter mitleidig, nestelte an ihrem kastanienbraunen Haarknoten und bedachte mich mit dem Reuevolle-Eltern-Blick, den sie über die Jahre hinweg zur Perfektion gebracht hatte. „Das wahrscheinlich schon, aber wenn du lieber möchtest, dass wir hierbleiben …“

Sie ließ das Ende des Satzes in der Luft hängen, und die Anspannung zwischen uns wurde beinahe greifbar. Wie so oft fragte ich mich, wie meine Eltern wohl reagieren würden, sollte ich auf ein solches Angebot tatsächlich antworten: „Ich finde es nachts alleine in unserem Haus eben ein bisschen gruselig, also bleibt doch einfach bei mir, und wir spielen zusammen Schnipp-Schnapp.“ Ausprobiert hatte ich das natürlich noch nie; stattdessen hatte ich mir immer eingeredet, dass ich froh über meine Eltern sein musste, die mir vertrauten und mir viele Freiheiten ließen. (Dass ich diese Freiheiten nicht unbedingt dazu nutzte, um auf wilden Partys meine Jugend zu genießen, stand auf einem anderen Blatt.) Abgesehen davon musste ich mir der Fairness halber eingestehen, dass ich mich vermutlich ebenfalls voller Hingabe einem Job widmen würde, der mich kreuz und quer über den Globus führte.

Als ich bemerkte, wie meine Mutter einen verstohlenen Blick auf ihre Uhr warf, schenkte ich ihr rasch ein unbekümmertes Lächeln. „Nein, kein Problem. Gute Reise, und lass Pa auf keinen Fall einen Schottenrock kaufen!"

Ich blieb an der Haustür stehen und winkte dem Flughafentaxi hinterher, bis es in der Dunkelheit verschwunden war. Dann kehrte ich in mein Zimmer zurück, rollte mich auf der gepolsterten Fensterbank zusammen und vertiefte mich für einige Stunden in Victor Hugos *Notre Dame de Paris,* das zu meinen Lieblingsbüchern zählte. Sobald sich allerdings die Regentropfen, die gegen die Fensterscheibe prasselten, in Hagelkörner verwandelten, war es um meine Konzentration geschehen. Mit einem flauen Gefühl in der Magengrube kroch ich in mein Bett, ließ jedoch die Nachttischlampe angeschaltet, sodass ihr Licht als roter Schimmer durch meine geschlossenen Lider drang.

Langsam beruhigte sich das Wetter ein wenig, und bald schlugen die Hagelkörner nur noch vereinzelt an die Scheibe. Es hörte sich fast so an, als würde jemand mit den Fingerspitzen dagegen klopfen. Ich rieb mit beiden Händen über meine nackten Arme, um die Gänsehaut zu vertreiben, und versuchte das leise, unregelmäßige Scheppern zu ignorieren, das der Wind an den Fensterläden verursachte. Mein Mund fühlte sich völlig ausgetrocknet an. Ohne die Augen zu öffnen, tastete ich mit einer Hand nach dem Wasserglas, um gleich darauf zu bemerken, dass ich es im Badezimmer vergessen hatte. Widerwillig richtete ich mich auf und zog die Beine unter meiner tröstlich warmen Decke hervor. Die Vorstellung, durch den dämmrigen und unbeheizten Flur zu tappen, war nicht gerade verlockend, aber ich wusste, dass ich durstig nicht einschlafen konnte. Außerdem würden mir einige Schlucke Wasser vielleicht dabei helfen, mich ein wenig zu entspannen.

Unwillkürlich jedes laute Geräusch vermeidend schlich ich auf nackten Füßen aus meinem Zimmer, an der geschlossenen Küchentür vorbei und zum Badezimmer hinüber. Die Neonröhre flackerte ein paar Sekunden lang, dann tauchte sie den Raum in ein eisiges Licht. Ich beugte mich zum Wasserhahn hinunter, versuchte dabei aber den Blick nicht allzu tief zu senken, aus der absurden Angst heraus, jemand könnte während meines Moments der Unachtsamkeit hinter mich treten. Andererseits vermied ich es, direkt in den Spiegel zu schauen – wie spät war es jetzt, zwölf? Und hieß es nicht, dass man um Mitternacht seinen Tod im Spiegel sehen konnte?

„Überflüssige Erregung des Sympathikus, Lily", flüsterte ich mir streng zu und erschrak über meine eigene Stimme. Ganz in der Nähe ertönte ein langgezogenes Knirschen, das sich so anhörte, als würde jemand behutsam einen Fensterladen öffnen. „Das bildest du dir nur ein, das bildest du dir alles nur ein …"

Mein Herz setzte aus, um mir gleich darauf scheinbar bis in die Kehle hinaufzuspringen. *Das bildete ich mir nicht ein.* Die Stille zwischen zwei Windböen wurde von einem merkwürdigen Schaben durchbrochen, so als ob ein schwerer Gegenstand über die Mauer gehievt würde. Siedend heiß fiel mir ein, dass sich mein Vater am Nachmittag eine Knoblauchsuppe aufgewärmt und anschließend gelüftet hatte, weil sich meine Mutter immer über den Geruch beschwerte. Ich hatte vergessen, das Fenster zu schließen. Geradezu eine Einladung für Einbrecher – auch wenn das bedeutete, dass sie vorher an der Hauswand hochklettern mussten. Aber hatten solche Leute nicht ihre Tricks?

Ich durchforstete mein Gedächtnis, ob mir meine Eltern oder meine Lehrer jemals irgendwelche Verhaltensregeln für so eine Situation beigebracht hatten, doch ich konnte mich an nichts Brauchbares erinnern. Wahrscheinlich war es ratsam, sich versteckt zu halten und die Polizei zu rufen … aber würde der Typ auf der Suche nach Schmuck nicht auf jeden Fall hierher kommen? Ich war ziemlich sicher, dass er nicht lange brauchen würde, um mich hinter dem Duschvorhang zu entdecken. Vielleicht würde er dann vor Schreck auf mich losgehen, und es gab hier keinerlei Fluchtmöglichkeit. Natürlich hatte ich auch mein Handy nicht bei mir – das lag friedlich im Wohnzimmer auf der Fernsehcouch und wartete darauf, dass ich an der Küche vorbei- und die Treppe hinunterschlich, was ich aber ganz gewiss nicht tun würde. Bevor ich den Einbrecher so auf mich aufmerksam machte und er plötzlich hinter mir auftauchte, war es wahrscheinlich doch besser, ihn irgendwie zu überrumpeln und in die Flucht zu schlagen.

Zu meiner Überraschung ließ mich dieser Gedanke nicht in Panik geraten; im Gegenteil, abgesehen von einem lästigen Rauschen in meinen Ohren fühlte ich mich erstaunlich gefasst. Während ich hörte, wie etwas – womöglich ein Paar Einbrecherfüße – auf dem Küchenboden aufschlug, begann ich mir fast wie eine Figur aus einem dieser Computerspiele vorzukommen, mit denen Jinxy sich ganz gern beschäftigte. Ich machte einen tiefen Atemzug und sah mich dann im Badezimmer um. Mein Blick schweifte über Nagelzwicker, Nassrasierer und Klobürste und blieb schließlich an dem Föhn hängen, den mein Vater meiner Mutter zu ihrem letzten Geburtstag gesc... hatte. Es war ein riesiges Teil mit verschiedensten Aufsätzen und Funktionen, die ich gar nicht kannte. Ich wickelte das Kabel um meine Hand und hob den Föhn drohend in die Höhe – es sah vermutlich so aus, als wollte ich meinem Gegner warme Luft in die Augen pusten, aber vielleicht würde mir die Verblüffung des Einbrechers genügend Zeit verschaffen, um ihm meine improvisierte Waffe gegen den Kopf zu schmettern. Ich unterdrückte die bange Frage, ob Plastik wohl härter war als Schädelknochen, und schlich auf Zehenspitzen auf den Flur hinaus.

Diesmal erschien mir das Knarren der Holzdielen mindestens doppelt so laut wie zuvor. Ich hoffte, dass sich meine Schritte einfach wie die zahlreichen nächtlichen Geräusche des Hauses anhörten, auf die ich immer lauschte, wenn ich im Bett lag; außerdem machte der Einbrecher in der Küche wohl gerade selbst zu viel Krach, um etwas zu bemerken. Ich wusste, dass mein Gehör durch die Finsternis und meine Anspannung geschärft war, trotzdem kam es mir unachtsam vor, die Schubladen in einem fremden Haus so lautstark zu durchwühlen. Was auch immer der Typ suchte – es musste ihm bald klar werden, dass es nicht in der Küche zu finden war. Als ich daran dachte, dass er jeden Moment auf den Flur treten und mir direkt gegenüberstehen würde, brach mir kalter Schweiß aus, und der Föhn in meiner Hand geriet ins Rutschen. Behutsam zog ich meinen Arm aus dem Kabelknäuel und wischte mir die Finger an meiner Schlafanzughose ab. Dann machte ich einen beherzten Schritt in Richtung Küchentür – und verhedderte mich in dem Kabel. Nachdem ich bisher so bemerkenswert ruhig geblieben war, stieß ich nun, da ich mit den Armen rudernd um mein Gleichgewicht kämpfte, einen kurzen Schrei aus und biss mir gleich darauf entsetzt auf die Unterlippe. Aus der Küche erklangen hastige Schritte. Meine Beine wurden von einem unkontrollierbaren Zittern erfasst, das mir eine Flucht unmöglich machte; ich kniff die Augen zu und wartete darauf, jeden Moment von Männerfäusten getroffen zu werden. Das Rauschen in meinen Ohren schwoll zu einem Tosen an, sodass ich kaum hören konnte, wie der Fensterladen erneut aufgestoßen wurde. Als er gegen die Hauswand schlug, ertönte ein Krachen, gefolgt von einem dumpfen Aufprall. Dann nichts mehr.

Wie versteinert blieb ich im Flur stehen und konzentrierte mich nur darauf, gleichmäßig ein- und auszuatmen, bis mich das nervige Geräusch meiner klappernden Zähne in die Wirklichkeit zurückholte. Ich spannte meinen Kiefer an und lauschte einige Herzschläge lang in die Stille hinein. Erst als ich sicher sein konnte, dass kein Laut mehr aus der Küche zu hören war, trat ich vorsichtig durch die Türe. Während ich mich geduckt dem offenen Fenster über der Spüle näherte, fühlte ich unter meinen nackten Füßen eisige Hagelkörner, die der Wind hereingeweht hatte. Ich verbarg mich halb hinter dem regendurchtränkten Vorhang und warf dann einen schnellen Blick in den Garten hinunter. Es war niemand zu sehen.

Als ich mich umdrehte, um den Raum zu inspizieren, stellte ich fest, dass unsere Küche beinahe unverändert aussah. Nur der Messerblock war umgestürzt, und das große Steakmesser lag auf dem Boden. Ich bückte mich danach, doch meine Aufmerksamkeit wurde gleich darauf von einem Gegenstand angezogen, der nur einen Schritt entfernt auf den kalten Fliesen lag. Das Mondlicht, das zwischen den Unwetterwolken hindurchsickerte, fiel direkt auf eine flache Metallplakette, sodass sich diese leuchtend vom dunklen Leder abhob.

Es war Rasmus' Armband.

5. Kapitel

„Du wolltest ihn *mit einem Föhn erschlagen*?", wiederholte Jinxy, und ihre Stimme klang unnatürlich schrill. „Hast du vielleicht kürzlich einen richtig schlechten Horrorfilm gesehen – *Brigitte, die mordende Friseuse* oder so?"

„Ja, schon gut", sagte ich ungeduldig und hob das Kinn, damit mir keine Tränen aus den Augen kullern konnten. Nachdem ich die ganze Nacht lang im hell erleuchteten Wohnzimmer gesessen und verzweifelt versucht hatte, meine Eltern zu erreichen, war ich immer noch ein seelisches Wrack. „Ich war wohl irgendwie high vom Adrenalin. Aber darum geht es jetzt auch gar nicht."

„Ach nein? Meine beste Freundin wäre beinahe mit erhobenem Haartrockner in den Tod gelaufen, und das war noch nicht der Knackpunkt der Geschichte?" Vor Aufregung zwirbelte Jinxy so heftig an einem ihrer Zöpfchen, dass es bereits wie eine Rastalocke von ihrem Kopf abstand. Meine Erzählung hatte sie wirklich mitgenommen, und es brauchte schon einiges, um meine Freundin derart zu erschüttern. „Wenigstens ist er abgehauen, bevor du ihn mit deiner Selbstüberschätzung provozieren konntest", fuhr sie fort und verzog das Gesicht, als sie den Zeigefinger aus ihren verknoteten Haaren zerrte. „Wie es scheint, hat dir deine Tollpatschigkeit diesmal gute Dienste geleistet."

Ich lehnte mich schweigend zurück und blickte aus dem Fenster, während sich der Bus durch die dichten Regenschleier kämpfte. Was mich an der ganzen Sache am meisten erschreckt und mich schließlich auch davon abgehalten hatte, die Polizei zu rufen, hatte ich bis jetzt vor

Jinxy geheim gehalten – und in diesem Moment wurde mir klar, dass ich ihr überhaupt niemals davon erzählen würde. Ich benahm mich wie ein kleines Kind, das die Augen in der Hoffnung schloss, dann auch von seinen Widersachern nicht gesehen werden zu können: Wenn ich es nicht aussprach, konnte es auch nicht wahr sein ... *dass Rasmus bei mir eingebrochen war.*

Wieder und wieder hatte ich die Sache in meinem Kopf durchgespielt und dabei vergeblich versucht, sie zu verharmlosen: Vielleicht gehörte das Lederband, das in meiner Jackentasche zu glühen schien, gar nicht Rasmus – vielleicht sah es seinem bloß ziemlich ähnlich? Und selbst wenn er es gewesen war, der dieses Band in der letzten Nacht verloren hatte ... womöglich sollte der Einbruch nur so etwas wie ein Scherz sein? Ein Streich zwischen neuen Freunden, bei dem er ein wenig übers Ziel hinausgeschossen war ... obwohl ich mir eigentlich kein Szenario ausmalen konnte, in dem nächtlicher Hausfriedensbruch als lustig durchging.

Ich stieg hinter Jinxy aus dem Bus und bekam kaum etwas von dem mit, was sie sagte; mit schnell klopfendem Herzen ließ ich meinen Blick über den Parkplatz vor der Schule schweifen, bis ich den verbeulten Wagen entdeckt hatte. Dass von seinem dunkel gekleideten Besitzer nichts zu sehen war, bedeutete nur einen schwachen Trost: So absurd mir dieser Gedanke auch vorkommen mochte, aber in wenigen Minuten würde ich zusammen mit einem Einbrecher im Englischunterricht sitzen. Je näher wir dem Klassenraum kamen, umso schwerer fühlten sich meine Beine an. Schließlich blieb ich stehen und lehnte mich gegen die Wand. „Ich glaube, ich kann nicht in Englisch gehen“, sagte ich schwach und hoffte, dass ich mich wie jemand anhörte, der gerade von einer schweren Krankheit befallen worden war. „Mir ist irgendwie schlecht.“

Jinxy musterte mich prüfend. „Stimmt, du siehst wirklich ziemlich grün und schwitzig aus", bemerkte sie taktvoll. „Nach der ganzen Aufregung ist das eigentlich auch kein Wunder. Geh am besten zur Schulärztin, ich gebe Professor Scott Bescheid."

„Danke", flüsterte ich und huschte – schwere Krankheit hin oder her – so schnell wie möglich die Treppen hinauf und in Richtung Sekretariat. Die Schulärztin empfing mich wie eine alte Bekannte, verabreichte mir nach meiner vagen Symptombeschreibung ein paar homöopathische Tropfen und gestattete mir, mich auf der Behandlungsliege auszuruhen. Ich döste vor Erschöpfung weg und wurde erst wieder wach, als die Pausenglocke schrillte.

Die Ärztin musterte mich besorgt. „Und, wie geht es dir jetzt? Wenn deine Eltern nicht da sind, kann ich dich ja eigentlich nicht nach Hause schicken", meinte sie unschlüssig.

„Ist auch nicht notwendig", antwortete ich und stand auf. „Ich fühle mich schon wieder wie neu. War vielleicht nur der Schlafmangel."

Um nicht Professor Grabowskis Zorn wegen Zuspätkommens zu riskieren, machte ich mich eilig auf den Weg zu den Schließfächern. Die letzten Meter legte ich fast im Laufschritt zurück, schlitterte um die Ecke und stoppte gerade noch rechtzeitig, als ein kräftiger Oberkörper vor meinen Augen auftauchte. „Lily", sagte jemand überrascht. Erschrocken sprang ich einen Schritt zurück und hob den Kopf – es war Sam.

„Alles in Ordnung? Jinxy hat mir erzählt, was bei dir zu Hause passiert ist … Du siehst nicht gut aus. Ich – ich meine, du siehst mitgenommen aus", stammelte er.

„Schon okay, ich werde das verkraften", antwortete ich und zwang mich zu einem tapferen Lächeln. Sam erwiderte es nicht; er trat unbeholfen von einem Bein auf das andere, und schließlich brach es aus ihm hervor:

„Entschuldige bitte, dass ich mich gestern so blöd benommen habe. Du hast ja Recht, es ist deine Sache, mit wem du befreundet bist … das geht mich nichts an."

Ich schaute in sein freundliches, offenes Gesicht und fühlte mich gleich noch ein bisschen elender bei dem Gedanken, dass es irgendwie nie die ehrlichen und gutmütigen Jungen waren, denen die Mädchen verfielen. Es waren die Dunklen, Verschlagenen, die mit den unwiderstehlichen, schmalen … Ich schüttelte mich, als könnte ich dadurch die quälenden Überlegungen aus meinem Kopf schleudern.

„Du musst dich nicht entschuldigen", antwortete ich niedergeschlagen. „Was du gesagt hast, war absolut richtig. Er ist kein Typ für eine Freundschaft, er ist überhaupt nicht …" Ich spürte, wie mir wieder die Tränen in die Augen stiegen, und drehte mich mit den hastigen Worten „Ich hab jetzt gleich Latein" zu meinem Spind. Es fehlte gerade noch, dass Eric und ein paar seiner Freunde, die gerade den Flur entlangkamen, mich heulen sahen.

Die Lateinstunde verbrachte ich in einem Zustand ständiger Alarmbereitschaft, und ausnahmsweise hatte Professor Grabowski nichts damit zu tun. Jedes Mal, wenn ich vor der Tür zum Klassenzimmer ein Geräusch zu hören glaubte, zuckte ich zusammen – ich hätte gar nicht genau sagen können, wovor ich mich fürchtete, trotzdem bekam ich fast einen Herzinfarkt, als gegen Ende der Stunde eine stattliche Lehrerin mit kurzem grauem Haar und Hornbrille hereinkam.

„Entschuldigen Sie die Störung", sagte sie knapp zu Professor Grabowski, die etwas irritiert davon abließ, irgendein Gedicht im Hexameter vorzutragen. „Es geht um den diesjährigen Herbstball, der in drei Wochen stattfinden soll. Das Komitee hat sich endlich auf ein Motto geeinigt, das ich Ihnen hiermit verkünden möchte: Mythen und Fabelwesen."

Gemurmel erhob sich in den Bankreihen, bis Jinxy die Hand in die Luft streckte und sofort fragte: „Was genau soll das bedeuten?"

Die Professorin räusperte sich. „Es bedeutet, dass es Ihnen frei steht, ob Sie in Abendgarderobe erscheinen möchten oder aber verkleidet als … Fee oder Troll oder weiß der Himmel was noch." Es war ihr deutlich anzumerken, dass sie es für eine Zumutung hielt, Worte wie „Troll" überhaupt in den Mund nehmen zu müssen. „Die Anfertigung der entsprechenden Dekoration beginnt heute Nachmittag. Wer sich dafür dem Komitee anschließen möchte, ist herzlich eingeladen, sich nach Unterrichtsschluss im Zeichensaal einzufinden." Mit etwas, das wie eine kleine Verbeugung aussah, beendete die grauhaarige Lehrerin ihre Ankündigung und verließ ohne ein weiteres Wort den Raum. Professor Grabowski fuhr mit ihrer leiernden Gedichtrezitation fort, und Jinxy piekte mich mit einem Kugelschreiber in die Rippen.

„Oh! *Oh*, da müssen wir mitmachen, Lily!", wisperte sie mir ins Ohr. „Das wird dich auf andere Gedanken bringen. Basteln ist toll, und ich stehe auf den Geruch von Klebstoff!"

„Das ist nicht unbedingt überraschend", antwortete ich leise, „aber meinetwegen." Wenn ich nach der letzten Stunde noch hierblieb, würde man mich nicht auf der Bank vor der Schule finden können, wo ich für gewöhnlich auf den Bus wartete … nur für den Fall, dass mich überhaupt jemand finden wollte. Wenn das allerdings so war, konnte ich mich auch nicht in der Cafeteria blicken lassen. Deshalb entzog ich Jinxy meinen Arm, als sie sich nach der fünften Stunde voller Vorfreude auf den Weg dorthin begeben wollte, und erklärte ausweichend:

„Ähm, ich komme diesmal nicht mit … werde stattdessen mal in die Bibliothek schauen."

„Du willst nicht zu Mittag essen?", fragte Jinxy in einem Tonfall, als handelte es sich dabei geradezu um ein Sakrileg.

„Ja, wahrscheinlich ist mir noch ein bisschen übel. Ich hab jedenfalls keinen richtigen Hunger."

„Dein Magen hat in Latein geknurrt", erwiderte sie streng. „Du hast es zwar mit einem Hüsteln zu kaschieren versucht, aber ich habe es genau gehört!"

„Trotzdem", antwortete ich missmutig. „Außerdem schmeckt mir das heutige Menü nicht."

„Es gibt Pasta."

Allein die Erwähnung verursachte ein Ziehen in meinem Inneren – merkwürdigerweise eher in meiner Brust als in meiner Magengegend, aber womöglich hatten die nächtlichen Ereignisse meine Anatomie ein wenig durcheinander gebracht. „Nein, danke, ich will heute keine Pasta."

„Entwickelst du etwa eine Essstörung?"

„Jinxy, du bist schlimmer als meine Mutter", stöhnte ich. „Wenn du gestattest, werde ich jetzt lesen gehen. Guten Appetit."

Falls mich der Besuch in der Bibliothek ein wenig aufgemuntert hatte, wurde das in den darauffolgenden Schulstunden gründlich zunichte gemacht. Während des Mathematikunterrichts warf Jinxy mir immer wieder besorgte Blicke zu, und in Biologie erlebte ich dasselbe noch einmal mit Sam. Ich war fast erleichtert, als ich mich endlich auf den Weg zum Zeichensaal machen konnte; außerdem hoffte ich mittlerweile selbst, dass mich die Bastelei auf andere Gedanken bringen würde. Zumindest würde sie meine gesamte Aufmerksamkeit in Anspruch nehmen, denn wie alles, was man nicht aus Büchern lernen konnte, zählte Handarbeit nicht gerade zu meinen Stärken.

Als ich den Raum betrat, stellte ich fest, dass man sich an der Galilei High deutlich mehr für freiwillige Arbeiten zu begeistern schien als an meiner alten Schule: Um die klobigen Holztische hatten sich bereits zahlreiche Jungen und Mädchen geschart, und der Geruch von Leim, Farbe und Sägespänen hing in der Luft. Ich blieb an der Türe stehen und hielt Ausschau nach Jinxy, da kam Eric quer durch den Saal auf mich zugeeilt.

„Hey, Lily“, grüßte er mich beschwingt und klopfte mir dabei auf die Schulter, als verwechselte er mich mit einem seiner Teamkameraden. „Du siehst ja echt fertig aus. Aber kein Wunder, nach dem, was du letzte Nacht durchmachen musstest!“

„Woher weißt du davon?“, fragte ich stirnrunzelnd, doch gleich darauf wurde mir klar, dass Jinxy wieder mal ihr Mäulchen nicht hatte stillhalten können – und Eric ging ja mit ihr zusammen in den Zeichenkurs.

„Bitte friss mich nicht gleich deswegen“, witzelte er und reagierte mit einer übertrieben abwehrenden Geste auf den angriffslustigen Ton, der in meiner Frage gelegen hatte. „Aber das muss ja wirklich gruselig gewesen sein … du alleine zu Hause, und plötzlich steigt irgend so ein Psychopath durchs Fenster …“

„Woher willst du wissen, dass es ein Psychopath gewesen ist?“ Ich hatte die Schärfe in meiner Stimme noch immer nicht unter Kontrolle.

„Na ja, wissen kann man das nicht“, meinte Eric und kratzte sich am Kopf, „aber man braucht schon ziemlich viel kriminelle Energie, um sich so was zu trauen, oder?

Hast du denn gar keinen Anhaltspunkt, wer es gewesen sein könnte?"

„Nein", antwortete ich knapp. „Wahrscheinlich jemand, der sich für die Antiquitäten meiner Eltern interessiert hat."

Während Eric mich zweifelnd ansah, kam Jinxy endlich herbeigehopst und begann sofort damit, Pläne für die Dekoration zu schmieden. Das gab mir ein wenig Zeit, mich mit meinen eigenen Gedanken zu beschäftigen, vor allen Dingen mit der Frage: Was war eigentlich los mit mir? Jinxy den Fund in meiner Küche zu verschweigen, um sie nicht unnötig aufzuregen, war eine Sache, aber wirklich zu lügen, um Rasmus in Schutz zu nehmen, eine ganz andere.

„Erde an Lily", trompetete mir Jinxy ins Ohr. „Du musst dich für eine Bastelarbeit entscheiden, Eric und ich können uns nicht einigen!"

Ergeben löste ich mich vom Türrahmen und machte einen kleinen Streifzug durch den Saal. Ich beschloss, es zunächst mit etwas Einfacherem zu versuchen, und ging eilig an der Station vorbei, wo für einen verwunschenen Wald Bäume auf Papierplanen gemalt und gigantische Pilze aus Pappmaché angefertigt wurden. Auch die Konstruktion des Schicksalsberges aus *Herr der Ringe* erschien mir nicht unbedingt verlockend, da ich nicht wusste, wie die zuständigen Schüler die Flammen hinkriegen wollten. Schließlich ertappte die Zeichenlehrerin Eric, Jinxy und mich bei unserer Untätigkeit und verdonnerte uns zum Bau einer Burgruine. Die nächsten zwei Stunden verbrachten wir damit, riesige Kartonstücke zu einer Fassade zusammenzufügen; als es jedoch ans Malen ging, gab mir meine Freundin höflich zu verstehen, dass ich nicht mehr erwünscht war.

„Nicht böse sein, aber ich habe die Karten gesehen, die du letzte Weihnachten gestaltet hast … und allmählich wächst mir diese Ruine ans Herz", erklärte Jinxy entschuldigend. „Du könntest aber Fledermäuse zum Aufhängen basteln, davon brauchen wir jede Menge."

Ich kam mir zwar ein bisschen so vor wie ein Kind, das seiner Mutter zum ersten Mal beim Kochen helfen darf, aber wenigstens überforderte es mich nicht, schwarzen Filz zurechtzuschneiden, mit Watte zu füllen und zuzunähen. Zum Schluss malte ich noch mit weißer Farbe große, gruselige Augen auf, dann betrachtete ich mein Werk mit überraschender Zufriedenheit.

„Na, wie sieht das aus?", fragte ich und ließ eine der Fledermäuse an einem durchsichtigen Faden vor Jinxys Nase tanzen.

„Sehr nett", lobt sie und pinselte schwungvoll eine Efeuranke auf einen Erker der Kartonburg, „erinnert mich stark an den Kater aus *Shrek*, wenn der so niedlich guckt."

Frustriert ließ ich den ganzen Schwung Fledermäuse in den Papierkorb flattern und fertigte leise vor mich hin fluchend neue an. Wenn das so weiterging, würde ich nicht vor Mitternacht hier wegkommen – was allerdings gar nicht so schlecht wäre. Schließlich versuchte ich immer noch den Gedanken daran zu verdrängen, dass mir eine weitere einsame Nacht in einem Haus voller Geräusche bevorstand. Diesmal zeichnete ich jeder Fledermaus ein offenes Maul mit nach unten zeigenden Mundwinkeln und kleinen, nadelspitzen Zähnchen.

„Zufrieden?", fragte ich herausfordernd.

„Oh, schon viel besser", beteuerte Jinxy. „Jetzt sehen die Viecher ziemlich bekümmert aus, oder besorgt."

„Tatsächlich sehen sie dir recht ähnlich", bemerkte Eric, der gerade ein letztes Mal Hand an die Zugbrücke legte, und ich bemerkte im selben Moment, dass ich ihn nicht sonderlich gut leiden konnte.

„Du darfst sie ruhig so lassen", versicherte mir meine Freundin. „Sie sind gar nicht so schlimm, wir hängen sie dann eben ..." Ihre Hand wedelte irgendwo in Richtung einer finsteren Ecke hinter der Pappkartonruine.

„Nein, ich krieg das hin", antwortete ich verbissen und schnappte mir zum dritten Mal die Schablone.

„Wie du meinst", sagte Jinxy achselzuckend, „aber ich gehe schon mal die Pinsel auswaschen. Meine Mutter kommt mich jeden Augenblick mit dem Auto abholen, wir feiern heute Abend nämlich den Geburtstag meiner Omi."

Kurz darauf überließ mich auch Eric meinem Schicksal, und allmählich begann sich der Zeichensaal zu leeren. Als ich schließlich meine Arbeit mit schmerzendem Rücken und zerstochenen Fingern beendete, waren die übriggebliebenen Schüler schon dabei, ihre Bastelutensilien wegzuräumen. Ich hatte den Fledermäusen nun dicke, schrägstehende Augenbrauen aufgemalt; zwar wusste ich nicht viel über die Gesichtsbehaarung solcher Tiere, aber immerhin verlieh ihnen das ein bedrohliches Aussehen. Nachdem ich meine Kunstwerke an Schnüren zum Trocknen aufgehängt hatte, wusch ich mir sorgfältig die Farbspritzer von den Händen, bis ich bemerkte, dass die Zeichenprofessorin direkt hinter mir stand und mit der Fußspitze auf den Boden klopfte. Überrascht stellte ich fest, dass alle anderen Schüler den Saal bereits verlassen hatten, und weil ich mir ziemlich sicher war, dass das ungeduldige Schlüsselgeklimper der Lehrerin *kein* geheimnisvoller Code sein sollte, packte ich schnell meine Tasche und huschte aus dem Raum.

Jetzt, da kein Sonnenlicht mehr durch die Buntglasfenster fiel, wirkten die Flure noch einschüchternder als sonst. Mit langen Schritten eilte ich durch die verlassene Aula, öffnete das schwere Schultor und seufzte resigniert: Dichter Nebel stieg vom regennassen Asphalt auf und legte sich augenblicklich wie eine feuchte Decke über mein Gesicht. Schaudernd zog ich den Kopf zwischen die Schultern und lief zur Bushaltestelle hinüber, wo eine einsame Schülerin auf der Bank saß und im Takt der Musik aus ihrem MP3-Player mit dem Kinn zuckte. Weil ich die Galilei High noch nie um diese Uhrzeit verlassen hatte, wusste ich nicht, wann der nächste Bus kommen sollte, und den Fahrplan hatte irgendjemand mit wasserfestem Marker vollgekritzelt. „Hey, entschuldige", sagte ich höflich und beugte mich zu dem zuckenden Mädchen hinunter, um Blickkontakt aufzunehmen. Widerwillig zog sie sich den Stöpsel aus einem Ohr. „Wartest du schon lange?"

„Ja, ziemlich ... gibt wahrscheinlich eine Störung. Muss am Nebel liegen." Sofort verstopfte sie sich wieder den Gehörgang und blendete mich komplett aus. Ich sah die Straße hinauf und versuchte zu erkennen, ob der Bus vielleicht schon in der Nähe war, doch bereits wenige Meter weiter versank alles in einem milchigen Weiß. Als meine Zähne zu klappern anfingen, verfluchte ich in Gedanken meine Eltern, die wohl gerade in einem warmen schottischen Hotelzimmer saßen und Whiskey schlürften. Jeder andere Schüler – einmal abgesehen von dem stoischen Exemplar auf der Bank – hätte in diesem Augenblick zu Hause angerufen und darum gebeten, mit dem Auto abgeholt zu werden, nur ich war dazu verdammt, in dieser Nebelsuppe elendiglich zu erfrieren. Ich kramte mein Portemonnaie hervor und stellte fest, dass ich genug Geld dabei hatte, um mir ein Taxi zu leisten. Weil es aber vermutlich ewig dauern würde, bis sich eines hierher verirrte, beschloss ich, zur Hauptstraße zu laufen; das würde mich außerdem davor bewahren, mich in einen Eiszapfen zu verwandeln. Ich zog den Reißverschluss meiner Jacke bis zu meinem Kinn hoch und machte mich auf den Weg, wobei ich mich immer von einer Straßenlaterne zur nächsten flüchtete. Meine Tasche schlug mir gegen die Beine, und jeder meiner Atemzüge durchschnitt lautstark die Stille, während der Nebel sämtliche Verkehrsgeräusche aus der Umgebung verschluckte.

„Lily?"

Ich musste mich gar nicht umdrehen, um zu wissen, wer das war. Stattdessen gab ich vor, nichts gehört zu haben, und zwang mich zu einem zügigen, aber gleichmäßigen Schritttempo.

„Kann es sein, dass du mich ignorierst? Für diesen Fall muss ich dir nämlich sagen, dass du mich damit ziemlich verletzt." Er holte auf und erwischte mich am Ellbogen. „Hey! Gehört sich das so unter Freunden?"

Wie beiläufig schob ich eine Hand in meine Tasche und griff nach meinem Handy; dann legte ich den Zeigefinger dorthin, wo ich die Einser-Taste vermutete. Ich hatte Jinxy auf Kurzwahl, und wenn es brenzlig wurde, konnte ich sie anrufen und gleichzeitig loslaufen – nur leider standen meine Chancen, ein Wettrennen gegen Rasmus zu gewinnen, denkbar schlecht.

„Entschuldige", sagte ich leichthin, „ich war wohl gerade in Gedanken versunken und habe dich nicht bemerkt." Mein Lächeln geriet ein wenig schief.

Rasmus musterte mich mit zusammengekniffenen Augen. „Schon okay", meinte er nach einigen Sekunden, „das passiert mir andauernd. Hast du jetzt was vor?"

„Oh … Hausaufgaben machen. Jede Menge", behauptete ich.

Rasmus lockerte den Griff um meinen Ellbogen nicht. „Dafür bleibt dir doch sicher am Wochenende genug Zeit."

„Na ja, aber ich muss auch noch lernen. Wir schreiben morgen einen Test."

„Welches Fach?"

Ich hielt seinem Blick stand und gab mir alle Mühe, nicht zu blinzeln. „Biologie."

„Thema?"

„Die Haut." Leider wurde ich schon bei der Erwähnung dieses Stoffgebiets verlegen. Weil Rasmus mich weiterhin unverwandt anstarrte, als wollte er auch die kleinste Veränderung in meinem Gesicht registrieren, drehte ich schließlich doch den Kopf weg. Unvermittelt ließ er meinen Arm los.

„Ich werde schon jetzt mit schwachen Ausreden abgespeist?", fragte er in belustigtem Tonfall, aber als ich den Blick wieder zu ihm huschen ließ, bemerkte ich, dass sich seine Augenbrauen zusammengeschoben hatten. Knapp unterhalb seiner Schläfe zuckte es einmal.

„Tut mir leid", murmelte ich ausweichend, und meine Hand verkrampfte sich um das Telefon.

„Dann sag mir doch, was wirklich los ist."

„Das willst du gar nicht wissen", rutschte es mir gegen meinen Willen heraus.

Seine Stimme war ruhig, doch jedes einzelne Wort schien vor unterdrückter Anspannung zu vibrieren, als er erwiderte: „Lass es darauf ankommen."

Mechanisch lösten sich meine Finger von dem Handy und schoben sich tiefer in meine Jackentasche. Die Metallplakette, die in der Nacht zuvor im Mondlicht gefunkelt hatte, wirkte nun seltsam matt, als ich ihm das Armband auf meiner Handfläche entgegenhielt.

Ich glaubte fast sehen zu können, wie es hinter Rasmus' Stirn fieberhaft zu arbeiten begann. „Wo hast du das her?", fragte er schließlich gedehnt. Während ihm seine lockere Haltung einen Anschein von Gelassenheit verlieh, schlich sich eine ungewohnte Kälte in seine Augen.

„Ich habe gestern Nacht Geräusche in der Küche gehört. Als ich nachsehen gegangen bin, habe ich dein Armband auf dem Fußboden gefunden." Ich merkte sofort, dass sich die Geschichte auf diese Weise so harmlos anhörte, dass sie fast nicht mehr der Realität entsprach; aber irgendwie war es mir unmöglich, unter Rasmus' eindringlichem Blick das Wort *Einbrecher* zu benutzen. Unwillkürlich machte ich einige Schritte rückwärts, nachdem ich meine Erklärung beendet hatte: Ich wusste nicht, mit welcher Reaktion ich rechnen sollte – würde Rasmus wütend werden, alles abstreiten oder in schallendes Gelächter ausbrechen, weil sein Streich funktioniert hatte? –, aber auf jeden Fall hielt ich es für klug, für etwas Abstand zwischen uns beiden zu sorgen.

Rasmus nahm mir das Armband ab und befestigte es mit einer fast nachlässigen Bewegung an seinem linken Handgelenk. „Danke", sagte er knapp, „ich habe es wohl liegen gelassen, als wir vorgestern gemeinsam Geschirr gespült haben."

Er schien auf eine Antwort von mir zu warten, aber ich brachte keinen Ton heraus. Fassungslos starrte ich ihn an – fassungslos über meine eigene Dummheit. Als ob sich ein Schleier vor meinen Augen gehoben hätte, sah ich mit einem Mal alles klar:

Der Wind hatte das halb geöffnete Küchenfenster lautstark aufgedrückt, was ich als die Geräusche interpretiert hatte, die jemand beim unerlaubten Eindringen in ein Haus verursachte; durch den Luftzug war dann vermutlich auch das Armband vom Rand der Spüle geweht worden. Die nächste Sturmbö hatte schließlich den Fensterladen gegen den Messerblock geworfen, der umgekippt war und dabei einen dumpfen Schlag erzeugt hatte. Und alles andere, das Kramen in den Schubladen und die Schritte, war schlicht und ergreifend ein Produkt meiner Fantasie gewesen – wie oft hatte ich mir abends im Bett schon eingebildet, dass das Knarren der alten Dielen von einer Person hervorgerufen wurde, die durch unser Haus schlich? Und wie hatte ich ernsthaft glauben können, dass Rasmus ohne Leiter bis zum Küchenfenster hinaufgeklettert war, obwohl die Küche im ersten Stock lag und der Garten darunter auch noch in einer Böschung abfiel?

„Du hast gemeint, du legst das Band nur beim Sport ab", sagte ich schließlich schwach.

„Und beim Geschirrspülen. Oder beim Duschen. Wünschst du eine genaue Auflistung?"

Wieder herrschte einen Moment lang Stille von der allerpeinlichsten Sorte. Ich bohrte die Fäuste in meine Jackentaschen und scharrte mit den Füßen, wie ein kleines Kind, das beim Lügen ertappt worden war. Niemals hätte ich gedacht, dass ausgerechnet ich, die Streberin mit der schrägen Freundin, jemanden bereitwillig als Verbrecher abstempeln würde, bloß weil es mir nicht gelang, ihn in eine der wohlbekannten Kategorien einzuordnen.

„Bitte entschuldige", sagte ich schließlich kleinlaut. „Ich habe geglaubt, du hättest dir so etwas wie einen nächtlichen Spaß erlaubt."

„Und deswegen rennst du vor mir davon? Dann lass uns an dieser Stelle festhalten: Meine Vorstellung von einem *nächtlichen Spaß* sieht ganz anders aus." Ohne mich eines weiteren Blickes zu würdigen machte er sich auf den Weg zurück in Richtung Schule, sodass mir nichts anderes übrigblieb, als neben ihm herzustolpern. Sein Schweigen machte mich fast wahnsinnig, und nach einer Weile hielt ich es nicht mehr aus. „Ärgerst du dich jetzt über mich?", fragte ich zaghaft.

Endlich sah Rasmus zu mir herüber, und ich stellte erleichtert fest, dass die Kälte aus seinen Augen verschwunden war. „Aber nein. Wirklich ärgerlich wäre es nur gewesen, wenn ich das Armband tatsächlich verloren hätte. Wenn man etwas so gut wie immer bei sich hat, bemerkt man zuerst nicht, dass es weg ist, doch sobald es mir aufgefallen wäre, hätte ich den Verlust ziemlich bedauert."

Mein Herzschlag beschleunigte sich, was nicht nur daran lag, dass Rasmus so lange Schritte machte. „Du trägst es jetzt schon … seit zwei Jahren, nicht wahr?"

Er schien mir die Frage nicht übel zu nehmen, aber sein Lächeln wirkte trotzdem ein wenig bitter. „Gut kombiniert, Columbo."

Das Armband war also tatsächlich ein Geschenk von seiner Verflossenen gewesen. Ich grub die Schneidezähne in meine Unterlippe, um die nächste Frage daran zu hindern, aus meinem Mund zu schlüpfen, doch wie immer blieb das ohne Erfolg. „Siehst du sie noch manchmal? Deine Exfreundin, meine ich?"

„Nein", antwortete er, und die Wehmut, von der dieses kleine Wörtchen erfüllt war, versetzte mir tief im Inneren einen Stich. Um mir das auf keinen Fall anmerken zu lassen, hakte ich im Plauderton nach:

„Warum denn nicht? Auch wenn es zwischen euch beiden aus ist, könntest du sie doch ab und zu während der Ferien in deiner früheren Heimatstadt besuchen. Mit ihr befreundet sein …"

„So wie mit dir, meinst du?", fragte er zurück, und ich kam zu dem Schluss, dass ich mir den Spott in seiner Stimme nur eingebildet hatte.

„Ja, wieso nicht?"

„Bitte versteh das jetzt nicht falsch, Lily. Aber ehrlich gesagt kann ich nicht mit dir darüber reden."

Schnell senkte ich den Blick auf den nassen Bürgersteig vor meinen Füßen. „Wie du meinst."

Ganz plötzlich trat er mir in den Weg, beugte sich zu mir herunter und legte den Kopf schief, um mir in die Augen sehen zu können. „Also ärgerst *du* dich jetzt über mich?“ Dass ehrliches Bedauern in seiner Stimme mitschwang, brachte mich ziemlich aus dem Konzept.

„Nicht wirklich. Ich bin nicht verärgert, überhaupt nicht eigentlich.“

„So viele Worte für ein nein?“

„Ganz recht.“

Ich wollte gerade schnurstracks zur Bushaltestelle zurücklaufen (und unterdrückte einen Fluch, weil die zugestöpselte Schülerin verschwunden und der letzte Bus also ohne mich abgefahren war), als Rasmus nach mir griff und gerade noch meine Hand zu fassen bekam. Augenblicklich blieb ich wie angewurzelt stehen. Seine Hand war trotz des miesen Wetters warm und ein ganz klein wenig rau, während sich meine wahrscheinlich so anfühlte wie eine eisige Fischflosse.

„Ich fahr dich nach Hause. Du siehst aus wie ein halb ertrunkenes Kätzchen.“

Wie schmeichelhaft. „Nein, ist schon okay“, antwortete ich ausweichend. Dabei fragte ich mich, was wohl blöder wirken mochte: ihm meine Hand zu entziehen oder zuzulassen, dass er sie weiterhin festhielt.

„Komm schon, Lily“, drängte Rasmus und lotste mich auch schon in Richtung Schulparkplatz. „Ich werde im Auto auch nicht singen, versprochen.“

Die angespannte Atmosphäre zwischen uns schien verflogen zu sein, also ließ ich es zu, dass er mich zu seinem Wagen führte. Als er mir jedoch wie gewohnt die hintere Autotür aufhielt, ignorierte ich das geflissentlich und kletterte stattdessen auf den Beifahrersitz, nachdem ich meine Tasche über die hervorstehende Sprungfeder gelegt hatte. Es mochte meinen Büchern vielleicht nicht gerade guttun, dass ich auf ihnen Platz nahm, aber meine Zeit auf der Rückbank sollte jetzt endgültig vorbei sein.

Erst nach einigen Minuten Fahrt fiel mir plötzlich etwas ein, das mit einem Schlag mein Misstrauen wieder neu entfachte. „Was hattest du eigentlich um diese Zeit vor der Schule zu suchen? Hast du mir etwa aufgelauert?“

„Hört sich ja an, als wäre ich ein furchteinflößender Strauchdieb“, erwiderte Rasmus nachdenklich. „Ich glaube, das gefällt mir.“

„Beantworte meine Frage.“

„Oha, und wer ist jetzt furchteinflößend? Aber wenn du es unbedingt wissen willst – ja, es wäre durchaus möglich, dass ich nach Unterrichtsschluss ein wenig die Zeit totgeschlagen habe, um dir höchst zufällig vor der Schule zu begegnen.“

„Und warum?“

„Ich wollte mich verabschieden.“

Mein Herz schien zu stolpern und dann doppelt so schnell weiterzuschlagen, um dieses Missgeschick auszugleichen. „Du gehst weg?“ Ich brachte kaum mehr als ein Flüstern hervor.

„Jawohl. Glaub mir, diese Entscheidung wurde nicht leichtfertig getroffen, aber es ist das Beste für alle Beteiligten. Du sollst aber wissen, dass ich in Gedanken immer bei dir verweilen werde … bis ich dereinst hierher zurückkehre.“

Ich starrte ihn an – nicht sicher, ob *er* gerade dabei war, den Verstand zu verlieren, oder ich. „Wann? Wann kehrst du zurück?“

„Oh – am Montag.“ Sein Grinsen verwandelte seine Augen in schmale Halbmonde, und ich fühlte mich auf einmal zu schwach, um die Hand zu heben und ihm auch nur den allerkleinsten Schlag zu versetzen. „Das ganze Team fährt übers Wochenende zu einer Meisterschaft … der Coach hat es bloß bis heute in der Schwebe gelassen, ob er mich mitnehmen oder stattdessen ein Exempel an mir statuieren möchte." Er runzelte die Stirn, als er fortfuhr: „Eigentlich wollte ich es dir heute in Englisch oder während der Mittagspause sagen, aber du warst ja wie vom Erdboden verschluckt."

„Und deswegen hast du bis jetzt auf mich gewartet?" Ich spürte, wie allmählich die Wärme wieder in meinen Körper zurückströmte.

„Hat ja nicht allzu lange gedauert."

„Es ist beinahe acht Uhr."

„Ich hatte ein spannendes Buch dabei. Die Zeit ist wie im Flug vergangen."

„Und eiskalt, sogar hier drin!"

„Ich fühle mich bei solchen Temperaturen absolut wohl."

„Ach was!"

„Ach ja! Und ich dachte, das gehört sich so unter Freunden – dass man nicht einfach abhaut?"

Das Lächeln, das sich auf mein Gesicht stahl, war so breit, dass es in meinen Wangen spannte. „Tut es auch. Das war aber trotzdem ganz besonders nett von dir!"

„Was ich dir noch sagen wollte: Deine Nase sieht schon viel besser aus. Dieses Blasslila gefällt mir ausnehmend gut", erklärte Rasmus und starrte dann konzentriert auf die Straße, doch im Licht der Laternen konnte ich ganz deutlich erkennen, dass er sich das Lachen verkniff.

6. Kapitel

Der nächste Schultag war … merkwürdig. Die Basketballmannschaft war offenbar schon vor der ersten Stunde aufgebrochen, und zum allerersten Mal, seit ich in die Galilei High School ging, war ich nicht von Angst, Verlegenheit oder Aufregung erfüllt, sondern konnte mich voll und ganz auf den Unterricht konzentrieren.

Den Nachmittag und Abend verbrachte ich mit Jinxy, die ja nicht ahnen konnte, dass meine Angst vor dem imaginären Einbrecher verflogen war. Sie hatte versprochen, mir das ganze Wochenende über Gesellschaft zu leisten: Das bedeutete jede Menge Spiele, Knabberzeug und Zeichentrickfilme.

„Weißt du, was ich an all diesen Disney-Kerlen am besten finde?“, fragte Jinxy, schluckte einen Mundvoll Chips herunter und tat dann so, als müsste sie niesen, um mich beim Herausschieben eines Jenga-Hölzchens zu stören. „Die haben alle so wahnsinnig tolle Haare. Na gut, die Wallemähne vom Biest ist vielleicht nicht jedermanns Sache, aber John Smiths blonder oder Prinz Erics schwarzer Schopf? Die können sich mit Indianerinnen und Meerjungfrauen herumschlagen, so viel sie wollen, aber die Föhnwelle sitzt perfekt. Sogar Li Shang aus *Mulan* sieht mit diesem Zöpfchen und den Geheimratsecken irgendwie scharf aus. Solche Männer findest du im echten Leben nicht!“

„Ich wüsste da schon einen“, rutschte es mir heraus, und ich musste grinsen. „Er hat zwar keine Föhnwelle, aber …“

Jinxy warf mir einen Blick zu und rümpfte dabei ein wenig die Nase, als wäre ihr plötzlich ein merkwürdiger Geruch aufgefallen. „Lily, sieh dich an. Du schwärmst. Das ist süß und ein ganz klein wenig widerlich."

„Ich wiederhole mich ja wirklich nur ungern, aber du zwingst mich dazu: Rasmus und ich sind –"

„Mhm, ja", unterbrach sie mich. „Das werde ich auf euren Grabstein schreiben lassen: *Hier liegen Lily und Rasmus, im Tode endlich vereint. Sie waren nur Freunde.*"

„Wieso würde man uns in dasselbe Grab packen?", fragte ich unschuldig. „Hast du da irgendwelche weitreichenden Pläne für uns?"

„Na schön, vielleicht hatte ich vor, euch beide zu verkuppeln!", rief sie und warf die Hände in die Luft, wobei sie den Jenga-Turm umstieß. „Und du kannst sagen, was du willst – ich habe ein gutes Auge für so etwas. Aber du weißt noch so gut wie gar nichts über den Typen und benimmst dich trotzdem, als würdest du ihn seit Ewigkeiten kennen."

„Was soll denn das heißen, ich weiß nichts über ihn?"

„Na ja, wo hat er früher gelebt? Wie sind seine Eltern so? Hat er Geschwister? Haustiere? Witzige Tattoos?"

„Ich will dich ja nicht unterbrechen, aber das sind nicht unbedingt die allerspannendsten Fragen, die man einer neuen Bekanntschaft sofort stellen muss. Außer … vielleicht … das mit den Tattoos."

„Wundert mich nicht, dass du gerade *darauf* einsteigst." Sie schob die Unterlippe nach vorne, wie es sonst nur Kinder tun, wenn sie beleidigt sind. „Eine geteilte Pizza macht einen Kerl nicht sofort zu deinem besten Freund, weißt du."

„Oh, Jinxy! Jinxylein! Du bist doch immer noch die Einzige für mich", beteuerte ich und versuchte sie zu umarmen, während sie mir Knabberzeug entgegenwarf. „Und wenn du möchtest, dann verspreche ich dir, dass ich ihn das ganze Wochenende lang nicht mehr erwähne!"

Ein wenig besänftigt zupfte mir meine Freundin eine Erdnusslocke aus den Haaren, steckte sie in den Mund und kaute lautstark darauf herum. „Ich bedanke mich vielmals. Und jetzt lass uns *Bambi* schauen, da muss ich zwar weinen, aber es gibt keine zotteligen Typen weit und breit."

Ich hielt mein Versprechen, und das fiel mir erstaunlich leicht. Am Samstag überredete mich Jinxy, Sam zu unserem Filmeabend einzuladen, und weil sich ihre leicht sadistische Ader bemerkbar machte, wählte sie statt des geplanten *Aladdin*-Videos meine geliebte *Stolz und Vorurteil*-DVD. Erstaunlicherweise schien Sam zu den raren männlichen Exemplaren zu gehören, die tatsächlich einen historischen Liebesfilm über sich ergehen lassen konnten, ohne pausenlos nach mehr Action zu verlangen. Er beschwerte sich nicht einmal, als Jinxy damit anfing, den Text mitzusprechen. Während sie zusammen mit dem regennassen Mr Darcy deklamierte: *„Ich liebe Sie. Auf das Glühendste"*, kam mir der Gedanke, dass sie möglicherweise richtig lag: Rasmus hatte bisher so wenig von sich preisgegeben, dass ich ihn abwechselnd für unnahbar und unwiderstehlich, für einen guten Freund und für einen Verbrecher gehalten hatte. Wie sollte ich so einem Menschen vertrauen?

„Ich fühle wirklich mit dem armen Kerl", unterbrach Jinxy ihre Darbietung und wandte sich dann an Sam – offensichtlich mit dem boshaften Vorhaben, ihn verlegen zu machen. „Na, findest du nicht, dass Keira Knightley richtig gut aussieht?"

Er ließ sich kein bisschen aus der Ruhe bringen. „Klar, wie könnte ich auch nicht", gab er unbeeindruckt zurück, „aber graue Augen gefallen mir zum Beispiel besser."

Ich zuckte zusammen, als Jinxy mir den Ellbogen in die Seite rammte und mir dabei verschwörerisch zublinzelte. Im selben Moment beschloss ich, die Sache mit Rasmus von nun an viel entspannter zu betrachten. Eine geteilte Pizza machte noch keine Freundschaft aus – das musste ich einfach im Gedächtnis behalten.

Mein neuer guter Vorsatz verlangte, dass es mir am Tag der Rückkehr unseres Basketballteams egal war, wie ich aussah. (Über die Tatsache, dass von dem Blasslila in meinem Gesicht fast nichts mehr zu sehen war, durfte ich mich natürlich trotzdem freuen.) Außerdem musste ich es gleichmütig hinnehmen, dass die beiden Autos, mit denen das Team unterwegs war, offenbar im Stau steckten und dass Rasmus deshalb die Englischstunde verpasste. Meine Aufregung vor der Sportstunde rührte übrigens sicher nur daher, dass ich mich wegen meines geprellten Handgelenks so lange hatte schonen müssen und die Bewegung vermisste. Auch wenn Jinxy anderer Meinung zu sein schien.

„Jetzt entspann dich mal, Lily", keuchte sie, während sie sich bemühte, auf dem Weg zum Umkleideraum mit mir Schritt zu halten. „Und *renn* um Himmels Willen nicht so! Nicht alles, was appetitlich ist, hat eine kurze Haltbarkeitsdauer, weißt du?"

„Ich habe keine Ahnung, wovon du sprichst", antwortete ich erstaunt und leerte schwungvoll meinen Turnbeutel aus.

Als wir allerdings die Halle betraten, musste ich mir doch eingestehen, dass ich ein klein wenig enttäuscht war, den Platz auf der gegenüberliegenden Seite leer vorzufinden. Plötzlich kam mir die Aussicht auf eine Stunde Bewegung nicht mehr so besonders verlockend vor, und merkwürdigerweise schien es Coach Svensson ähnlich zu gehen: Anstatt uns voller Elan irgendwelche halsbrecherischen Kunststücke an den Turngeräten vorzuführen, ordnete sie hastig an, dass sich jede von uns einen Basketball holen und im Slalom zu dribbeln üben sollte. Danach zückte sie doch tatsächlich ihr Handy und drehte uns den Rücken zu, um sich in ein Telefongespräch zu vertiefen!

„Vielleicht nimmt sie an einem Gewinnspiel im Radio teil, oder sie redet mit ihrem Geliebten", mutmaßte Jinxy; weitere Theorien bekam ich nicht mit, weil ich schon wieder meinem flüchtigen Ball hinterherrennen musste. Inzwischen war ich ganz froh, dass ich bei diesen jämmerlichen Dribbling-Versuchen keine anderen Zeugen hatte als meine Mitschülerinnen, und zumindest überstand ich die Stunde weitgehend schmerzfrei. Aus diesem Grund verspürte ich auch keinen allzu starken Neid, als Sam in der folgenden Pause bei den Schließfächern von seinem gemütlichen Informatikkurs erzählte und schließlich mitleidig fragte:

„Und wie war's bei euch in Sport?"

Ich zuckte mit den Achseln. „Ganz erträglich eigentlich."

„Unsere Sportlehrerin hat vermutlich eine Affäre", mischte sich Jinxy begeistert ein. „Auf jeden Fall hat sie Liebeskummer und konnte sich nicht von einem geheimnisvollen Anrufer losreißen."

„Pst", unterbrach ich sie und deutete auf Coach Svensson, die ihren natürlichen, nach Schweiß duftenden Lebensraum verlassen hatte und nun ganz in unserer Nähe aufgeregt mit einer anderen Lehrerin sprach. Ihr Handy hielt sie immer noch umklammert. „Allmählich wüsste ich schon gerne, was da los ist."

„Das krieg ich raus", verkündete Jinxy, nahm mich an der Hand und ging ohne zu zögern auf die beiden Lehrerinnen zu. Ich drehte den Kopf hilfesuchend zu Sam, der meinen Blick zuerst ratlos erwiderte und uns dann folgte. Meine Freundin blieb mit hochgezogenen Schultern und ineinander verknoteten Fingern vor der Trainerin stehen. Auf einmal waren ihre Augen riesig – sie sah aus wie eine verängstigte Fünfjährige.

„Verzeihung, wir wollen nicht neugierig sein", log Jinxy unverfroren und schaffte es, ihrer Stimme einen glaubhaft sorgenvollen Klang zu verleihen, „aber Sie haben schon während unserer Sportstunde so einen aufgewühlten Eindruck auf uns gemacht. Jetzt sind wir ein bisschen beunruhigt – könnten Sie uns vielleicht sagen, was los ist?"

„Ach, meine lieben Mädchen", sagte die Trainerin, und ich fühlte, wie sich die feinen Härchen in meinem Nacken aufrichteten. Coach Svensson hatte in den beiden Sportstunden, die ich hier bis jetzt erlebt hatte, noch nie auch nur annähernd so etwas wie *liebe Mädchen* gesagt. „Leider gibt es sehr schlechte Neuigkeiten. Eines der beiden Autos, mit denen das Basketballteam unterwegs war, hatte in der Nähe unserer Schule einen Unfall."

Von einer Sekunde auf die andere nahmen meine Knie die Konsistenz von Götterspeise an, und ich stolperte einige Schritte rückwärts. Durch das Summen in meinen Ohren klang es merkwürdig dumpf, als Jinxy fragte: „Ist jemandem etwas passiert?"

„Der Trainer liegt schwer verletzt im Krankenhaus", antwortete Coach Svensson ernst, „wie es den drei Jungen geht, weiß ich nicht."

„Wer?", würgte ich hervor und bemerkte kaum, dass mir jemand eine Hand auf die Schulter legte.

„Bitte atmen Sie tief durch", sagte die Trainerin sanft, „es ist wichtig, dass wir jetzt alle Ruhe bewahren."

Ich schüttelte die Hand ab und taumelte erneut. *„Wer war noch in dem Auto?"*

„Drei Jungen“, wiederholte Svensson quälend langsam. „Ich glaube, sie heißen Tom, Eric und Rasmus.“

Ich drehte mich um und rannte auf die Treppe zu.

„Lily, warte“, hörte ich Sam hinter mir, dann fasste er nach meinem Ellbogen.

„Lass mich sofort los“, fauchte ich ihn an; als er mein Gesicht sah, gab er meinen Arm frei. Ich nahm immer zwei Stufen auf einmal, rempelte in der Aula einige Schüler zur Seite und stürzte schließlich durch das Schultor nach draußen.

Während ich den Weg zur Hauptstraße hinaufhetzte, erschien es mir unglaublich, dass ich nur vier Tage zuvor unter genau denselben Straßenlaternen Seite an Seite mit Rasmus durch den Nebel gegangen war und ihm falsche Verdächtigungen an den Kopf geworfen hatte. Ich rang mühsam nach Luft, als mir dieser Gedanke die Kehle zuschnürte, und starrte wie hypnotisiert auf die Wagenkolonne, die mir entgegenkam. Dreimal warf ich den Arm in die Höhe, um gleich darauf festzustellen, dass die Taxis, die ich entdeckt hatte, bereits besetzt waren. Dann, endlich, stoppte ein Wagen neben mir.

„Ins nächste Krankenhaus“, forderte ich gepresst, noch während ich auf die Rückbank kletterte. Die Fahrerin drehte sich misstrauisch um, und ich glaubte zu bemerken, wie sie meinen Bauch musterte. Etwas beruhigt startete sie danach den Motor und fuhr – sich peinlichst genau an die Geschwindigkeitsbeschränkungen haltend – in Richtung St. Christophorus Hospital, wo mir vor Jahren die Mandeln herausoperiert worden waren. „Blutest du irgendwo?“, fragte sie, und ich war mir sicher, dass ihre Sorge viel mehr den Sitzbezügen galt als mir. Ich gab keine Antwort; stattdessen schaute ich nach draußen, wo die Häuser unendlich langsam an uns vorüberzogen. Coach

Svensson hatte gesagt, dass der Unfall nicht allzu weit von der Schule entfernt stattgefunden hatte, und mir blieb nichts anderes übrig als zu hoffen, dass ich auf dem Weg zum richtigen Krankenhaus war. Ich bohrte die Fingernägel der rechten Hand in meinen linken Unterarm und begann wahllos irgendwelche Gegenstände in meiner Umgebung zu zählen, wie ich es schon als kleines Mädchen getan hatte, um meine Angst niederzukämpfen. Was damals im Wartezimmer beim Zahnarzt immer geholfen hatte, reichte nun allerdings nicht einmal annähernd aus, um meine aufsteigende Panik unter Kontrolle zu bringen. Ich registrierte, dass die Taxifahrerin ihren Dutt mit acht Klammern am Hinterkopf fixiert hatte, und stellte mir Rasmus' dunkles Haar vor, das sich hart vom hellen Leintuch eines Krankenhausbetts abhob. Ich zählte fünf Glücksbringer, die am Rückspiegel baumelten, und sah die Schläuche vor mir, die den reglosen Körper mit irgendwelchen Apparaten verbanden. Zwölf Bäume am Rand des Krankenhaus-Parkplatzes – offenbar keinerlei Parklücken – und ein blutverschmiertes Armband mit gesprungener Plakette, irgendwo im Krankenhausmüll.

„Stimmt so", krächzte ich, als das Taxi endlich hielt, und warf der Fahrerin den erstbesten Geldschein entgegen, den ich aus meinem Portemonnaie gezogen hatte.

Das St. Christophorus empfing mich mit kaltem weißem Licht und dem stechenden Geruch nach Desinfektionsmittel. Meine feuchten Schuhsohlen erzeugten ein quietschendes Geräusch auf dem Linoleum, als ich auf die Portiersloge zustürzte. Dort angekommen brachte ich schließlich nicht mehr heraus als: „Basketballteam, Galilei High School?"

„Der Autounfall, nicht wahr?", fragte der Portier gedehnt, riss sich vom Bildschirm seines Computers los und beäugte mich durch seine runden Brillengläser. „Pass auf,

Mädchen, wir können jetzt nicht alle Cheerleader und Klassenkameraden empfangen. Das verstehst du doch sicher."

„Ich bin die Tochter des Trainers", gab ich zurück und versuchte gar nicht erst, das Schluchzen in meiner Stimme zu unterdrücken. „Mein Name ist Lily ... Rodriguez." Endlich machte es sich bezahlt, dass ich mein Gedächtnis durch jahrelanges Streberverhalten trainiert hatte: Ich konnte mich daran erinnern, dass der Name auf meiner Party am ersten Schultag erwähnt worden war.

Der Portier tippte irgendetwas auf seiner Tastatur, dann nickte er mir zu. „Ebene 6C", sagte er, und ich meinte seinen mitleidigen Blick spüren zu können, während ich ohne mich zu bedanken zum Aufzug rannte.

Auf Ebene 6 schien derzeit nicht allzu viel los zu sein, stellte ich fest, nachdem sich die Türen des Fahrstuhls mit einem leisen Surren geöffnet hatten. Nur ein dunkelhaariger Mann stand mit dem Rücken zu mir am Tresen und wartete auf ein Rezept, das die junge Krankenschwester gerade ausdruckte. Sie reichte ihm das Papier und schenkte ihm dabei ein strahlendes Lächeln, das sich allerdings in eine genervte Grimasse verwandelte, als sie in eines der Patientenzimmer gerufen wurde. Der Mann drehte den Kopf, um ihr hinterherzusehen, und entdeckte mich, die ich wie angewurzelt beim Aufzug stand.

„Rasmus?", hauchte ich. Das Götterspeisengefühl von vorhin kehrte in meine Knie zurück, nur dass es diesmal unendlich viel angenehmer war. „Du kannst laufen?"

„Laufen, tanzen und springen", antwortete er trocken. „Wir Spieler sind alle drei glimpflich davongekommen. Jetzt entschuldige bitte meine Neugier, aber was tust du hier?"

„Ich hab in der Schule von dem Unfall gehört und da ... da wollte ich ..."

„Da wolltest du unter den Ersten sein, die mich im Krankenhausnachthemdchen zu Gesicht bekommen, alles klar. Das muss jetzt eine ziemlich herbe Enttäuschung für dich sein."

Mir lag schon die passende Erwiderung auf der Zunge, als mich meine Beine plötzlich ohne Erlaubnis auf Rasmus zutrugen und ich ihm mehr oder weniger in die Arme fiel.

„Whoa, Lily", hörte ich ihn gedämpft, während ich ein Ohr gegen seinen Brustkorb presste. „Vorsicht, meine Rippen."

Ebenso abrupt, wie ich die Arme um ihn geschlungen hatte, ließ ich ihn wieder los und machte einen Satz nach hinten. „Oh, tut mir leid! Hast du … sind sie geprellt, oder –"

Als er zu grinsen anfing, schoss mir das Blut in die Wangen. „War doch nur ein Scherz", beruhigte er mich. „Mir fehlt überhaupt nichts. Ist allerdings interessant zu erleben, wie sich deine schroffe Ruppigkeit spontan in schroffe Zärtlichkeit verwandeln kann, wenn du dir um jemanden Sorgen machst."

„Das wechselt mindestens ebenso schnell zurück", erwiderte ich und hörte mich dabei nicht halb so schnippisch an, wie ich es mir gewünscht hätte. „Jedenfalls bin ich froh, dass es dir gut geht. Dass es euch gut geht, also euch dreien, meine ich."

„Aha. Ich fürchte bloß, Tom ist gerade von seinen Eltern abgeholt worden, aber vielleicht kannst du deine Umarmung doch noch anbringen, wenn du ihnen ganz schnell –"

„Was ist denn nun eigentlich geschehen", fiel ich ihm ins Wort, „und wie kommt es, dass nur der Trainer schwerer verletzt wurde?"

Sofort wurde Rasmus ernst. „Ich weiß gar nicht genau, wie es passiert ist. Tom, Eric und ich haben geschlafen, als ein Laster schräg in das Auto hineingekracht ist und es auf der Beifahrerseite total eingedrückt hat … ich denke mal, der Fahrer ist am Steuer eingedöst. Wir auf der Rückbank sind fast völlig verschont geblieben, bloß Eric auf dem Platz ganz rechts hat ein bisschen was abgekriegt. Aber den Coach hat es wohl ziemlich schlimm erwischt."

„Weißt du denn nicht, was er hat?"

„Noch nicht, aber ich wollte gerade zur Intensivstation und nachfragen. Wahrscheinlich dürfen sie mir nichts Genaues verraten, weil ich kein Angehöriger bin, aber mal sehen, was ich erreichen kann." Er war schon einige Schritte den Flur hinuntergegangen, als er sich noch einmal zu mir umwandte und den Kopf schief legte. „Wartest du hier auf mich?"

Wohl als nachträgliche Reaktion auf den Schrecken begann mein Herz stärker gegen meine Rippen zu pochen. „Okay."

Ich starrte ihm hinterher, bis mich ein merkwürdiges Kribbeln im Nacken dazu zwang, mich umzudrehen. Eine Gestalt trat aus dem Schatten einer halbgeöffneten Türe und kam langsam auf mich zu; sie bewegte sich seltsam schleppend und hielt den Blick starr auf den Gang hinter mir gerichtet, sodass ich erst spät erkannte, dass es Eric war. Er trug tatsächlich ein Krankenhausnachthemd, allerdings hatte er seine Jeans daruntergezogen und den gepunkteten Stoff teilweise in den Hosenbund gestopft. Der Verband um seinen Kopf hob sich kaum von den weißblonden Haarsträhnen ab, die ihm verschwitzt an den Schläfen klebten; darunter sah sein Gesicht ganz grau aus.

„Oh, hallo", sagte ich unsicher. „Ist alles soweit in Ordnung mit dir?"

Es hatte mich erschreckt zu sehen, wie zögernd er einen Fuß vor den anderen gesetzt hatte; nun schien er die Wendigkeit des Basketballspielers mit einem Mal wiedererlangt zu haben, als er einen Satz auf mich zu machte und mich gegen die Wand drängte. Ich war so perplex, dass ich nicht einmal auf die Idee kam, um Hilfe zu rufen.

„Du hast gerade mit Rasmus geredet, oder?“, fragte er schneidend. „Was hat er dir über den Unfall gesagt?“ Sein Atem roch bitter, vermutlich nach Erbrochenem. Zitternd bog ich mich von ihm weg, bis mein Hinterkopf gegen die Mauer prallte.

„Er hat gesagt, dass er nicht gesehen hat, wie es passiert ist, weil ihr drei auf der Rückbank geschlafen habt“, keuchte ich. „Und das war ein Glück, weil der andere Wagen auf der Beifahrerseite schräg in euer Auto hineingekracht ist – der Fahrer ist wahrscheinlich eingedöst – es war ein Unfall …“

„Das hat er dir erzählt?“, unterbrach Eric mich und stieß ein Geräusch aus, das ebenso gut ein freudloses Auflachen wie ein Schluchzen hätte sein können. „Sie glauben, ich hätte mir den Kopf angeschlagen und könnte mich nicht richtig an alles erinnern, doch das stimmt nicht. Tom hat währenddessen geschlafen, deswegen hat er keine Ahnung, was passiert ist, aber ich, ich *weiß* …“

Er packte mein Handgelenk und umklammerte es so fest, dass sich meine Finger zuerst wie von selbst zusammenkrümmten und dann allmählich taub wurden. „Pass auf, Lily“, zischte er, „wenn du schlau bist, hältst du dich von Rasmus fern.“

Ich zwang mich, ihm fest in die Augen zu sehen, obwohl ich spürte, wie die Tränen in mir hochstiegen. „Willst du mir etwa drohen?“

„Ich dir?“, wiederholte Eric, und als ich bemerkte, dass seine Stimme vor Panik ganz gepresst klang, floss die Angst wie Eiswasser durch meine Glieder – wer konnte schon sagen, wozu ein Mensch in so einem Wahn fähig war? „*Ich* bin nicht derjenige, der droht, ich nicht! Aber *er* hat mir gesagt, wenn ich – wenn ich dir davon erzähle, dann …"

Krachend flog eine Türe auf, und eine Krankenschwester kam auf den Flur geeilt, zwei kräftige Pfleger im Schlepptau. Die beiden stürzten sofort auf Eric zu und zogen ihn von mir weg, während die Schwester aufgeregt vor sich hin schimpfte: „Du unvernünftiger Junge, habe ich dir nicht gesagt, du sollst im Bett bleiben? Was veranstaltest du denn hier für einen Aufruhr, siehst du nicht, dass du ihr Angst einjagst?"

„Frag Rasmus", schrie Eric, während ihn die Pfleger in ein Krankenzimmer zerrten. „Frag ihn, wie der Unfall wirklich abgelaufen ist, Lily …" Dann schlug die Türe hinter ihm zu, und ich blieb wie erstarrt auf dem Flur zurück.

„Tut mir leid, falls er dich erschreckt hat", sagte die Krankenschwester und tätschelte meine Schulter, „ich wollte nur gerade die Psychologin holen, da ist er schon abgehauen."

„Was ist denn mit ihm?", fragte ich und konnte es nicht verhindern, dass meine Unterlippe zitterte.

„Ach, er hat eine leichte Gehirnerschütterung davongetragen und ist deshalb wohl gerade nicht ganz er selbst. Außerdem steht er ziemlich unter Schock, viel mehr als die anderen Jungen. Aber mach dir nichts draus, das geht vorbei. Und was auch immer er gesagt hat, daran kann er sich später wahrscheinlich nicht einmal mehr erinnern, und er hat es auch bestimmt nicht so gemeint."

„Ich weiß nicht …", murmelte ich und versuchte vergeblich, den Gedanken an Erics weit aufgerissene Augen zu verdrängen.

Die Krankenschwester sah mich mitfühlend an. „Ist er dein Freund?"

„Oh … nein", stammelte ich, während ich Rasmus entgegensah, der gerade auf uns zukam. Die Krankenschwester folgte meinem Blick und schenkte mir ein verständnisvolles Lächeln.

„Alles klar", meinte sie und kehrte zu ihrem Tresen zurück.

„Oh nein", beteuerte ich zum zweiten Mal, „so ist das gar nicht …" Doch sie zwinkerte mir bloß zu und widmete sich dann irgendwelchen Formularen.

„Entschuldige, dass es etwas länger gedauert hat", sagte Rasmus, als er mich erreicht hatte, „aber irgendwie scheinen die Ärzte nicht so empfänglich zu sein für … Was ist los mit dir?", unterbrach er sich, als er mein Gesicht sah. „Ist das eine verzögerte Sorge um mein Wohlbefinden?"

„Es ist bloß … wegen Eric", murmelte ich.

Rasmus runzelte die Stirn. „Was soll mit ihm sein?"

„Ich habe ihn vorhin getroffen, und er war ganz merkwürdig. Er hat gesagt …" Ja, was hatte er eigentlich gesagt? Genaugenommen nichts, woraus ich hätte schlauwerden können. „Er hat wirres Zeug geredet", beendete ich den Satz. „Und er schien ziemlich sauer auf dich zu sein."

„Tatsächlich", sagte Rasmus gedehnt. „Das überrascht mich eigentlich nicht. Er hat schon während der ganzen Fahrt verbal auf mich eingeschlagen, weil er der Meinung ist, mein *zurückhaltendes* Spiel sei schuld daran, dass wir bei der Meisterschaft nur den zweiten Platz erreicht haben. Aus irgendeinem Grund scheinen meine Teamkollegen immer gern mehr von mir zu erwarten als von sich selbst." Er zog die Augenbrauen zusammen, und mit einem Mal sah sein Gesicht ziemlich finster aus. „Jetzt hat er sich wohl eingebildet, mich auch bei dir anschwärzen zu müssen. Ich finde nur, das ist ein ganz schlechter Zeitpunkt für solche Scherze, wenn man bedenkt, dass unser Coach gerade auf der Intensivstation liegt."

„Schon gut", beeilte ich mich zu versichern, „es war ja weiter nichts. Wird euer Trainer wieder ganz gesund?"

Augenblicklich glättete sich Rasmus' Miene, es blieb nur ein besorgter Ausdruck auf seinem Gesicht zurück. „Ja, der wird schon wieder, aber trainieren wird er uns lange nicht mehr können. Er hat sich eine Kopfverletzung und einen schweren Schienbeinbruch zugezogen."

„Das tut mir leid", sagte ich leise.

„Tja", meinte Rasmus und sah nach unten, während er umständlich den Reißverschluss seiner Jacke einfädelte. „Ist wohl ein ziemlich ungerechter Lohn dafür, dass er sich täglich mit mir rumgeärgert hat." Ich zermarterte mir das Hirn auf der Suche nach irgendeiner hilfreichen, tröstlichen Bemerkung, aber da richtete er sich auch schon wieder auf und wies mit dem Kinn zum Fahrstuhl. „Und jetzt lass uns gehen, von dem Desinfektionsmitteldunst wird einem ja ganz anders."

Wir fuhren nach unten, und ich duckte mich auf dem Weg zum Ausgang neben Rasmus, um den Blicken des Portiers auszuweichen. Erst als wir ins Freie traten und der kalte Wind mich zum Zittern brachte, bemerkte ich, dass ich in der Eile meinen Mantel in der Schule vergessen hatte.

„Bitte entschuldige, wenn das jetzt zu klischeehaft ist", sagte Rasmus ironisch, aber mit samtweicher Stimme. Er klemmte sich kurz das Rezept zwischen die Lippen, das er von der Krankenschwester bekommen hatte, dann zog er seine Jacke wieder aus und hängte sie mir um.

„Danke", antwortete ich befangen. Schnell zog ich den grauen Stoff eng um meinen Körper, damit ich darin nicht so aussah, als hätte ich zu breite Schultern.

„Ich kann ja nicht zulassen, dass du dich erkältest", gab Rasmus zurück, und jetzt klang es eindeutig nach Spott – doch ob über mich oder sich selbst, war mir nicht ganz klar. „Der Unfall war genug Pech für diesen Tag. Und dabei ist es", er warf einen Blick auf sein Handy, „noch nicht einmal zwei Uhr." Unvermittelt blieb er stehen und sah mich mit geweiteten Augen an. „Ich muss dir unbedingt etwas sagen."

„Ja?", fragte ich ein bisschen zu schnell. „Ich meine … was gibt's?"

„Ich bin *schockiert*!"

Ich schluckte und hoffte, dass sich meine Stimme nicht allzu enttäuscht anhörte. „Wieso denn das?"

„Du schwänzt die Schule? Bleibst unerlaubterweise dem Unterricht fern? Ausgerechnet du?"

„Und wennschon", erwiderte ich verlegen.

„Ah", sagte Rasmus und musterte mich bekümmert, „das ist genau die Einstellung, die ich befürchtet hatte. Mit dem Schulschwänzen fängt es an, dann kommen die kleinen Ladendiebstähle …"

„Lass das."

„… Vandalismus, U-Bahn-Surfen …"

„Ich höre dir überhaupt nicht zu."

„… Alkohol und Drogen. Übrigens", er senkte die Stimme und wedelte mit seinem Rezept vor meiner Nase herum, „ich hätte da was am Start."

„Was ist das?", fragte ich ohne nachzudenken, und Rasmus prustete los.

„Sofort springst du darauf an, was soll nur aus dir werden!" Er faltete das Rezept zusammen und steckte es in seine Hosentasche. „Sind bloß Beruhigungspillen, für den Fall, dass ich nachträglich unter dem traumatischen Erlebnis leide. Ich kann sie nicht brauchen, aber ich habe mir schon gedacht, dass es da einen potentiellen Abnehmer gibt, als ich dich plötzlich beim Aufzug gesehen habe."

„Als ob du dir auch nur annähernd so etwas gedacht hättest!", widersprach ich etwas verstimmt. „Du warst doch damit beschäftigt, der Krankenschwester hinterherzugucken."

„Bitte was?"

Sofort bereute ich es, überhaupt davon angefangen zu haben. „Na ja", sagte ich ausweichend, „sie schien zumindest recht angetan von dir zu sein."

Rasmus zuckte unbeeindruckt mit den Schultern. „Schon möglich."

„Du wirkst nicht überrascht."

„Bist du es etwa?" Sein verschlagener Gesichtsausdruck mit der hochgezogenen Augenbraue sah so gespielt aus, dass ich gegen meinen Willen lachen musste.

„Bescheidenheit ist eine Zier, hast du davon schon mal gehört? Und sag jetzt nicht, dass es auch bei der Zier zu viel des Guten geben kann!"

„Wollte ich gar nicht", behauptete Rasmus und grinste mich an. „Aber lassen wir das. Was machst du jetzt, fährst du zur Schule zurück, oder schlägst du dich endgültig auf die dunkle Seite der Macht und gehst mit mir irgendwo zu Mittag essen?"

„Ähm, Schule", entschied ich widerstrebend. „Ich kann eben nicht aus meiner Haut."

„Verlangt auch keiner."

Ohne jede Vorwarnung lief Rasmus los, und ich starrte ihm völlig verdattert hinterher, bis ich bemerkte, dass bei der Haltestelle am anderen Ende der Straße gerade der Bus stand, der mich zur Schule zurückbringen würde. Weil ich nicht auch noch den letzten Rest meines Taschengelds für ein Taxi auf den Kopf hauen wollte, setzte ich mich mit einem leisen Fluch in Bewegung und versuchte

Rasmus einzuholen, was mir natürlich nicht gelang. Obwohl er den Weg bloß in lockerem Jogging-Schritt zurückgelegt hatte, stand er schon längst an der Haltestelle und hielt die Tür des Busses mit einem Fuß offen, als ich ihn endlich erreichte. Nach Luft ringend begann ich mich aus seiner Jacke zu schälen, da legte er plötzlich die Hände um meine Taille und hob mich in den Bus, als hätte ich kein Gewicht.

„Gib sie mir morgen wieder", rief er mir zu und trat einige Schritte zurück. Ich nickte bloß und huschte schnell zu einem Sitzplatz, weil ein paar alte Damen zweifellos wegen meiner perplexen Miene zu gackern anfingen. Gleich darauf schnellte ich wieder hoch, als es an der Scheibe zu meiner Seite klopfte: Rasmus stand neben dem Bus, den Kopf in den Nacken gelegt, und machte mit der Hand eine ungeduldige Geste. Ich kniete mich auf den Sitz und klappte den oberen Teil des Fensters herunter.

„Was ist denn?"

„Ich wollte dir noch danken", sagte er leichthin, sah mich dabei aber fest an. „Dafür, dass du wie eine Verrückte im Krankenhaus aufgetaucht bist, um nach dem Rechten zu sehen, und deshalb sogar riskiert hast, auf die schiefe Bahn zu geraten. – Auch wenn deine Sorge selbstverständlich uns allen galt", fügte er hinzu, und in seinen schmalen Augen blitzte es auf. Schnell richtete ich den Blick auf meinen Schoß.

„War mir ein Vergnügen", murmelte ich.

„Mir auch, Lily", glaubte ich ihn sagen zu hören, doch seine Stimme ging in dem Motorengeräusch des startenden Busses unter. Ich hob den Kopf und konnte gerade noch sehen, wie Rasmus mit zwei Fingern an seiner rechten Schläfe einen Gruß andeutete, dann rollte der Wagen die Straße hinunter. Ich lehnte mich zurück, zog die grauen Jackenärmel über meine Hände und bemühte mich, dem schmerzhaften Ziehen in meinem Inneren Herr zu werden.

Falls ich es jemals geschafft haben sollte, mich vom Gegenteil zu überzeugen, so war jetzt zumindest ganz klar: Ich hatte *keine* freundschaftlichen Gefühle für Rasmus.

Er gestand es sich nur ungern ein, doch er drohte die Kontrolle zu verlieren. Der bange Ausdruck in ihren Augen, ihre Lippen, die sich im ersten Moment des Unglaubens leicht öffneten … das alles machte nur zu deutlich, dass sie das wahre Ausmaß des Problems unterschätzt hatte – und er selbst womöglich ebenfalls. Es war ihm nicht gelungen, sie genügend zu verunsichern, sodass sie auf Distanz zu gehen beschloss. Allerdings – und auch dieses Eingeständnis kostete ihn Überwindung – hatte er sich wohl zu wenig ins Zeug gelegt, war weit hinter seinen Möglichkeiten zurückgeblieben. Natürlich musste er dabei unauffällig bleiben und war somit in seinem Handeln eingeschränkt, wie er sein Versagen gleich darauf relativierte. Außerdem gab es noch keinen Grund, sich ernsthaft Sorgen zu machen; trotzdem würde er den weiteren Verlauf der Dinge scharf beobachten und dann, sollte es die Situation erfordern, einen neuen Versuch starten. Das nächste Mal würde es nicht so glimpflich ablaufen.

7. Kapitel

„Tja … es sind immerhin noch fast zwei Wochen bis zum Ball. Vielleicht erbarmt sich noch jemand meiner."

„Hör auf mit diesem melodramatischen Getue! Du weißt genauso gut wie sämtliche Jungen an der Galilei High, dass gestern der Kartenvorverkauf begonnen hat. Das bedeutet, dass du dir *jetzt* darüber klar werden solltest, ob du einsam und allein zum Ball gehen willst, oder ob du noch einen Begleiter auftreibst, der für euch beide die Karten besorgt", eröffnete mir Jinxy schonungslos. „Außerdem bist du bestimmt nicht die Einzige, die ein Auge auf Mr Schlafzimmerblick geworfen hat. Kurz gesagt: Ran an den Mann deiner Träume!"

Mein vor zwei Tagen abgelegtes Geständnis, dass ich für Rasmus deutlich mehr empfand als ich zunächst hatte zugeben wollen, hatte sie bloß mit schallendem Gelächter quittiert. Ich hatte schon damit angefangen, mich gekränkt zu fühlen, als sie mir den Arm um die Schultern gelegt hatte.

„Ach, Lily, wie immer benehmen sich ausgerechnet die, die es am meisten betrifft, wie Vogel Sträuße, die den Kopf in den Sand stecken. Oder Vögel Strauß?"

„Das mit dem Kopf im Sand ist nur ein Mythos."

„Pst. Jedenfalls wusste jeder andere halbwegs vernünftige Mensch davon. Er wusste davon", sie hatte auf das Denkmal des spitzbärtigen Herrn gedeutet, „ich wusste davon, und bedauerlicherweise wusste auch Sam davon, spätestens nachdem du am Montag wie eine Irre zu Rasmus geeilt bist. Die Katze ist also nicht aus dem Sack, sie war nie drin. Es hat nur genervt, wie lange du gebraucht hast, um das zu begreifen."

Jetzt saßen wir zusammen im Zeichensaal und gaben der Burgruine ihren letzten Schliff. Eric hütete noch das Bett und konnte uns nicht dabei unterstützen, worüber ich auch ganz froh war: Zwar glaubte ich eher an die Erklärung der Krankenschwester – dass Eric im Schock und wegen seiner Kopfverletzung verwirrt gewesen war – als daran, dass er Rasmus absichtlich bei mir hatte anschwärzen wollen; trotzdem fühlte ich beim Anblick der blauen Flecken an meinem Handgelenk eine gewisse Erleichterung darüber, dass ich ihn noch einige Tage lang nicht zu sehen brauchte.

„Du vergisst die nicht ganz unwesentliche Tatsache, dass Rasmus mich für einen guten Kumpel hält", erinnerte ich Jinxy niedergeschlagen.

„Lily, du benimmst dich lächerlich", schimpfte sie und tauchte ihren Pinsel so schwungvoll in den Farbeimer, dass gesteinsgraue Tropfen auf ihre Ringelstrümpfe spritzten. „Diese ganze Freundschaftssache war doch von Anfang an ein richtiger Witz. Ich bin mir sicher, dass Rasmus das genauso sieht."

„Das kannst du überhaupt nicht wissen. Jungen, die so sind wie er … und die so *aussehen* wie er, flirten ganz automatisch. Sie können gar nicht anders, weil alle Mädchen ihnen immer nur auf diese Weise begegnen", erklärte ich.

„Was für ein Schwachsinn."

„Gar nicht, das nennt man *Charme*."

„Und was war das dann bitteschön bei eurem ersten Date? Hast du ihn da als Charmebolzen erlebt?"

„Inwiefern soll mich das jetzt ermutigen?", fragte ich gereizt und befestigte eine meiner Augenbrauen-Fledermäuse an den Burgzinnen.

„Na ja, danach habt ihr euch doch noch öfter getroffen und besser kennen gelernt. Gelegenheit genug, dass sich was entwickeln konnte. Ich will damit nur sagen, dass er nicht auf Anhieb allen Mädchen schöne Augen macht."

Gedankenverloren starrte ich in den Farbtopf, bis Jinxy mich gegen den Oberarm boxte. „Lily, bitte denk jetzt *nicht* über seine schönen Augen nach."

„Hab ich gar nicht", log ich kaltblütig. „Sondern darüber, dass wir nicht in irgendeinem Highschool-Film sind, wo die Streberin am Ende den coolen Basketballspieler kriegt."

„Du machst mich krank!", stöhnte meine Freundin auf, und ich konnte ganz genau sehen, wie sie die letzten zwei Fledermäuse hinter der Zugbrücke verschwinden ließ. „Pass auf, ich wette mit dir, dass er dich zum Ball begleiten möchte. Wenn ich verliere, verkleide ich mich mottogetreu als Troll. Einverstanden?"

„Und wie soll ich das bitteschön herausfinden?"

„Ganz einfach", verkündete Jinxy feierlich, „du zeigst ihm, dass du verfügbar bist."

„Hast du damit etwa Erfahrung?"

„Klar, *ich* habe schon einen Begleiter. Du weißt schon, diesen Jungen mit dem Afro, dem goldenen Ohrring und dem Piratenflaggen-Mantel."

„Und wie hast du ihm gezeigt, dass du verfügbar bist?", wollte ich stirnrunzelnd wissen.

Sie blickte mich unschuldig an und klimperte mit ihren Wimpern. „Tja, ich habe es ihm vielleicht weniger gezeigt, sondern vielmehr gesagt."

„Jinxy!"

„Was denn? Diese schrägen Typen verstehen einen nicht, wenn man es zu subtil angeht! Aber bei Rasmus sollte es genügen, wenn du das Gespräch unauffällig auf das Thema Ball lenkst. Das wirst du doch wohl hinkriegen!“

Statt zu antworten fischte ich die Fledermäuse hinter der Zugbrücke hervor, ignorierte dabei Jinxys Gesichtsausdruck und kaute nachdenklich auf meiner Unterlippe herum, während ich meine Kunstwerke an die Miniatur-Fahnenstange unserer Burg knüpfte. Das Vertrackte an der Sache mit Rasmus war, dass ich mich seit dem Tag des Unfalls bemüht hatte, ihm so gut wie möglich aus dem Weg zu gehen: In der Pause nach Englisch hatte ich behauptet, mich noch auf den Lateinunterricht vorbereiten zu müssen, und war so schnell wie möglich in den Klassenraum von Professor Grabowski geeilt; und beim Mittagessen hatte ich Sam und Jinxy so gehetzt, dass wir bereits fertig waren, wenn Rasmus die Cafeteria betrat. Einmal hatte ich den Eindruck gehabt, dass er auf mich zukommen und mit mir reden wollte, doch es war nicht schwer gewesen, ihm zu entwischen. Das lag vor allem daran, dass er seit seiner Rückkehr von der Meisterschaft ständig von – hauptsächlich weiblichen – Mitschülern umringt war: Ich hatte mich schon gefragt, wie es ihm bisher gelungen war, die Mädchen auf Distanz zu halten, doch offenbar hatte seine düstere Ausstrahlung eine abschreckende Wirkung gehabt. Nun allerdings, da Rasmus nicht nur seinem Team zum zweiten Platz bei der Meisterschaft verholfen, sondern auch noch den Autounfall miterlebt hatte, umgaben ihn neugierig schnatternde Schülerinnen wie ein Heiligenschein. Widerwillig gab ich Jinxy Recht: Wenn ich ihn dazu bringen wollte, mich zum Ball zu begleiten, dann musste das so bald wie möglich geschehen.

Zu diesem Zweck brachte ich am nächsten Tag die Jacke mit, die Rasmus mir geliehen hatte, und hielt sie während der Englischstunde fein säuberlich gefaltet auf dem

Schoß. Mehrmals widerstand ich der Versuchung, meine schweißnassen Hände daran abzuwischen: An das Kribbeln im Nacken, das mich daran erinnerte, wie dicht Rasmus hinter mir saß, hatte ich mich schon beinahe gewöhnt, doch diesmal war meine Nervosität um ein Vielfaches schlimmer als sonst.

„Lesen Sie bis morgen die letzten zwei Akte und schreiben Sie eine Zusammenfassung", beendete Professor Scott, begleitet von einem allgemeinen Aufstöhnen, die Englischstunde. Sofort sprang ich von meinem Sitz hoch.

„Wieder Vokabellernen vor der Lateinstunde?", fragte Jinxy genervt.

„Nein", antwortete ich mit zusammengebissenen Zähnen, „Operation Trollkostüm."

„Oh!" Ein Strahlen ging über ihr Gesicht. „Immer schön positiv denken, Lily! Und lä-cheln!"

Ohne ein weiteres Wort stürzte ich aus dem Klassenzimmer und holte Rasmus am Ende des Flurs ein. „Hey, ich wollte dir deine Jacke zurückgeben!", rief ich und schwenkte das Stoffbündel durch die Luft.

Er blieb stehen und sah mir ein wenig spöttisch entgegen. „Ach, das wäre doch nicht nötig gewesen. Ich habe in den letzten Tagen wirklich kein bisschen gefroren."

„Ich habe sie gewaschen", erklärte ich und versuchte mich nicht beirren zu lassen.

Sofort vergrub Rasmus seine Nase in dem grauen Stoff und sog scharf die Luft ein. „Tatsächlich", stellte er fest, und irgendwie hörte es sich enttäuscht an. „Danke sehr."

„Keine Ursache", winkte ich ab, „ich muss in letzter Zeit sowieso ständig Wäsche waschen. Zum Beispiel, weil Farbflecken auf meinen Jeans sind – das passiert ziemlich oft, wenn man Dekoration für einen Schulball bastelt. Und der ist ja auch schon in weniger als zwei Wochen." Okay, die Überleitung war vielleicht nicht die eleganteste, aber das war nun nicht mehr zu ändern.

„Hm ... tut mir leid für dich, dass du so in Schmutzwäschebergen versinkst", antwortete Rasmus etwas ratlos und machte sich auf den Weg zu seinem Schließfach.

„Ist nicht schlimm", sagte ich verbissen und bemühte mich, mit ihm Schritt zu halten, „immerhin ist der Ball etwas, worauf man sich freuen kann."

„Aha. Nun, wenn man gerne in Halloweenkostümchen unter Kristalllüstern tanzt, ist das sicher ein Lichtblick."

„Sei doch kein Spielverderber. Das mit den Kostümen wird bestimmt lustig!"

„An manchen Personen wahrscheinlich schon", räumte er ein. „Übrigens, als was wirst du denn erscheinen?"

„Das weiß ich noch nicht genau ... Ich könnte mein Kostüm vielleicht auf das meines Begleiters abstimmen." Inzwischen hatte ich in meinen Hosentaschen so fest die Fäuste geballt, dass sich die Fingernägel in mein Fleisch bohrten.

„Klingt nach einem guten Plan. Und als was geht dein Begleiter?"

„Ich habe noch keinen", sagte ich langsam und zwang mich, Rasmus direkt in die Augen zu starren.

„Zu dumm", murmelte er, kramte im Schließfach und stopfte einige Bücher in seinen Rucksack. Er schien zu überlegen – dann zog er schnell den Reißverschluss zu und richtete sich auf. „Aber du könntest doch diesen Jungen fragen, mit dem du immer in der Cafeteria sitzt", schlug er freundlich vor.

Es war, als würde mir eine Handvoll Eiswürfel in den Magen geschoben. „Du meinst Sam?", fragte ich tonlos. „Aber wir sind bloß Freunde. Da könnte ich gleich Jinxy als Begleitung wählen."

„Blendende Idee!“, rief Rasmus begeistert aus und schwang den Rucksack über seine Schulter. „An der Galilei High wäre so etwas schon ein mittlerer Skandal. Offen zur Schau gestellte sapphische Liebe würde diese Tanzerei definitiv ein wenig aufpeppen.“

„Ja, hör mal, ich muss jetzt zum Unterricht.“

Rasmus kniff die Augen zusammen. „Ich wollte dich nicht in Verlegenheit bringen. Hoffentlich bin ich da nicht gerade in ein ganz spezielles Fettnäpfchen getreten?“

„Blödsinn.“ Allmählich befürchtete ich, mein krampfhaftes Lächeln könnte Sprünge in meinem Gesicht hinterlassen. „Ich will bloß die Grabowski nicht verärgern. Wir sehen uns.“

„Okay, halt mich auf dem Laufenden“, hörte ich ihn noch hinter mir, während ich über den Flur davonhastete.

Am Nachmittag kamen meine Eltern von ihrer Schottlandreise zurück und rissen mich mit ihrer geräuschvollen Ankunft aus meinem düsteren Brüten. Rasch setzte ich die Miene einer sorgenfrei-heiteren Tochter auf und lief zur Eingangstür, wo mich meine Mutter in die Arme schloss und mein Vater mir ein Mitbringsel überreichte: Es hieß *haggis,* gehörte angeblich zu einem typisch schottischen Frühstück und sah aus wie ein knorpeliger Lederball. Als ich herausfand, dass es sich dabei um einen mit Innereien gefüllten Schafsmagen handelte, ließ ich das Präsent unauffällig im Mülleimer verschwinden.

Ebenso unauffällig versuchte ich mich zu verhalten, als meine Eltern mich danach fragten, wie es mir in den letzten Tagen ergangen war. Ich hatte allmählich das Gefühl, seit meinem Start an der Galilei High von Mal zu Mal weniger von meinem Leben preisgeben zu können. Andererseits hatte ich jedoch nicht die geringste Lust, mit ihnen über halluzinierte Einbrüche und diverse Herzschmerz-

Angelegenheiten zu sprechen. Stattdessen gab ich vor, mich brennend für die Fotos zu interessieren, die sie auf ihrer Reise gemacht hatten. Während sie begeistert über eine verwirrend große Anzahl verschiedener Castles referierten, starrte ich schweigend auf die Bilder und dachte daran, wie gern ich Rasmus auf dem Herbstball die Pappkartonburg präsentiert hätte. Eigentlich war es ja lächerlich, dass ich mich auf einmal derartig für solche Feierlichkeiten erwärmen konnte: In meiner alten Schule hatte man deshalb zwar wesentlich weniger Aufwand betrieben als an der Galilei High, aber es hatte doch zumindest einmal jährlich einen DJ, massenhaft Punsch und Luftballons in der Turnhalle gegeben, und ich war diesen Veranstaltungen jedes Mal guten Gewissens ferngeblieben. Im Grunde war es also durchaus nachvollziehbar, dass Rasmus sich um die anstehende „Tanzerei" nicht scherte ... allerdings wollte es mir einfach nicht gelingen, mir einzureden, dass sein Desinteresse ausschließlich *dem Ball* gegolten hatte.

Schlagartig musste ich wieder daran denken, wie ich mich ihm bei meinem überfallsartigen Besuch im St. Christophorus geradezu an den Hals geworfen hatte. Ich stöhnte gequält auf, sodass mein Vater seinen Vortrag etwas gekränkt abbrach. Rasch behauptete ich, schrecklich hungrig zu sein, und ehe meine Mutter anbieten konnte, mir ein höchst delikates Schafsmagengericht zuzubereiten, eilte ich in die Küche. Mechanisch holte ich drei Steaks aus dem Kühlschrank und briet sie in einer Pfanne scharf an, wobei mir das heiße Fett über die Finger spritzte. Die Brandblasen, die binnen weniger Sekunden auf meiner Haut wuchsen, erinnerten mich freundlicherweise daran, dass sich an meinem Pechvogeldasein absolut nichts geändert hatte.

„Hey, ihr zwei", sagte jemand hinter uns und erwischte Jinxy am fransigen Ende ihres Regenbogenschals. Kichernd wandte sich meine Freundin um und tat dabei so, als würde sie stranguliert. Auch ich drehte den Kopf, allerdings von einer unangenehmen Vorahnung erfüllt, die sich gleich darauf bestätigte: Da stand Eric und strahlte über das ganze spitze Gesicht. Statt des Verbands trug er nur noch ein Pflaster knapp unter dem Haaransatz, und seine Haltung wirkte so selbstbewusst wie vor dem Unfall.

„Oh, du bist also zurück", begrüßte ihn Jinxy ahnungslos und schüttelte meine Hand von ihrer Schulter, als ich versuchte, sie zum Gehen zu bewegen.

„Jap, ich bin genau zum richtigen Zeitpunkt wieder auf den Beinen", antwortete Eric vergnügt. „Ich hoffe, ihr wisst schon Bescheid – heute Abend steigt im *Netherworld* eine Party für das Basketballteam. Wir dachten, jetzt, da auch unser Coach wieder aus dem Krankenhaus entlassen wurde, könnten wir unseren Erfolg bei der Meisterschaft ein bisschen feiern."

Während Jinxy begeistert zusagte, beobachtete ich Eric stirnrunzelnd. Nichts an seinem gelösten Auftreten zeugte davon, dass er mich noch vor wenigen Tagen bedroht und wirre Anschuldigungen gegen seinen Teamkollegen ausgestoßen hatte. Anscheinend hatte er diesen Zwischenfall nicht nur vollkommen vergessen, sondern sich auch mit dem errungenen zweiten Platz ausgesöhnt, der laut Rasmus doch der Grund für seine Feindseligkeit gewesen war. Seine gute Laune war geradezu unheimlich – er wirkte im wahrsten Sinne des Wortes wie ausgewechselt, als wären der panische Junge im St. Christophorus und der Charmeur, der jetzt vor uns stand, zwei völlig verschiedene Personen. Ich spürte, wie sich eine Gänsehaut auf meinen Unterarmen bildete, und griff erneut nach Jinxys Schulter.

„Los, lass uns gehen“, drängte ich, „die Mittagspause ist gleich vorbei, und wir wollten doch noch schnell in die Bibliothek.“

„Fleißig wie immer, Lily?“, mischte Eric sich ein, und sein vertraulicher Tonfall kam mir merkwürdig fehl am Platz vor.

„Sie meint, wir könnten dort vielleicht eine Inspiration für unsere Ballkostüme finden“, erklärte Jinxy und verdrehte die Augen.

„Oh ja, der Herbstball!“, sagte Eric, als hätte er bis zu diesem Zeitpunkt noch keinen Gedanken daran verschwendet. Er machte eine geziert wirkende Verbeugung und blickte mit einem breiten Lächeln zu uns hoch. „Könnte ich eine der Ladys dazu bewegen, mich als ihren Begleiter zu erwählen?“

„Ich bin schon vergeben“, meine Jinxy entschuldigend und warf mir einen raschen Seitenblick zu, „und Lily …“

„Ebenfalls“, fiel ich ihr rasch ins Wort, ohne Erics Lächeln zu erwidern. „Komm jetzt, Jinx.“

„Bis später dann“, rief meine Freundin noch zurück, während sie neben mir herstolperte; dann knuffte sie mich vorwurfsvoll in die Seite. „Du solltest mal deinen Gesichtsausdruck sehen! Wahrscheinlich war das gerade Erics unerfreulichstes Erlebnis in dieser Woche, und wenn man bedenkt, dass er am Montag einen Unfall hatte …“

„Schon gut, du kannst ihm in deiner Zeichenstunde ausrichten, dass es mir leidtut“, erwiderte ich, stieß die Türe zur Bibliothek auf und steuerte zielstrebig auf eine Abteilung im hinteren Teil des Raumes zu.

„Wieso sagst du es ihm nicht heute Abend selbst?“, hakte Jinxy sofort nach, ohne ihre Stimme angesichts der über die Lesepulte geneigten Köpfe zu dämpfen. „Oder hast du etwa nicht vor, zu der Party zu kommen? Und hat das womöglich etwas zu tun mit einem gewissen …“

Abrupt bog ich in eine Regalreihe ein und ließ die Finger rasch über die Buchrücken gleiten. Als meine Freundin mich eingeholt hatte, hielt ich bereits einen dicken Wälzer in den Händen, in dessen ledernen Einband die Worte *Übernatürliche Wesen und ihre Eigenschaften* geprägt waren. Die Seiten des Buches waren leicht vergilbt und strömten diesen gewissen modrigen Geruch aus, den ich liebte und der Jinxy zum Niesen brachte. Ich überflog die kurzen Texte zu jedem der Bilder, während meine Freundin mir über die Schulter linste und ab und zu mit dem Zeigefinger in Richtung einer Überschrift stach.

„Schau mal hier", sagte sie und begann vorzulesen: *„Der Werwolf ist eine mythologische Gestalt, die sich bei Vollmond in eine blutrünstige Kreatur verwandeln kann. Oft heißt es, er könne sich unnatürlich rasch von Verletzungen erholen und nur durch Silberwaffen getötet werden. Das heutige Bild des Werwolfs wurde durch die kürzlich erschienene Verfilmung ‚The Wolf Man' maßgeblich beeinflusst.* Meine Güte, wieso hast du denn so ein altes Buch ausgewählt? Das ist doch bestimmt schon siebzig Jahre her. Zu dieser Zeit sahen die Fabelwesen noch so richtig hässlich aus."

„Du weißt doch, dass das für dich sowieso ohne Belang ist. Oder muss ich dich wirklich an deine verlorene Wette erinnern?"

„Oh, stimmt ja", brummte Jinxy, „also ein Trollkostüm für mich. Wobei ich immer noch der Meinung bin, dass du die ganze Sache komplett falsch angegangen …"

„Jinxy", unterbrach ich sie flehend. „Ich will wirklich nicht darüber reden."

„Okay, schon gut", sagte sie hastig und blätterte weiter in dem Buch. *„Der Troll, eine meist boshafte Figur aus der nordischen Mythologie, in Riesen- oder Zwergengestalt.* Ich könnte so spontan gar nicht sagen, was ich bevorzugen würde. Hm … lass uns zur Sicherheit doch irgendeine etwas hübscheres übernatürliches Wesen aussuchen. Ach, zum Beispiel den Engel."

„Ich könnte mir vorstellen, dass diese Flügel beim Tanzen ganz schön hinderlich wären", bemerkte ich.

„Dann eben Luzifer", antwortete Jinxy achselzuckend, nachdem sie auf der nächsten Seite ein Bild von einem jungen Mann entdeckt hatte, dem von einer Heerschar von Engeln die Flügel abgerissen wurden.

„Klar, sieht bestimmt toll aus, so oben ohne und nur mit einem flatternden Tuch um die Hüften." Ich inspizierte die nächste Abbildung, die denselben Mann zeigte, wie er mit blutendem Rücken auf dem Boden lag. „Und vielleicht sogar ein klein wenig eklig", fügte ich hinzu.

Jinxy seufzte genervt. „Du verhältst dich nicht gerade konstruktiv, weißt du das? Wie wär's denn mit einem Vampir? Ich könnte mich sogar mit einer netten Bela Lugosi-Version anfreunden, die uns hier wahrscheinlich präsentiert wird. Der Mann wusste zumindest, wie man sich ordentlich rasiert."

Eine Hand schoss zwischen uns hindurch und schnappte sich das Buch.

„Sämtliche Vampirkostüme sind sicher längst ausverkauft", bemerkte Rasmus mit vor Hohn triefender Stimme. „Aber das mit den Werwölfen hat sich doch ganz gut angehört und ist zur Zeit fast ebenso trendy!"

„Und wie willst du dich bitteschön als Werwolf verkleiden?", wollte Jinxy wissen, während ich neben Rasmus' ausgestrecktem Arm auf und ab hopste, um das Buch zurückzuerobern.

„Ich könnte mir erst mal einen Vollbart wachsen lassen", schlug Rasmus mit einem Funkeln in den Augen vor.

„Ach, könntest du? Und auch noch innerhalb von zwei Wochen?", fragte ich bissig.

„Du solltest mich wirklich nicht herausfordern“, warnte er. Ich sprang noch einmal in die Höhe, und endlich gelang es mir, ihm das Buch zu entreißen. Wütend stopfte ich es ins Regal zurück und murmelte dabei, eigentlich mehr für meine eigenen Ohren bestimmt als für seine:

„Ich weiß schon, für dich ist dieser Ball nur ein Witz.“

Natürlich hatte er es gehört. Mit gespielter Verwirrung sah er sich in der Bibliothek um: „Okay, woher weht denn auf einmal dieser giftige Wind?“

Ich bedeutete Jinxy, mir zu folgen, und steuerte eilig auf den Ausgang zu. Mit drei schnellen Schritten hatte Rasmus uns eingeholt und versperrte mir den Weg.

„Lass mich durch, ich habe noch jede Menge zu tun“, behauptete ich würdevoll.

„Was denn, dir Reißzähne aus Plastik anpassen zu lassen?“

„Du bist so ein, so ein –“, (neben mir flüsterte Jinxy etwas, und ich war offenbar aus erlittenem Schaden nicht klug geworden), „Grottenolm!“, wiederholte ich.

Mit unbewegter Miene wandte sich Rasmus an meine Freundin. „Würdest du uns für einen Moment entschuldigen?“, fragte er höflich, dann packte er meinen Arm und schleifte mich ohne weitere Umstände hinter sich her, auf den Flur hinaus. Er öffnete eine Tür gleich neben der Bibliothek, schubste mich in das leere Klassenzimmer dahinter und sperrte den Pausenlärm aus.

„Bitte noch mal von vorne“, begann er förmlich, „ich bin also ein *was,* und warum genau?“

Betreten starrte ich auf meine Füße. Ich wusste, wenn ich jetzt antwortete, würde ich mir gleich umso mehr wünschen, im Erdboden versinken zu können.

„Lily?“ Der Spott war aus Rasmus’ Stimme verschwunden, es klang beinahe sanft. „Du hast heute in Englisch wieder mal bewiesen, wie meisterhaft du mich zu ignorieren imstande bist. Kann es sein, dass du wegen etwas sauer bist, das mit dem Ball zu tun hat?"

Zögernd nickte ich, allerdings ohne ihn anzusehen. So schwer von Begriff konnte man doch wirklich nicht sein, es sei denn, man *wollte* etwas nicht begreifen.

„Wie viele dumme Fragen darf ich noch stellen, bis du mir die Antwort an den Kopf wirfst?"

„Keine mehr", brach es aus mir hervor. „Ich hätte es bloß ganz nett gefunden, wenn du mich gefragt hättest, ob wir zusammen hingehen wollen."

Rasmus setzte sich auf eine Tischkante und sah mich aufmerksam an. Dann meinte er langsam: „Ich dachte, mit Freunden dorthin zu gehen wäre nicht so dein Ding."

Wohl zum ersten Mal in meinem Leben verspürte ich den Drang, mir dramatisch die Haare zu raufen. „Ich fasse es nicht, dass du das jetzt wirklich sagst!"

Rasmus machte eine Geste, die fast so etwas wie Ratlosigkeit ausdrückte. „Woher soll ich denn wissen, was genau ihr meint, wenn von Freundschaft die Rede ist?"

„Wer, ihr?"

„Na ja … ihr Mädchen eben."

Das Blut kribbelte in meinen Wangen, während unser Schweigen von Sekunde zu Sekunde krampfiger wurde. Dann machte Rasmus plötzlich einen Schritt auf mich zu. Er war mir jetzt so nahe, dass ich den Kopf in den Nacken hätte legen müssen, um ihm ins Gesicht zu sehen; doch stattdessen senkte ich wieder verlegen den Blick.

„Schau mich an."

„Tu ich ja."

„Nicht auf meine Brust, in die Augen!"

Widerwillig sah ich hoch.

„Kann es sein, dass du den Atem anhältst?"

Ich stieß möglichst geräuschlos die Luft aus. *„Nein."*

„Würdest du mich auf den Ball begleiten?“, fragte er ernsthaft.

Um nicht sofort mit meiner Antwort herauszuplatzen, versuchte ich die hellen Sprenkel im Braun seiner Iris zu zählen (und versage kläglich), bevor ich mich für eine Gegenfrage entschied. „Möchtest du das denn wirklich?“

Rasmus runzelte die Stirn. „Im Prinzip schon, nur …“

„Was?“

„Verzichte auf das Plastikgebiss“, vollendete er den Satz. Im nächsten Augenblick schrillte die Schulglocke, und eine Sekunde später war er zur Türe draußen.

Zuhause erlebte ich eine Premiere: Meine Mutter riss sich wohl zum allerersten Mal von einem modrig aussehenden Wälzer los, weil sie etwas an meinem Verhalten bemerkt hatte.

„Kleines, ist alles in Ordnung mit dir?“, erkundigte sie sich mit ungewohnter mütterlicher Besorgnis in der Stimme. Ich schreckte zusammen, als mir klar wurde, dass ich bereits seit mehreren Minuten untätig vor dem geöffneten Kühlschrank stand und vor mich hin starrte. Wahllos schnappte ich mir irgendeinen Snack und machte mich dann mit geheucheltem Heißhunger darüber her. Wenn meine Laune jetzt, nachdem ich doch tagelang wie ein Trauerkloß durch die Gegend gerollt war, aufzufallen begann, musste ich mich wirklich zusammenreißen.

„Nein, alles okay“, behauptete ich zwischen zwei Bissen, und meine Mutter wandte sich beruhigt wieder ihrem Buch zu, ohne die gewaltige Lüge zu durchschauen.

Tatsächlich war überhaupt nichts *okay*. Es war tausendmal besser als das – mein Herz begann schneller zu schlagen, als ich mir ausmalte, wie Rasmus an meiner Seite in den Ballsaal schritt – und tausendmal schlimmer: Mit einem flauen Gefühl im Magen schob ich meinen

Teller weg, als ich mir vorzustellen versuchte, wie *ich* neben Rasmus in den Saal schritt … oder wohl eher stolperte. Auf den Saum meines Kleides stieg und der Länge nach auf den Boden platschte. Oder wie sich ein Kronleuchter völlig unerwartet aus seiner Verankerung löste und auf Rasmus herunterkrachte, weil der sich dummerweise bereiterklärt hatte, einen Unglücksmagneten wie mich zu begleiten.

Als ich bemerkte, dass meine Hände zu zittern anfingen, rief ich mich jedoch streng zur Ordnung. Wenn ich mich in den nächsten elf Tagen weiterhin so verrückt machte, würde am Abend des Herbstballs nichts mehr von mir übrig sein. Ich musste mir dringend eine gelassenere Grundhaltung angewöhnen, und damit konnte ich auf der Stelle beginnen: Nachdem ich meine Hausaufgaben mit noch größerer Sorgfalt als üblich erledigt hatte, beschloss ich, meine Schulsachen aus den vergangenen Jahren nach einem neu entwickelten System zu sortieren. Danach würde ich mir mit meinem Vater eine Dokumentation im Fernsehen anschauen, noch einige Seiten in *Madame Bovary* lesen und früh zu Bett gehen – es würde ein gemütlicher Abend werden, genau das, was ich nach der Aufregung der letzten Tage gebrauchen konnte. Zufrieden setzte ich mich vor einen Stoß Notizen und Arbeitsblätter auf den Fußboden und machte mich daran, jeden Zettel in eine Klarsichthülle zu stecken, bevor ich ihn in den entsprechenden Ordner einlegte. Als ich meine Mathematik-Unterlagen aus dem vorigen Semester durchging, bemerkte ich, dass mir die Mitschrift zu den Unterrichtseinheiten fehlte, die ich wegen einer Grippeerkrankung verpasst hatte. Das war ärgerlich. Ich ahnte zwar, dass ich diese Mappe nicht mehr allzu oft öffnen würde, aber wenn ich über Lücken in meinen Notizen hinwegsah, konnte ich mir die ganze Sortiererei genauso gut sparen.

Automatisch griff ich nach dem Telefonhörer, um mich bei Jinxy nach der fehlenden Mitschrift zu erkundigen. Ich machte mich auf einige spöttische Kommentare über mein Streberverhalten gefasst und wollte schon anfangen, die Nummer zu wählen, als mir einfiel, dass sich meine Freundin vermutlich gerade für die Party fertig machte.

Die Party für die Basketballspieler.

Die Party, auf der sich vermutlich sogar Rasmus blicken lassen würde.

Unschlüssig verharrte mein Zeigefinger einige Zentimeter von den Tasten entfernt in der Luft, bis ein nervtötendes Tuten aus dem Telefonhörer drang und mich in die Wirklichkeit zurückholte. Ich machte einen tiefen Atemzug und wählte.

„Jinxy", murmelte ich gepresst, nachdem sich meine Freundin gemeldet hatte. „Ich brauche ein Kleid."

Am anderen Ende der Leitung erklang etwas, das sich wie ein Jodeln anhörte. „Ich hatte die Hoffnung schon fast aufgegeben!", trällerte meine Freundin mir dann ins Ohr. „Es hätte mich nicht gewundert, wenn du heute Abend deine Bücher nach Erscheinungsdatum geordnet hättest, anstatt den Mann zu treffen, der dich sozusagen um deine Hand gebeten hat! Und das wäre echt bescheuert gewesen!"

„Dessen bin ich mir sehr wohl bewusst", erwiderte ich steif.

Jinxy kicherte ungläubig. „Okay, ich bin gleich bei dir und bringe dir etwas mit, das du auf der Party tragen kannst!"

„Aber bitte was Schlichtes!", konnte ich gerade noch rufen, bevor die Verbindung abbrach.

Als Jinxy fünfzehn Minuten später bei mir eintraf, war ich mir sicher, dass sie meine Bitte noch gehört hatte. Das

Kleid, das sie mir stolz präsentierte, war dunkelblau mit weißen Punkten und im Stil der 50er-Jahre geschnitten: Es hatte schmale Träger, ein knappes Oberteil, das mit einem knallroten Taillengürtel geschmückt wurde, und einen weit schwingenden Rock – und ich glaubte Jinxy sofort, als sie beteuerte, das unauffälligste Stück aus ihrer Sammlung gewählt zu haben.

„Ich hab das mal mit Doc Martens und einem rosa Zylinder zu einer Party getragen – aber ich denke, dich stylen wir ein bisschen anders", setzte sie eilig hinzu, als sie meinen Gesichtsausdruck sah. Resignierend ließ ich es über mich ergehen, dass sie mich in das Kleid stopfte und den Gürtel um meine Taille befestigte. Von der Weite her passte es zum Glück ganz gut, doch da Jinxy mehrere Zentimeter kleiner war als ich, war der Rock für meinen Geschmack um mindestens eine Handbreit zu kurz.

„Geht das so?", fragte ich beklommen und beugte mich vor, um zu testen, wie viel Bewegungsfreiheit mir blieb, wenn ich nicht wollte, dass alle Welt einen Blick auf mein Höschen erhaschen konnte. (Es war entschieden Vorsicht geboten.)

„Aber ja", rief Jinxy begeistert aus, „und ich mache dir jetzt einen richtig süßen 50er-Jahre-Lockenkopf. Deine Haare haben dafür genau die richtige Länge! Und dann deine helle Haut, das passt *perfekt*!" Sie schob mich ins Badezimmer, wo sie mich zuerst mit dem Lockenstab traktierte (die kleine Verbrennung an meinem Hals würde nicht weiter auffallen, wie sie sagte), danach tuschte sie meine Wimpern und verpasste mir einen schwarzen Lidstrich.

„Und jetzt noch dunkelroter Lippenstift, richtig?", fragte ich ergeben, doch zu meiner Überraschung schüttelte Jinxy nachdrücklich den Kopf.

„Oh nein, höchstens ein bisschen Lippenbalsam. Das gibt sonst eine ziemliche Sauerei."

„Ich verstehe nicht ganz", sagte ich misstrauisch und befühlte die weichen Locken, die mein Gesicht umspielten. Wenn man die zotteligen Zöpfchen meiner Freundin betrachtete, wäre man niemals auf die Idee gekommen, dass sie durchaus das Zeug zur Frisörin hatte.

„Ach, na ja", meinte Jinxy unschuldig und tat so, als müsste sie sich einen Fussel vom Ärmel zupfen, „nachdem du Rasmus heute praktisch deine Liebe gestanden hast ..."

„Das habe ich *nicht*!"

„... und er so freudig darauf eingegangen ist, könnte ich mir vorstellen, dass es heute Abend für euch beide ganz interessant werden könnte. Kussmäßig, verstehst du. Oh ja, ganz sicher, das sagt mir mein kleiner Zeh!"

„Den kann ich gern zum Schweigen bringen", bot ich düster an, doch Jinxy beachtete mich gar nicht.

„Glaubst du, er küsst gut?", fuhr sie fröhlich fort. „Aber bestimmt tut er das. Ich nehme mal an, er hat jede Menge Erfahrung."

„Dass du dich da mal nicht täuschst", versuchte ich einen überlegenen Tonfall anzuschlagen, obwohl sich allmählich Nervosität in mir breitmachte. „Seine letzte Freundin hatte er vor zwei Jahren."

„Lily, Süße, nur weil ein Junge ein Mädchen nicht als seine Freundin bezeichnet, heißt das noch lange nicht, dass er sie nicht trotzdem ..."

„Okay, schon gut!", unterbrach ich sie hastig. „Können wir jetzt gehen?"

„Sofort", antwortete Jinxy und sammelte ihre Schminkutensilien ein, während sie leise *Can you feel the love tonight* aus „König der Löwen" vor sich hin summte – und es vermutlich nicht einmal bemerkte.

8. Kapitel

Ich hatte das *Netherworld* noch nie von innen gesehen, kannte es allerdings vom Hörensagen: Früher war es ein berüchtigtes Gothic-Lokal gewesen, und die meisten Eltern hatten ihren Sprösslingen strikt untersagt, es zu besuchen. Vermutlich hatte die Disco sich gerade deshalb zu einem beliebten Veranstaltungsort für Highschool-Partys gemausert, sobald die Besitzer wegen finanzieller Probleme gezwungen gewesen waren, die Tore auch für weniger lichtscheues Publikum zu öffnen. Mittlerweile stand die Aufmachung des Lokals im krassen Gegensatz zu der Musik, die Jinxy zufolge darin gespielt wurde. Nur samstags versammelten sich hier noch Mädchen mit weiß geschminkten Gesichtern und Jungen in bodenlangen Ledermänteln, um an einer Veranstaltung teilzunehmen, die sich „Hexensabbat" nannte.

Mein Vater parkte direkt vor dem schwarz gestrichenen Gebäude und betrachtete stirnrunzelnd ein verblichenes Plakat neben der Eingangstür; es stammte noch aus früheren Zeiten des Lokals und zeigte eine viktorianische Jungfrau mit zusammengenähten, blutigen Lippen. Unter dem Bild – und dazu passend wie die Faust aufs Auge – standen zwei Mädchen aus der Galilei High School, die sich gerade kichernd Zigaretten anzündeten und in ihren Miniröckchen erbärmlich zu frieren schienen.

„Also dann", wandte sich mein Vater schließlich mit mühsam unterdrücktem Missfallen an Jinxy und mich. (Dabei versuchte er wahrscheinlich daran zu denken, wie wichtig es war, dass seine eigenbrötlerische Tochter einmal unter Leute ging.) „Lily, du hast Geld für ein Taxi. Spätestens um eins bist du zu Hause, alles klar?“

Ich nickte meinem Vater zu, während ich hinter Jinxy von der Rückbank rutschte. Gleichzeitig schickte ich ein Stoßgebet gen Himmel, dass Rasmus tatsächlich hier war – andernfalls würden dies die längsten vier Stunden meines Lebens werden. Die beiden leichtbekleideten Raucherinnen, die sich gerade lautstark über Intimpiercings unterhielten, ließen mich allerdings nichts Gutes ahnen: Irgendwie konnte und wollte ich mir einfach nicht vorstellen, dass Rasmus sich zusammen mit anderen Mädchen von diesem Schlag auf der Tanzfläche zu den Hits von David Guetta verausgabte. Unwillkürlich verlangsamte ich meine Schritte, doch Jinxy marschierte bereits durch den Eingang, über dem in gotischen Lettern geschrieben stand: *Lasst, die ihr eintretet, alle Hoffnung fahren.* Selbstverständlich hatte ich Dantes *Göttliche Komödie* gelesen und wusste, dass es sich dabei um die Aufschrift über dem Höllentor handelte, doch ich konnte nicht anders, als die Aufforderung persönlich zu nehmen. Nervös folgte ich meiner Freundin in den Eingangsbereich des Lokals, wo wir von einer untot aussehenden Gestalt empfangen wurden, die Welcome-Shots verteilte.

„Satansblut?“, bot uns der Zombie missmutig an. Man konnte deutlich seine Verbitterung darüber erkennen, dass er gezwungen war, solche wie uns überhaupt zu bedienen. Ich starrte auf die überdimensionalen Schnapsgläser auf seinem Tablett, die großzügig mit einer rötlichen Flüssigkeit gefüllt waren, und zögerte einen Augenblick zu lange. Schon hatte Jinxy mir mein Getränk vor der Nase weggeschnappt und kippte es gleich nach ihrem eigenen hinunter.

„Schmeckt wirklich satanisch“, versicherte sie dem Zombie freundlich, woraufhin dessen Miene noch einen

Tick leidender wurde. Wir überließen ihn seinem Schicksal und folgten den hämmernden Bässen ins Innere des Lokals, dessen Wände mit den lodernden Flammen des Höllenfeuers bepinselt waren. Als wir den Hauptraum erreicht hatten, stellte sich heraus, wie gut diese Gestaltung passte: Die rauchgeschwängerte Luft bereitete mir Atemprobleme, und es war so heiß, dass ich tatsächlich das Gefühl hatte, in der Hölle zu schmoren. Die anderen Gäste schien das allerdings nicht zu stören, während sie sich auf der überfüllten Tanzfläche gegenseitig die Ellbogen in die Rippen rammten. Zu meiner Erleichterung lotste mich Jinxy durch die verschwitzten, zappelnden Leiber hindurch, bis wir ein etwas ruhigeres Plätzchen im hinteren Teil des Lokals fanden. Unglücklicherweise stießen wir dort ausgerechnet auf Eric, doch der schien uns gar nicht zu bemerken: Angetan mit einem weit aufgeknöpften rosafarbenen Hemd, lehnte er lässig an der Wand und unterhielt sich mit einem kraushaarigen Mädchen.

„Hat es sehr wehgetan?“, fragte seine Gesprächspartnerin gerade und riss die blauen Kulleraugen auf, während sie vorsichtig das Pflaster auf Erics Stirn berührte.

„Ach, weißt du“, antwortete Eric achselzuckend, wobei er seiner Stimme offensichtlich einen rauchigen Klang zu verleihen versuchte, „als Sportler habe ich eine relativ hohe Schmerzgrenze.“

Neben mir gab Jinxy ein so lautes Schnauben von sich, dass sie die Musik locker übertönte. „Das halte ich nicht so ohne Weiteres durch“, sagte sie mir ins Ohr. „Los, lass uns was trinken gehen.“

„Ich bin gar nicht durstig“, wandte ich ein.

„Das ist auch nicht der Punkt.“ Jinxy sah mich einen Moment lang erwartungsvoll an, dann schüttelte sie bekümmert den Kopf und wieselte auch schon zur Bar hinüber, die sich auf der anderen Seite des Raumes befand.

Während ich auf sie wartete, rückte ich unauffällig ein Stück von Eric ab (er hatte soeben begonnen, mit den Locken seiner verlegen kichernden Bewunderin zu spielen) und sah mich aufmerksam um. Es dauerte nicht lange, bis ich die restlichen Jungen aus dem Basketballteam entdeckt hatte – sie alle waren in Begleitung von Mädchen und befanden sich in verschiedenen Stadien der Betrunkenheit – aber von Rasmus fehlte jede Spur.

„Mal kosten?“, riss mich Jinxy aus meinen Gedanken und hielt mir ein großes Glas unter die Nase.

Ich beäugte misstrauisch den bräunlichen Inhalt, in dem eine Zitronenscheibe schwamm. „Was ist das?“

„Eistee.“

Beruhigt nahm ich einen Schluck und begann sofort zu husten. „Das kann nicht stimmen!“

„Im weitesten Sinne schon“, gab Jinxy heiter zurück und trank den Rest in beängstigend raschen Zügen aus. Eric und die Lockige hatten inzwischen zu tanzen angefangen, und zwar auf eine Art und Weise, die mir kleine Schweißperlen auf die Stirn trieb. Unbehaglich wandte ich mich ab und nahm dabei versehentlich Blickkontakt mit einem vorbeigehenden Jungen auf, der prompt die Lippen spitzte und Kussgeräusche in meine Richtung schickte. In diesem Moment warf Erics Tanzpartnerin leidenschaftlich den Kopf nach hinten, sodass ihre langen Haare in mein Gesicht peitschten.

„Jinxy“, presste ich zwischen zusammengebissenen Zähnen hervor, „irgendwie fühle ich mich hier nicht besonders wohl. Ich hab echt keine Ahnung, wie ich mich verhalten soll!“

„Keine Panik“, beruhigte mich meine Freundin, nachdem sie auch noch das letzte Bisschen aus ihrem Glas geschlürft hatte. „Bleib am besten an der Wand stehen und versuch den Leuten nicht in die Augen zu schauen.“

„Okay“, antwortete ich beklommen.

Jinxy legte mir einen Arm um die Schultern. „Lilylein“, erklärte sie geduldig, „das war ein *Scherz.* Ja? Komm, wir gehen jetzt tanzen!“

„Danke, aber ich glaub, ich bleibe nicht mehr allzu lange“, lehnte ich ab und ließ dabei den Blick erneut über die rhythmisch zuckende Menschenmasse wandern. Rasmus konnte ich immer noch nicht entdecken. Er war nicht da. Und ich saß hier in meiner ganz persönlichen Hölle fest, die auch noch den passenden Namen trug. „Ich kriege nämlich solche Kopfschmerzen von dem Rauch“, fügte ich hinzu, um meinen baldigen Abgang vorzubereiten. *Nichts wie raus hier.*

„Zu dumm“, meinte Jinxy spöttisch und stellte ihr Glas kurzerhand auf dem Fußboden ab. „Gib mir bitte Bescheid, bevor du gehst. Und vielleicht solltest du dich auch von Mr Schlafzimmerblick verabschieden, den hab ich vorher ganz hinten an der Bar gesehen.“

Es dauerte einige Sekunden, bis ich wieder zu Atem kam. Schließlich brachte ich mit schriller Stimme hervor: „Das sagst du mir *jetzt*?“

„Sind die Kopfschmerzen weg?“

Ich zögerte einen Moment und gab ihr dann einen freundschaftlichen, jedoch nicht allzu sanften Schubs. „Na los, geh tanzen. Wir sehen uns später.“

Kaum war Jinxys breites Grinsen im Gedränge auf der Tanzfläche verschwunden, machte ich mich ebenfalls auf den Weg und ließ dabei ohne großes Bedauern Eric und den leidenschaftlichen Lockenschopf zurück. Ich durchquerte den Raum und schlug dann mit leicht zitternden Knien einen Bogen um die Teufelsskulptur, die mir den Blick auf diesen Teil des Lokals verstellt hatte.

Rasmus stand am hintersten Ende der Bar, den Rücken gegen den Tresen gelehnt und ein Cocktailglas in der

Hand. Im Gegensatz zu einigen anderen der Anwesenden hatte er sich nicht sonderlich herausgeputzt, sondern trug zu seinen schwarzen Jeans bloß ein schmales graues Langarmshirt mit kurzer Knopfleiste – und wirkte darin irgendwie so viel erwachsener als etwa Eric mit seinem rosafarbenen Hemd oder … ich?

Verunsichert hielt ich inne und schob den breiten Gürtel zurecht, der an meiner Taille zu leuchten schien wie ein Stoppzeichen. Im selben Augenblick rauschte ein silberblondes Mädchen an mir vorbei, steuerte direkt auf Rasmus zu und baute sich dann selbstbewusst vor ihm auf. Was sie zu ihm sagte, wurde von der Musik übertönt, doch Rasmus antwortete ganz offensichtlich freundlich und ohne zu zögern. Sie berührte ihn kurz am Arm und schenkte ihm dabei ein keckes kleines Lächeln, bevor sie sich wieder zum Gehen wandte. Ich wartete, bis sie von der Menge verschluckt worden war, bevor ich mich an Rasmus heranwagte.

Als er mich entdeckte, richtete er sich auf und betrachtete mich und mein Kleid so eingehend, dass ich wenig damenhaft von einem Fuß auf den anderen zu wippen begann. „Da bist du ja", meinte er schließlich zufrieden, als wären wir verabredet gewesen oder als hätte er die ganze Zeit auf mich gewartet – jedenfalls so, dass mir vor Verlegenheit natürlich so etwas Lächerliches herausrutschen musste wie:

„Was hat das Mädchen denn gesagt?"

„Ach, irgendwas über meine Augen und die Sterne, das Übliche eben." Einen Moment lang schien er meinen Gesichtsausdruck zu genießen, dann lachte er. „Sie hat mich gefragt, wo die Toiletten sind, Lily."

„Ah."

Ein unbehagliches Schweigen breitete sich zwischen uns aus, als mir klar wurde, dass ich mit Rasmus im finstersten Winkel einer Disco stand. (Unpassenderweise fiel mir in diesem Augenblick auch ein, dass Jinxy einen ganz besonderen Namen für so einen Ort hatte.) Ich konnte fühlen, dass unser mittägliches Gespräch wie eine knisternde Energie zwischen uns schwebte, und überlegte angestrengt, was ich sagen konnte, um die Situation ein wenig … unverbindlicher zu gestalten. Als ich bereits ernsthaft mit dem Gedanken spielte, *„Bist du oft hier?“* zu fragen, kam mir Rasmus zum Glück zuvor.

„Wieso tanzt du eigentlich nicht?“, erkundigte er sich beiläufig, als würde ihm die Spannung zwischen uns gar nicht auffallen.

„Bloß so … Na ja, auf Discotanzflächen sehe ich irgendwie … du weißt schon, lächerlich aus.“

„Ich glaube nicht, dass du da aus großer Erfahrung sprichst“, meinte er mit unbewegtem Gesicht.

„Doch, natürlich tue ich das. Es war grauenhaft, wenn ich es versucht habe. Beide Male.“

„Beweise es“, verlangte er.

„Vielleicht ein andermal, wenn du gerade tieftraurig bist oder so.“

Ich konnte gerade noch sehen, wie Rasmus sich um eine kummervolle Miene bemühte, bevor sein Blick plötzlich über meinen Kopf hinweg zum DJ-Pult huschte. Dort war ein kleines Gerangel entstanden, weil Sam dem Möchtegern-DJ den Platz streitig machte. Binnen weniger Sekunden war das Kräftemessen jedoch entschieden, und der entthronte Junge trollte sich zur Bar. In der offensichtlichen Eile, die Musikrichtung zu wechseln, kürzte Sam den letzten R’n’B-Song brutal ab und ließ ihn in die Akkorde einer akustischen Gitarre übergehen: *She moves in her own way* von den Kooks.

„Zu schade, dass du dich nicht auf die Tanzfläche traust“, nahm Rasmus das Thema wieder auf. „Dabei würde der Song so gut zu deinem Kleid passen. Wenn mich nicht alles täuscht, könnte man dazu Cha-Cha-Cha tanzen, und der wurde ja in den fünfziger Jahren berühmt, stimmt's?"

„Schon, aber zu dem Lied kann man keinen Cha-Cha-Cha tanzen, sondern Jive", rutschte es mir heraus.

Rasmus zog die Augenbrauen hoch. „Bist du sicher?"

„Aber ja", sagte ich irritiert, jedoch ohne an meiner Meinung zu zweifeln. „Letztes Jahr hatte ich einen Musikkurs mit dem Schwerpunkt lateinamerikanischer Tanz. Hör mal auf den Rhythmus – dazu macht man so, und dann", ich begann die Füße im Takt zu bewegen und versuchte mich an die Jive-Figuren zu erinnern, die wir gelernt hatten, „dann geht es zum Beispiel so", ich hob die Arme, wie um einen imaginären Tanzpartner anzufassen, und machte eine schnelle Drehung, bei der mein Rock hochwirbelte. Erschrocken drückte ich den gepunkteten Stoff wieder nach unten und taumelte, bis mich eine Hand an der linken Schulter festhielt.

„Abgesehen von dem eher bescheidenen Ende fand ich die Darbietung gar nicht schlecht", sagte Rasmus langsam, wobei er keinerlei Anstalten machte, mich loszulassen. „Du könntest dich also ruhig auf die Tanzfläche wagen."

Nach einigen Schrecksekunden wich ich hastig zurück, sodass seine Hand von meiner Schulter rutschte. Vorwurfsvoll starrte ich zu ihm hoch. „Du hast mich reingelegt!"

„War nicht besonders schwierig", antwortete er bescheiden. „Du bist wirklich der unsicherste und zugleich am meisten von sich selbst überzeugte Mensch, den ich kenne."

Merkwürdigerweise ließ diese wenig schmeichelhafte Feststellung mein Herz schneller schlagen, was nur an Rasmus' Tonfall liegen konnte. Ich zwang mich dazu, seinen Blick so souverän wie möglich zu erwidern. (Nicht, dass ich mit Blicken dieser Art besonders viel Erfahrung gehabt hätte. Tatsächlich brachte er mich dazu, mich erst einmal räuspern zu müssen, bevor ich überhaupt antworten konnte.) „Klingt nach einer ungesunden Mischung", murmelte ich schließlich benommen.

„Allerdings", bestätigte Rasmus, und ich bemerkte erst jetzt, dass er sein Glas abgestellt hatte. „Wahrscheinlich kriegt man einen ziemlich furchtbaren Kater davon."

„Oder Sodbrennen."

„Mindestens! Und trotzdem kann ich irgendwie nicht anders."

Ich atmete stockend aus. „Nicht anders als ...?"

„Zu probieren", vollendete Rasmus mit einem geradezu verschlagenen Ausdruck in seinen Augen den Satz und weidete sich an meinen unbehaglichen Verrenkungen. Während er mich weiterhin mit diesem ganz speziellen Blick fixierte, kam er langsam näher.

„Das war schmierig", rügte ich ihn so gedämpft, dass es fast in der Musik unterging.

„Hab ich auch gerade bemerkt", gab er ebenso leise zurück. Verschwommen nahm ich wahr, dass die heitere Melodie von einer einsamen E-Gitarre abgelöst wurde, die den Song *Mr Brightside* von den Killers einleitete. Rasmus kam noch ein Stück näher.

Zum zweiten Mal innerhalb weniger Minuten stolperte ich, diesmal allerdings rückwärts. Ich bereitete mich schon darauf vor, mich unsanft auf den Boden zu setzen und den Augenblick somit auf höchst peinliche Weise zu ruinieren, als ich gegen die Wand stieß. Erleichtert lehnte ich mich zurück, während Rasmus die Hände links und rechts von mir abstützte. Dann beugte er sich zur mir herunter. Er war mir jetzt so nahe, dass ich seinen Atem auf meinem Gesicht spüren konnte, und in einem kurzen Aufflackern der Discobeleuchtung erkannte ich die Schatten seiner Wimpern auf seinen Wangen. Einem unbeteiligten Beobachter wäre es wohl ziemlich schroff erschienen, wie Rasmus mich an der Wand gefangen hielt … doch als er seine Lippen auf meine legte, bewegte er sie beinahe vorsichtig und so, als hätten wir alle Zeit der Welt. Erst nachdem meine anfängliche Verblüffung ein wenig abgenommen hatte, begriff ich, dass sein Kuss nicht einfach nur zärtlich war – er war aufreizend langsam.

But she's touching his chest now/He takes off her dress now …

Das Lied pulsierte in meinem Magen, während ich mich von der Wand wegdrückte und die Arme hob; dann, ziemlich erschrocken über meinen Mut, legte ich die Hände in Rasmus' Nacken. Als er nicht darauf reagierte, zog ich ihn zu mir herab und küsste ihn beinahe wütend. Dabei fuhr ich mit einer Hand seinen Rücken hinunter und ließ die Finger unter sein Shirt gleiten, bis ich seine heiße Haut fühlen konnte.

Ich riss die Augen auf und taumelte, als ich plötzlich alleine dastand. Rasmus war einen Schritt zurückgewichen und betrachtete mich mit seinem schläfrigen Raubkatzenblick, den ich unmöglich deuten konnte. Zitternd holte ich Luft, während sein Schweigen immer schwerer auf mir lastete. Ich war eindeutig zu weit gegangen, ich hatte mich überhaupt nicht unter Kontrolle. Sollte ich mich jetzt bei ihm entschuldigen? Wie blöd würde sich das denn anhören? Aber was zum Teufel hatten meine Hände unter seinem Shirt zu suchen?

Als ich sein wohlbekanntes Grinsen sah, fiel mir zunächst ein Stein vom Herzen – gleich darauf wünschte ich mir, mein Kopf würde etwas weniger wie eine Tomate aussehen.

„Das war doch aufschlussreich“, stellte Rasmus fest, aber das Grübchen in seiner rechten Wange strafte seinen sachlichen Tonfall Lügen.

„Findest du?“ Dieses atemlose Piepsen konnte ja wohl nicht wirklich meine Stimme sein.

„Und ob. Ich hatte schon befürchtet, du würdest dir so etwas nur für schachliebende Fußballspieler aufheben.“

„Was für Fußballspieler?“, platzte es aus mir heraus, bevor mir einfiel, was ich ihm bei unserem ersten Date über meinen angeblichen letzten Freund erzählt hatte. „Ach so“, schickte ich schnell hinterher und versuchte mich von seinem schelmischen Gesichtsausdruck nicht aus der Fassung bringen zu lassen. Oder zumindest nicht noch mehr.

Für einen Moment sah es so aus, als wollte er sich wieder auf mich zubewegen, als plötzlich eine schrille Stimme unsere Aufmerksamkeit erregte und wir beide gleichzeitig die Köpfe zur Tanzfläche drehten. Der „Eistee“ hatte ganz offensichtlich seine Wirkung bei Jinxy nicht verfehlt: Ihre zahlreichen Zöpfchen wirbelten durch die Luft, während sie lauthals zur Musik sang und dabei mit ausgebreiteten Armen etwas vorführte, das ein bisschen an einen Regentanz erinnerte. Die anderen Leute waren längst an die Wand zurückgewichen und beobachteten Jinxy teils amüsiert, teils verärgert bei ihrem merkwürdigen Ritual.

Ich wandte mich mit entgeisterter Miene zu Rasmus um und bemerkte, dass er das Lachen mit aller Gewalt zurückhielt, während er die Lippen zu einer Songzeile bewegte: *I just can't look, it's killing me …*

„Ähm, ja“, sagte ich widerstrebend und verfluchte Jinxy für ihr Timing, „ich sollte mich besser mal darum kümmern.“

Mit unendlichem Bedauern kehrte ich ihm den Rücken zu und boxte mich durch den Kreis der Zuschauer, bis ich die schweißnasse Hand meiner Freundin zu fassen bekam.

„Lily! Shake it, baby“, jauchzte Jinxy, und es gelang ihr, mich einmal im Kreis zu wirbeln, bevor ich sie von der Tanzfläche schieben konnte. Nur unter größter Anstrengung schaffte ich es, sie in den ruhigeren Teil des Lokals zu bugsieren, wo Rasmus auf uns wartete.

„Ist sie betrunken?“, fragte er interessiert, sobald wir bei ihm angelangt waren.

Ich machte eine verzweifelte Geste, während ich Jinxy gleichzeitig davon abzuhalten versuchte, sich wieder auf die Tanzfläche zu stürzen. „Was glaubst du denn?“

„Ich war mir nicht ganz sicher. Sie macht den Eindruck, als könnte das durchaus ihrer normalen Verhaltensweise entsprechen.“ Er musterte das zitronengelbe Schlauchkleid, das Jinxy zu zwei verschiedenfarbigen Strümpfen und roten Schnürstiefeln trug. „Schließlich sieht sie aus wie Pippi Langstrumpfs partywütige große Schwester.“

„Ich bin nicht wütig“, ließ sich Jinxy empört vernehmen. „Ich muss bloß auf die Tanzfläche zurück, weil ich dort irgendwo meine Tasche liegengelassen habe!“

„Okay, ich hole sie dir“, antwortete ich gereizt und verfrachtete meine Freundin auf eine sargförmige Bank, die vor einem unbesetzten Tisch stand. „Versprichst du mir, dass du dich so lange nicht von der Stelle rührst?“

„Ich kann sie übernehmen“, bot Rasmus an. Er ließ sich auf die gegenüberstehende Bank fallen, schob eine Schale mit Salzstangen zu Jinxy hinüber und verlangte mit freundlicher Stimme: „Iss das. Und ich lasse keine Gruselgeschichten über Urinrückstände als Ausrede gelten.“

Erleichtert begab ich mich auf die Suche nach der froschgrünen Umhängetasche und entdeckte sie wenig später in einer undefinierbaren Pfütze auf dem Fußboden. Mit spitzen Fingern hob ich sie hoch und kehrte zu dem kleinen Tisch zurück, von wo ich beim Näherkommen Jinxys quietschige Stimme vernahm:

„Darf ich dich etwas fragen?"

„Du darfst", antwortete Rasmus so liebenswürdig, als spräche er mit einem Kind.

„Welchen Conditioner verwendest du?"

„Ich fürchte, gar keinen. Zumindest weiß ich nicht, was das ist."

Jinxy stieß ein meckerndes Gelächter aus. „Ja, klar! Und welches Shampoo?"

„Hm. Keine Ahnung, wie das heißt …"

„Darf ich dann an deinen Haaren riechen?"

„Möchtest du nicht vielleicht lieber an etwas anderem riechen? Daran, zum Beispiel?" Einladend schob Rasmus ihr eine Vase mit einer welken Rose hin, die zwischen ihnen auf der zerkratzten Tischplatte stand.

„Eine Frage noch."

„Bitte."

„Ist es eher ein Segen, so wie du auszusehen, oder ein Fluch?"

Rasmus fuhr sich mit der Hand durch die perfekt zerwühlten Haare und machte sie dadurch noch perfekter. Es bereitete mir eine gewisse Genugtuung, ihn einmal sprachlos zu erleben, aber dennoch fühlte ich die Verpflichtung, ihn zu erlösen.

„Ach, da ist ja meine allerbeste Freundin!", jubelte Jinxy überschwänglich, sobald ich mich zu ihnen gesellt hatte; danach wandte sie sich unvermittelt mit zusammengezogenen Brauen wieder an Rasmus. „Sei bloß nett zu ihr", befahl sie streng.

„Ich war gerade vorhin sehr nett", antwortete Rasmus ernsthaft.

Jinxy verfehlte ihre Ohren und hielt sich stattdessen die Wangen zu. „Das muss ich gar nicht alles so genau wissen“, protestierte sie, und ich lachte – allerdings klang es zu meiner Überraschung nicht verlegen, sondern äußerst zufrieden. „Ach, ihr Schweinchen“, hauchte Jinxy und beäugte uns liebevoll.

Rasmus sah mich stirnrunzelnd an. „Was meinst du, sollten wir sie an die frische Luft bringen?“

„Unbedingt.“ Wir standen auf, doch die selbsternannte Dancing Queen ließ sich nur unter Anwendung körperlicher Gewalt in Richtung Ausgang zerren: Allmählich bekam ich das Gefühl, einen störrischen Esel hinter mir herzuschleppen. Als wir die Tür schon fast erreicht hatten, fiel Jinxys Blick auf Eric, der den Lockenschopf offenbar losgeworden war. Meine Freundin schaffte es, ihre Hand aus meiner zu befreien, und winkte Eric überschwänglich zu. Als wäre ich in der vergangenen Stunde nicht schon genug herumgestolpert, geriet ich durch den plötzlichen Verlust meines Gegengewichts erneut ins Straucheln. Rasmus machte einen schnellen Schritt nach vorne, um mich aufzufangen, aber da hatte mich auch schon jemand anderer an der Taille erwischt und hielt mich behutsam fest.

„Gehst du schon?“, fragte Sam, der sich gerade mit Eric unterhalten hatte. Er ignorierte Rasmus geflissentlich, während er mich mit einiger Verspätung losließ.

„Wir müssen Jinxy nach Hause bringen“, antwortete ich und bereute gleich darauf das *„Wir“*. Unbehaglich fragte ich mich, ob Sam vom DJ-Pult aus gesehen haben konnte, wie Rasmus und ich uns küssten, und wie viel es ihm wohl ausmachte. Verlegen schickte ich hinterher: „Wieso legst du nicht mehr auf? Die Musik ist deutlich schlechter geworden.“

„Ich wurde vertrieben“, seufzte Sam, „und Eric hier erklärt mir gerade, dass mir das recht geschieht, weil ich keine Ahnung von partytauglicher Musik habe.“

„Dann verabschieden wir uns ja vielleicht gerade im richtigen Moment“, konnte ich ihm noch zurufen, als Jinxy plötzlich die Türe aufstieß und mit dem begeisterten Ausruf „Luft!“ nach draußen stürzte. Rasmus und ich folgten ihr sofort, doch als wir aus dem Lokal ins Freie traten, hatte Jinxy bereits den Rand des Bürgersteigs erreicht.

„Da hinten gibt's einen Hotdog-Stand“, verkündete sie und machte einen Satz auf die Straße.

„Nicht!“, schrie ich auf und schlug die Hände vor den Mund, als das schrille Kreischen von Reifen auf Asphalt die Luft durchschnitt. Gleichzeitig nahm ich neben mir eine Bewegung wahr, zu schnell, als dass meine Augen sie richtig hätten verfolgen können – schon stand Rasmus am Bordstein und riss Jinxy gewaltsam zurück. Sie taumelte nach hinten und wurde gerade noch durch Rasmus' festen Griff aufrecht gehalten, während der Wagen schlitternd nur einen Schritt von ihr entfernt zum Stehen kam.

Langsam ließ ich meine Hände sinken. Eine Weile konnte ich nichts anderes hören als die gedämpfte Musik aus dem *Netherworld* und das Hämmern meines Herzens in meinen Ohren, bis der Fahrer des Wagens endlich das Seitenfenster herunterließ und uns fassungslos angaffte.

„Hoppla“, hickste Jinxy und winkte dem Mann am Steuer zu. „'Tschulligung, da hab ich wohl nicht aufgepasst!“

Der Fahrer wirkte zu erschrocken, um auch nur zu fluchen. Ich hörte ihn bloß etwas murmeln, das mit *betrunkenen Minderjährigen* und *Aufsichtspflicht* zu tun hatte, bevor er das Fenster wieder hochkurbelte und davonbrauste. Als die Rücklichter des Wagens längst nicht mehr zu sehen waren, umklammerte Rasmus immer noch Jinxys Schultern, und sobald er sich aus seiner Starre gelöst hatte, gruben sich seine Finger nur noch tiefer in die bloße Haut über ihren Schlüsselbeinen.

„Was fällt dir eigentlich ein", fuhr er Jinxy an. „Sind jetzt etwa all deine Gehirnzellen im Alkohol abgesoffen? Du hättest dabei draufgehen können, und wie komme ich eigentlich dazu, dich zu retten, du dummes – *unvernünftiges* – kleines Ding!" Bei den letzten Worten hatte er begonnen, Jinxy grob zu schütteln, sodass ihr Kopf wie der einer Puppe willenlos hin und her pendelte.

„Rasmus", schaltete ich mich vorsichtig ein, als ich erkannte, dass sich allmählich Angst in die vernebelten Augen meiner Freundin schlich. „Ist schon gut."

Aber er schien mich überhaupt nicht wahrzunehmen. Einige Sekunden lang starrte er Jinxy noch mit einer merkwürdigen Miene an, die eine Art verzweifelten Hass ausdrückte; dann ging plötzlich ein Beben durch seinen Körper, und seine Finger lösten sich von Jinxys Schultern. Als wäre auf einen Schlag alle Kraft aus ihm gewichen, ließ er sich auf einen Betonpfeiler fallen, legte beide Hände in seinen Nacken und senkte den Kopf. Ich konnte hören, wie er tief Luft holte, wobei ein winziges Zittern in jedem seiner Atemzüge lag. Hilflos stand ich daneben und hielt mit einer Hand Jinxy fest, die ungeduldig auf und ab hopste. Die andere Hand streckte ich zögernd in Rasmus' Richtung, ohne zu wissen, was ich damit tun sollte – er schien mir wirklich nicht der Typ zu sein, dem man durch das Haar strich, genauso wenig allerdings der Typ, der Panikattacken hatte – als er auch schon wieder den Kopf hob. Ich hatte seine Augen noch nie so weit geöffnet gesehen, die Pupillen waren riesengroß, doch zugleich lag nun eine unendliche Erleichterung in seinem Blick.

„Nichts passiert", meinte er und hob einen Mundwinkel, aber zu einem Grinsen reichte es nicht. Mir kam dieser

Satz irgendwie seltsam vor, schließlich waren seit dem Beinahe-Unfall bereits mehrere Minuten vergangen; doch vielleicht hatte Rasmus diese Zeit einfach gebraucht, um sich zu beruhigen. Ich hatte keine Gelegenheit mehr, mir darüber Gedanken zu machen, denn im nächsten Augenblick flog die Tür hinter uns auf und Eric torkelte zusammen mit zweien seiner Kumpels ins Freie. Ein Schwall stickiger Luft strömte aus dem überhitzten Lokal zu uns heraus, bevor die Türe wieder ins Schloss fiel und der Lärm zu einem Gemurmel gedämpft wurde. Eric breitete die Arme aus, sodass ich selbst im fahlen Licht der Straßenlaternen die Schweißflecken unter seinen Achseln erkennen konnte, und grölte in die Nacht hinaus:

„Gooood morning, Vietnaaaam!"

Weder er noch seine Freunde trugen Jacken, ihre Gesichter glänzten, und das Haar klebte ihnen an den Schläfen. „Ist das eine Affenhitze da drin", stöhnte einer der beiden Jungen, den ich als Basketballspieler erkannte, und zog den feuchten Stoff seines Shirts von seinem Bauch weg.

„Wenn man sich auf der Tanzfläche so verausgabt wie du, wird einem natürlich heiß", bemerkte der andere trocken und kramte eine Zigarettenpackung aus seiner Hosentasche hervor.

„Und dir wird heiß, wenn du mir dabei zusiehst, mein Süßer", spottete der erste, was einen Lachanfall bei Eric auslöste. Zusammengekrümmt japste er: „Los, zeig ihm, was du wert bist, Tom", woraufhin sich sein Freund das schweißdurchtränkte Shirt über den Kopf zog und es dem anderen, der sich gerade eine Zigarette zwischen die Lippen geklemmt hatte, ins Gesicht warf.

Neben mir fing Jinxy an zu glucksen, was die Aufmerksamkeit der drei Jungen auf uns lenkte. Kaum hatte Eric uns im Halbdunkel zwischen den Straßenlaternen entdeckt, riss er sich ebenfalls sein Hemd vom Leib und schwenkte es wie eine Fahne durch die Luft.

„Hey, Lily, fang!", johlte er, und ich zog schnell den Kopf ein.

„Bloß nicht!", warnte ich, doch da hatte sich Eric auch schon Rasmus zugewandt, der immer noch auf dem Pfeiler saß und das lächerliche Gebaren der drei unbeeindruckt beobachtet hatte.

„Da ist ja unser Wunderkind, die große Hoffnung von Coach Rodriguez!", rief Eric aus und kam schwankend auf Rasmus zu. „Was glaubst du, wird dir der Aushilfstrainer deine Launen ebenso durchgehen lassen? Und wird er dir auch erlauben, dass du in denselben Klamotten trainierst, mit denen du danach noch den ganzen restlichen Tag herumläufst?" Breitbeinig baute er sich vor uns auf und blickte auf Rasmus hinunter. „Komm schon, wieso benimmst du dich eigentlich immer wie eine scheue Jungfrau?", fragte er und streckte den Arm aus, während seine beiden Freunde sich vor Lachen bogen. „Du musst doch da drinnen auch ganz schön ins Schwitzen gekommen sein!" Für einen Augenblick glaubte ich, er wollte Rasmus in die Nieren boxen, aber dann packte er nur dessen Shirt am Saum und versuchte es hochzuziehen.

Rasmus wischte seine Hand weg, so wie eine Katze träge nach einer Fliege schlägt. „Soll das irgendeine Art von vorpubertärem Humor sein?", fragte er, und es klang beinahe gelangweilt.

„Du glaubst, ich mache Witze?" Auf einmal war das Feixen aus Erics Gesicht verschwunden, und seine Stimme hatte einen drohenden Unterton angenommen (den ich bei einer anderen Gelegenheit als reichlich lächerlich empfunden hätte). „Wirke ich auf dich vielleicht besonders komisch?"

„Tja, weißt du", antwortete Rasmus gedehnt und rieb sich die Schulter, „was soll ich dir sagen …"

Er hatte das letzte Wort kaum ausgesprochen, als Eric sich blitzschnell zu seinem rauchenden Freund drehte; als er sich wieder umwandte, hielt er die glimmende Zigarette in der Hand. Er packte Rasmus im Nacken und drückte seinen Kopf nach unten, während er gleichzeitig den orangeglühenden Punkt über Rasmus' gebeugtem Rücken schweben ließ, als wollte er ein Loch in sein Shirt brennen. Ich machte einen Satz nach vorne, einen empörten Ausruf auf den Lippen, da hatte Rasmus Erics Hand bereits abgeschüttelt. Langsam erhob er sich und sah den hellblonden Jungen etwas unschlüssig an, als müsste er erst einmal die Alternativen in seinem Kopf abwägen. Dann sah ich, wie er ganz kurz mit den Achseln zuckte, als wäre er zu einem Schluss gekommen, und ohne auch nur auszuholen versetzte er Eric einen Stoß vor die Brust.

Ich erinnerte mich nachher genau daran, wie harmlos es ausgesehen hatte – Rasmus hatte nicht einmal die Faust geballt, doch der Aufprall seiner Handfläche auf der nackten Haut klang merkwürdig dumpf und ließ den Getroffenen rücklings auf den Asphalt stürzen. Eric blieb schwer atmend liegen, doch schon war Rasmus über ihm, zog ihn auf die Beine und zwang ihn gleich darauf mit einem weiteren Schlag wieder in die Knie. Tom und der andere Junge, die bisher wie gebannt zugesehen hatten, stürzten sich nun auf Rasmus, um ihn mit Fausthieben von ihrem Freund wegzutreiben. Obwohl sie hemmungslos auf Rasmus' Kopf zielten, schien dieser ihren Angriff allerdings kaum wahrzunehmen: Die beiden waren sogar etwas größer als ihr Gegner, wirkten aber trotzdem fast wie Jagdhunde, die sich in das Fell eines Bären verbissen, ohne irgendetwas ausrichten zu können. Mehrmals stieß Rasmus sie von sich, sodass sie einige Schritte rückwärts stolperten, doch dann drehte er sich halb zu Jinxy und mir um und fing meinen ungläubigen, erschrockenen Blick auf. Ich wusste, dass er den neuerlichen Ansturm der beiden Jungen trotzdem kommen sah, aber auf einmal schien seine Kampfbereitschaft erlahmt zu sein. Er wurde nach hinten geworfen, und sein Ellbogen prallte gegen ein Erdgeschoßfenster des *Netherworld,* das mit einem durchdringenden Klirren zu Bruch ging. Rasmus rutschte an der Wand entlang zu Boden, und es war zu spät, um den Sturz mit den Händen abzufangen – ich stöhnte entsetzt, als er mit dem Gesicht direkt in den Scherben landete. Für die Dauer einiger Herzschläge waren die anderen drei Jungen wie versteinert; dann holte Eric langsam mit dem rechten Fuß aus und trat seinem Gegner mit voller Wucht in die Seite. Sofort war Rasmus wieder auf den Beinen – er musste die Glassplitter doch verfehlt haben, denn sein Gesicht war unversehrt. Es blieb mir kaum Zeit, um erleichtert aufzuatmen, da hatte Rasmus Eric bereits einen weiteren Schlag verpasst, und diesmal riss die Naht an Erics Stirn auf. Als das Blut hervorsprang und die weißblonden Haarsträhnen verklebte, ließ Rasmus die Fäuste sinken.

Jinxy zupfte mich am Ärmel. „Ich möchte ja niemanden stören“, flüsterte sie, „aber ich glaub, mir wird schlecht.“

Ich schaute in ihr bleiches Gesicht und dann zurück zu Rasmus und Eric, die gleichzeitig vor einander zurückwichen. Ein Schwindelgefühl erfasste mich, und das Bild begann aufzufasern. Wie durch ein gesprungenes Glas sah ich, dass ein paar Leute aus dem *Netherworld* ins Freie traten und aufgeregt in Erics Richtung gestikulierten, bis dieser auf einmal herumwirbelte und zwischen den Hausmauern verschwand. Ich erhaschte einen Blick auf Sam, der mit leicht geöffnetem Mund bei den anderen Schaulustigen vor dem Lokal stand, und brachte schwach hervor: „Eric braucht Hilfe, ich glaube, er hat eine Platzwunde …" Das nächste Bruchstück zeigte mir Rasmus' Gesicht, während er zögernd auf mich zukam.

In diesem Augenblick würgte Jinxy neben mir. Ich drehte mich zur Straße und riss den Arm hoch, als die leuchtende Anzeige eines Taxis aus der Dunkelheit auftauchte. Hastig drängte ich Jinxy in den Wagen, rutschte neben sie auf die Bank und knallte die Türe zu. Während wir uns vom *Netherworld* entfernten, konnte ich im Rückspiegel zwischen all den hysterischen Partygästen eine regungslose Gestalt mit gesenktem Kopf erkennen, doch sie wurde rasch von der Finsternis verschluckt.

Als er sich von dem schwarz gestrichene Gebäude entfernte, gelang es ihm nur mit größter Mühe, sein Schritttempo zu mäßigen. Die Gefühle, die in seinem Inneren tobten, erfüllten ihn mit einer fieberhaften Energie, die ihn unablässig vorwärts drängte, und er musste sich selbst immer wieder zur Ordnung rufen, um keinen Verdacht zu erregen. Doch nach Tagen der Ungewissheit waren es nicht Sorge und Zorn, die ihn durchströmten, sondern eine unbändige, frohlockende, siegessichere Erleichterung. Er hatte ganz spontan gehandelt und war dabei ein gewisses Risiko eingegangen, das ließ sich nicht verleugnen; aber auf die menschliche Lust an körperlicher Gewalt war eben Verlass – und ebenso auf den Effekt, den der Anblick dieser Schlägerei auf Lily gehabt haben musste. Es entsprach nicht seiner Art, sich vorschnell in Sicherheit zu wiegen … doch wenn er Glück hatte, war es nun endlich ausgestanden.

„Er hätte von der Schule fliegen können! Es ist wirklich ein Wunder, dass Eric darauf verzichtet hat, Anzeige gegen ihn zu erstatten!" Nachdem ich mich das ganze Wochenende lang gefragt hatte, ob ich Rasmus überhaupt noch einmal wiedersehen würde, war zumindest diese eine Sorge zerstreut worden: Mir war aufgefallen, dass das kraushaarige Mädchen, mit dem Eric sich auf der Party unterhalten hatte, denselben Schulweg hatte wie Jinxy und ich, und sie hatte uns bereitwillig von Erics unendlicher Güte berichtet.

„Mich wundert das eigentlich nicht", erwiderte Jinxy, stemmte ihre Füße gegen den Vordersitz und begann mit dem Zeigefinger Schlangenlinien auf die beschlagene Schreibe des Busses zu malen. „Wenn man Eric nach dem Grund für die Prügelei gefragt hätte, wäre ja vielleicht der Eindruck entstanden, dass er sich Rasmus unsittlich genähert hat. Und das kann seinem Coolness-Faktor wohl kaum zuträglich sein."

Ich verzog das Gesicht, unfähig über diese Vorstellung zu lachen; doch Jinxy fuhr bereits mit ernsterer Stimme fort: „Und obwohl es natürlich gut ist, dass Rasmus an der Galilei High bleiben kann, weiß ich nicht, ob ich mich wirklich darüber freue. Ich meine, es hat ihm doch ganz offensichtlich leidgetan, dass er mich nicht einfach vor dieses Auto hat rennen lassen."

Schon öffnete ich den Mund, um zu protestieren, doch dann schwieg ich lieber. Ich hätte es niemals laut ausgesprochen, aber mir war dieser Gedanke ebenfalls bereits gekommen; und möglicherweise war es Rasmus' seltsame Wut nach Jinxys Beinahe-Unfall gewesen, die ihn überhaupt zu der anschließenden Prügelei getrieben hatte.

„Ich weiß ja auch nicht, was ich davon halten soll", gab ich schließlich zu und hob hilflos die Schultern. „Das alles scheint überhaupt nicht zu dem Bild zu passen, das ich von Rasmus habe."

„Kann ich mir vorstellen. Schlägertypen sind ziemlich peinlich." Jinxy überlegte einen Moment und fügte dann gedehnt hinzu: „Oder findest du das … *männlich*?"

„Blödsinn", murmelte ich. Mir war sehr wohl bewusst, dass es Mädchen gab, die es gern sahen, wenn sich muskelbepackte Kerle wie Höhlenmenschen aufführten, vorzugsweise ihretwegen; aber ich hatte beim Anblick von sich schubsenden und dann am Boden wälzenden Jungen schon immer an streitsüchtige Ziegenböcke denken müssen. Niemals hätte ich Rasmus für so einen Hitzkopf gehalten, der schon nach ein paar Spötteleien blindwütig auf jemand anderen losstürzte – nur, dass es gar nicht so abgelaufen war, wie ich mir jetzt in Erinnerung rief. Was mich mehr als alles andere erschreckt hatte, war die Tatsache, dass sich Rasmus durch Erics Sticheleien kaum aus der Ruhe hatte bringen lassen: Offenbar hatte er gar nicht im Affekt gehandelt, sondern durch und durch berechnend.

„Vielleicht ist er ja ein Vampir?", schlug meine Freundin nun vor. „Ein Mädchen kommt neu an eine Schule, und ein düsterer Kerl mit erstaunlichen Kräften und einem unnatürlichen Appetit auf Blut verguckt sich in sie – so was soll ja vorkommen."

„Jinxy", mahnte ich, „sei doch mal für einen Augenblick ernst."

„Na schön", antwortete sie zögernd und fingerte an dem Plastikfrosch herum, der an einer Kette um ihren Hals hing. Zu meiner Überraschung wirkte sie auf einmal fast verlegen. „Werd jetzt nicht sauer, ja?", fuhr sie zögernd fort. „Aber mit dem Kerl stimmt doch eindeutig was nicht. Ich meine, klar, er ist ein Sahneschnittchen, aber leider sagt das wenig über seinen Charakter aus. Außen hui, innen pfui, wenn du verstehst, was ich –"

„Würdest du bitte zum Punkt kommen?", unterbrach ich sie beunruhigt. Wenn Jinxy nicht mit der Sprache herausrückte, konnte das nichts Gutes bedeuten.

„Also überleg doch mal. Erst ist er ein richtiger Prince Charming, und gleich danach prügelt er drauflos, nur wegen Erics lächerlichem Versuch, ihm das Shirt auszuziehen? Wir wissen ja, dass Rasmus niemals mit den anderen duscht oder sich vor ihnen umzieht. Und von seinen Eltern oder seiner Vergangenheit hat er dir noch überhaupt nichts erzählt. Na ja, du solltest vielleicht mal über die Möglichkeit nachdenken, dass er als Kind misshandelt wurde. Richtig schlimm misshandelt, sodass man es immer noch sehen kann und seine Persönlichkeit einen Knacks abbekommen hat."

Sie verstummte und schielte zwischen ihren perlenverzierten Stirnfransen zu mir hoch. „Lily?", fragte sie vorsichtig, als ich nicht auf ihre Theorie einging, doch ich schaffte es einfach nicht, ihr zu antworten. Wie versteinert saß ich da und sah den Regentropfen dabei zu, wie sie an der Fensterscheibe ineinanderflossen und dann umso schneller nach unten rollten.

Es ergab Sinn. Jinxys Erklärung hatte Hand und Fuß, mit ihr ließen sich alle rätselhaften Puzzleteile zu einem schrecklichen Gesamtbild zusammenfügen. Je länger ich mir das alles durch den Kopf gehen ließ, umso plausibler kam es mir vor – und umso stärker wurde die Übelkeit, die ich bei dieser Vorstellung verspürte. Was sollte ich jetzt tun? War es meine Aufgabe, Rasmus darauf anzusprechen, oder durfte ich mich da gar nicht einmischen? Andererseits konnte er wohl kaum erwarten, dass ich über die Prügelei kein einziges Wort verlor, vor allem nicht in Anbetracht dessen, was kurz zuvor zwischen uns passiert war. Ich hatte mir zwar bisher noch nicht erlaubt, darüber nachzudenken, wie genau wir nun zu einander standen (na schön, ich hatte vielleicht einen oder zwei klitzekleine Gedanken daran verschwendet), aber wenn er sich irgendjemandem aus der Schule anvertrauen würde, dann wahrscheinlich mir. Ich musste auf jeden Fall versuchen, mit ihm zu reden, bevor die Reibereien zwischen ihm und Eric erneut eskalierten.

Professor Scott musste allmählich den Eindruck gewinnen, dass ich unter Hyperaktivität litt: Wie immer brachte ich die Englischstunde in einem Zustand gespannter Erregung zu, doch diesmal war es nicht ich, die gleich nach dem Pausenklingeln auf den Gang hinausstürzte, sondern Rasmus. Ich holte ihn erst bei den Schließfächern wieder ein.

„Hey … hast du kurz Zeit?"

„Frag das doch nicht mich", meinte Rasmus achselzuckend und drängte die hervorquellende Bücher- und Zettelflut in seinen Spind zurück. Genau wie Jinxy hätte er wohl von meinem ausgeklügelten Ordnungssystem profitieren können – aber dafür war nun nicht die richtige Zeit. „*Du* riskierst schließlich, dich bei Grabowski zu verspäten. Aber schieß los."

Ich gab mir einen Ruck. „Also, ich hoffe, dass sich das Folgende nicht blöd anhört." (Schon die Einleitung klang in meinen Ohren ganz außergewöhnlich blöd.)

Rasmus knallte die Tür seines Schließfachs zu und verschränkte abwartend die Arme vor der Brust. „Da kann ich einiges verkraften. Und weiter?"

Unauffällig wischte ich meine schweißnassen Finger an meinen Jeans ab und begann sie dann nervös zu verknoten, während ich fortfuhr: „Ich würde gern mit dir darüber reden, was am Freitag nach dieser Party passiert ist. Klar, Eric hat extrem genervt, und die Sache mit deinem Shirt war echt daneben … aber du hast so heftig reagiert, dass ich mich frage, ob nicht vielleicht noch mehr dahintersteckt. Kann es sein, dass dir jemand … was Schlimmes angetan hat, und dass du es unbedingt zu verbergen versuchst?"

Ein erschrockener Ausdruck huschte über sein Gesicht, doch gleich darauf war seine Miene wieder völlig verschlossen. „Wie kommst du darauf?"

„Nur so, es ist einfach eine Vermutung. Eigentlich hatte Jinxy die Idee.“

Rasmus löste die Arme aus ihrer Verschränkung und wirkte auf einmal merkwürdig erleichtert. Trotzdem erwiderte er schroff: „Ich würde es begrüßen, wenn du nicht zusammen mit deiner Freundin an wilden Gerüchten über mich basteln würdest.“

„Das tue ich ja gar nicht“, antwortete ich schnell, und aus irgendeinem Grund zitterte meine Stimme dabei. „Ich würde ihr auch nichts von dem verraten, was du mir über dich erzählst, wenn du das nicht möchtest.“

„Da ist aber nichts, was ich dir erzählen könnte.“

Dieser Satz rief in mir die Erinnerung an ein anderes Mal wach, als Rasmus mir erklärt hatte, dass er über eine bestimmte Sache nicht reden wollte. Wie zur Bestätigung griff er nun mit einer automatischen Geste nach dem Lederband um seinen linken Arm und schob es gereizt ein Stück nach hinten. Ich starrte auf die Metallplakette und fühlte, wie mein Herz heftig gegen meine Rippen pochte; dann stieß ich hervor: „Und was ist dann der Grund dafür, dass du so bist? Ist es, weil du eigentlich gar nicht hier sein möchtest? Würdest du gerne zu deiner Exfreundin zurückkehren, ist es das?“

Ich konnte erkennen, dass Rasmus einmal tief Luft holte, so als kämpfte er darum, nicht die Fassung zu verlieren. Er machte einen Schritt auf mich zu, und als er schließlich auf meine Frage antwortete, klang seine mühsam beherrschte Stimme gepresst. „Meine *Exfreundin,* für die du dich ja so brennend zu interessieren scheinst ... dieses Mädchen ist *tot,* okay? Tot und begraben! Du wirst also verstehen, dass ich nicht so leichtfertig antworten kann, wenn du mich fragst, ob ich jetzt gerne bei ihr wäre.“

Für einige Sekunden herrschte eisige Stille.

„Ach so“, murmelte ich dann betreten, „entschuldige … aber das habe ich doch nicht gewusst.“

„Tja, Lily, das scheint auch dein größtes Problem zu sein: der Glaube an deine eigene Allwissenheit.“

Auf einen Schlag kehrte mein Zorn zurück. „Es ist ja wohl nicht meine Schuld, wenn ich irgendwelche Mutmaßungen über dich anstellen muss“, fauchte ich ihn an. „Du umgibst dich doch immer mit dieser mysteriösen Aura, und du erzählst mir *nichts*, absolut nichts von dir!“

„Schon mal auf die Idee gekommen, dass dich vieles einfach einen Dreck angeht?“

Ich taumelte zurück, als hätte er mir eine Ohrfeige verpasst. Dann schaute ich ihm ins Gesicht, um zu sehen, ob ihm seine Worte leidtaten, doch ich fand darin nichts als kalte Wut.

„Ich sage dir das jetzt nur einmal und hoffe, dass du es im Gedächtnis behältst“, sprach er leise weiter, und als ich die Drohung wahrnahm, die in diesem Satz mitschwang, merkte ich, dass ich tatsächlich Angst vor ihm hatte. „Misch dich gefälligst nie wieder in meine Angelegenheiten ein, hast du das verstanden?“

Der Flur verschwamm vor meinen Augen, während ich herumwirbelte und davonlief.

Jinxy wartete vor dem Klassenzimmer von Professor Grabowski, und als sie sah, wie ich halbblind auf sie zutaumelte, schnappte sie erschrocken nach Luft. „Oh Mann, Lily“, rief sie aus und stürmte mir entgegen. Ich beobachtete, wie sie mich an der Hand nahm, und stellte verwirrt fest, dass ich es nicht fühlen konnte, so als ob mein Körper auf einmal nicht mehr zu mir gehören würde. „Was ist passiert, du bist ja kreidebleich im Gesicht!“

„Es ist bloß … wegen Rasmus“, flüsterte ich.

In den Augen meiner Freundin blitzte es auf. „Hat er dir was getan? Ich schwöre dir, den mach ich fertig, den

Wicht! Er mag vielleicht groß sein – und muskulös, aber ich bin schnell und schlau …"

„Nein, er hat mir nichts getan. Wir werden nur nicht mehr gemeinsam auf den Ball gehen, das ist alles."

Jinxy ließ ihre kleinen Fäuste sinken. „Oh Mann, Lily", wiederholte sie mitleidig und sah mich traurig an. „Alles soweit in Ordnung mit dir?"

„Aber ja, mir geht es gut, eigentlich geht es mir sogar ausgezeichnet!"

„Ach wirklich."

„Absolut!"

„Und warum weinst du dann?"

„Das – ist eine Allergie!", schluchzte ich und wischte mir die Nase an meinem Ärmel ab. „Und zwar gegen diesen Idioten Rasmus! Ich bin so froh, ihn endlich los zu sein, wirklich ganz", ich wurde durch einen Schluckauf unterbrochen, „ganz außergewöhnlich glücklich!"

9. Kapitel

Endlich hatten wir im Biologieunterricht den großen Themenkomplex über Haut, Blut, Muskulatur und Skelett des Menschen abgeschlossen. Professor Osorio schien uns für unsere harte Arbeit belohnen zu wollen, indem er uns mit vermischten Informationen überschüttete, die er offenbar für amüsant hielt. Ich bemühte mich krampfhaft, nicht an den Tag zu denken, an dem wir mit diesem Stoffgebiet begonnen hatten – der Tag meines missglückten ersten Dates mit Rasmus. Dieser Versuch nahm mich so in Anspruch, dass ich mir nur mechanisch Notizen machte, ohne wirklich viel vom Unterricht mitzubekommen. Auch nach dem Ertönen der Schulglocke blieb ich tief in Gedanken versunken und hörte nur mit halbem Ohr zu, wie Sam das tat, was Jinxy immer liebevoll „vor sich hin blubbern" nannte: Ohne eine Antwort zu erwarten, plauderte er über alles, was ihm gerade in den Sinn kam, um die Stille zwischen uns zu füllen. Auf einmal wurde mir klar, dass er diese Fähigkeit im Laufe der Woche zur Perfektion gebracht hatte, denn nach meinem Streit mit Rasmus war ich ungefähr so kommunikativ gewesen wie ein Stück Holz. Ich betrachtete Sams Profil, während er neben mir her in Richtung Schließfächer schlenderte, und wurde von einer Woge aus Mitleid und Zuneigung für ihn überrollt.

„Ich weiß wirklich nicht, warum Professor Osorio das als Fun Facts bezeichnet … Ich meine, die Tatsache, dass man während seines Lebens bis zu zwanzigtausend Liter Schweiß produziert, oder dass die Haut täglich zehn Millionen Hornzellen abstößt, hat mich absolut nicht zum Lachen gebracht. Jetzt wünschte ich, ich hätte beim Mittagessen das Dessert ausgelassen, mir ist irgendwie etwas flau im Magen. Andererseits hätte ich mir das Dessert vielleicht auch nicht viermal holen sollen. Hattest du auch diese kleinen Törtchen, die mit der Buttercreme?"

„Sam ...", begann ich zögernd.

Sofort drehte er sich mit einem nachsichtigen Lächeln zu mir um. „Ja, du kannst dir gern wieder meine Notizen ausleihen, um sie mit deinen zu vergleichen", sagte er freundlich. „Ich glaube zwar nicht, dass du davon irgendwelche neuen Erkenntnisse gewinnen wirst, zumal ich nur zwei Seiten mitgeschrieben habe und du fünf ..."

„Möchtest du mit mir auf den Ball gehen?"

Er ließ seinen Notizblock sinken und sah mich verwirrt an. „Hör mal, du bist mir deswegen wirklich nicht zu Dank verpflichtet."

„Oh nein, darum geht es nicht. Ich brauche einfach noch jemand ... Nettes, der mich begleiten möchte."

„Ich bin nett", antwortete er, immer noch perplex.

„Das weiß ich", erklärte ich geduldig. „Deshalb frage ich ja. Also? Es wäre bestimmt lustig."

„Also ... ich hatte zwar gar nicht vor, dort hinzugehen, und ich hab auch noch kein Kostüm, aber – ja. Gerne."

Ich atmete erleichtert auf. „Sehr gut! Das mit dem Kostüm ist kein Problem, ich wollte mir selbst heute eines besorgen, da könntest du doch mitkommen."

„Zum Shoppen?", fragte Sam und zog eine Augenbraue hoch. „Soll das vielleicht eine Art Test sein? Denn glaube mir – ich habe zwei Stunden lang Keira Knightleys störrisches Kinn ausgehalten, also pack ich das ebenfalls. Was auch immer das über mich aussagen mag."

Ich musste lachen. Es klang ein wenig scheppernd und fühlte sich irgendwie auch so an – als ob ich eine rostige Konservendose wäre, die geschüttelt wurde. Trotzdem war es erstaunlich.

Es gab einen großen Kostümverleih in der Nähe unserer Schule, doch als Sam und ich dort eintrafen, stellten wir fest, dass uns zahlreiche andere Galilei-Schüler zuvorgekommen waren: Die Gothic-Abteilung war so gut wie leergeräumt, und auch die Kostüme zum Thema „Sagen und Märchen" waren großteils bereits ausgeliehen. Trotzdem schien Sam tief beeindruckt von der verbliebenen Fülle an muffigen Gewändern, und ich musste mir ein Grinsen verkneifen, während er sich darauf stürzte. Wie ein kleines Kind, das zum ersten Mal Verkleiden spielen darf, schnappte er sich aus allen Regalen in Reichweite je ein Stück, zog die Sachen kurzerhand über seine Straßenkleidung und betrachtete sich dann gedankenverloren im Spiegel. Als ich ihn schließlich vorsichtig daran erinnerte, dass wir aus einem bestimmten Grund hergekommen waren, zuckte er erschrocken zusammen und beeilte sich, die verschiedenen Kostümteile wieder loszuwerden.

„Also sag mal …", begann er, während er verzweifelt versuchte, sich aus einem pelzbesetzten Umhang zu befreien, der ihn zu erwürgen drohte, „welcher Fantasyfigur sehe ich eigentlich ähnlich?"

Ich musterte ihn mit zusammengekniffenen Augen. „Dem Elben Legolas vielleicht?", schlug ich vor.

„Aha. Und jetzt noch eine Frage." Endlich war es ihm gelungen, sich aus dem Umhang zu schälen, und er rieb sich erleichtert seinen malträtierten Hals. „Welcher Fantasyfigur sehe ich ähnlich, die keine Leggings trägt?"

Ich fühlte mich überfragt, aber dafür hatte mich mein Vorschlag auf eine Idee für mein eigenes Kostüm gebracht. Bei den Regalen mit der Aufschrift „Fantasy and Fiction" war ich zwar nicht fündig geworden, aber es bestand doch die Möglichkeit, dass dieses ganz spezielle Kleid falsch einsortiert worden war … und tatsächlich entdeckte ich in der Mittelalter-Abteilung eine Robe aus hellgrünem Seidensamt, mit der ich schnell in der Umkleidekabine verschwand. Es war gar nicht so einfach, ohne fremde Hilfe in das Kostüm hineinzukommen; vor allem die Schnürung am Rücken bereitete mir Probleme, doch als ich mich schließlich im Spiegel betrachtete, wurde mir klar, dass die Mühe sich gelohnt hatte. Das Kleid war eine ziemlich genaue Kopie von jenem, welches Arwen Abendstern am Ende des dritten *Herr der Ringe*-Films bei ihrer Hochzeit mit Aragorn trägt – mit dem kleinen Unterschied, dass der brokatverzierte Ausschnitt um einiges tiefer war, als ich das vom Original in Erinnerung hatte. Andererseits war Arwen fast dreitausend Jahre alt, während ich es mir mit meinen frischen sechzehn Jahren wohl erlauben konnte, mich etwas freizügiger zu zeigen. Bewundernd strich ich über den zarten Stoff und die Stickereien; dann hob ich die Arme, damit die langen Georgette-Ärmel richtig zur Geltung kamen.

Es war perfekt. Ich malte mir aus, wie ich darin die Tür öffnete, wenn mein Begleiter mich für den Ball abholte, und zu meiner übergroßen Schande stiegen mir die Tränen in die Augen.

„Lily?“, hörte ich Sam hinter dem Vorhang. „Hast du es schon an? Kann ich mal sehen?“

„Nein!“, rief ich zurück und wühlte mit einer Hand vergeblich nach einem Taschentuch; mit der anderen schnürte ich hastig das Kleid auf. „Es bringt Unglück, wenn du mich jetzt schon darin siehst!“

„Gilt das nicht nur für Hochzeiten?“, protestierte er, während ich wieder in meine Sachen schlüpfte. Ich wischte mir noch schnell über die Augen, bevor ich den Vorhang zur Seite schob. Sam wartete direkt vor der Kabine auf mich und verzog enttäuscht den Mund, als ich zu ihm hinausgestolpert kam.

„Schade. Hat bestimmt ganz toll …", begann er, dann fiel sein Blick auf mein Gesicht, und er verstummte. Schweigend griff er in das vordere Fach seines Rucksacks, holte ein Päckchen Taschentücher heraus und reichte es mir.

„Danke", sagte ich leise und öffnete schniefend die Packung. „Ich hab mir wohl einen Schnupfen eingefangen."

„Ist ja auch ein ziemlich mieses Wetter zur Zeit", antwortete Sam ruhig.

„Hast du was gefunden?", fragte ich ihn mit dünner Stimme.

Er schüttelte den Kopf. „Nein, aber wenn du willst, kann ich wirklich als Legolas gehen, damit wir irgendwie zusammenpassen. Oder auch als Gimli, wenn dich das aufheitern würde."

Ich versuchte ein Lächeln, das reichlich zittrig ausfiel. „Schon gut, Männer gefallen mir im Anzug sowieso besser als mit angeklebten Ohren oder Bärten."

Oh, wie ich mich für mein Verhalten schämte! Was konnte der arme Sam dafür, dass ich von einem schmaläugigen Widerling besessen war? Sofort leistete ich mir in Gedanken einen Eid: Sollte ich mich am Tag des Balls immer noch wie ein Jammerlappen benehmen, würde ich mich selbst bestrafen, indem ich zu Hause blieb – egal, was sich gewisse Leute dann einbilden mochten.

Als ich allerdings am Montagabend im grünen Kleid vor dem Badezimmerspiegel stand, kam ich zu dem Schluss, dass es eine Schande wäre, dieses Prunkstück nicht vorzuführen. Sollten *gewisse Leute* doch ruhig sehen, wie ich als strahlende Elbenprinzessin an der Seite eines rücksichtsvollen Begleiters in den Ballsaal … schwebte.

Ich steckte die oberste Schicht meiner Haare am Hinterkopf mit einer silbernen Spange zusammen, sodass meine Ohren wie bei Arwen hervorlugten, und versuchte dann das Make-up nachzuahmen, das mir Jinxy für die Party im *Netherworld* verpasst hatte. Schließlich schnappte ich mir meine Handtasche und marschierte hocherhobenen Hauptes nach unten. Am Fuß der Treppe standen meine Eltern und hielten einen Fotoapparat bereit, um ein paar Bilder von mir zu schießen – wahrscheinlich hatten sie sich das aus einem Teeniefilm abgeschaut. Als sie mich in meinem Kleid erblickten, weiteten sich ihre Augen merklich.

„Du ...", begann mein Vater, und ich bemühte mich um ein kleines Lächeln, während ich auf sein Kompliment wartete. „Du wirst doch sicher frieren?", erkundigte er sich schließlich.

„Danke, Pa."

Jetzt war meine Mutter an der Reihe. „Die Ärmel erinnern ein wenig an die Mode aus dem 12. Jahrhundert", bemerkte sie.

„Und danke, Mutter. Kann ich jetzt los?"

Es war meinen lieben Eltern anzusehen, dass ihnen wohler zumute gewesen wäre, wenn ich wie üblich auf eine derartige Schulveranstaltung verzichtet und mich stattdessen einem guten Buch gewidmet hätte, vorzugsweise in meinem Flanellpyjama. Trotzdem gaben sie sich große Mühe, sich möglichst wenig anmerken zu lassen. Meine Mutter rang sich sogar dazu durch, mir einen schönen Abend zu wünschen, bevor sie pflichtschuldig hinzufügte: „Bleib nicht zu lange. Ich weiß, dass du nicht allzu viel Schlaf bekommen wirst, wenn du bei Jinxy übernachtest, und morgen ist schließlich Schule."

Glücklicherweise erlöste mich im nächsten Moment die Klingel aus diesem aufgesetzten Eltern-Tochter-Szenario. Ich öffnete schwungvoll die Türe und musste gleich darauf unwillkürlich lächeln. Schon oft hatte ich festgestellt, dass Jungs in Anzügen ziemlich albern aussehen konnten, wenn der Stoff an bestimmten Stellen zu eng saß oder nicht ganz ausgefüllt wurde … doch Sam stand sein grauer Dreiteiler perfekt. Seine Locken hatte er offenbar mithilfe von Wasser zu bändigen versucht, aber sie begannen bereits zu trocknen und sich wieder aufzurollen. Zusammen mit seinem schiefen Grinsen sah das so niedlich aus, dass ich an mich halten musste, um ihm nicht durchs Haar zu wuscheln.

„Du siehst …“, begannen wir gleichzeitig und flüchteten uns in verlegenes Lachen.

„Tut mir leid“, sagte Sam, „in den Filmen sind es immer die Männer, die zuerst so einen Spruch ablassen.“

„Wir können das auch überspringen“, meinte ich und hakte mich bei ihm ein. Mit offensichtlicher Erleichterung führte Sam mich zu seinem Wagen und hielt mir die Türe auf, bis ich mich und die paar Meter Seidensamt auf den Beifahrersitz gehievt hatte. Ich kam nicht umhin zu bemerken, dass Sam dieselbe beiläufige Höflichkeit an den Tag legte wie Rasmus … doch dann verbannte ich diesen Gedanken ganz schnell wieder aus meinem Kopf.

Nach zwanzigminütiger Fahrt hatten wir das Palais erreicht, in dem der Ball stattfinden sollte (ja, richtig, die Turnhalle war für einen solchen Anlass natürlich nicht angemessen). Es präsentierte sich als prunkvolles Gebäude im Barockstil, vor dem bereits zahlreiche Schüler in mehr oder weniger ausgefallenen Kostümen versammelt waren. Jinxy und ihren Begleiter entdeckte ich allerdings trotz des Trubels sofort, nachdem ich aus dem Auto gestiegen war: Die beiden erweckten den Eindruck, als hätten sie auf dem Dachboden sämtliche Modesünden ihrer Eltern und Großeltern ausgegraben und dann die schrillsten Teile davon angezogen. Netzstrümpfe, eine Federboa und ellbogenlangen Handschuhe waren nur Jinxys harmloseste Accessoires; obwohl wir uns bei unserer Recherche in der Bibliothek gegen ein Engelskostüm entschieden hatten, kombinierte sie ihr kurzes Schottenkaro-Kleid mit rauschgoldverzierten Flügeln, die aufgeregt flatterten, als sie auf Sam und mich zugestürzt kam. Ihren nicht minder aufsehenerregenden Begleiter schleifte sie hinter sich her.

„Wir hatten uns richtig tolle Kostüme reserviert", jammerte meine Freundin statt einer Begrüßung und brachte dabei die glitzernden Schnurrhaare zum Vibrieren, die sie über ihren Mundwinkeln befestigt hatte. „Aber dann haben wir vergessen, sie rechtzeitig abzuholen."

„Zumindest seid ihr einzigartig", sagte Sam höflich. Er wies auf die unzähligen Vampire, an denen wir auf dem Weg zum Eingangstor vorbeikamen. „Hey, wie geht's", fügte er dann hinzu und streckte Jinxys Begleiter die Hand hin, ohne sich von dessen bodenlangem schwarzen Cape irritieren zu lassen. Der Junge nahm Sams Hand, doch anstatt sie zu schütteln, drehte er sie, strich einmal über die Handfläche und bemerkte anerkennend: „Interessante Aura, Mann."

„Ist der nicht cool?", flüsterte Jinxy mir zu und wollte sich schon durch den Eingang quetschen, als sie vom Türsteher aufgehalten wurde. Der Mann musterte sie und den Cape-Jungen mit hochgezogenen Augenbrauen. „Keine Abendgarderobe, kein Kostüm", stellte er schließlich fest und versperrte uns mit seinem massigen Körper den Weg.

Meine Freundin schnappte empört nach Luft. *„Kein Kostüm?"*, wiederholte sie ungläubig. „Wissen Sie, wie früh wir diese beiden Outfits reservieren mussten? Glauben Sie nicht, dass noch ein Haufen anderer Leute gern als magische Trullala und als bitterböser …" – „Gnarf", fiel ihr Begleiter ein – „… gegangen wären?", fuhr Jinxy fort. „Ehrlich mal, lesen Sie denn keine Fantasyromane?!"

„Offenbar nicht", antwortete der Mann säuerlich. „Na meinetwegen."

Wir betraten den Eingangsbereich und gingen auf die breite Haupttreppe zu, die von Kronleuchtern in ein warmes Licht getaucht wurde. Das aufgeregte Schnattern der anderen Gäste erzeugte in diesem hohen Raum ein lautes Echo, aber die Schritte wurden durch den dunkelroten Läufer gedämpft, der den marmornen Boden bedeckte. Staunend betrachtete ich die gewaltigen Atlasstatuen, die sich links und rechts am Fuß der Treppe befanden, und fasste nach Jinxys Hand. „Nun schau dir doch mal dieses Vestibül an!"

„Wo?", fragte meine Freundin interessiert und drehte sich nach den Jungen um, die hinter uns die Treppe heraufkamen.

„Ich meine die Eingangshalle!"

„Ach so. Na, wenn man auf dieses ganze Kristalllüster-und-Statuen-Zeug steht …"

Doch als wir schließlich den Ballsaal erreicht hatten, schien selbst Jinxy beeindruckt: Mithilfe unserer mühevoll gestalteten Dekoration war es tatsächlich gelungen, zwischen Fresken, Seidentapeten und Parkettboden so etwas wie eine „fantasymäßige" Stimmung heraufzubeschwören. Die abenteuerlich gewandeten Gäste, die sich vor dem elektrisch erleuchteten Schicksalsberg zu Walzerklängen drehten oder sich im verwunschenen Wald am Buffet bedienten, taten ihr Übriges dazu. Magisch war allerdings auch, wie rasch meine Freundin von einem Metallbecken angezogen wurde, das in einer Grotte aus aufgespannten grauen Tüchern und Pappmaché-Stalagmiten stand: Während ich mich noch fragte, wer von den Eltern auf die seltsame Idee gekommen war, dem Schulball seines Sprösslings einen Sektbrunnen zu spendieren, hatte Jinxy auch schon mehrere Gläser gefüllt und reichte sie an uns weiter. Falls irgendjemand dafür zuständig gewesen war, den

Brunnen vor Minderjährigen zu bewachen, so war diese Person wohl zum Buffet oder auf die Tanzfläche geflohen.

Ich nahm einen Schluck und verzog das Gesicht, als mir das eiskalte, bittere Zeug im Mund prickelte. Widerlich. Jinxy stürzte ihr Getränk allerdings auf einen Zug hinunter, und der Alkohol weckte sofort ihren Bewegungsdrang.

„Wo ist die Discohalle?“, erkundigte sie sich, nachdem sie sich einige Sekunden lang vergeblich bemüht hatte, ihren extravaganten Tanzstil der Walzermelodie anzupassen, die aus den Lautsprechern drang.

„Dies ist ein Ball der Galilei High School“, erklärte ihr Begleiter, und seine Stimme klang auf einmal seltsam näselnd. „Hier wird ausschließlich klassische Musik gespielt, erst nach Mitternacht gibt es Schlager und Jazz aus den 50ern und 60ern.“

„Oh. Wollen wir dann in den Park hinausgehen und es uns hinter den Ziersträuchern gemütlich machen?“

Sofort war die würdevolle Haltung des Jungen verschwunden. „Unbedingt!“

Jinxy schenkte mir noch ein entschuldigendes Grinsen, dann verschwanden die beiden mit wehenden Flügeln und Cape durch eine der hohen Terrassentüren ins Freie. Sam verspürte zum Glück ebenso wenig Lust auf einen Versuch im Walzertanzen wie ich, also schlenderten wir am Rand des Ballsaals entlang und bewunderten die verschiedenen Kulissen. Neben einer riesigen Leinwand, die wie ein Fenster gestaltet war und Blick auf ein mittelalterliches Dorf bot, trafen wir auf Eric und seine als pinke Elfe verkleidete Begleiterin. Ich hatte noch eilig versucht, Sam hinter eine Papprüstung zu ziehen – seit der Prügelei vor dem *Netherworld* war ich Eric erfolgreich aus dem Weg gegangen –, doch es war bereits zu spät.

„Arwen Morgenstern!“, rief er mir entgegen, offenbar stolz darauf, mein Kostüm erkannt zu haben. Ich widerstand der Versuchung, ihn zu verbessern, und bestätigte so freundlich wie möglich:

„Ja, genau. War pures Glück, dass ich dieses Kleid im Kostümverleih entdeckt habe.“

„Du hast eine gute Wahl getroffen“, lobte Eric, allerdings mit einem deutlichen Seitenblick auf Sam. Das Wort *Rasmus* schien direkt über unseren Köpfen zu schweben; Sam nestelte an seinen Manschettenknöpfen und tat so, als hätte er nichts gehört. Um die Situation zu entschärfen, fragte ich schnell:

„Warum hast du dich eigentlich nicht verkleidet?“

„Aber das habe ich doch“, meinte Eric grinsend und knöpfte sein Hemd ein Stück auf; darunter trug er ein zu kleines T-Shirt mit einem Strassornament auf der Brust. „Sieh mal, wie ich funkle!“

„Ach so“, sagte ich mit einem schwachen Lächeln. „Ich weiß, was du bist.“

„Sag es!“, fuhr Eric mich plötzlich an. „Ich will es hören. Sag es!“

„Ein Vampir“, antwortete ich widerstrebend, woraufhin Eric und seine Begleiterin in gackerndes Gelächter ausbrachen. Ihr Kichern ebbte erst ab, als ich Sam leicht am Arm zog und wir uns zum Gehen wandten. „Hey, wohin des Wegs?“, wollte Eric wissen.

„Ich habe Durst“, behauptete ich, da ich mich ohne nachzudenken in Richtung der Grotte gedreht hatte.

„Oh, ich auch“, verkündete Eric und warf mir unter halb gesenkten Lidern einen verführerischen Blick zu. „Was dagegen, wenn ich mal beiße?“

Diesmal lachte er alleine, während seine Begleiterin ihn mit säuerlicher Miene beobachtete und ich die Flucht ergriff. „Entschuldigt mich", murmelte ich und wieselte zum Sektbrunnen hinüber, um mir mein Glas neu zu füllen.

Eigentlich schmeckte es gar nicht so schlecht.

Sam wartete geduldig ab, bis ich ausgetrunken hatte, dann platzte er mit etwas heraus, das ihn offenbar schon seit einer Weile beschäftigte: „Hast du das Buffet bemerkt? Ich dachte, es würde Sandwiches geben oder so, aber ich schwöre dir, dass ich dort mehrstöckige Torten gesehen habe. Und ein Spanferkel!"

„Ich hab irgendwie keinen Hunger."

„Oh. Gut, ich nämlich auch nicht."

Trotz meiner miesen Laune entschlüpfte mir ein kleines Lächeln. „Komm schon, Sam, du willst doch eigentlich zu diesem Buffet."

„Nein, wirklich nicht! Ich freue mich schon die ganze Zeit darauf, mit dir zusammen die Parade zu sehen."

„Was denn für eine Parade?"

Allmählich machte Sam den Eindruck, als wäre ihm seine Krawatte zu eng. „Herrje, Lily, woher soll ich denn das wissen! Ich war doch bisher noch nie auf einem Ball."

„Und du hast bestimmt noch nie Spanferkel probiert. Ist schon okay, ehrlich. Ich hab nur keine Lust auf das Gedränge vor dem Buffet, also bleibe ich hier in der Nähe."

Man konnte ihm ansehen, dass in seinem Inneren ein heftiger Kampf tobte, doch ich ahnte gleich, zu wessen Gunsten er sich entscheiden würde: Schließlich lächelte Sam mir schüchtern zu und versprach, sich zu beeilen. Ich blieb alleine neben dem Brunnen zurück, und weil mir nichts Besseres einfiel, füllte ich mein Glas erneut. Gleichzeitig beschloss ich, in Zukunft öfter Sekt zu trinken – das war wirklich das einzig Nette an diesem Abend. Allerdings hatten jetzt auch andere Schüler die unbeaufsichtigte Alkoholquelle entdeckt, und es lag wohl an dem Geschubse um mich herum, dass mir allmählich heiß und ein bisschen schwindelig wurde. Bedauernd stellte ich mein Glas ab und wanderte ziellos durch den Saal, vorbei an einigen Pärchen, die sich pflichtbewusst zur klassischen Musik bewegten. Ich war so darauf bedacht, niemandem auf die Füße zu treten, dass ich zuerst gar nicht realisierte, wie der Walzer zu Ende ging und eine jazzige Klaviermelodie begann; erst als die wohlbekannte warme Stimme einsetzte, blieb ich wie angewurzelt stehen. Das konnte doch nicht wahr sein – *L-O-V-E* von Nat King Cole? Hatte dieser verflixte Gnarf nicht gesagt, dass bis Mitternacht ausschließlich klassische Musik gespielt würde?

Die anderen Ballgäste schienen über diese Programmänderung weitaus erfreuter zu sein als ich. In Scharen strömten sie nun in die Mitte des Saals, wodurch ich an den Rand abgedrängt wurde. Während ich den Schülern und Lehrern beim Tanzen zusah, begann ich vor Verlegenheit meine langen Ärmel zu verknoten und wünschte mir sehnlichst irgendetwas, an dem ich mich festhalten konnte.

Ein Glas Sekt schien mir eine gute Möglichkeit zu sein.

Zu meiner Verärgerung versperrte mir einer der zahlreichen Vampire im Raum den Weg zum Brunnen; dieses Exemplar war allerdings nicht in Lack und Leder gekleidet und hatte sich auch nicht edwardmäßig in Schale geworfen, sondern trug ernsthaft einen dunklen Umhang mit Stehkragen über dem Anzug.

„Platz da, Blutsauger“, verlangte ich genervt und drückte ihm meinen Ellbogen in die Seite.

„Das ist aber nicht politisch korrekt“, wies mich der Dracula-Verschnitt zurecht und drehte sich um. Einen Moment lang hatte ich das Gefühl, als würde mir der getrunkene Sekt gleich die Kehle hochsprudeln, dann hatte ich meine Fassung wiedererlangt.

„Aha, du trägst also ein Plastikgebiss“, stellte ich kühl fest, „findest du das besonders witzig?“

„Eigentlich schon, bis du das gerade so zynisch gefragt hast“, antwortete Rasmus achselzuckend. „Jetzt schäme ich mich ein bisschen dafür.“

„Klar, als ob du dich jemals für dein Verhalten schämen würdest.“

„Wenn du weiterhin so charmant bist, bleibt mir nichts anderes übrig, als *Total Eclipse of the Heart* zu trällern – Scham hin oder her.“ Er las die Verwirrung auf meinem Gesicht und schüttelte missbilligend den Kopf. „Also kein Musical-Fan. *Dance of the Vampires,* Lily … nein? Tja, und wo wir schon beim Thema sind: Was kostet denn ein Tanz mit dir?“

Ich hörte ja wohl nicht richtig – dieser Kerl bildete sich doch nicht ernsthaft ein, dass ich gleich in seinen Armen zu dieser kitschigen Jazznummer schunkeln würde?

„Für dich – gar nichts“, fauchte ich ihn an. Ich hatte das vage Gefühl, dass mit diesem Satz irgendetwas nicht stimmte – zumindest brachte er Rasmus zum Grinsen –, aber ich ließ mich davon nicht beirren und erkundigte mich raffiniert: „Wo ist denn deine Begleiterin, will die etwa nicht tanzen?“

„Oh, sie wollte schon“, antwortete er gedehnt, „aber ich musste auf … den Sekt aufpassen, der schwand so erschreckend schnell dahin. Und damit habe ich sie offenbar vergrämt.“

Mein nüchternes Ich hätte die Nachricht, dass Rasmus tatsächlich mit einem anderen Mädchen hier aufgekreuzt war, sicherlich mit einem hoheitsvollen Schweigen aufgenommen. Aber da war nun nichts mehr zu machen. „Und um welchen Glückspilz handelt es sich dabei genau?“, platzte ich heraus.

„Hab ihren Namen vergessen“, sagte Rasmus gleichmütig. „Eine von den Cheerleadern, glaube ich. Ziemlich groß, blond, blaue Augen …“

„Ach, eine von *der* Sorte“, schnaubte ich, und es gelang mir tatsächlich, es so klingen zu lassen, als müsste sich Rasmus für diese Wahl schämen. Ich gab vor, mich angestrengt umzusehen, und fügte dann giftig (wenn auch nicht sehr aufrichtig) hinzu: „Kein Wunder, dass sie dir davongelaufen ist – wo du doch so unglaublich lächerlich aussiehst.“

Für kaum mehr als eine Sekunde kehrte er mir den Rücken zu; als er sich wieder umdrehte, waren seine Vampirzähne verschwunden, und ich entschied, dass er sie unmöglich im Sektbrunnen versenkt haben konnte.

„Dafür siehst du bezaubernd aus“, erwiderte er ernsthaft und senkte den Blick. „Interessantes Kleid.“

„Glotzt du mir etwa gerade in den Ausschnitt?“, stieß ich fassungslos hervor.

„Es ist recht schwierig, irgendwo anders, ähm, hinzuglotzen.“

„Okay, das reicht.“ Ich wirbelte herum und legte einen beeindruckenden, rockwehenden Abgang hin. Das heißt, ich *wollte* herumwirbeln und einen beeindruckenden Abgang hinlegen, als mir mein wehender Rock zwischen die Füße geriet.

Es gibt Momente im Leben, in denen man das Gefühl hat, aus sich herauszutreten und sich selbst zu beobachten – und dabei kann man nichts anderes tun, als sich ganz schrecklich zu bemitleiden. Das war einer dieser Augenblicke. Ich versuchte verzweifelt, meine Beine aus dem grünen Stoff zu winden, und machte mich schon darauf gefasst, geradewegs auf der Nase zu landen, als ich einen Zipfel zu fassen bekam. Einen Tischtuchzipfel, genauer gesagt. Reflexartig hielt ich mich daran fest und fühlte zunächst einen beruhigenden Widerstand, doch dann geriet alles ins Rutschen. Ich stürzte auf die Knie, zog das Tischtuch hinter mir her und spürte gleich darauf, wie sich mindestens fünfzehn Liter eiskalte Flüssigkeit über mich ergossen. Mit einem ohrenbetäubenden Krachen landete das metallene Becken auf dem Parkettboden.

Als ich es wagte, meine Augen wieder zu öffnen, erkannte ich, dass mein Gesicht nur eine Handbreit von Rasmus' entfernt war. Er kniete direkt neben mir, sah ebenso durchweicht aus, wie ich mich fühlte, und erweckte außerdem den Anschein, als läge ihm mindestens eine unglaublich treffende Bemerkung auf der Zunge. Stattdessen zog er aber nur eine Augenbraue hoch und schüttelte dann den Kopf wie ein nasser Hund, sodass Sekttropfen aus seinen Haaren in alle Richtungen geschleudert wurden. Als einige davon in mein Gesicht spritzten, fand ich endlich meine Sprache wieder – und erkannte außerdem, dass ich kurz davor stand, hysterisch zu werden.

„Oh mein Gott", hauchte ich mit zittriger Stimme, „niemand darf erfahren, dass ich das war! Die Lehrer glauben ja sonst alle, dass ich sturzbetrunken bin!"

„Bist du das nicht?", erkundigte sich Rasmus beiläufig.

„Nein!", zischte ich mit aller Empörung, die ich als bibberndes Häufchen Elend aufbringen konnte. „Ich bin nicht wie Jinxy, falls du das glaubst! Ich hab bloß seit gestern so gut wie nichts gegessen …" Ich unterbrach mich, um an dem halb heruntergezogenen Tischtuch vorbei in den Ballsaal zu spähen, und stöhnte auf. „Professor Grabowski ist im Anmarsch", flüsterte ich entsetzt und fügte dann überflüssigerweise, aber nicht minder erschrocken hinzu: „In einem lachsfarbenen Cocktailkleid! … Ich muss sofort hier weg!"

Rasmus folgte meinem Blick. „Okay", meinte er dann todernst, „wir brauchen ein Versteck."

Ich riss die Augen auf. „Hinter der Burgruine!“, stimmte ich aufgeregt zu.

„Oh nein. Da hängen so fiese kleine Männer an Schnüren herum, die jagen mir eine Heidenangst ein.“

„Das sind keine …“

Ohne mich ausreden zu lassen, packte Rasmus meine Hand und zerrte mich hoch. Die Musik war plötzlich verstummt, und ich konnte das verwirrte Gemurmel der Schüler hören, mit dem sie auf die riesige Pfütze reagierten, die sich um die Grotte ausbreitete. Das Hämmern von Professor Grabowskis breiten Absätzen auf dem Parkett beschleunigte sich, aber da hatte Rasmus bereits die Rückwand der Stoffhöhle hochgeschoben. Geduckt huschten wir zwischen künstlichen Bäumen und überdimensionalen Pappmaché-Pilzen zum hinteren Ende des Saals und hatten den Ausgang erreicht, noch bevor die Lehrerin in Gezeter ausbrach. Immer noch Hand in Hand stolperten wir auf den Gang hinaus, der bis auf ein wild knutschendes Pärchen glücklicherweise leer war. Ich schaute mich ratlos um, doch Rasmus hatte inzwischen ein „Zutritt verboten“-Schild entdeckt und steuerte darauf zu. Ich konnte gerade noch einen Blick auf sein triumphierendes Grinsen erhaschen, da schubste er mich auch schon durch die Tür.

Bei dem Raum dahinter handelte es sich um eine Art Abstellkammer, in der sich übereinandergestapelte Tischtücher und Putzutensilien befanden. Interessiert begutachtete Rasmus unser Versteck, bis seine Augen an meinem armen, triefenden Elbenkostüm hängenblieben.

„Du musst jetzt erst mal aus den nassen Sachen raus“, stellte er fest.

„Ha!“, stieß ich spöttisch hervor. „Erstaunlich, wie routiniert das bei dir klingt.“

„Das ist mein Ernst, es gibt hier keine Heizung, und in diesem Kleid holst du dir mit etwas Glück eine Lungenentzündung."

„Ach was, mir ist eigentlich gar nicht kalt."

„Sagte sie und klapperte dazu mit den Zähnen."

„Das tue ich *nicht*!"

„Lily, stell dich nicht so an. Du zitterst."

Was nicht allein daran lag, dass ich meterweise pitschnassen Stoff am Leib hatte. Aber das musste ich ihm ja nicht unbedingt auf die Nase binden. „Und was ist mit dir?", fragte ich stattdessen angriffslustig, doch als Rasmus zögerte, wurde ich gleich noch befangener.

„Mich hat es gar nicht so schlimm erwischt", meinte er schließlich gedehnt.

Ich streckte die Hand aus und erwischte einen Zipfel seines Hemdes. Es gab ein schmatzendes Geräusch, als sich der durchtränkte Stoff von seiner Brust löste. „Wer stellt sich denn jetzt an?"

Rasmus schien noch einen Moment lang zu überlegen, dann zuckte er mit den Schultern, warf den Dracula-Umhang ab und öffnete seinen Gürtel. Zuerst hatte ich das Gefühl, jeden Augenblick vor Verlegenheit im Boden versinken zu müssen, aber schließlich sagte ich mir, dass man ja auch im Schwimmbad jede Menge Jungs in nichts als knappen Shorts zu Gesicht bekam. Ich versuchte also völlig gelassen zu wirken und ließ den Blick prüfend über Rasmus' Oberkörper wandern, nachdem er sich seines Hemdes entledigt hatte. (Weiter nach unten zu schauen wagte ich nicht.) Falls ich tatsächlich geglaubt hatte, irgendeinen Hinweis darauf zu entdecken, warum er sich niemals vor seinen Teamkollegen umzog, wurde meine Erwartung enttäuscht. Allerdings stellte sich die Frage, inwieweit man bei einem derartigen Anblick von *Enttäuschung* reden konnte …

Reichlich spät bemerkte ich, wie unverhohlen ich starrte. Rasmus verschränkte die Arme vor der Brust – ich konnte deutlich erkennen, wie seine Bizepse dabei anschwollen – und hob abwartend die Augenbrauen. Hastig begann ich an der Schnürung auf meinem Rücken herumzufummeln, bis ich fühlte, dass mein Kleid ins Rutschen geriet. Ich holte tief Luft und schickte ein rasches Stoßgebet gen Himmel, dass ich Unterwäsche aus schwarzer Spitze trug … was tatsächlich einem Wunder gleichgekommen wäre, weil ich so etwas gar nicht besaß. Zumindest aber bestand die Möglichkeit, dass ich mir heute Morgen einen schwarzen Baumwollslip gegriffen hatte und nicht – ich ließ mein Kleid nach unten gleiten und erstarrte. Ja, genau. Hemdchen und Höschen von *Hello Kitty*.

Rasmus verzog keine Miene. Ungerührt half er mir dabei, das Kostüm zum Trocknen über die einzigen beiden Stühle zu breiten, die es in diesem Raum gab. Als das erledigt war, nickte er einladend in Richtung mehrerer Tischtücher, die in einem Winkel aufgestapelt waren und somit eine ganz gute Sitzgelegenheit boten. „Nach dir", sagte er höflich und wartete, bis ich an ihm vorbeigegangen war und es mir auf den Tüchern bequem gemacht hatte. Bei jedem anderen Jungen hätte ich das für einen Vorwand gehalten, um einen Blick auf meine Kehrseite zu erhaschen, doch Rasmus' Gesichtsausdruck war absolut ernsthaft. Etwas zu ernsthaft vielleicht.

„Ist doch nett hier", stellte er zufrieden fest, nachdem er neben mir Platz genommen und den Rücken gegen die Wand hinter uns gelehnt hatte.

„Klar. Genau so hatte ich mir meinen ersten Ball vorgestellt."

„Dachte ich mir schon. Wen musstest du eigentlich versetzen, um mir jetzt Gesellschaft leisten zu können?"

„Na ja … Sam." Er runzelte die Stirn und sah mich fragend an. „Du weißt schon, mit dem ich immer zu Mittag esse. Blond, blaue Augen …"

„Ach, einer von *der* Sorte!"

Ich musste lachen. „Okay, Punkt für dich. Aber im Gegensatz zu dir und deinem Fräulein Wie-heißt-sie-nochmal sind Sam und ich wirklich befreundet."

„Bleibt die Frage, ob der arme Kerl das immer noch so sieht, wenn er merkt, dass du ihn auf dem Ball sitzen gelassen hast."

„Das habe ich längst geregelt", erklärte ich würdevoll und angelte möglichst unauffällig mein Handy aus meiner Tasche hervor, um eine SMS an Jinxy zu schreiben: *Bin mit Rasmus in einer Rumpelkammer, bitte sag Sam, dass mir schlecht geworden ist.* Ich brauchte mehrere Versuche, bis ich die Worte fehlerfrei getippt hatte, und als ich es endlich geschafft hatte, war ich so erleichtert, dass ich sofort auf SENDEN drückte. Erst danach dämmerte mir, dass ich den Text wohl besser noch etwas mehr ausformuliert hätte.

Glücklicherweise schien Rasmus von meinem Kampf mit den viel zu kleinen Tasten nichts mitbekommen zu haben: Während ich mit meinem Handy beschäftigt gewesen war, hatte er die Tischtücher herumgeschoben, als wollte er sich damit ein Nest bauen. Dabei erinnerte er mich ein wenig an den Rauhaardackel meiner Omi, der immer die Kissen in seinem Körbchen hin und her schubste, bevor er sich endlich darauf zur Ruhe bettete. Ich rechnete schon damit, dass Rasmus sich gleich dreimal im Kreis drehen würde, um alles noch schön festzutrampeln, aber stattdessen saß er plötzlich ganz still und sah mich unverwandt an.

„Im Grunde tut mir dein Begleiter sehr leid", gab er dann zu, und ich hätte eine ironische Anschlussbemerkung erwartet, wenn seine Stimme nicht so ernst geklungen hätte. Als leichtes Brennen in meiner Magengegend meldete sich das schlechte Gewissen bei mir – ich konnte nur hoffen, dass Sam mein plötzliches Entschwinden nicht falsch aufgefasst hatte. Trotzdem fragte ich beklommen:

„Wieso denn?"

„Tja, ich weiß, wie sich das anfühlt … wenn man glaubt, in einer Rivalität um ein Mädchen den Kürzeren zu ziehen."

„Hm?", machte ich und stützte meinen schweren Kopf auf eine Hand. Dann wurde mir plötzlich klar, dass wir gerade dabei waren, *das Gespräch* zu beginnen – diesen ganz speziellen, intimen Dialog, bei dem sich weibliche und männliche Hauptdarsteller in Liebesfilmen näherzukommen pflegten. Nur dass dabei nie über tote Exfreundinnen geredet wurde, sondern recht häufig über einen verstorbenen Elternteil der einen Person, wozu die andere Person irgendetwas à la *‚Er/Sie wäre sicher stolz auf dich'* sagen konnte. Meine und Rasmus' Situation verlangte da schon etwas mehr Fingerspitzengefühl. Um mich besser konzentrieren zu können, richtete ich mich kerzengerade auf und schaute Rasmus aufmerksam an. Der schien das allerdings gar nicht zu bemerken; während er tastend zu erzählen begann, sah er nur auf seine Hände, die unablässig Fäden aus einem brüchigen Tischtuch zogen.

„Dieses Mädchen … Sophie, von der ich dir schon – oder besser gesagt: so gut wie gar nichts erzählt habe … Ich war noch nicht lange mit ihr zusammen, als sie einen anderen kennen gelernt hat. Er war richtig besessen von ihr und hat sie ziemlich aggressiv umworben, und obwohl ich es hätte besser wissen müssen, habe ich mich in diese Rivalität hineinziehen lassen. Zu dem Zeitpunkt habe ich noch nicht gewusst, dass Sophie psychisch labil war; ich habe bloß bemerkt, dass dieser Machtkampf an ihren Nerven gezerrt hat. Um ihr und mir selbst den Rest dieser leidigen Geschichte zu ersparen, habe ich sehr plötzlich den Kontakt abgebrochen. Kurz darauf habe ich erfahren, dass sie sich umgebracht hat."

Ich hielt den Atem an, als Rasmus mir einen Blick zuwarf. Darin lag so ziemlich alles, was in seinem sachlichen Erzählton gefehlt hatte.

„Tabletten", fuhr er fort und hob dabei eine Schulter. „Danach hat sich … alles verändert."

„Kann ich mir vorstellen", antwortete ich leise. Wieso nur schienen sich die Hauptpersonen in diesen Liebesfilmen nie so schrecklich linkisch zu fühlen?

„Ich glaube nicht, dass du das kannst", sagte Rasmus mehr zu sich selbst. Dann gab er sich offenbar einen Ruck, seine Miene glättete sich, und sein Tonfall wurde deutlich unbeschwerter. „Aber danke dafür, dass du es versuchst. Weißt du, ich steh echt nicht besonders auf Gespräche dieser Art. Natürlich ist das noch lange kein Grund, sich deshalb mit einer – wie hast du das genannt? – *mysteriösen Aura* zu umgeben. Ich möchte mich also in aller Form, soweit das mein derzeitiger Bekleidungszustand erlaubt, bei dir dafür entschuldigen, dass ich so …"

„Ein Ekel war?", half ich ihm.

„Ich wollte eigentlich sagen, dass ich so forsch war, aber wahrscheinlich war ich auch irgendwie ein wenig … eklig. Haben wir jetzt alles geklärt?"

„Ich glaub schon", sagte ich vage und versuchte mit dem neuen Wissen über seine Beweggründe daran zurückzudenken, wie Rasmus mir drohend befohlen hatte, mich aus seinen Angelegenheiten herauszuhalten.

„Möchtest du noch eine Entschuldigung?", unterbrach er meine Überlegungen mit schäfchenweicher Stimme und legte den Kopf schief. Ich biss in die Innenseiten meiner Wangen, um mir ein Lächeln zu verkneifen.

„Nee, lass mal", antwortete ich möglichst schroff – instinktiv wusste ich, dass Rasmus nichts von meinem Mitleid für ihn hören wollte. „Aber gesteh mir zumindest eine gewisse Zeit zu, in der ich beleidigt bin."

„Und was passiert, wenn diese Zeit um ist?"

„Der Weg ist das Ziel, Baby", antwortete ich ungerührt.

Rasmus prustete los. „Okay, mir scheint, du brauchst dringend etwas zu essen", stellte er dann freundlich fest, und mir wurde klar, dass eine nüchterne Lily wohl kein männliches Wesen jemals mit *Baby* angesprochen hätte. Zumindest keines, dessen zweiter Geburtstag bereits verstrichen war.

„Schon gut, so hungrig bin ich gar nicht", behauptete ich betreten.

„Das mag ja sein", erwiderte Rasmus in demselben freundlichen Tonfall wie vorhin, „ich denke dabei auch nur an mich. Die Geräusche, die dein Magen von sich gibt, machen mir allmählich Angst. – Ich bin gleich wieder da", fügte er hinzu und rappelte sich auf.

„Wo willst du hin?", erkundigte ich mich alarmiert. Im Stillen fragte ich mich, ob Rasmus ernsthaft vorhaben konnte, sozusagen nackt am Buffet im Ballsaal aufzukreuzen. Und auch als mir einfiel, in der Nähe unseres Unterschlupfs einen Snackautomaten bemerkt zu haben, war ich nicht beruhigt: Es bestand doch die Möglichkeit, dass Rasmus auf dem Weg dorthin irgendjemandem begegnete, und dann würde es wohl schwierig für ihn werden, zu mir zurückzukehren. Besonders, wenn dieser Jemand weiblich war, setzte ich in Gedanken hinzu; dabei versuchte ich beharrlich den Ausblick zu ignorieren, den ich nun, da ich praktisch vor Rasmus auf dem Boden saß, hätte … ähm, genießen können.

„Keine Sorge, geht ganz schnell", versprach er und klaubte zu meiner Erleichterung zumindest seine Anzughose und die dazugehörige Jacke vom Boden auf. Ich schauderte, als ich hörte, wie der eisig-feuchte Stoff über seine Haut streifte; dann hatte mir Rasmus auch schon den Rücken gekehrt, und gleich darauf war ich alleine.

„Voilà! Das Ball-Buffet für die Ausgestoßenen", verkündete Rasmus, nachdem er wenige Minuten später mit den Händen voller Snacks wieder aufgetaucht war. Er hielt eine Packung Paprikachips hoch. „Willst du die?"

„Davon bekomme ich Pickel", antwortete ich automatisch und wurde – sektbedingt verzögert – dunkelrot im Gesicht. Okay, ich sollte wohl wirklich irgendetwas zu mir nehmen, das den Alkohol ein wenig aufsaugte und mich begreifen ließ, dass ich hier nicht mit Jinxy beisammensaß.

„Klingt ja echt gefährlich." Rasmus riss die Packung auf und ließ sich eine Handvoll zerkrümelter Chips in den Mund rieseln. Hastig schnappte ich mir das Studentenfutter und stopfte mir so damenhaft wie möglich mit Rosinen und Nüssen die Backen voll, bis ich bemerkte, dass Rasmus mich beobachtete.

„Waff?", fragte ich irritiert und bemühte mich, möglichst schnell runterzuschlucken.

Rasmus sah mich noch einen Moment lang amüsiert an, dann wandte er den Blick ab und knüllte die leere Chipstüte zusammen. „Nichts weiter. Geht's dir schon besser?"

Ich horchte in mich hinein: Der Imbiss hatte tatsächlich seine Wirkung getan und das Schwindelgefühl vertrieben. Allerdings schien mein Kopf noch schwerer zu sein als zuvor, und auch die angenehme Wärme war aus meinem Körper verschwunden. Schaudernd zog ich die Knie eng an den Körper und rieb über meine bloßen Arme, doch da hatte sich Rasmus bereits zur Seite gelehnt und zwischen dem Gerümpel neben unserem Tischtuchlager einen zerschlissenen, dunkelroten Samtvorhang hervorgezogen. Ohne viel Aufheben warf er mir das staubige Ding über die Knie.

„Sonst noch irgendwelche Wünsche, die ich dir erfüllen könnte?", fragte er beiläufig. „Ich bin gerade so schön im Schwung."

„Ähm, nein danke. Jetzt bin ich rundum versorgt", wehrte ich ab, und es stimmte: Unter dem dicken Vorhangstoff – und mit Rasmus' warmem Körper dicht neben mir – war es so bequem, dass sich eine wohlige Schläfrigkeit in mir breitmachte. Ich rutschte in eine halb liegende Position, bettete meinen Kopf auf einige aufgetürmte Tischtücher und blinzelte müde in das Licht, das die nackte Glühbirne direkt über uns ausstrahlte.

„Wie spät ist es eigentlich?", erkundigte ich mich träge.

„Bald Mitternacht", antwortete Rasmus und lehnte sich ebenfalls zurück. Seine Stimme klang irgendwie verändert – gedämpfter, ein bisschen sanfter vielleicht, aber wahrscheinlich bildete ich mir das bloß ein. „Deinetwegen verpasse ich jetzt die Preisverleihung."

„Ihr Jungs habt entschieden sehr merkwürdige Vorstellungen von Bällen."

„Wie sollte es auch anders sein, das ist schließlich mein erstes Mal", sagte er achselzuckend.

Ich fuhr mir mit dem Handrücken über die schweren Lider. „Du hast also bisher noch keinen Galilei-Ball miterlebt?"

„Unverzeihlich, ich weiß."

„Wieso hast du dich dieses Jahr dazu entschlossen?", fragte ich und unterdrückte ein Gähnen.

Rasmus zögerte kurz, dann grinste er. „Das ist wohl ganz allein deine Schuld."

„Und nach unserem Streit wolltest du trotzdem noch hingehen?"

„Wäre doch schade um meine Verkleidung gewesen. Tja, die hat jetzt zwar ziemlich gelitten, aber“, er warf mir einen raschen Seitenblick zu, „ansonsten war das wirklich nicht die schlechteste meiner Entscheidungen.“

„Mmh“, machte ich geistesabwesend und rollte mich unter dem Vorhang zusammen.

Ich hatte höchstens für fünf Sekunden die Augen geschlossen, als ich von einem dumpfen Knall aufgeschreckt wurde. Einen Moment lang saß ich stocksteif da und starrte in die Dunkelheit, bis mein vernebelter Verstand zu der Erkenntnis gelangte, dass Rasmus etwas gegen den Schalter neben der Tür geworfen und somit das Licht gelöscht hatte.

„Wasnlos?“, brachte ich benommen hervor.

„Keine Bange“, ertönte Rasmus‘ Stimme aus der Finsternis neben mir, „dieses Lallen wirkt erstens ganz niedlich, und zweitens bin ich mir ziemlich sicher, dass es nur von der Müdigkeit herrührt.“

„Wieso wirfst du deinen Schuh gegen die Wand?“, artikulierte ich mit aller Konzentration, die ich aufbringen konnte.

„Weil ich zu faul war, um aufzustehen. Entschuldige.“

„Schön, aber *was soll das*?“

„Lily, leg dich einfach wieder hin“, riet Rasmus mir milde, „und wenn du die Beine ausgestreckt lässt, wird es dir auch gelingen, vor den Monstern davonzulaufen, die dir im Traum eventuell begegnen werden. Uralter Trick.“

Um mich zu sammeln, rieb ich mir mit den Fäusten die Augen und spürte, wie ich dabei Krümel getrockneter Wimperntusche auf meinen Wangen verteilte. Als ich antwortete, klang meine Stimme ungewöhnlich schrill. „Ich kann hier nicht schlafen!“

„Dann zähl in Gedanken Sektgläser.“

„Nein, ich meine – das geht doch nicht! Ich kann hier nicht übernachten, in diesem Raum und mit dir …“

„Falls du dir über Fragen der Schicklichkeit den Kopf zerbrichst – ich bin keineswegs so altmodisch wie mein Kostüm. Wobei“, er sah stirnrunzelnd an sich herab, „das stammt ja aus dem letzten Winterschlussverkauf.“ Unwillkürlich folgte ich seinem Blick und war gleich darauf recht zufrieden mit der Dunkelheit. Allerdings kam mir die Vorstellung von einer Nacht mit Rasmus in der Rumpelkammer nun noch viel unmöglicher vor.

„Das geht einfach nicht“, protestierte ich ziemlich lahm, „ich hab doch Jinxy versprochen, dass ich heute bei ihr übernachte …“

„Schreib ihr, dass du doch nach Hause gefahren bist, um deinen Rausch auszuschlafen“, forderte Rasmus, und es hörte sich nicht so an, als würde er irgendwelche Einwände gelten lassen. „Was, nebenbei bemerkt, gar keine so schlechte Idee wäre, wenn unsere Kostüme nicht klatschnass und die Leute im Ballsaal vermutlich noch am Tanzen wären. Wenn wir gleich sekttriefend an ihnen vorbei zum Ausgang marschieren, hätten wir uns die Flucht hierher ebenso gut sparen können. Falls du wirklich nicht möchtest, dass man dich als Sektbrunnen-Saboteurin entlarvt, werden wir wohl hierbleiben müssen.“

„Aber wie stellst du dir das vor?“

„Gemütlich“, gab er ungerührt zurück. „Wir lassen unsere Sachen hier trocknen, und während das Personal morgen Früh aufräumt, schleichen wir uns hinaus.“

Ich setzte zu einem weiteren Protest an, aber die Müdigkeit lastete so schwer auf mir, dass ich mich stattdessen auf die Tischtücher zurückfallen ließ und nach meinem Handy griff. Stille breitete sich in der finsteren Kammer aus, während ich eine knappe SMS an Jinxy schrieb und dann halb vor mich hin dösend darauf wartete, dass meine Freundin mir antwortete. Ihre Nachricht enthielt erstaunlich viele Fragezeichen, aber ich fühlte mich nicht mehr in der Lage dazu, ihre Neugierde zu befriedigen. Stattdessen ließ ich mein Handy auf den Boden gleiten und schielte dann zu Rasmus hinüber. Es war zu dunkel, um zu erkennen, ob er schon die Augen geschlossen hatte, aber ich konnte seine tiefen, ruhigen Atemzüge hören. Er lag genau wie ich auf dem Rücken, die Arme dicht an seinem Körper und in einiger Entfernung zu mir. Tatsächlich kam es mir so vor, als hätte ein mittelgroßer Elefant bequem zwischen uns Platz gefunden. Von wegen nicht altmodisch!

Ich tat, als würde ich wohlig aufseufzen, und wälzte mich einmal herum – es konnte ja wohl niemand erwarten, dass ich den züchtigen Abstand zwischen uns auch einhielt, während ich tief und fest schlief. Dann rollte ich mich zusammen, rutschte dabei noch ein Stück nach hinten und stieß mit dem Rücken gegen Rasmus. Zu meiner unendlichen Genugtuung setzte seine Atmung einen Moment aus – er schlief also auch nicht. Die Haut an seiner Brust fühlte sich an meinem Nacken und meinen Schultern, die das Hemdchen freiließ, fast heiß an. *Na komm schon*, dachte ich verbissen und bemerkte, dass ich die Rolle der selig Schlummernden nicht mehr ganz so überzeugend spielte. Ich dehnte mich wie im Schlaf, seufzte noch einmal und schickte sogar ein winzig kleines Schnarchen hinterher, das sich jedoch weniger niedlich anhörte als erhofft, sodass ich es lieber dabei beließ. Endlich schlang er den Arm um mich und zog mich eng an sich. Seine Hand war zuerst an meine Hüfte, schob dann den Saum meines Unterhemds ein Stück hinauf und blieb auf meiner Taille liegen. Inzwischen wanderte sein Mund von meiner Schulter zu meinem Hals, und schließlich murmelte er in mein Ohr:

„Was ist bloß aus dem guten alten Gähnen-und-Strecken geworden?“

Ich erstarrte, heilfroh darüber, dass er mein Gesicht nicht sehen konnte. „Ich schätze, das war die Version für die Horizontale“, wisperte ich betreten zurück. Als er lachte, spürte ich das Vibrieren seiner Brust an meinem Rücken. Ganz vorsichtig, um mich bloß nicht aus seiner Umarmung zu befreien, zerrte ich den Samtvorhang bis zu meinem Kinn hoch, sodass meine entwürdigende Kleidung verdeckt wurde – Rasmus sollte morgen Früh keine Gelegenheit bekommen, die rollschuhlaufenden *Hello Kitties* aus nächster Nähe zu bewundern. Andererseits hatte er meinen Aufzug noch mit keinem einzigen Wort erwähnt. Unter seiner rauen Schale war er eben doch ein Gentleman. Überhaupt war er viel erwachsener als die anderen Jungs in seinem Alter, so viel – „Schlaf gut“, sagte er an meinem Nacken, „Kätzchen.“

Als ich aufwachte, sickerte graues Morgenlicht durch die staubige Scheibe des kleinen Fensters. Hinter meiner rechten Schläfe machte sich der Sekt mit einem leichten Pochen bemerkbar, aber ich hatte das Gefühl, wieder Herr meiner Sinne zu sein – zumindest einigermaßen. Ich fröstelte und tastete nach dem Vorhang, doch meine Finger griffen ins Leere. Sofort setzte ich mich auf und schaute zu Rasmus. Er hatte mir im Schlaf die Decke geklaut und sich darunter zusammengerollt; weil er mir den Rücken zugekehrt hatte, konnte ich nur seine zerwühlten dunklen Haare erkennen. Die Gewissheit, dass dieser spöttische und allzu oft allzu unnahbare Junge gerade tief und unschuldig schlief, verursachte ein leichtes Ziehen in meinem Inneren. Geistesgegenwärtig schnappte ich mir meine Handtasche, die neben unserem Notlager auf dem Boden stand, fischte ein Pfefferminzbonbon heraus und zermalmte es möglichst lautlos zwischen den Zähnen. Dann beugte ich mich zu Rasmus hinüber.

„Hey“, flüsterte ich ihm zu, „ich erfriere!“

Er brauchte noch einen sanften und einen etwas unsanfteren Stups in den Rücken, bis er sich regte. Die Art, wie er tief einatmete und sich dann langsam umdrehte, verriet mir, dass er nicht schauspielerte, sondern tatsächlich noch im Halbschlaf war. Ohne die Augen zu öffnen hielt er mir die Decke auf. Etwas enttäuscht erkannte ich, dass er wieder sein Hemd trug – wann hatte er das denn bitteschön angezogen? – aber das konnte man schließlich ändern. Ich kroch zu ihm, und er ließ den Vorhang fallen; dann legte er den Arm fest um mich und atmete gleichmäßig in mein Haar. Trotz seiner Körperwärme fror ich weiterhin, und der Stoff seines Hemdes war immer noch ein bisschen klamm. Ich legte den Kopf in den Nacken und sah in sein Gesicht; dies wäre die perfekte Gelegenheit gewesen, es ungestraft verträumt anzustarren, doch nun hatte ich anderes im Sinn. Vorsichtig streckte ich mich zu ihm hinauf und küsste ihn auf den Mund. Seine Lippen waren ganz weich und bewegten sich kaum. Er hatte überhaupt kein Pfefferminzbonbon nötig, sein schlaftrunkener Kuss war das Süßeste, was ich seit langem – oder jemals – erlebt hatte. Verstohlen tastete ich nach der Knopfleiste seines Hemdes, doch als er nicht reagierte, wurde ich geradezu tollkühn. Vier Knöpfe hatte ich bereits geöffnet, da zuckte er plötzlich zusammen. Ich konnte fühlen, wie sein Herz richtig schnell zu schlagen anfing – jetzt war er wirklich wach. Rasch löste ich noch die letzten zwei Knöpfe, dann fuhr ich mit beiden Händen über seine Schultern und unter den Stoff seines Hemdes, um es ihm abzustreifen. Unvermittelt richtete er sich auf und schob mich ein Stück von sich weg.

„Wie spät ist es?“, fragte er grausam sachlich und rieb sich die Augen. „Wir sollten besser von hier verschwinden, bevor die Putzkolonne auftaucht. Das könnte sonst etwas peinlich werden.“

Als er meine Miene bemerkte, verzog sich sein Mund zu einem Grinsen, das alles war: wissend, entschuldigend, lieb und zugleich äußerst spöttisch. Während er mit der rechten Hand schon dabei war, die Knöpfe an seinem Hemd wieder zu schließen, stützte er die linke neben meinem Kopf ab und beugte sich über mich.

„Tut mir leid, Lily“, murmelte er nahe an meinem Gesicht. Mühsam widerstand ich der Versuchung, seine Grübchen zu berühren, und konzentrierte mich stattdessen auf meinen grimmigen Blick. „Ich weiß schon – Morgenstund‘ hat Gold im Mund. Alles klar. Aber in deiner Vorstellung war das auch nie in einer Rumpelkammer, oder?“

Ich spürte, wie meine dreimal verfluchten Wangen sich verfärbten. Rasmus zog die Augenbrauen schräg in die Höhe, sodass sie ein umgedrehtes V bildeten.

„Wirklich?“, fragte er, und seine Stimme bebte vor unterdrücktem Lachen. „Davon träumen die Mädchen heutzutage? Was ist aus den Rücksitzen eines Sportwagens geworden, oder aus der Anrichte in der Küche?“

Meine verzweifelt umhertastenden Finger hatten den Henkel meiner Handtasche zu fassen bekommen, die ich gleich darauf gegen Rasmus‘ aufgestützten Arm klatschen ließ.

„Entschuldige“, sagte ich würdevoll, schlüpfte unter ihm hervor und schüttelte meine Haare aus. „Ich hatte vergessen, dass ich ein Buch eingepackt hatte. So ein richtig dickes.“

10. Kapitel

„Man möchte meinen, dass wir wirklich genug für diesen elenden Ball geschuftet haben“, maulte Jinxy, stopfte die gefaltete Zugbrücke achtlos in einen Karton und setzte sich dann mit voller Wucht auf den Deckel, um ihn zu schließen. Ich stöhnte leise bei dem Gedanken daran, wie viel Arbeit die Konstruktion der Burg gewesen war; allerdings hatte ich auch nichts dagegen, hier so schnell wie möglich fertig zu werden. Die Sonne war bereits am Untergehen, und obwohl die zahlreichen Fenster auch noch die letzten Strahlen hereinließen, wurde es im Ballsaal allmählich dämmrig. Nun, da der Parkettboden mit Verpackungsmaterial bedeckt war und missmutige Schüler in Straßenkleidung unter den dunklen Kronleuchtern auf und ab liefen, wirkte der Raum deutlich weniger atemberaubend als am Abend zuvor.

„Elender Ball?“, wiederholte ich und sah Jinxy fragend an. „Mir kam es eigentlich so vor, als hättest du dich mit deinem Begleiter ganz gut amüsiert.“

„Nicht halb so gut wie du wahrscheinlich“, erwiderte sie düster und quetschte einen der beiden Burgtürme wie eine leere Milchtüte zusammen. „Zuerst war es ja noch ganz nett da draußen im Park – zwar etwas frisch, aber es steht nun mal nicht jedem eine Rumpelkammer zur Verfügung.“ Sie starrte mich einen Moment lang durchdringend an, und als ich nicht reagierte, fuhr sie mürrisch fort: „Doch dann wurde der Kerl irgendwie ganz merkwürdig und wollte, dass ich mit seinen Energiebällen spiele, oder was auch immer …“

Ich tarnte mein Lachen mit einem gekünstelten Husten und konzentrierte mich darauf, die Kisten voller Burgteile zuzukleben. Die Leiterin des Dekorationskomitees hatte uns heute Morgen eröffnet, unsere Gestaltung des Ballsaals hätte so viel Eindruck gemacht, dass man die Kulissen unbedingt für künftige Veranstaltungen aufbewahren müsse. Die Leute, von denen das ganze Zeug aufgestellt worden war, hatten offenbar gestreikt; deshalb waren wir dazu verdonnert worden, direkt nach der Schule zum Palais zu fahren und die Dekoration fein säuberlich zu verpacken. Als wäre diese Aufgabe nicht schon unangenehm genug gewesen, hatte Jinxy in ihrer typischen Taktlosigkeit Sam dazu überredet, uns beim Abbau zu helfen. Bei dieser Gelegenheit hatte sie ihm leider auch gleich einen Wink gegeben, dass ich mich auf dem Ball mit Rasmus versöhnt hatte. Sam benahm sich mir gegenüber betont unbeschwert, und Jinxy nahm das als Zeichen dafür, dass er sich nun „ein nettes Plätzchen in der Freundschaftszone" sichern wollte. Trotzdem war es mir etwas unangenehm, in seiner Nähe zu sein, nachdem ich ihn am Abend zuvor einfach im Stich gelassen hatte.

Außerdem sehnte ich das Ende dieser Arbeit herbei, weil ich anschließend mit Rasmus verabredet war. Nachdem er mich am frühen Morgen zu Hause abgesetzt hatte, war er selbst heimgefahren und hatte dort anscheinend den ganzen Schultag verschlafen. Jetzt konnte ich es kaum mehr erwarten, ihn wiederzusehen.

Wie elektrisiert zuckte ich zusammen, als mein Handy den Empfang einer SMS meldete. „Er schreibt: ‚*Ich sitze in dem kleinen italienischen Restaurant gleich am oberen Ende der Allee*'", las ich vor, als Jinxy mich gespannt anstarrte.

„Uh, sexy."

„Weil …?"

„Na ja, dieses ‚*ich sitze*'. Und worauf sitzt er? Na?"

„Ich gebe ihm Bescheid, dass ich in zehn Minuten da bin", antwortete ich ungerührt und tippte eine knappe Nachricht in mein Handy.

„Wie öde", bemerkte Jinxy vorwurfsvoll. „Du solltest ihm zeigen, dass sich die Dinge ganz in deinem Sinne entwickeln. Schreib wenigstens: *‚Ich freue mich auf dich'* – nein, warte!", fiel sie mir in den Arm, als ich gerade auf SENDEN drücken wollte und sie sich offenbar einbildete, dass ich ihrem Rat gefolgt war. „Damit machst du es ihm zu einfach. Schreib lieber: *‚Ich freue mich auf dich, so wie ich mich auf all meine Verabredungen freue'.*"

„Das ergibt doch keinen Sinn."

„Umso besser, geheimnisvolle Frauen sind sicher sein Ding."

Ich schüttelte bloß den Kopf und schickte die SMS ab, während Jinxy mich noch zu überreden versuchte, Rasmus zumindest ein *xoxo* zukommen zu lassen. Sie hörte erst auf zu quengeln, als die Leiterin des Dekorationskomitees an uns herantrat und in ihrem gewohnt herrischen Tonfall sagte: „Ich danke Ihnen für Ihre tatkräftige Unterstützung. Jetzt, da alles verpackt ist, wären Sie bitte noch so nett, die Kisten ordentlich zu beschriften und ins Foyer hinunterzutragen?"

Ohne eine Antwort abzuwarten, marschierte die Lehrerin weiter zu ihren nächsten Opfern, während mir meine Freundin ins Ohr raunte: „Wenn du ihm schreibst, dass du *auf keinen Fall* in zehn Minuten bei ihm sein wirst, schickst du ihm dann wenigstens ein kleines Küsschen zum Trost?"

„Jinxy!", sagte ich flehend.

Sie machte eine gnädige Handbewegung. „Na meinetwegen, du kannst abhauen. Sam und ich erledigen das schon und schauen dann auf einen Sprung bei euch vorbei."

Ein weiterer Punkt auf der Liste von Dingen, für die ich Sam etwas schuldig war. Während ich meine Sachen zusammenpackte, warf ich einige Blicke zu ihm hinüber, doch als er das bemerkte, holte er hastig sein Handy heraus und gab vor, in irgendein Spiel vertieft zu sein. Also sagte ich nichts – vielleicht war es ja besser, ihm ein bisschen Zeit zu lassen. Im Vorbeigehen fuhr ich Jinxy mit einer Hand durch die Zöpfchen, dann huschte ich hinter dem Rücken der Lehrerin aus dem Ballsaal.

Die Allee, an deren Ende sich das italienische Restaurant befand, wurde von zwei Reihen hoher Kastanienbäume gebildet. Sie teilten die Straße vor dem Palais in zwei Fahrspuren, zwischen denen ein Rad- und ein Fußweg verliefen. Ich versuchte zu erkennen, ob sich die Blätter schon verfärbt hatten, doch es war bereits zu dunkel; das Licht der Straßenlaternen fiel nur auf den Asphalt, über den mein langgezogener Schatten wanderte. Es gab eine leichte Steigung, und ich geriet bald außer Atem, während ich die Allee hinaufeilte. Im Gehen bemühte ich mich, mein zerzaustes Haar zu entwirren, was allerdings ein hoffnungsloses Unterfangen war: Der Wind hatte aufgefrischt und rüttelte nun so lautstark an den Ästen der Bäume, dass er das entfernte Rauschen des Verkehrs völlig übertönte. Erschrocken sprang ich einen Schritt zur Seite, als ein Kastanienigel von einer Bö auf den Boden gefegt wurde und direkt vor meinen Füßen aufplatzte. Ich gab es auf, meine Frisur beschützen zu wollen; stattdessen senkte ich den Kopf, weil meine Augen zu tränen anfingen.

Als ich wieder hochblickte, standen zwei reglose Gestalten einige Meter vor mir mitten auf dem Gehweg. Zunächst glaubte ich, sie hätten mir den Rücken zugewandt, sie wären in dieselbe Richtung unterwegs wie ich und hätten wegen des Windes nur einen Moment innegehalten … dann begriff ich, dass sie mir entgegensahen, als würden sie auf mich warten.

Im Näherkommen erkannte ich, dass es sich um einen Mann und eine Frau handelte; allerdings verriet mir nur die Länge ihrer Haare den Unterschied, denn beide trugen die gleichen abgewetzten Jeans und ausgeleierten Sweatshirts. Als sie keinerlei Anstalten machten, beiseite zu treten und mich passieren zu lassen, ging ich langsamer und blieb schließlich ein paar Schritte von ihnen entfernt verunsichert stehen. In diesem Augenblick zog der Mann seine Hand aus der großen Bauchtasche seines Sweaters und deutete auf mich. Vor seiner Faust blitzte es silbern auf, und eher verblüfft als erschrocken stellte ich fest, dass er ein Springmesser umklammert hielt.

Die Situation wirkte auf mich viel zu irreal, als dass ich Angst hätte empfinden können. Stattdessen schien es, als würde ich mich selbst dabei beobachten, wie ich beschwichtigend die Arme hob und gleichzeitig zurückwich. Nach einigen Sekunden erholte ich mich sogar von meiner Verblüffung: Eigentlich war es viel erstaunlicher, dass mir als rekordverdächtigem Pechvogel ein solches Erlebnis bisher erspart geblieben war. Zwar hätte ich gerade in dieser noblen Gegend niemals damit gerechnet, von zwei Obdachlosen überfallen zu werden, doch andererseits konnten die beiden hier auf fette Beute hoffen.

Womit sie bei mir allerdings an der falschen Adresse waren. Genau das schien ihnen inzwischen auch zu dämmern, denn obwohl sie noch kein Wort gesprochen hatten, musterten sie mich prüfend, als wollten sie von meinem Äußeren auf den Inhalt meiner Börse schließen.

„O-okay", begann ich mit belegter Stimme, „ich hab schon verstanden. Wartet, ich hole nur eben mein Geld heraus …", ohne den Blick von ihnen abzuwenden, wühlte ich in meiner Tasche herum und zog schließlich mein

Portemonnaie hervor, „leider ist da nicht besonders viel drin, aber – bitte ..." Langsam streckte ich den Arm aus und hielt ihnen die Geldbörse hin.

Der Mann schlug sie mir aus der Hand und kickte sie achtlos beiseite, nachdem sie vor seinen Füßen auf dem Boden gelandet war.

„Ist sie das?", schaltete die Frau sich ein. Ich war mir ziemlich sicher, dass ich mich verhört hatte, und hoffte, dass die Antwort des Mannes meine Vermutung bestätigen würde. Dieser nickte jedoch nur kurz, und schon hatte die Frau ebenfalls ein Messer aus ihrer Tasche geholt. Wie angewurzelt stand ich da, unfähig zu begreifen, was gerade vor sich ging. War das möglich – ähnelte ich tatsächlich jemandem, den sie suchten? Das überstieg mein gewöhnliches Pech um Längen, das war einfach nur noch absurd.

Erst als mir der Mann und die Frau so nahe gekommen waren, dass ich ihre flachen Atemzüge hören konnte, erkannte ich im Halbdunkel, dass ihre Pupillen stark erweitert waren. Über den scharf hervortretenden Wangenknochen sahen ihre Augen wie schwarze Murmeln aus, was durch die gräuliche Blässe ihrer Gesichter noch betont wurde. Jetzt bemerkte ich auch, dass die Bewegungen der beiden merkwürdig fahrig wirkten, und als ich einen raschen Blick nach unten warf, sah ich das leichte Beben der Messer in ihren Händen. Ich hatte zwar absolut keine Ahnung von Drogen und ihren Auswirkungen, doch es war offensichtlich, dass mit den beiden etwas nicht stimmte. Gab es Substanzen, die einem vorgaukeln konnten, eine fremde Person zu kennen ... und ihr womöglich auch noch die Kehle aufschlitzen zu wollen?

Jäh erwachte ich aus meinem Trancezustand, und die verspätet einsetzende Angst ließ mein Herz so heftig gegen meine Rippen hämmern, dass mir schwindlig wurde. Ich wollte gerade einen Satz zur Seite machen, da hatte der

Mann bereits mit der freien Hand ausgeholt und mir einen Schlag gegen das Schlüsselbein versetzt. Ich verlor das Gleichgewicht und stürzte nach hinten. Instinktiv rollte ich mich zusammen und milderte den Aufprall mit den Händen, sodass ich mir nicht den Kopf am Asphalt verletzte. Sobald ich allerdings Anstalten machte, wieder auf die Füße zu kommen, trat mir die Frau in die Seite und beförderte mich auf den Boden zurück. Verzweifelt zog ich die Knie an die Brust und versuchte gleichzeitig mein Gesicht mit den Armen zu schützen … da sah ich durch einen Tränenschleier, dass ein Lichtschein an den Baumstämmen vorbei bis zum Gehweg drang. Im selben Augenblick ertönte das Motorengeräusch eines Wagens, der links an der Allee vorüberfuhr. Er lenkte nur für eine Sekunde die Aufmerksamkeit des Mannes und der Frau auf sich, doch mehr brauchte ich nicht. Mit einer Schnelligkeit, die Coach Svensson verblüfft hätte, rappelte ich mich auf und rannte los, den rasch kleiner werdenden Rücklichtern des Autos hinterher und in die Richtung, aus der ich gekommen war. Im Laufen warf ich meine Tasche hinter mich – vielleicht würde sie ja das Interesse meiner Verfolger einen Moment lang auf sich ziehen. Um dem Licht der Laternen zu entgehen, verließ ich den Weg, stolperte zwischen zwei Kastanienbäumen hindurch auf die Fahrbahn und duckte mich schließlich neben einem Auto, das auf der anderen Straßenseite parkte.

Während ich mich bemühte, meine heftigen Atemzüge zu dämpfen, lauschte ich in die Dunkelheit hinein. Bis auf den Wind und das gelegentliche Platschen, mit dem eine Kastanie auf der Erde landete, war nichts zu hören. Vielleicht waren mir die beiden gar nicht gefolgt? Womöglich gaben sie sich ja damit zufrieden, mir einen Schrecken eingejagt und mich ein wenig herumgeschubst zu haben … Ich tastete nach der schmerzenden Stelle, wo der

Fuß der Frau auf meine Rippen getroffen war, und hielt die Hand dagegen gepresst, als ich mich langsam aufrichtete. Von meinem Versteck aus konnte ich den Gehweg nicht sehen, aber da es weiterhin still blieb, wagte ich mich hinter dem Auto hervor. Zögernd überquerte ich die Straße. Wenn die beiden tatsächlich verschwunden waren, wollte ich mir auf jeden Fall meine Tasche zurückholen, in der sich mein Handy befand. Ich würde Jinxy anrufen, dachte ich, während ich in Richtung des Bündels hinkte, das etwa fünfzig Meter entfernt einsam auf dem Asphalt lag. Ich würde zum Palais gehen und mich von Sam nach Hause fahren lassen. Ich würde in mein Bett kriechen und versuchen zu vergessen, dass …

Ein stechender Schmerz zuckte durch meinen geprellten Brustkorb, als ich abrupt stehen blieb. Gleich darauf wirbelte ich herum und begann erneut die Allee hinunterzulaufen, aber es war zu spät – diesmal hatte ich keine Chance, den beiden Gestalten zu entkommen, die hinter den Baumstämmen zu beiden Seiten meiner Tasche hervorgetreten waren. *Dumm,* verfluchte ich mich in Gedanken, während ich einen Blick über die Schulter warf und erkannte, dass der Mann mich beinahe eingeholt hatte. *Zurückzukehren, um deine Sachen zu holen? Unendlich dumm und bescheuert.*

Ich rechnete damit, jeden Augenblick wieder zu Boden gestoßen zu werden und die Klinge eines Springmessers an der Kehle zu fühlen, doch nachdem mich mein Verfolger schließlich an den Schultern gepackt und zu sich herumgezerrt hatte, war es, als würde die ganze Situation gefrieren. Der Mann stand beinahe regungslos da, die Finger in meine Oberarme gegraben; nur seine magere Brust hob und senkte sich rasch unter dem zerschlissenen Sweatshirt, und seine Augen richteten sich starr auf einen Punkt hinter mir. Einige Sekunden später hörte ich seine

Partnerin herankeuchen – sie rief ihm einen Befehl zu oder eine Warnung, ich verstand es nicht und achtete auch kaum darauf, denn im selben Moment hatte ich den Kopf gedreht, um dem Blick des Mannes zu folgen.

Das blasse Licht der Laternen reichte aus, um ihn dort auf der anderen Straßenseite zu erkennen. Meine Beine gaben nach; ich hing in dem harten Griff des Mannes, während ich starrte. Und dann zerplatzte das Bild, verwandelte sich in ein Feuerwerk aus roten Funken, als die Frau uns erreicht hatte und mich ihre Faust direkt in den Magen traf. Ich krümmte mich zusammen, erfüllt von dem qualvollen Verlangen, gleichzeitig ein- und auszuatmen, und unfähig, auch nur eines davon zu tun. Verzweifelt öffnete ich den Mund zu einem Schrei und brachte nicht einmal ein Stöhnen hervor. Stattdessen gellte eine andere Stimme durch die Allee: „Aufhören! Sofort aufhören, ihr Mistkerle, lasst sie los, oder ich rufe die Polizei!"

Ganz langsam lichtete sich der rote Schleier vor meinen Augen, während ich auf Händen und Knien kauernd nach Luft rang. Ich lauschte auf das Geräusch sich rasch entfernender Schritte und nahm undeutlich wahr, wie Sam an mir vorbeistürmte; dann flitzte auch schon Jinxy auf mich zu. Sie kreischte den beiden Flüchtenden noch einige Drohungen hinterher, bevor sie sich neben mich kauerte und mir den Arm um die Schultern legte.

„Ganz ruhig atmen, Lily", flüsterte sie mir ins Ohr. „Es wird gleich besser. Ich kenne das, ich wurde mal von einem Ziegenbock gerammt."

„Sam …?", gelang es mir zu krächzen.

„Schh. Er versucht die beiden Mistkerle einzuholen, und dann werden sie bereuen, dir auch nur ein Haar gekrümmt zu haben!"

Sie half mir, mich aufzurichten, und massierte mir den Rücken, bis ich wieder halbwegs normal atmen konnte.

Trotzdem klang meine Stimme noch gepresst, als ich schließlich fragte: „Wie habt ihr mich eigentlich gefunden?"

„Sam hat die Komitee-Leiterin mit Fragen zur fachgerechten Verpackung von Schicksalsberg-Bauteilen abgelenkt. So konnte ich mich rausschleichen, und in einem günstigen Moment ist er mir gefolgt. Ich hab dir doch gesagt, dass wir nach der Arbeit noch bei dir und Rasmus vorbeischauen wollen – oh, Lily! Ist ja schon gut."

Sie kramte ein nicht gerade frisches Taschentuch hervor und tupfte mir damit die Wangen ab, über die nun unaufhaltsam Tränen strömten. Nachdem ich mich aus der Starre des Schocks gelöst hatte, konnte ich gar nicht mehr aufhören zu schluchzen, auch nicht, als Jinxy mir wortreich versicherte, dass die beiden Unbekannten auf keinen Fall zurückkehren würden. Während ich mühsam um Fassung rang, wurde mir allmählich klar, dass ich gar nicht wegen des Überfalls weinte – oder jedenfalls nicht nur deshalb.

Als Sam wenig später neben uns auftauchte, hatte sich mein Schluchzen bereits in einen heftigen Schluckauf verwandelt. Hastig wischte ich mir mit dem Pulloverärmel über das Gesicht und bemühte mich, Sam anzulächeln. Der stellte etwas verlegen meine Handtasche neben mir ab und erklärte entschuldigend: „Ich konnte die beiden nicht erwischen, aber wir sollten auf jeden Fall Anzeige erstatten. Bist du … okay, Lily?"

„Es geht schon", murmelte ich und kam schwankend auf die Füße. Automatisch streckte Sam den Arm aus, um mich zu stützen, während Jinxy noch dabei war, wüste Flüche gegen die beiden Verbrecher auszustoßen.

„Mein Wagen steht vor dem Palais", sagte Sam. „Ich fahre dich zum nächsten Polizeirevier. Hast du dir ihre Gesichter gemerkt? Wir waren ja leider noch zu weit entfernt, als Jinxys Rufen die beiden vertrieben hat. Bist du sicher, dass es keine anderen Augenzeugen gab?"

„Nein", stieß ich hervor und fühlte, dass sich meine Kehle wieder zuzuschnüren drohte, „ich meine, ich will jetzt nicht zur Polizei. Bitte, ich möchte einfach nur nach Hause. Und an ihre Gesichter kann ich mich kaum mehr erinnern ..."

Es stimmte – während mich Sam und Jinxy zum Auto brachten, versuchte ich mir die schwarzen Augen und ausgehöhlten Wangen ins Gedächtnis zu rufen, doch es wollte mir einfach nicht gelingen. Ein dichter Nebel schien über meiner Erinnerung an den Überfall zu liegen, und nur ein einziges Bild trat gestochen scharf daraus hervor. Ich ließ zu, dass Sam mich sanft auf die Rückbank seines Wagens schob und anschnallte, dann vergrub ich mein Gesicht an Jinxys Schulter. Die ganze Fahrt über redete meine Freundin beruhigend auf mich ein, ohne auch nur zu ahnen, was mich tatsächlich am meisten erschüttert hatte.

Kaum dass ich am nächsten Morgen aus dem Bus gestiegen war, sah ich Rasmus am Rand des Schulparkplatzes stehen. Auch er hatte mich entdeckt – er war zwar nicht der Typ für aufgeregtes Winken, doch immerhin hob er kurz die Hand und machte Anstalten, zu mir herüberzukommen. Hastig neigte ich den Kopf und tat so, als müsste ich etwas unglaublich Wichtiges aus meiner Umhängetasche hervorkramen. Gleichzeitig hielt ich an meinen Haarsträhnen vorbei nach Jinxy Ausschau, allerdings vergeblich: Wegen des schönen Herbstwetters war meine Freundin mit dem Fahrrad unterwegs, und wahrscheinlich drehte sie gerade eine Extrarunde, um die Sonnenstrahlen besonders lange genießen zu können.

„Lily, warte doch mal“, hörte ich Rasmus hinter mir, als ich – immer noch fieberhaft in meiner Tasche wühlend – eilig auf das Schulhaus zusteuerte. Ich versuchte noch schneller zu gehen und mich zwischen anderen Schülern in das Gebäude zu drängen, doch der riesige Bluterguss an meinem Brustkorb tat bei jeder Bewegung weh.

Noch vor dem Schultor holte Rasmus mich ein. „Wieso hast du es denn so eilig?“, fragte er, „Angst vor einem plötzlichen Wetterumschwung …?“ Dann fasste er nach meiner Schulter, und ich zuckte zurück, als hätte er mich verbrannt. „Hey …“ Mit zwei schnellen Schritten kam Rasmus um mich herum und stellte sich mir in den Weg. „Was ist denn los? Warum bist du gestern nicht gekommen? Ich hab eine halbe Stunde auf dich gewartet.“

Mein Magen zog sich schmerzhaft zusammen, als ich die Besorgnis in seiner Stimme hörte und zugleich wusste, dass er mir schamlos ins Gesicht log. Langsam atmete ich aus und hob das Kinn. Obwohl die gespielte Anteilnahme in seinen dunklen Augen schwer zu ertragen war, zwang ich mich, ihn direkt anzublicken. „Du warst doch dabei“, sagte ich leise und spürte ein schwaches Erstaunen darüber, dass meine Stimme nicht zitterte. „Du hast auf der anderen Straßenseite gestanden, während die beiden mich geschlagen und mit ihren Messern bedroht haben, und du hast alles mitangesehen.“

Es war merkwürdig, die Veränderung in Rasmus' Gesicht zu beobachten: Sein üblicher verschlossener Ausdruck verwandelte sich zwar oft in ein ironisches Lächeln, wenn er sich mit mir unterhielt, doch hilflos hatte ich ihn noch nie erlebt. Nach einigen Sekunden des Schweigens wich er meinem Blick aus und sah nach unten, wo er das lederne Band immer wieder um sein linkes Handgelenk drehte. „Also“, begann er schließlich stockend, „ich weiß, dass das für dich so ausgesehen haben muss, als wäre mir egal, was da passiert ist. Aber ich – ich war einfach zu überrascht, und als ich gerade einschreiten wollte, sind die beiden ja schon abgehauen …"

Schweigend lauschte ich seinen halbherzigen Ausflüchten, während das Brennen in meinen Augen immer stärker wurde. Das Bild, das ich mir von Rasmus gemacht und bisher gegen jegliches Misstrauen verteidigt hatte, wurde mit jedem seiner Worte gröber verzerrt, bis es mir schließlich völlig fremd erschien. Vielleicht hatte Jinxy ja doch Recht gehabt, und Rasmus waren irgendwelche schlimmen Dinge zugestoßen, die ihn zu dem gemacht hatten, was er nun war – jemand, dessen Verhalten von einem Moment auf den anderen ins komplette Gegenteil umschlagen konnte; der es aus einer Laune heraus bei einer Prügelei problemlos mit drei Jungen gleichzeitig aufnahm, aber abgestumpft dabei zusah, wie ein Mädchen überfallen wurde … Aber ich konnte seine Vergangenheit nicht mehr als Entschuldigung gelten lassen.

Als ich mich ohne ein weiteres Wort zum Gehen wandte, streckte er blitzschnell die Hand aus und hielt mich am Arm fest. „Lily, bitte …"

Ich fuhr herum und versuchte krampfhaft meine Tränen daran zu hindern, mir über die Wangen zu rollen, während ich hervorstieß: „Was ist? Glaubst du wirklich, dass du das irgendwie rechtfertigen kannst?"

Einen Moment lang hoffte ich verzweifelt, dass es genau so war – dass er mir schulterzuckend irgendeine andere Erklärung bieten würde, die auf einen Schlag meine Furcht als unbegründet erwies, so wie damals bei der Sache mit dem angeblichen Einbruch … Doch er schwieg. Da riss ich mich los und lief ins Schulhaus hinein.

11. Kapitel

Eine Grippewelle hatte die Galilei High erfasst, Jinxy war schon die ganze Woche lang krank. Nun hatte es offenbar auch Sam erwischt: Um mir Gesellschaft zu leisten, war er in den vergangenen Tagen ebenfalls mit dem Bus zur Schule gefahren, aber an diesem Morgen blieb der Platz neben mir leer. Während der Fahrt verschanzte ich mich hinter einem Buch, doch als ich einsam und allein auf das Schultor zuwanderte, war das leider nicht möglich (früher hatte ich auch manchmal im Gehen gelesen, bis Jinxy mich höflich darauf hingewiesen hatte, dass ich dabei einen etwas kauzigen Eindruck machte).

Ich hatte mich eigentlich immer eher für eine Einzelgängerin gehalten, aber nachdem ich die letzten anderthalb Monate in ständiger Begleitung meiner geschwätzigen Freundin oder des nicht minder redseligen Sam verbracht hatte, kam ich mir ohne die beiden seltsam verloren vor. Linkisch trat ich von einem Fuß auf den anderen, während ich die schnatternden Mädchen und Jungen um mich herum beobachtete. Dabei machte ich zwei Feststellungen: Erstens, dass ich von den wenigsten auch nur den Namen wusste, und zweitens, wie viel schwerer es mir auf einmal fiel, diejenige Person zu ignorieren, die ich besser zu kennen geglaubt hatte.

Wie immer stach Rasmus' dunkle Gestalt zwischen all den beigefarbenen Trenchcoats hervor, was es mir bisher leichter gemacht hatte, ihm aus dem Weg zu gehen; nun aber konnte ich mich kaum davon abhalten, ihn aus den Augenwinkeln zu beobachten. Als wir uns vor dem Schulhaus anstellten, landete ich in der Schlange direkt hinter ihm, und ich wusste wirklich nicht, ob das purer Zufall oder meine Schuld war. Es hatte zu regnen begonnen, ein stiller, gleichmäßiger Nieselregen, der mit einem leisen Plätschern auf rasch geöffnete Schirme und aufgesetzte Kapuzen traf. Rasmus hatte nicht einmal eine Jacke dabei. Ich beobachtete gegen meinen Willen, wie das Wasser sich einen Weg durch sein zerzaustes Haar bahnte und von dort in dünnen Rinnsalen seinen Nacken hinunterrann. Sein schwarzer Pullover klebte nass an seinem Rücken, und Rasmus spannte unter dem dünnen Stoff die Schultern an, als würden ihn die Regentropfen auf der Haut schmerzen. Es dauerte tatsächlich einige Sekunden, bis ich zu dem Schluss kam, dass er fror – mir wurde bewusst, dass ich das bei ihm noch nie erlebt hatte; auch nicht, als er durch und durch mit eisgekühltem Sekt getränkt gewesen war. In diesem Augenblick erschien er mir noch unerreichbarer und verschlossener als jemals zuvor.

Kaum war ich hinter Rasmus durch das Eingangstor getreten, beeilte ich mich, um als Erste zum Klassenzimmer zu gelangen. Ich wollte wie in den vergangenen Tagen bereits mit gesenktem Kopf auf meinem Platz sitzen, wenn er hereinkam, und Rasmus schien mein Vorhaben zu durchschauen: Jedenfalls ging er auffällig langsam, sodass er den Raum erst kurz vor Beginn der Stunde erreichte.

Professor Scott hatte das anfängliche Tempo seines Unterrichts beibehalten: Nach der Behandlung von *Hamlet* und *Macbeth* hatte er uns durch *As You Like It* und eine Verfilmung des Sommernachtstraums gejagt; in dieser Kurseinheit sollte nun jeder für sich die Lektüre von *Much Ado About Nothing* beenden, womit wir uns endlich von Shakespeare verabschieden würden. Ich kannte die Komödie bereits, doch um mich davon abzulenken, dass Rasmus direkt hinter mir saß, vertiefte ich mich trotzdem in den letzten Akt. Aus diesem Grund hatte ich auch keinerlei Schwierigkeiten, als mich Professor Scott gegen Ende der Stunde bat, den Inhalt der ersten beiden Szenen daraus wiederzugeben. Ich geriet nur zweimal kurz ins Stocken – einmal an der Stelle, als Benedikt Beatrice fragt: *„Und nun sage mir, in welche von meinen schlechten Eigenschaften hast du dich zuerst verliebt?“* (ich bemühte mich vergeblich, nicht an Rasmus zu denken), und das andere Mal, als Benedikt am Ende der zweiten Szene verspricht: *„Ich will in deinem Herzen leben, in deinem Schoße sterben …“* (hier vermied ich es, Professor Scott anzusehen – weil es doch etwas peinlich ist, vor einem Lehrer über Orgasmen zu sprechen, und sei es auch in renaissancetypischen Euphemismen).

„Ausgezeichnet, Lily“, lobte der Lehrer, und ich lehnte mich zufrieden zurück. Mein warmes Triumphgefühl steigerte sich noch, als Professor Scott die nächste Frage an Rasmus richtete und dieser mit seiner Antwort auf sich warten ließ: „Rasmus, würden Sie bitte den Schluss des fünften Akts nacherzählen?“

Die Stille, die auf diese Aufforderung folgte, wurde nach einigen Sekunden fast ohrenbetäubend. Ich beschloss, dass ich es mir nun gestatten konnte, einen Blick nach hinten zu werfen … und augenblicklich verschwand die fiese kleine Genugtuung, die mich soeben noch erfüllt hatte. Rasmus war merkwürdig blass; *meine* Gesichtsfarbe pflegte sich zwar zu verändern, wenn ich die Frage eines Lehrers nicht beantworten konnte, aber Rasmus ließ so etwas doch normalerweise völlig kalt. Jetzt wirkte er allerdings, als bereitete ihm der Gedanke an eine schlechte Note Übelkeit, und anstatt wie gewöhnlich auf seinem Block herumzukritzeln, hatte er seine Hände um die Tischkante verkrampft. (Natürlich konnte man trotz allem nicht behaupten, dass er *schlecht* aussah – aber immerhin wie ein Katalogmodell, das seit vier Tagen nicht mehr geschlafen hatte.)

Professor Scott schien das jedoch nicht zu bemerken. Grausam ließ er das peinliche Schweigen noch einen Moment lang wirken, dann hakte er nach: „Hätten Sie vielleicht die Güte, uns mitzuteilen, was am Ende des Stückes passiert?"

„Ich rate einfach mal ins Blaue hinein", ließ sich Rasmus endlich vernehmen, und obwohl er sich offensichtlich um einen trockenen Tonfall bemühte, klang es, als bereitete ihm jedes Wort große Anstrengung. „Ein paar Hochzeiten oder Todesfälle? Shakespeare war ja in dieser Hinsicht nicht sonderlich originell."

Verwirrtes Gemurmel erhob sich, und fast alle Köpfe wandten sich nun in Rasmus' Richtung. Professor Scott war über das plötzliche Versagen seines Lieblingsschülers so verblüfft, dass es ihm nicht einmal gelang, eine seiner typischen polternden Strafpredigten zu halten. Stattdessen klappte er bloß ein paarmal stumm den Mund auf und zu, dann marschierte er zum Lehrerpult und machte sich irgendeine Notiz. Die Pausenglocke rettete ihn schließlich aus seiner Verlegenheit, und ein Schüler nach dem anderen riss sich von Rasmus' Anblick los, um sich auf den Weg zum nächsten Klassenraum zu machen. Auch ich hatte keine Lust, mich bei Grabowski zu verspäten; doch während die Lateinlehrerin ein paar schlechtere Schüler Vokabeln abfragte, hatte ich genügend Zeit, um mir über Rasmus' sonderbare Reaktion den Kopf zu zerbrechen. Es war nun wirklich nicht so, als ob er normalerweise um die Gunst der Lehrer zu buhlen pflegte (na ja, so wie ich es vielleicht hin und wieder tat), aber zumindest verhielt er sich für gewöhnlich unauffällig. Von seinen Trainingsstunden natürlich abgesehen – und eigentlich auch vom Englischkurs, in dem er Professor Scott seit seinem *Hamlet*-

Aufsatz immer wieder mit ausgezeichneten Literaturkenntnissen beeindruckt hatte. Wieso also diese patzige Antwort auf eine relativ einfache Frage? Was hatte er denn getrieben, während wir anderen den letzten Akt des Stückes gelesen hatten …?

Okay, ich machte mir eindeutig zu viele Gedanken über diesen kleinen Zwischenfall. Beinahe konnte ich Jinxy hören, wie sie mich genervt wegen meiner Grübeleien zurechtwies. Als ich ihr eröffnet hatte, dass ich nichts mehr mit Rasmus zu tun haben wollte, war sie sofort dazu bereit gewesen, mir dabei den Rücken zu stärken – wenn auch aus den falschen Gründen. Irgendwie hatte ich es einfach nicht über mich gebracht, ihr von Rasmus' Feigheit zu erzählen; stattdessen hatte ich behauptet, er hätte unerhört schroff darauf reagiert, dass er am Abend des Überfalls von mir versetzt worden war. Dass ich mich nun trotz dieser angeblichen Kränkung um seine schulischen Leistungen sorgte, hätte Jinxy wohl mit den Worten kommentiert: „Ehrlich mal, Lily – es ging doch nur um ein ödes *Theaterstück,* für das sich Mr Beleidigte-Leberwurst eben nicht begeistern konnte. Wen interessiert's?" Mich jedenfalls nicht mehr.

Mein Desinteresse an Rasmus' Verhalten hielt während der Geographie- und der Geschichtsstunde an, und der Sportkurs bereitete mir gleich zu Beginn genügend Schwierigkeiten, sodass ich mich auf nichts anderes konzentrieren konnte: Wie in den letzten Tagen stand ich vor dem Problem, jemanden zu finden, der statt Jinxy die Partnerübungen mit mir machen wollte. Bisher hatte ich die Freiwilligen nach jeweils einer einzigen Stunde endgültig vergrault, und die Mitschülerin, die mir Coach Svensson endlich für die heutige Einheit zuteilte, starrte mich unentwegt misstrauisch an. Es stellte sich heraus, dass sie mit ihren dunklen Vorahnungen gar nicht so falsch lag: Diesmal stand Bodenturnen auf dem Programm, und als ich versuchte, meine Partnerin bei einem Handstand zu sichern, stolperte ich und warf sie ziemlich unsanft auf die Matte. Damit nicht genug, rammte ich ihr wenig später beim Radschlagen auch noch den Fuß ins Gesicht. Daraufhin bat sie Coach Svensson eilig um Erlaubnis, die Toilette aufsuchen zu dürfen, und blieb für den Rest der Stunde verschwunden. Ich räumte bereitwillig das Feld und setzte mich an den Rand unseres Turnhallenviertels, um den anderen bei ihren halsbrecherischen Übungen zuzusehen. Mit wachsender Frustration beobachtete ich, wie die Mädchen sich überschlugen und auf den Händen liefen; schließlich wanderte mein Blick wie von selbst zu dem Teil der Halle, aus dem das Aufprallen eines Basketballs zu mir herüberschallte.

Der Trainer, der für Coach Rodriguez eingesprungen war, schien frisch von der Uni gekommen zu sein und wirkte nicht halb so streng wie sein Vorgänger. Ich hatte in der letzten Zeit schon bemerkt, dass er auf Rasmus' Passivität eher mit Enttäuschung als mit Wut reagierte, und offenbar hatte er auch nicht erkannt, wie viel Potential in dem „schwarzen Schaf" der Mannschaft steckte. Das erklärte zumindest die Begeisterungsrufe, die er heute angesichts Rasmus' Spiel ausstieß: Ich hatte zwar keine Ahnung von Basketball, doch ich wusste, dass Rasmus viel schneller laufen konnte, als er es diesmal tat. Überhaupt wirkten seine Bewegungen irgendwie ungeschickter als sonst; weil er aber zum ersten Mal die ganze Einheit durchhielt, ohne gelangweilt an den Rand des Spielfelds zu schlendern oder kleine Kunststückchen mit dem Ball auszuprobieren, war der Aushilfstrainer trotzdem ganz aus dem Häuschen.

Als die Jungen sich auf den Weg zur Umkleide machten, passte der Coach Rasmus ab und begann strahlend auf ihn einzureden. Wegen des Lärms in der Halle konnte ich nicht verstehen, was er sagte – es musste sich wohl um eine kleine Lobeshymne handeln – und es interessierte mich auch nicht sonderlich. Ich ließ jedoch währenddessen Rasmus nicht aus den Augen und stellte erstaunt fest, dass er erschöpft nach Atem rang. Sein dunkelgraues Shirt hatte feuchte Flecken, und obwohl es natürlich normal war, dass man bei einem solchen Training ins Schwitzen geriet, hatte ich das noch nie bei ihm bemerkt. Das Seltsamste kam allerdings am Schluss des Gesprächs, als der Coach seinen besten Spieler mit einem aufmunternden Schulterklopfen entließ: Rasmus zuckte unter der Berührung zusammen und wich dann hastig zurück, fast als fürchtete er, sein Trainer könnte ihm einen richtigen Schlag versetzen. Stirnrunzelnd sah ich ihm nach, während er mit schwerfälligen Schritten die Halle verließ. Ich überlegte, ob ihn ebenfalls die Grippe erwischt hatte, und verwarf diese Theorie dann wieder. Wie gut hätte ich nun Jinxy und ihre blühende Fantasie gebrauchen können!

Ich war immer noch dabei, Rasmus hinterherzustarren, als eine wütende Coach Svensson neben mir auftauchte. „Da Sie sich in dieser Stunde wieder einmal in Untätigkeit geübt haben, könnten Sie sich zumindest beim Aufräumen nützlich machen", bemerkte sie spitz. Schuldbewusst wandte ich mich wieder unserem Viertel der Turnhalle zu, wo meine Mitschülerinnen ihr Training längst beendet hatten. Während sich eine nach der anderen zum Umziehen verdrückte, versuchte ich die Lehrerin dadurch zu besänftigen, dass ich alle Matten in die Gerätekammer schleifte. Deshalb verließ ich auch als Letzte den Umkleideraum, und ich hatte es eilig, in die Cafeteria zu kommen. Kaum war ich allerdings auf den Flur hinausgetreten, bremste ich scharf ab und wich wieder einen Schritt in die Garderobe zurück. Ganz offensichtlich war ich nicht die Einzige, die das Mittagessen zu verpassen drohte: Direkt neben der Jungenumkleide lehnte eine Person alleine an der Wand, und es überraschte mich kaum, dass es Rasmus war. Durch die halbgeöffnete Türe beobachtete ich, wie er sich vorbeugte und beide Hände auf seine Oberschenkel stützte. Obwohl das Training nun beinahe zehn Minuten zurücklag, ging sein Atem immer noch schnell und flach. Erst nach mehreren Sekunden richtete er sich langsam wieder auf und griff nach seinem Rucksack. Er suchte mit einer Hand an der Mauer Halt und tastete mit der anderen zwischen Büchern und Heften herum, bis er schließlich etwas Metallenes hervorzog.

Seine Autoschlüssel. Hatte er etwa vor, den restlichen Unterricht zu schwänzen? Ich dachte noch über die momentane Anzahl seiner Fehlstunden nach, da hatte Rasmus bereits den Ausgang erreicht. In Windeseile fasste ich den Entschluss, ihm zu folgen. (Schon gut – es war mir sehr wohl bewusst, dass ich auf einen außenstehenden Beobachter ein wenig klettenhaft wirken musste. Aber darauf konnte ich in diesem Moment nichts geben.)

Ich hielt mich etwa zehn Schritte hinter Rasmus, während er ins Freie trat und sich dann – ganz wie ich vermutet hatte – nicht etwa in Richtung Hauptgebäude, sondern zum Schülerparkplatz wandte. Auch für eine ungeschickte Person wie mich war es nicht sonderlich schwierig, ihm zwischen den parkenden Autos unauffällig auf den Fersen zu bleiben: Vermutlich hätte ich auch laut vor mich hin pfeifen können, und er hätte es in seinem Zustand nicht bemerkt. Bei dem Gedanken, dass er trotz seiner schlechten Verfassung selbst fahren wollte, beschlich mich ein mulmiges Gefühl; diese Sorge wurde allerdings gleich darauf von der Frage verdrängt, wie ich ihm nun weiterhin folgen sollte. Hinter ein paar Müllcontainern am Rand des Parkplatzes verborgen sah ich dabei zu, wie Rasmus in seine Schrottkarre kletterte und mit einer ruckartigen Bewegung die Türe schloss. Nach einem kurzen Hüsteln sprang der Motor an, und der Wagen rollte langsam auf die Straße – auf der sich gerade ein Taxi näherte. Anscheinend sollte ich doch auch einmal Glück haben! Mit einem waghalsigen Satz direkt vor das Taxi zwang ich den Fahrer zu halten und warf mich dann schwungvoll auf die Rückbank. „Folgen Sie dem Wagen!“, rief ich und schnallte mich hastig an.

„Witz, komm raus“, gab der Taxifahrer zurück.

„Nein, ich meine das ernst“, sagte ich verzweifelt. „In dem zerbeulten Auto da sitzt mein Freund, verstehen Sie? Und der ist gerade auf dem Weg zu seiner heimlichen Geliebten!“

„So ein Schuft“, meinte der Fahrer trocken und gab Gas. Nervös bohrte ich die Finger in den zerfetzten Bezug der Sitzbank und zog kleine Schaumstoffstückchen hervor, während ich mir fast den Hals verrenkte, um Rasmus' Wagen nicht aus den Augen zu verlieren. Erst als ich nach fünfzehn Minuten bereits meine Faust in das entstandene Loch stecken konnte, hörte ich schuldbewusst mit dem Ausweiden der Polsterung auf. Stattdessen widmete ich mich nun endlich der Frage, ob ich möglicherweise überreagierte: Zum zweiten Mal verpasste ich den Mathematikkurs, weil ich wie eine Wahnsinnige irgendwo hinraste, um – was? Rasmus zu retten? Wenn er seelenruhig dabei zusehen konnte, wie ich zusammengeschlagen wurde, warum war ich dann krank vor Sorge, nur weil er einen halben Tag lang blaumachen wollte? Das war schließlich absolut nichts Neues für ihn. Aber für solche Überlegungen war es wohl ein klein wenig zu spät.

Ich ließ zu, dass sich meine Vernunft wieder in den hintersten Winkel meines Gehirns verkroch, und begann erneut unruhig auf meinem Sitz herumzurutschen. Wenn die Fahrt noch lange dauerte, würde mein Taschengeld niemals ausreichen, um sie zu bezahlen. Leider sah es momentan nicht so aus, als hätten wir unser Ziel beinahe erreicht: In halsbrecherischem Tempo jagte Rasmus sein armes Auto an den Vorstadt-Reihenhäusern vorbei und bog schließlich mit quietschenden Reifen in eine schlecht befestigte Straße ein, die von kahlen Feldern gesäumt wurde.

„Der scheint es ja echt nötig zu haben“, kommentierte der Taxifahrer, dann grinste er entschuldigend. „Pardon.“

„Schon gut, aber könnten Sie bitte etwas unauffälliger fahren?“

„Unauffälliger?“, wiederholte der Fahrer vorwurfsvoll, drosselte aber das Tempo und ließ Rasmus ein wenig Vorsprung, als dieser seinen Wagen auf eine Forststraße lenkte. „In dieser gottverlassenen Gegend ist allein die Anwesenheit eines zweiten Autos auffällig genug, egal, wie dicht wir an ihm dranbleiben. Wer ist denn seine Geliebte, die böse Knusperhexe vielleicht?“

„Hoffentlich nicht“, murmelte ich düster.

„Tja, Mädchen, du könntest ihn wahrscheinlich besser bei der Stange halten, wenn du dich etwas ansprechender kleiden würdest, weißt du?“, erklärte der Fahrer und musterte im Rückspiegel meinen schiefergrauen Pullover. „Ein knappes Top, vielleicht ein bisschen Rouge auf die Wangen, oder lieber ein paar Besuche im Solarium …“

„Vorsicht!“, unterbrach ich ihn scharf und duckte mich hinter den Beifahrersitz. Nur einen Steinwurf von uns entfernt hatte Rasmus seinen Wagen vor einer Schranke geparkt und öffnete gerade in dem Augenblick die Türe, als der Motorenlärm des Taxis erstarb.

„Macht siebenundzwanzig fünfundneunzig", ließ sich der Fahrer vernehmen, und ich zuckte erschrocken zusammen. Während ich fieberhaft in meiner Geldbörse herumwühlte, warf ich immer wieder Blicke durch die Windschutzschreibe. Rasmus stieg aus seinem Auto und folgte dem beinahe zugewachsenen Pfad auf der anderen Seite der Schranke. Schon nach wenigen Metern konnte ich seine Gestalt im Halbdunkel zwischen den Baumstämmen kaum mehr erkennen.

„Ich habe fünfundzwanzig in Scheinen und", ich drehte die Börse um und schüttelte den kärglichen Inhalt auf meine Handfläche, „eins fünfzig in kleinen Münzen. Könnten Sie nicht vielleicht eine Ausnahme machen ...?"

„Schön. Siebenundzwanzig, weil du es bist."

Ich stöhnte verzweifelt und scharrte im Bodensatz meiner Umhängetasche herum, aber außer den typischen Krümeln, ein paar Büroklammern und Bleistiftstummeln war dort nichts zu holen. Und Rasmus war nun nicht mehr zu sehen.

„Ich bitte Sie!", flehte ich schamlos. „Haben Sie doch Mitleid! Wurden Sie denn noch nie betrogen?"

„Ähm", der Fahrer kratzte sich am Kopf, „nein. In so einem Szenario spiele ich wohl eher im gegnerischen Team." Er langte nach hinten und öffnete die Türe. „Na los, raus mit dir. Und verpass ihm einen feinen Tritt, dorthin wo's schmerzt."

Das musste er mir nicht zweimal sagen. Ich sprang aus dem Auto, duckte mich unter der Schranke durch und begann auf dem regennassen Trampelpfad in die Richtung zu schlittern, in die Rasmus verschwunden war. Zunächst war ich zu beschäftigt damit, mich auf den Füßen zu halten und die undichte Stelle in meinem linken Schuh zu ignorieren, um zu bemerken, wie still es hier war. Erst nach einer Weile wurde mir klar, dass das einzige laute

Geräusch von meinen ungeschickten Schritten herrührte: Die Forststraße lag nun bereits ein ganzes Stück hinter mir, und von Rasmus war immer noch weit und breit keine Spur zu entdecken. Unwillkürlich musste ich daran denken, was Jinxy gesagt hatte, als wir uns einmal auf einem Schulausflug an einen abgelegenen Ort verirrt hatten: *Hier hört dich kein Mensch schreien …* und dabei hätte ich beinahe aufgeschrien, als mich plötzlich jemand grob an den Haaren packte. Wie angewurzelt blieb ich mitten in einer Pfütze stehen und tastete zitternd nach meinem Kopf, um erleichtert festzustellen, dass ich mich bloß in einer Brombeerranke verfangen hatte. Ich riss mich los und befreite meine Haare im Weitergehen von vertrocknetem Laub. Als der Weg eine scharfe Biegung machte, blickte ich schließlich wieder nach vorne und erkannte, dass ich am Rand einer Lichtung angelangt war. Mitten auf der herbstlich braunen Wiese erhob sich ein etwa zwanzig Meter hohes Bauwerk, das mich ein wenig an den Bergfried einer mittelalterlichen Festung erinnerte: Der Turm war viereckig, ziemlich breit und aus dunklem Granit gefertigt, was ihm ein leicht bedrohliches und auf jeden Fall sehr massives Aussehen verlieh. Dass dieser Eindruck allerdings täuschte, verriet eine Tafel neben der Eingangstüre: *Josfinenwarte, 1907. Betreten wegen Einsturzgefahr verboten.*

So merkwürdig es auch sein mochte, es gab keine andere Möglichkeit: Rasmus musste sich in diesem Gebäude befinden. Ich konnte mir eigentlich keinen Grund vorstellen, aus dem man sich bei klarem Verstand in einer einsamen, baufälligen Aussichtswarte aufhalten sollte; aber worum auch immer es sich handelte, Rasmus wünschte sich dabei bestimmt keine unangemeldeten Besucher. Deshalb ging ich nicht zur Tür, sondern schlich zu einem der kleinen Fenster und stellte mich davor auf die Zehenspitzen.

Es dauerte einige Zeit, bis meine Augen sich an das Dämmerlicht gewöhnt hatten, das im Inneren des Turms herrschte. Erst nach und nach nahmen die Gegenstände für mich Gestalt an, und ich begriff, dass dieses Gebäude wohl schon seit Längerem nicht mehr als Aussichtswarte genutzt worden war: In der Mitte des Raumes erinnerten nur noch Reste eines Geländers an die Wendeltreppe, die es früher gegeben haben musste; stattdessen führte nun eine klapprig aussehende Leiter ins Obergeschoß des Turms. Ein paar Schritte davon entfernt stand ein zerbeultes Sofa, auf dem ein *Eastpak*-Rucksack und ein zusammengeknüllter schwarzer Sweater lagen. Ich erkannte die Sachen sofort – und im nächsten Augenblick wurde ich auch auf eine Bewegung aufmerksam: Direkt neben einer Armlehne des Sofas lag Rasmus auf den Knien.

Ich musste an mich halten, um nicht sofort zu ihm zu laufen. Ganz offensichtlich hatte er große Schmerzen, denn das Aufstehen fiel ihm schwer. Nachdem es ihm allerdings gelungen war, sich am Sofa hochzuziehen, ließ er sich nicht darauf nieder, sondern tastete sich bis zur Leiter vor. Langsam griff er nach einer Sprosse und begann zu klettern. Ich glaube zu erkennen, dass seine angespannten Armmuskeln zitterten, doch er hielt nicht inne, bis er schon beinahe eine Höhe von zehn Metern erreicht hatte. Von da an konnte ich ihn nicht mehr sehen, weil er vom oberen Rand des Fensterrahmens verdeckt wurde. Ich beugte mich vor, kniff die Augen zusammen und drückte die Stirn gegen das Fenster … das nur angelehnt gewesen war. Es gelang mir gerade noch, mich am steinernen Sims festhalten und so zu verhindern, dass ich durch die Öffnung purzelte, doch das Fenster schwang nach innen und schlug krachend gegen die Wand. Von meiner neuen Position aus beobachtete ich, wie Rasmus vor Schreck zusammenzuckte, er fuhr herum und blickte mir direkt ins Gesicht, bevor er das Gleichgewicht verlor. Mit einem hässlichen, durchdringenden Knacken landete er kopfüber auf dem Granit.

Einen Moment lang verharrte ich noch an meinem Späherposten, die Hände auf den Mund gepresst. Dann zog ich mich am Fenstersims hoch und fiel mehr in den Raum als dass ich sprang. Sofort war ich wieder auf den Beinen und rannte auf die Leiter zu, vor der Rasmus zusammengerollt auf dem Boden lag. Ich wollte seinen Namen rufen, doch das Wort blieb mir im Hals stecken, als er sich bewegte. Noch ehe ich bei ihm angelangt war, hatte er sich bereits ohne Schwierigkeiten aufgerichtet – er schien völlig unverletzt.

Wie angewurzelt blieb ich stehen, während Rasmus langsam auf die Füße kam und mir schweigend entgegenschaute. „Wie ist das möglich?", gelang es mir zu flüstern. „Ich habe doch genau gesehen …" Und dann, als ich meine Augen zu der Stelle huschen ließ, wo Rasmus mit dem Kopf aufgeschlagen war, bemerkte ich die Sprünge. *Sprünge im Granit.*

„Du solltest nicht hier sein", hörte ich Rasmus sagen, und seine Stimme klang seltsam dumpf. „Fahr zurück zur Schule."

Ich starrte ihn an. Seine Hände waren zu Fäusten geballt, sodass die Knöchel weiß hervortraten. Nun war das Zittern nicht mehr zu übersehen, und es wurde mit jeder Sekunde heftiger. Plötzlich ging ein Ruck durch Rasmus' Körper, und er krümmte sich zusammen, als hätte ihm jemand ein Messer zwischen die Schulterblätter gerammt. „Lily, verschwinde, das meine ich ernst!", würgte er hervor, doch ich war schon bei ihm. Entsetzt riss ich den Stoff seines T-Shirts nach oben und erkannte zwei breite Narben, die schräg seinen gesamten Rücken hinabliefen. Unter meinem fassungslosen Blick schienen sie sich zu verändern, sich dunkel zu verfärben und stärker hervorzutreten, und es wirkte fast so, als ob sie im Rhythmus von Rasmus' Herzschlag pulsierten.

Alle Kraft wich aus meinen Händen, sodass mir der Saum des Shirts entglitt und sich der Stoff wieder über die Narben legte. Mit ihnen verschwand der ganze Raum vor meinen Augen, und ich sah wieder Rasmus vor mir, wie er durch die Vorhaltungen des Trainers seine Beherrschung verlor und plötzlich schneller laufen und höher springen konnte als jeder andere Junge. Ich erinnerte mich daran, wie er mir in der Bibliothek das Buch über Fabelwesen aus der Hand gerissen hatte, und wie er es bei der Prügelei mit drei Gegnern gleichzeitig aufgenommen hatte, ohne Verletzungen davonzutragen. Es wirkte alles so harmlos, es ergab noch keinen Sinn – aber dann erschien ein entsetztes Gesicht vor meinem inneren Auge.

„Eric …", hauchte ich. „Er wollte mir damals im Krankenhaus etwas über den Unfall sagen. In Wirklichkeit hast du gar nicht auf der Rückbank gesessen, nicht wahr? Du warst auf dem Beifahrersitz, auf der Seite, wo das Auto völlig zerschmettert wurde. Du hättest tot sein müssen."

„Lily", sagte Rasmus leise, und das Wort endete in einem Stöhnen, „hör mal …"

Endlich löste ich mich aus meiner Erstarrung und wich langsam zurück, bis ich hinter mir die kalte Steinwand fühlen konnte. Auch Rasmus setzte sich mühsam in Bewegung und kam einige Schritte auf mich zu. „Bleib, wo du bist", stieß ich panisch hervor und presste meinen Rücken gegen die Mauer. Rasmus schien noch etwas sagen zu wollen, er streckte die Hand nach mir aus und brach dann zusammen.

12. Kapitel

Ich blieb neben der Eingangstüre sitzen, die Arme fest um die Knie geschlungen. Eine Stimme hallte in meinem Gedächtnis wider, und befremdet stellte ich fest, dass sie Professor Scott gehörte: *Es gibt mehr Ding' im Himmel und auf Erden, als deine Schulweisheit sich träumt,* hatte er mich bei der Klausurrückgabe ermahnt.

Rasmus war immer noch nicht aufgewacht, obwohl ich das Gefühl hatte, dass seit seinem Sturz mehrere Stunden vergangen waren. Nachdem er sich minutenlang nicht gerührt hatte, war ich vorsichtig auf ihn zugeschlichen und hatte meine zitternden Finger auf seine Halsschlagader gelegt. Sein Puls war ruhig und gleichmäßig – auf jeden Fall langsamer als mein eigener –, und auch seine Atmung hörte sich normal an. Wie konnte man bloß feststellen, ob jemand bewusstlos war oder einfach nur schlief? Und wenn Rasmus tatsächlich das Bewusstsein verloren hatte, wie lange sollte ich dann warten, bis ich einen Krankenwagen rief – oder sollte ich überhaupt einen rufen? Würden die Ärzte irgendetwas Gruseliges entdecken, wenn sie Rasmus genauer untersuchten? Ich schauderte und zog unschlüssig mein Handy hervor, das mir die Entscheidung abnahm: Der Akku war leer.

Als Rasmus einen tiefen Atemzug machte und sich dann zusammenrollte, nahm ich das als Zeichen dafür, dass er wirklich in eine Art Schlaf gefallen war. Ohne zu wissen, warum ich das überhaupt tat, zog ich eine karierte Decke vom mottenzerfressenen Sofa und warf sie hastig über Rasmus' Beine, bevor ich wieder bis zur Mauer zurückwich.

Mir blieb gar nichts anderes übrig, als hier zu warten, auch wenn ich eigentlich keine Ahnung hatte, worauf: Selbst bei Tageslicht hätte ich wohl kaum alleine aus dem Wald herausgefunden, und nun war die Sonne bereits am Untergehen. Wie hatte ich mich an diesen gottverlassenen Ort kutschieren lassen können, ohne einen Plan zu haben, wie ich wieder nach Hause kommen sollte? Was hatte ich mir bloß dabei gedacht?

Die Wahrheit sprach nicht unbedingt für meine Zurechnungsfähigkeit: Ich hatte überhaupt nichts gedacht. Ich war voll und ganz von einer kindischen Neugier erfüllt gewesen und von der Sorge, dass Rasmus vielleicht Hilfe brauchte. Und nun saß ich hier mit jemandem fest, der mich, nach dem gesprungenen Fußboden zu urteilen, gleich als erste Tat nach dem Aufwachen mit einer Hand zerquetschen konnte.

Allerdings hätte ich es wohl auch nicht übers Herz gebracht, Rasmus einfach so liegen zu lassen. *Wenn er dir etwas antun wollte, hätte er doch schon so oft Gelegenheit dazu gehabt,* beschwichtigte mich ein törichtes Stimmchen in meinem Kopf. Angestrengt versuchte ich ihm zu glauben und nicht an die dunkle Gestalt zu denken, die mich dabei beobachtet hatte, wie ich in der Allee zusammengeschlagen wurde.

Als ein leises Geräusch zu mir herüberdrang, spannten sich sofort meine Muskeln an. Mein ganzer Körper war in Alarmbereitschaft, und ich drängte mich so fest gegen die Wand, als könnte ich mich darin verkriechen. Rasmus begann sich zu regen, er streckte probeweise den Rücken durch, dann setzte er sich auf. „Lily?“, murmelte er, und seine Augen weiteten sich, als er mich entdeckte. „Du bist noch hier?“

„Ich will nur ein paar Erklärungen, dann bin ich auch schon weg“, antwortete ich kalt.

Schweigend stand Rasmus vom Boden auf; seine Bewegungen wirkten immer noch ein wenig unbeholfen, aber nicht mehr so qualvoll wie vor seinem Zusammenbruch. Er setzte sich auf die Kante des Sofas, lehnte sich nach vorne und stützte die Unterarme auf seine Knie. In dem fahlen Dämmerlicht, das durch die kleinen verdreckten Fenster hereinkam, sah sein Gesicht grau und unendlich müde aus.

„Dann frag", sagte er ausdruckslos.

„Wer … *was* bist du wirklich?"

Er zuckte mit den Achseln und wandte den Blick ab. „Was glaubst du denn."

„Was ich glaube, ist wohl nicht länger von Belang", gab ich heftig zurück. „Bisher habe ich geglaubt, du wärst eben ein bisschen verschlossen und hättest womöglich ein paar Probleme, die ich noch nicht kannte, aber *das*", ich machte eine hilflose Geste, die seine Person oder uns beide oder auch den ganzen Raum mit einschloss, „das hier ist zu viel – alles, woran ich denken kann, ist das Bild aus diesem Buch, Luzifer, dem die Flügel abgerissen werden, und ich kann … ich kann mich überhaupt nicht *konzentrieren,* das ist alles so …" Ich rang nach Luft und legte mir die Hände über Mund und Nase, als ich merkte, dass mir schwindlig wurde.

„Na ja", meinte Rasmus, und ich konnte nicht erkennen, ob das Zucken seines Mundwinkels ein missglücktes Lächeln war, oder ob er vor Schmerz das Gesicht verzog. „Da bist du doch gleich ganz nahe dran. Was anderes hätte ich von dir auch nicht erwartet."

„Aber das ist nicht möglich", flüsterte ich.

„Irgendwie sitzt der Gegenbeweis zu dieser These genau vor dir", wandte Rasmus ein. „Du kannst dir gern ein Skalpell holen und das Versuchsobjekt zur Sicherheit ein bisschen aufschlitzen, wenn dir das weiterhilft. Das heißt, du könntest es versuchen."

Es dauerte einen Moment, bis ich den Sinn seiner Worte erfasst hatte. „Du bist unverwundbar?", fragte ich dann bebend.

„Wenn du es so ausdrückst, hört es sich ein bisschen nach einer Superhelden-Eigenschaft an", antwortete er, „aber im Grunde genommen – ja."

„Superhelden kommen dir abwegig vor, aber ich soll dir glauben, dass du ein ... *gefallener Engel* bist?"

„Wir bevorzugen das Wort *‚Lichtwesen'*. ‚Engel' klingt irgendwie unmännlich", erklärte Rasmus in dem halbherzigen Versuch, die Stimmung aufzulockern.

Ich bemerkte, dass ich schon seit einer Weile ohne Unterlass den Kopf schüttelte, und zwang mich, damit aufzuhören. „Das ist nicht möglich", wiederholte ich stattdessen hölzern.

Rasmus fuhr sich mit einer Hand durch die Haare – eine Geste, die mir so vertraut war, dass es fast wehtat – und meinte dann: „Lily, du kannst das gerne noch mehrmals betonen. Aber wir könnten das Ganze auch beschleunigen, indem du deine Auffassung von dem, was möglich und was unmöglich ist, ein bisschen erweiterst. Du bist doch ein Mensch, der an das glaubt, was er sieht. Der lieber abwegige Erklärungen akzeptiert, als ratlos zu sein."

Seine nervige Angewohnheit, mich so unverschämt treffend zu analysieren, brachte mich wie immer in Verlegenheit und befreite mich zugleich aus meinem Schockzustand. Allmählich wich meine eisige Furcht der seltsamen Empfindung, als wäre mein Kopf mit Zuckerwatte angefüllt: Alles wirkte jetzt ein bisschen gedämpft und wie in einem Traum. Da ich keine Möglichkeit hatte, der Situation zu entfliehen, konnte ich mich ebenso gut auf dieses fluffige Gefühl einlassen.

„Wenn ich hierbleibe“, hörte ich mich sagen, „wirst du dann versuchen, mir alles zu erklären?“

„So viel ich kann, ja. Aber nicht, wenn du weiterhin in diesem Winkel hocken bleibst.“ Er berührte kurz mit der flachen Hand den Platz neben sich. „Wir sind nicht ansteckend, weißt du. Es besteht also keine Gefahr, dass du morgen gefiedert aufwachst.“

Zögernd rappelte ich mich auf, dann ging ich steifbeinig auf das Sofa zu und ließ mich vorsichtig an Rasmus' Seite darauf nieder. Als ich dabei versehentlich seinen Unterarm streifte, fühlte sich seine Haut genauso warm an wie früher. Er roch auch noch so wie früher. Ich zog die Füße hoch und schlang wieder die Arme um meine Knie.

„Okay“, sagte Rasmus langsam. Er sah mich nicht an, sondern hielt den Blick weiterhin auf die Granitmauer gerichtet. „Zuallererst: Die Geschichte, die ich dir in der Ballnacht erzählt habe, ist wahr. Ich habe Sophie kennengelernt, als ich einen heimlichen Ausflug in die irdische Welt gemacht habe, und von da an bin ich immer wieder hierhergekommen. Das ist uns eigentlich streng verboten, und allein dafür hätte ich schon eine zeitweise Verbannung verdient.“

Irdische Welt? Das Zuckerwattegefühl schien sich zu verstärken. „Wusste Sophie, dass du ein …“, begann ich und brach dann ab, weil es mir zu schwer fiel, das Wort auszusprechen.

Endlich drehte Rasmus doch den Kopf kurz zu mir, und als er meinen angestrengten Gesichtsausdruck bemerkte, nickte er rasch. „Ich habe es ihr erzählt, als ich sie verlassen habe. Ich weiß nicht, warum ich das getan habe – ich wollte ihr wohl einen guten Grund dafür nennen, dass unsere Beziehung ohnehin zum Scheitern verurteilt war. Nach einer Demonstration meiner Fähigkeiten hat sie es mir geglaubt, aber es war ein Schock für sie. Ich habe mich nicht darum gekümmert, wie aufgewühlt sie war. Obwohl ich ihre innerliche Zerbrechlichkeit schon geahnt habe, bin ich einfach abgehauen."

Mir fiel auf, dass er einen merkwürdig sachlichen Tonfall angeschlagen hatte, den ich von ihm bereits kannte: Zum ersten Mal hatte ich ihn gehört, als wir damals im Kino auf Rasmus' letzte Beziehung zu sprechen gekommen waren, und später wieder, als Rasmus mir im Krankenhaus vom schweren Unfall seines Trainers berichtet hatte. Bei der Erzählung von Sophies Tod hatte seine Stimme ebenfalls so geklungen. Übernatürliches Wesen hin oder her – Rasmus hatte anscheinend dieselben Schwierigkeiten, über Gefühle zu sprechen, wie jeder andere Junge auch. Ich verscheuchte diesen eigenartigen Gedanken aus meinem Kopf – genauso wie den Impuls, nach Rasmus' Hand zu greifen – und hörte reglos zu, als er fortfuhr: „Etwas später habe ich es bereut, sie einfach so im Stich gelassen zu haben. Ich bin noch einmal zurückgekehrt, nur um zu erfahren, dass sie sich umgebracht hatte. Sofort habe ich unsere Richter aufgesucht und alles gestanden. Sophies Tod wurde mir als indirekter Mord angelastet; hätte ich sie mit meinen eigenen Händen getötet, wäre ich direkt zu den Schatten gekommen. Aber so mussten sie sich für mich etwas anderes ausdenken."

„Zu den Schatten?", wiederholte ich verwirrt.

Rasmus nickte müde. „Kein Himmel ohne eine Hölle, Lily", sagte er knapp. „Es ist die Welt, die unserer entgegengesetzt ist. Wer von uns die Höchststrafe verdient, wird zu den Schattenwesen geschickt. Mir wurden allerdings nur die Flügel abgetrennt, und ich kam auf Bewährung hierher."

Ich stieß einen Laut aus, den man wohl als ungläubiges Schnauben bezeichnen konnte. „Und das heißt – was, dass du bei guter Führung entlassen wirst?"

Er schüttelte den Kopf. „So einfach ist das nicht. Ich darf erst zurückkehren, wenn ich ein menschliches Leben gerettet habe."

„Und der Haken?"

„Woher weißt du, dass es einen gibt?"

„Es gibt immer einen Haken."

„Allerdings, und dieser hier ist ziemlich spitz: Wenn ich ein menschliches Leben *zerstöre*, werde ich endgültig zu den Schatten verbannt."

„Als ob ich es geahnt hätte."

Rasmus lehnte sich zurück, und aus irgendeinem Grund schien es ihm nun leichter zu fallen, mich anzusehen. Er hörte sich auch fast wieder so an wie früher, als er weitersprach: „Tja, man möchte doch eigentlich meinen, dass es keine große Sache ist, einen Menschen zu retten, oder? Aber Fehlanzeige. Wenn ich für irdische Maßstäbe älter aussehen würde, hätte ich mich vielleicht bei der Feuerwehr bewerben können, doch so blieb mir nur die Schule. Ich habe mich gleich nach meiner Verbannung in eine Highschool einschreiben lassen, um möglichst viel unter Leuten zu sein. Aber irgendwie geraten diese Leute auf dem Weg von einem Klassenzimmer ins andere so bedauerlich selten in Lebensgefahr."

Auf einen Schlag begriff ich. „Du hast mitangehört, wie die Schulärztin aus meiner Akte vorgelesen hat! Und wie ich gesagt habe, ich würde mich ständig in Lebensgefahr bringen! *Deshalb* hast du mich also um ein Date gebeten?"

Rasmus brachte ein kleines Lächeln zustande. „Deshalb – und weil ich die Sache mit dem Klopapier wirklich ganz niedlich fand."

„Lass das", sagte ich missmutig. *Natürlich* hatte es einen bizarren himmlischen Grund dafür gegeben, dass Rasmus sich mit mir hatte verabreden wollen; wie hatte ich nur so blöd sein können, etwas anderes zu glauben?

Erst als mir klar wurde, dass Schmollen in einer Situation wie dieser absolut unangebracht und außerdem ziemlich lächerlich war, versuchte ich mich zusammenzureißen. „Also war unser kleiner Ausflug in den Steinbruch so gesehen ein totaler Reinfall", stellte ich möglichst nüchtern fest.

„Eben nicht", verbesserte mich Rasmus. „Du hattest dich ja hartnäckig geweigert, zu fallen."

„Ich fasse es nicht, dass du in diesem Augenblick schlechte Witze machen kannst!", sagte ich vorwurfsvoll. Rasmus grinste und machte Anstalten, mir beschwichtigend die Hand auf den Arm zu legen, aber mitten in der Bewegung hielt er inne. Als er das Gesicht verzog, während er sich langsam wieder zurücklehnte, erkannte ich, dass sein Rücken immer noch wehtat.

„Deine Narben?", fragte ich leise.

Rasmus machte eine wegwerfende Handbewegung. „Es hat schon fast aufgehört. Diese Schmerzen sind ein Zeichen dafür, dass meine Bewährungszeit begrenzt ist, oder es zumindest sein sollte. Ich bin jetzt seit genau zwei Jahren hier, und das ist bald länger, als irgendein anderer Gefallener es jemals vor mir geschafft hat. Manche hatten Glück, und sie konnten ins Licht zurückkehren. Andere haben es irgendwann nicht mehr ausgehalten … das heißt, ihr Dasein hier hat sie um den Verstand und letztendlich in die Schattenwelt gebracht."

„Was willst du damit sagen?", erkundigte ich mich stirnrunzelnd. Dieses ganze Gerede über Verbannung und Verdammung machte mich allmählich nervös, und Rasmus schien das zu bemerken. Freundlich erklärte er:

„Wir sind es nicht gewohnt, so machtlos und schwach zu sein wie ihr, Lily. Mit jedem Tag, den wir in der irdischen Welt verbringen, werden wir ein bisschen menschlicher."

„Du sagst das, als wäre es etwas Schlechtes."

„Ich möchte nicht unhöflich sein."

„Schon gut. Also eure ... Richter wollen gar nicht, dass du hierbleibst?"

„Natürlich nicht", antwortete Rasmus, und der amüsierte Ton verschwand aus seiner Stimme. „Zum Teil habe ich die Strafe ja erhalten, weil ich Besuche in der irdischen Welt gemacht habe, da ist es schon ziemlich absurd, dass sie mich hierher verbannt haben. Es war bloß die einzige Übergangslösung, die ihnen zur Verfügung stand. Und sie erinnern mich auch jeden Tag daran, dass ich mich entscheiden muss – besonders an den Jahrestagen."

„Diese Schmerzen kommen von ihnen?", fragte ich entsetzt und spürte dabei, wie sich eine Gänsehaut auf meinen Unterarmen bildete.

„Allerdings. Sie sind die Einzigen, die mich körperlich verletzen können. Und diesmal waren die Schmerzen um ein Vielfaches schlimmer als letztes Jahr. Damit wollen die Richter mir sagen, dass meine Zeit hier abgelaufen ist. Sobald ich den kleinsten Schritt in die eine oder andere Richtung mache, muss ich fort."

Ich schwieg, während ich mich bemühte, möglichst unauffällig nach Luft zu ringen. Es fühlte sich so an, als hätte sich ein eisernes Band um meine Brust geschlossen und würde sich langsam immer fester zusammenziehen. Vermutlich war ich gerade dabei, wahnsinnig zu werden, denn nach all den abstrusen Dingen, die ich gerade erfahren hatte, konnte ich nur an eines denken: Rasmus würde fortgehen, bald, es war nur eine Frage der Zeit – und dann für immer. Schweigend starrte ich auf meine Knie, bis sich plötzlich ein irritierender Gedanke in mir regte.

„Aber du hattest doch schon eine Chance, die Bewährungsprobe zu bestehen", brach es aus mir hervor. „Du hättest mich bei dem Überfall in der Kastanienallee retten können. Ich weiß nicht, ob die beiden wirklich vorhatten, mich umzubringen, aber der Eindruck hätte den Richtern vielleicht genügt … Warum bist du da nicht eingeschritten?"

Rasmus machte ein leises Geräusch, und es klang so gequält, dass ich erschrocken aufblickte. Ich vermutete zuerst, dass seine Narben wieder wehtun würden, doch obwohl er seine Schultern angespannt hatte, sah er nicht so aus, als hätte er Schmerzen. Eher so, als wollte er mir jeden Augenblick an die Gurgel springen … oder?

„Lily, jetzt pass mal auf", begann er, und ich glaubte zu hören, wie seine Stimme vor unterdrückter Wut vibrierte. „An diesem Abend wollte ich dir entgegenkommen, um dich vom Palais abzuholen. Als ich dich mit den beiden gesehen habe … da konnte ich *hören,* dass Jinxy und Sam gleich bei dir sein würden. Alles tatenlos mitanzusehen hat sich schrecklich angefühlt, aber ich habe gewusst, dass du gleich in Sicherheit sein würdest. Damals vor dem *Netherworld,* als Jinxy fast vor ein Auto gelaufen wäre, hatte ich diese Gewissheit nicht; darum musste ich handeln. Das war eine unklare Situation, der Fahrer hat ja in letzter Sekunde doch noch gebremst … aber es hing alles an einem seidenen Faden. Die Richter haben dann offenbar entschieden, dass es nicht zählte, und ich wollte sie in der Meinung bestärken, dass ich die Heimkehr noch nicht verdient hätte."

„Deshalb die Prügelei mit Eric?"

Er nickte kurz.

„Aber wieso hast du denn überhaupt …", setzte ich wieder an, immer noch verwirrt, während sich Rasmus vor Ungeduld tatsächlich neben mir wand. Als ich zu ihm hinüberschielte, wirkte seine Miene so finster wie niemals zuvor.

„Das hier ist mit das Schwerste, was ich je tun musste", unterbrach er mich, und es klang fast wie ein Knurren. Er langte zu mir herüber, legte mir die Hände um das Gesicht und drehte fast grob meinen Kopf, sodass ich gezwungen war, ihn direkt anzusehen. So wie in diesem Moment hatte ich seine Augen erst einmal erlebt: weit geöffnet, die Pupillen riesengroß. „Ich *will* nicht mehr von hier fort, Lily", stieß er ganz schnell hervor. „Verdammt, was ist bloß los mit dir, dass du den Inhalt von all diesen Shakespeare-Dramen nacherzählen könntest, aber das hier einfach nicht begreifst?"

Ich bemerkte erst mit etwas Verspätung, dass mir der Mund offen stand. „Du …", setzte ich an und spürte, wie sich der Druck seiner Hände an meinem Gesicht verstärkte – da richtete ich mich auf die Knie auf, beugte mich zu Rasmus und küsste ihn. Er schien so überrumpelt, dass er zunächst nicht reagierte, doch nachdem ich meinen Mund einige Sekunden lang auf seinen gepresst hatte, öffnete er die Lippen. Fieberhaft erwiderte er meinen Kuss, schob die Hände in meinen Nacken und vergrub die Finger in meinem Haar. Als er sich schließlich von mir löste, wich er nur wenige Zentimeter zurück, um atemlos zu spotten: „Ich dachte schon, du würdest jetzt fragen, ob ich wegen des exzellenten Unterrichts hierbleiben wollte …"

Aber er war schließlich nicht der Einzige, der jemanden zum Schweigen bringen konnte. Ich zog ihn wieder an mich, und da Rasmus nur allzu bereitwillig nachgab, ließ ich mich ohne darüber nachzudenken seitlich nach hinten sinken. Als mein Kopf auf die Armlehne des Sofas traf, ging mein Blick für einen Moment an Rasmus vorbei nach oben, und ich erkannte am Ende der Leiter eine Luke, durch die man in das Obergeschoß des Turmes gelangen konnte. Erst jetzt wurde mir wieder bewusst, wo wir uns befanden. Zwar fiel es mir wahrhaftig nicht leicht, Rasmus zu unterbrechen, aber schließlich siegte meine Neugier.

„Hey", flüsterte ich, „was tun wir eigentlich hier?"

Rasmus richtete sich ein wenig auf und legte den Kopf schief. „Oh. Es ist wohl kein gutes Zeichen, wenn du dafür eine Erklärung brauchst."

Ich räusperte mich. „Nein, ich meine – warum bist du überhaupt hierhergekommen?"

„Weil ich es nicht mehr länger in der Schule ausgehalten habe und nach Hause wollte."

„Soll das bedeuten", fragte ich entgeistert, „du wohnst hier? In einem *Turm*?"

„Genau, wie Rapunzel. Du bist ja nur neidisch."

Gegen meinen Willen musste ich lächeln, und Rasmus legte schnell die Lippen auf meinen hochgezogenen Mundwinkel. Von dort ließ er sie über meine Wange zu meinem Hals gleiten, und als ich seine Zungenspitze ganz kurz an der weichen Stelle direkt unter meinem Ohr fühlen konnte, war mir auf einmal gar nicht mehr nach Lachen zumute. Was danach kam, kannte ich allerdings schon: Viel zu plötzlich beendete Rasmus den Kuss, dann machte er einen tiefen Atemzug und stützte sich auf die Ellbogen. Als er konzentriert auf mich herunterblickte, wurde ich mir auf unangenehme Weise meiner zerwühlten Haare und glühenden Wangen bewusst. Bevor ich allerdings verlegen den Kopf wegdrehen konnte, fragte Rasmus unvermittelt: „Würdest du heute Nacht hierbleiben wollen?"

„Du meinst …" Falls das überhaupt möglich war, wurde mein Gesicht noch heißer.

„Ach so, darauf wollte ich jetzt eigentlich nicht hinaus", sagte Rasmus, und wenn ich es nicht besser gewusst hätte, dann hätte ich gedacht, er sei tatsächlich auch ein bisschen verlegen. „Du könntest einfach … hier schlafen, und morgen fahren wir zusammen zur Schule?"

Ich schluckte – und nickte.

„Ja? Dann lass uns nach oben gehen." Rasmus stand vom Sofa auf, und seine Stimme war voller Tatendrang. „Ich koch dir was zum Abendessen."

Ich zögerte. „Weißt du …"

„Was?" Er drehte sich zu mir um, auf seinem Gesicht spiegelte sich eine Mischung aus Besorgnis und Enttäuschung. „Hast du's dir anders überlegt? Wenn du noch Fragen hast oder dir irgendetwas unheimlich vorkommt …"

„Nein, das ist es nicht", unterbrach ich ihn. „Ich habe noch ungefähr dreihundert Fragen, aber das kann warten. Es ist nur so, dass ich noch was erledigen muss, wenn ich hierbleibe."

Er runzelte die Stirn. „Und zwar?"

„Hausaufgaben machen", murmelte ich beschämt.

Rasmus musterte mich unverwandt aus seinen Raubkatzenaugen, und wie so oft konnte ich unmöglich erraten, was er dachte. „Du hast gerade erfahren, dass ich ein gefallener Engel bin, und alles, was dir im Kopf herumspukt, sind deine Hausaufgaben?", fragte er dann langsam.

„Sieht ganz so aus. Findest du das irgendwie schräg?"

„Ja", antwortete er und verschränkte die Arme hinter dem Rücken. „Und zwar auf eine Art und Weise, dass ich mich gerade sehr zusammenreißen muss, um dich nicht auf der Stelle zu zerquetschen."

„Ah … danke."

Er lachte leise und griff nach meiner Hand, um mich zur Leiter zu führen. „Schön vorsichtig", warnte er hinter mir, nachdem ich die ersten Meter hinaufgeklettert war. „Es wäre schon eine ziemlich blöde Ironie des Schicksals, wenn du jetzt fallen würdest und ich dich retten müsste."

„Pass du lieber auf, dass du nicht nochmal fällst", gab ich ein wenig spitz zurück.

„Keine Sorge, diesmal besteht keine Gefahr, dass jemand durchs Fenster spannert und mich zu Tode erschreckt."

Ich wollte noch etwas erwidern, als ich plötzlich Rasmus' Hand an meiner Wirbelsäule spürte und er mich vorsichtig durch die Luke schob. Auf allen Vieren krabbelte ich auf die Holzdielen, die hier über dem Granit ausgelegt waren; dann sah ich mich überrascht um. Inzwischen war Rasmus ebenfalls oben angelangt und zog mich auf die Füße. „Ich hab hier ein bisschen was gemacht, nachdem ich eingezogen bin", antwortete er auf meine nicht ausgesprochene Frage, und es hörte sich entschuldigend an. „Eine Wasserleitung gab es zum Glück schon, allerdings nur für Kaltwasser, und ich habe keinen Strom, also müssen Campinglampen herhalten ..."

„Es gefällt mir", sagte ich schnell, und das stimmte; soweit man das Dachgeschoß eines Aussichtsturms gemütlich einrichten konnte, hatte Rasmus das geschafft. Der Raum war in einen Ess- und einen Wohnbereich unterteilt: Auf der einen Seite gab es einen rostigen Gasherd, eine Spüle, eine Stellage mit zusammengewürfeltem Geschirr und einen kleinen runden Esstisch, auf der anderen standen ein breites Bett und ein überquellendes Bücherregal. Eine Ecke des Zimmers war mit einem Vorhang abgetrennt, hinter dem ich das Badezimmer vermutete. An den Wänden hingen Poster und Filmplakate, die Rasmus ein wenig umgestaltet hatte: Unter anderem entdeckte ich Darth Vader mit roter Gesichtsmaske, Mia aus *Pulp Fiction* mit grünen Haaren und einem kunterbunten Joker aus *The Dark Knight*, was zusammen eine schräge Pop-Art-Collage ergab. Noch viel mehr erstaunte mich allerdings der Fußboden: Auf den ersten Blick hatte ich gedacht, er sei mit merkwürdigen Schlangenlinien verziert; dann aber erkannte ich, dass Rasmus Zitate aus Büchern darauf gepinselt hatte – genauer gesagt jeweils den ersten Satz der Geschichte.

„Du bist ja ein Freak", meinte ich beeindruckt, und Rasmus zuckte bescheiden mit den Schultern.

„Bedenke, dass ich hier ganz alleine und ohne Internet rumsitzen muss", sagte er, aber ich hörte schon kaum mehr zu, sondern war bereits dabei, die verschlungenen Schriftzüge zu entziffern. Ich spazierte über *„Nennt mich Ishmael"* aus *Moby Dick* weiter zu *„Es war ein klarer, kalter Tag im April, und die Uhren schlugen gerade dreizehn …"* aus Orwells *1984*. Als ich *„In einer Höhle in der Erde, da lebte ein Hobbit"* las, musste ich lächeln und setzte dann meinen Weg fort in Richtung Kafkas *„Jemand musste Josef K. verleumdet haben, denn ohne dass er etwas Böses getan hätte, wurde er verhaftet."* Bei Süskinds *„Im achtzehnten Jahrhundert lebte in Frankreich ein Mann, der zu den genialsten und abscheulichsten Gestalten dieser an genialen und abscheulichen Gestalten nicht armen Epoche gehörte"* war ich, ohne es zu bemerken, bis zu der Hälfte des Zimmers gekommen, die Rasmus als Schlafbereich nutzte. Ich riss mich von den Literaturzitaten los und drehte mich schnell um.

„Das ist also der Ort, an dem die Magie stattfindet?", versuchte ich zu scherzen und vermied es dabei, zu seinem zerwühlten Bett zu schauen.

Rasmus runzelte die Stirn. „Nein, Lily", sagte er ernst, „nicht Zauberer. *Engel.*"

Ich schnitt ihm eine Grimasse und ging eilig zum Esstisch hinüber, wo ich meine Bücher und Hefte ablud. Rasmus hatte inzwischen begonnen, an der Küchentheke zu hantieren. Höflich erkundigte ich mich: „Ähm … kann ich dir irgendwie helfen?"

„Dir ein Messer in die Hand geben?", fragte Rasmus zurück, dann lächelte er mich über die Schulter hinweg an. „Nein, lass mal. Und außerdem befreit das erstaunlich coole Aufnehmen eines Engelsoutings von solch niederen Diensten."

„Wenn du wüsstest. Ich habe immer noch das Gefühl, dass mein Schädel jeden Augenblick explodieren könnte", erwiderte ich – doch das entsprach nicht ganz der Wahrheit. Tatsächlich fühlte ich mich genau so, wie Rasmus gesagt hatte: *erstaunlich cool*; und dies war sicherlich der erste Augenblick in meinem Leben, in dem ich etwas Derartiges von mir behaupten konnte. Schön, wenn ich tief in mich hineinhorchte, vernahm ich ein Stimmchen, das abwechselnd hysterisch kreischte und kicherte, aber das war sehr leise und gut auszuhalten. Wenn ich ehrlich war, erschien mir die Geschichte von Rasmus' Herkunft gerade ebenso unfassbar wie die Tatsache, dass ich mich in seiner Küche befand, wo er Tomaten für unser gemeinsames Abendessen schnitt. Er hatte die Ärmel hochgekrempelt und ich konnte von meinem Platz aus sehen, wie sich die Sehnen seines Unterarms bewegten, während er das Messer hob und senkte. Es wirkte so menschlich, so normal – und dann auch wieder nicht. Als ich fühlte, dass mich die Verlegenheit überkam, widmete ich mich mit neuem Eifer meiner Mathematikhausaufgabe. Es gelang mir allerdings nur für zehn Minuten, mich auf Vektorrechnungen zu konzentrieren; dann legte ich meinen Kugelschreiber wieder beiseite und räusperte mich. „Rasmus?"

„Hmm?"

„Ich muss dich das jetzt fragen. Hast du … schon mal Gott getroffen?"

„Nein, du?"

„Komm schon!"

Er grinste und rührte dabei die Soße um. „Ich nehme mal an, wir in unserer Welt sind ihm genauso nah oder fern wie ihr", antwortete er. „Aber ich habe schon geahnt, dass du mir heute noch die Gretchenfrage stellen würdest."

„Margarete fragt Faust, wie er es mit der Religion hält, und nicht, ob er ein Teil davon sein könnte."

Jetzt lachte er richtig, ließ den Kochlöffel in den Topf fallen und drehte sich ganz zu mir um. „Komm her, kleine Streberin, und koste mal."

„Sagte der Junge mit den Literaturzitaten auf dem Fußboden." Ein bisschen beschämt ging ich zu ihm hinüber und probierte. „Schmeckt gut."

„Wirklich? Nicht zu mild? Ich erinnere mich daran, dass du es besonders scharf magst."

Ich erinnerte mich ebenfalls, und zwar an den peinlichen Tabasco-Zwischenfall bei unserem ersten Date. Um Rasmus davon abzulenken (und oh, ich war mir ziemlich sicher, dass er genau Bescheid wusste), fragte ich weiter: „Halten sich, mal abgesehen von den Gefallenen, eigentlich ein paar von euch auf der Erde auf? Wandeln zwischen uns Normalsterblichen, vielleicht als Schutzengel oder so?"

Rasmus nahm eines der vielen Glasgefäße aus dem Küchenregal und fügte der Soße ein Gewürz hinzu, von dem ich nicht einmal den Namen kannte. „Nein", antwortete er ein bisschen geistesabwesend, „unser oberstes Gebot ist es, dafür zu sorgen, dass sich die verschiedenen Welten nicht vermischen. Ich habe es auch nur geschafft, heimlich hierher zu kommen, weil ich ein Wächter des Tores war."

„Wächter? Sind das …"

„Die Besten", unterbrach mich Rasmus, „wenn du mich fragst."

„Ach bitte“, sagte ich etwas quengelig, „kannst du mir nicht ein bisschen mehr erzählen?“

„Natürlich nicht. Ich habe die Grenze schon einmal überschritten, und schau, wohin es mich gebracht hat. Wenn ich jetzt anfange, aus dem Engel-Nähkästchen zu plaudern, glaube ich nicht, dass das gut ankommt.“

„Aber ein bisschen was muss ich doch über dich wissen! Zum Beispiel, ob ich mich noch auf irgendwelche Überraschungen gefasst machen muss.“

„Ich niese mit offenen Augen, trete im Schlaf manchmal um mich und bin ein verdammt guter Monopolyspieler.“ Rasmus ging an mir vorbei, um den Tisch zu decken, aber ich war noch nicht bereit aufzugeben.

„Nein, ich meine die Schnelligkeit und die Stärke und dann diese Unverwundbarkeitssache … Gibt es sonst noch irgendwelche besonderen Eigenschaften, von denen ich wissen sollte?“

„Ich schätze mal, mein überirdisch gutes Aussehen ist dir bereits aufgefallen …“

„Abgesehen davon?“

Jetzt wurde Rasmus wieder ernst. „Wir sind theoretisch in der Lage, den Willen von Kreaturen zu beeinflussen, die nicht aus unserer Welt stammen.“

„*Kreaturen?* Meinst du auch Menschen?“

„Ja.“

Ich schluckte hörbar. „Hast du … kann es sein, dass du das …“

Rasmus stellte die Teller ab und sah mich an. „Nein, Lily“, sagte er dann nachdrücklich. „Ich würde das niemals bei dir versuchen. Es ist sehr gefährlich, den Geist eines Menschen zu beeinflussen. Ich habe diese Fähigkeit in den vergangenen zwei Jahren nur zweimal angewendet – einmal ging es bloß darum, dass ich sofort und ohne Unterlagen an der Schule aufgenommen wurde. Das war eine Kleinigkeit, und die Gefahr hielt sich in Grenzen."

„Und das andere Mal ...?"

„Das war Eric. Ich konnte nicht riskieren, dass er herumerzählte, ich hätte einen *eigentlich* tödlichen Unfall unbeschadet überstanden. Aber ich hatte gerade erst angefangen, als ich bemerkt habe, dass ich dabei war, irreparablen Schaden anzurichten. Also habe ich den Versuch abgebrochen, und ich hatte Glück, dass sich Eric anschließend kaum mehr daran erinnern konnte."

„Gut genug, um mir einen Schrecken einzujagen", bemerkte ich.

„Aber zumindest seiner Zuneigung zur mir hat dieser Zwischenfall keinen Abbruch getan", gab Rasmus trocken zurück und legte eine Handvoll Spaghetti ins kochende Wasser. Während wir darauf warteten, dass die Nudeln al dente wurden, schloss ich zuerst mein Handy an Rasmus' kabelloser Reservestation an und räumte dann den zweiten Stuhl frei, der als Ablage für Bücher und Zeitschriften genutzt wurde. Neben einigen Tageszeitungen fand ich dort Magazine zu den unterschiedlichsten Themen: Politik, Naturwissenschaften, Technik ... und ganz zuunterst entdeckte ich eine Sammlung Teenie-Zeitschriften.

„Was ist denn *das*?", fragte ich fassungslos und zog eine Ausgabe des *Popstar!* Magazins hervor.

„Recherche", erklärte Rasmus nüchtern. „Wir beschäftigen uns da oben mit den Klassikern der Literatur, aber wenn's um Teenie-Idole geht, sieht es mit unserer Bildung ziemlich mau aus."

Ich legte mir die Hand auf den Mund, doch trotzdem entwischte mir ein kleines Kichern.

„Ja, lach du nur. Aber als ich gerade erst hier angekommen war, habe ich viel Nützliches aus diesen Heften gelernt, besonders aus den Fragebögen. Zum Beispiel, dass ich offenbar einem *Team Jacob* angehöre und nicht an einer Krankheit namens *Bieber-Fieber* leide …"

Jetzt war es um meine Selbstbeherrschung endgültig geschehen. Die Anspannung der letzten Stunden fiel mit einem Schlag von mir ab, als ich in schallendes Gelächter ausbrach.

Eine Nudel flog knapp an meinem Kopf vorbei und klatschte hinter mir an die Wand, wo sie kleben blieb. „Essen ist fertig", stellte Rasmus ungerührt fest.

Beim Abendessen zeigte es sich, dass Rasmus ein großartiger Koch war – eine viel nützlichere Fähigkeit als übernatürliche Schnelligkeit und Kraft, wie ich fand. Nach dem Abwasch setzte ich mich wieder an meine Hausaufgaben, und Rasmus holte inzwischen die Lektüre von *Much Ado About Nothing* nach, auf die er sich im Unterricht nicht hatte konzentrieren können. Diesmal konnte allerdings *ich* mich nicht konzentrieren: Mit seinen sarkastischen Kommentaren über das Stück brachte Rasmus mich immer wieder aus dem Konzept, und so war es schließlich fast elf Uhr abends, als wir fertig wurden.

Ich machte mit kaltem Wasser eine schnelle Katzenwäsche und kam dann zögernd hinter dem Badezimmervorhang hervor. Rasmus hatte alle Campinglampen bis auf eine ausgeschaltet und saß jetzt auf der einen Hälfte seines Bettes, den Rücken gegen die Wand gelehnt. Nervös nestelte ich am Saum des schwarzen T-Shirts herum, das er mir für die Nacht geliehen hatte. Es war mir zwar viel zu groß, aber ich wäre froh gewesen, wenn es mir bis zu den Knien gereicht hätte. Natürlich bemerkte Rasmus meine Befangenheit und konnte sich wohl nicht verkneifen zu sagen: „Du solltest das Shirt behalten. Es steht dir eindeutig besser als mir."

Hoffentlich passte es auch zu dem dunklen Rot, das meine Wangen nun angenommen hatten. Rasmus' Grinsen vertiefte sich, und er rückte noch ein Stück zur Seite. „Na los, spring rein. Ist ja eigentlich nichts Neues für uns."

Das stimmte allerdings, und immerhin war diesmal keine unseriöse Unterwäsche im Spiel. Auf bloßen Füßen tapste ich zum Bett und kroch unter die Decke, die Rasmus mir großzügig überlassen hatte. „Ist dir nicht kalt?", fragte ich.

Rasmus zog eine Augenbraue hoch.

„Oh, ach ja, die Engelsache, wie konnte ich das vergessen, ihr friert wohl nicht", blubberte ich, um diesen plumpen Anmachspruch wettzumachen. Ich hörte erst auf zu stammeln, als Rasmus zu mir herübergerutscht war und einen Arm um mich gelegt hatte.

„Ich finde es gut, dass du das vergessen kannst", murmelte er in mein Haar. „Es genügt schon, dass ich mich auf Schritt und Tritt von den Richtern prüfend beobachtet fühle."

„Dann musst du eben vorsichtig sein. Wehe, du haust einfach so ab."

„Tu ich nicht", versicherte er mir. „Es gibt noch so viel, was ich hier erleben möchte."

Mit mir, dachte ich glücklich und schmiegte mich noch ein bisschen enger an ihn.

„Zum Beispiel hab ich da etwas über Cola light und Mentos-Bonbons gehört", redete er weiter. „Das muss ich unbedingt noch ausprobieren, bevor ich verschwinde."

„Für solche Sachen bist du zu alt", sagte ich mit kaum verhohlener Irritation in der Stimme, aber schon hatte sich Rasmus über mich gerollt und gab mir einen schnellen Kuss auf den Mund.

„Wahrscheinlich hast du Recht", stimmte er amüsiert zu.

Nur widerwillig schob ich ihn ein Stück von mir weg, als mir etwas einfiel, und ich sah stirnrunzelnd zu ihm hoch. „Wie alt bist du eigentlich?“

„Schwer zu sagen. Im Licht vergeht die Zeit nicht so wie hier. Es könnte sein, dass ich tausend Erdenjahre alt bin, oder noch älter.“

Ich musste schlucken. „Das ist … ein klein wenig beunruhigend.“

„Na ja, aber so kann man wie gesagt nicht rechnen. Genaugenommen zählt nur die Zeit, die ich am Stück auf der Erde verbracht habe. Also bin ich heute zwei Jahre alt geworden.“

„Ach so, na dann!“

Er lachte über das irrationale Entsetzen in meiner Stimme, und mir kam plötzlich ein Gedanke. Ich wusste nicht, ob es taktlos war, ihn auszusprechen, aber diesbezüglich gehörte Zurückhaltung ja nicht gerade zu meinen Stärken. Also platzte ich einfach damit heraus: „Happy Birthday, übrigens.“

Für einen Moment wurde sein Gesicht ernst, als müsste er sich meine Worte durch den Kopf gehen lassen; dann verzog sich sein Mund langsam zu einem breiten Lächeln. „Das ist es tatsächlich, wer hätte das gedacht. Und wie soll der Anlass gefeiert werden?“

„Keine Ahnung. Zum zweiten Geburtstag empfiehlt sich wahrscheinlich Topfklopfen oder Blinde Kuh.“

„Bitte was?“

„Das sind Spiele.“

„Mit Kochgeschirr und sehbehindertem Nutzvieh?“

„Nicht so wichtig. Und dann bekommt man eine Torte, und während man die Kerzen auspustet, darf man sich etwas wünschen.“

„Ihr scheint euch ja wirklich alle naselang etwas zu wünschen. Sogar bei ausgefallener Körperbehaarung, wie ich kürzlich erfahren habe."

„Nur bei Wimpern", erwiderte ich etwas verlegen. „Aber Sternschnuppen gehen auch."

„Damit kann ich vielleicht dienen", verkündete Rasmus, richtete sich auf und zog die Jalousien an dem Fenster hoch, das sich direkt über uns in der Dachschräge befand. Durch diese kleine Luke konnte man, wenn man auf dem Rücken lag und den Kopf ein bisschen nach hinten neigte, den Nachthimmel sehen.

„Wenn ich mich recht erinnere, hatte ich dir ja bei unserem ersten Date etwas in der Art versprochen", meinte Rasmus zufrieden und ließ sich wieder neben mich auf die Matratze fallen.

„*Ich* erinnere mich ganz genau. Es war wirklich irrsinnig romantisch."

„In diesem Moment habe ich es einfach viel zu sehr bedauert, dass du keinerlei Anstalten gemacht hast, in den Abgrund zu plumpsen", antwortete er entschuldigend.

„Charmant. Und nur, weil du unbedingt den Helden spielen wolltest."

„Tja, diese Rolle kann ich mir wohl endgültig abschminken." Ich bemerkte deutlich den bitteren Ton, der sich in seine Stimme geschlichen hatte, und ich ahnte, dass er in Gedanken gerade noch einmal miterlebte, wie ich in der Allee um mein Leben kämpfte. Vorsichtig löste ich mich aus seiner Umarmung und stützte mich auf die Ellbogen, um ihm in die Augen zu sehen. Sofort veränderte sich sein Gesichtsausdruck: Es war ihm offenbar gelungen, seine düsteren Überlegungen abzuschütteln, denn als er meinen Blick erwiderte, tauchte das wohlbekannte Grübchen in seiner Wange auf. „Aber das Gute am Heldenspielen ist ja nicht unbedingt die Rettung", fügte er hinzu, umfasste blitzschnell meine Taille und zog mich an sich heran.

„Ach nein?“, fragte ich atemlos.

„Überhaupt nicht. Interessant wird es doch erst, nachdem der Held mit seinem Mädchen in den Sonnenuntergang geritten ist. Was davor kommt, ist überbewertet.“

„Hoffnungslos überbewertet“, stimmte ich eilig zu, bevor Rasmus mir den Mund verschloss.

Wieder war ich es, die sich zuerst losriss. Mir spukten einfach noch zu viele Fragen im Kopf herum. „Glaubst du, die Richter werden es akzeptieren, dass du dich ihrer Bewährungsprobe gar nicht mehr stellen möchtest? Werden sie nicht versuchen, dich irgendwie zum Handeln zu zwingen, oder dir schon eine harmlose Tat als Rettung anrechnen? Und dann würde mich auch noch interessieren ...“, da legte mir Rasmus die Hand auf den Mund. „Gibt es in deiner Welt eigentlich Fernsehen?“, nuschelte ich an seinen Fingern vorbei.

„Okay, stopp!“, schnitt mir Rasmus das Wort ab. „Ja, ich weiß, das sind fast alles berechtigte Fragen. Aber ich kann schließlich nichts anderes tun, als vorsichtig zu sein und das Beste zu hoffen. Was in diesem Fall wäre, dass die Richter es irgendwann leid sind, sich mit mir zu befassen.“

„Aber ...“

„Und ich weiß auch, dass die Chancen dafür ziemlich schlecht stehen. Ich könnte mir jetzt Sorgen darüber machen, wie ich den nächsten Jahrestag erleben soll ... und wie ich ihn *über*leben soll, wenn wir schon mal dabei sind. Aber in 364 Tagen scheint mir ein besserer Zeitpunkt dafür zu sein.“

„Aber ...“

„Hey, Lily“, unterbrach mich Rasmus schon wieder, „hören wir doch jetzt mal damit auf, darüber nachzudenken, dass wir strenggenommen nicht derselben Art angehören. Stattdessen werden wir weiter wie ein ganz normales Paar daliegen und grundlos in den Sternenhimmel starren. Ich kannte das bisher nur aus schmalzigen Filmen und stelle fest, dass es mir gefällt."

Ich schluckte also meine restlichen Fragen hinunter und ließ es zu, dass Rasmus mich wieder auf die Matratze zurückzog. Dann aber sagte ich – und klang dabei kecker, als ich es mir selbst zugetraut hätte – : „Ein ganz normales *Paar*? Sind wir das jetzt?"

Obwohl ich von meiner Position aus Rasmus' Gesicht nicht sah, konnte ich förmlich *spüren*, wie er grinste. „Tritt mir den Pizzarand ab", antwortete er in perfekter Imitation meines bemüht lockeren Tonfalls von damals, „und wir sind es."

13. Kapitel

„Die starren uns alle an“, wisperte ich unbehaglich, während ich mich bemühte, meine Schritte an die von Rasmus anzupassen. Hüpfend wie ein Kleinkind steuerte ich neben ihm auf das Schultor zu, bis er meine Anstrengung bemerkte. Er verlangsamte sein Tempo und legte mir den Arm um die Schultern, was die Mienen unserer Mitschüler noch einen Tick perplexer werden ließ.

„Das liegt an mir“, behauptete Rasmus munter, „ich hab heute einen Bad-Hair-Day.“

Ich warf ihm einen vielsagenden Seitenblick zu. „Erstens … *nein*. Und zweitens starren sie sehr wohl uns beide an!“

Ich spürte, wie er neben mir unbekümmert die Achseln zuckte; dann zog er seinen Arm wieder weg, um das Schultor zu öffnen und für mich aufzuhalten. Hocherhobenen Hauptes schritt ich an ihm vorbei in das Gebäude und versuchte dabei zumindest annähernd so gelassen zu wirken wie er. Das einzig Positive, was ich dieser Situation abgewinnen konnte, war, dass sich die meisten Schüler bereits in den Klassen befanden und wir somit noch relativ wenig Aufmerksamkeit erregten. Rasmus hielt nämlich ganz offensichtlich nichts vom Frühaufstehen:

Beim ersten Schrillen seines rostigen Weckers hatte er diesen mit einer nachlässigen Bewegung vom Nachttisch gefegt und sich dann wieder unter der warmen Decke zusammengerollt. Dabei hatte er ein so verlockendes Bild geboten, dass es mir ebenfalls schwergefallen war, aus dem Bett zu steigen. Schließlich hatte uns mein Handy erneut – und reichlich spät – aus dem Schlaf gerissen:

Jinxy hatte angekündigt, dass sie am Vormittag zum Arzt gehen würde, und wenn der Doktor ihr grünes Licht gab, würde sie ab der Mittagspause wieder in der Schule sein.

„Okay“, sagte Rasmus mit gespieltem Tatendrang und einem schnellen Blick auf seine Armbanduhr, „auf in den Englischkurs!“ Nachdenklich fügte er dann hinzu: „Ich frage mich, wie das wohl wird.“

„Wieso?“ Ich blieb direkt vor der Klassentür stehen und sah ihn verwirrt an.

„Na ja – denkst du nicht, dass es irritierend sein könnte, mit der Person im selben Klassenzimmer zu sitzen, mit der man zusammen ist?“

„Überhaupt nicht“, antwortete ich lässig. „Ich hatte in den letzten Wochen das Gefühl, direkt vor einem Verrückten zu sitzen, einem Einbrecher, einem Schlägertypen, jemandem, der mich gern sterben sehen will … Das wird jetzt zur Abwechslung mal so richtig entspannend.“

„Wie du meinst.“ Das Grübchen in Rasmus‘ rechter Wange verhieß nichts Gutes, aber ich hatte keine Zeit, mir darüber Gedanken zu machen. Am anderen Ende des Flurs war bereits Professor Scott aufgetaucht, also huschte ich vor Rasmus in die Klasse und setzte mich schnell auf meinen Platz. Das Tuscheln um mich herum hielt sich in Grenzen: Anscheinend hatten die meisten nicht bemerkt, dass ich in Rasmus‘ Auto zur Schule gekommen war. Erleichtert wartete ich ab, bis alle Namen aufgerufen worden waren, dann kramte ich meine Federtasche hervor und begann mir Notizen zu machen. Erst das Schaben von Stuhlbeinen über den Boden riss mich aus meiner Konzentration. Die plötzliche Wärme an meinem Nacken verriet mir, dass sich jemand über meine Schulter beugte.

„Hättest du mal einen Bleistift für mich?“, hörte ich Rasmus leise fragen. Sein Atem kitzelte meinen Hals. Ein Schauer lief meine Wirbelsäule hinunter.

„Aber selbstverständlich", flüsterte ich zurück und hielt einen Stift hoch, ohne mich umzudrehen. Die Hitze an meinem Nacken verschwand, und langsam entspannten sich meine Schultern wieder. Was für ein absolut … *jämmerlicher* Versuch, mich aus der Fassung zu bringen. Gemütlich lauschte ich Professor Scott, wie er unser neues großes Thema einleitete: Jane Austen. Ich wurde sogar noch vergnügter, als er uns eröffnete, dass wir mit *Stolz und Vorurteil* beginnen würden. Auf die Frage, wer von uns das Buch bereits gelesen hatte, sahen die meisten Jungen einander betreten an, während die Hände aller Mädchen in die Höhe schossen. Viele von meinen Mitschülerinnen hatte ich allerdings in Verdacht, nur den – zugegebenermaßen wundervollen – Film gesehen zu haben, und der Professor schien dasselbe zu vermuten: Deshalb wählte er wohl auch bewusst mich dafür aus, eine kurze Inhaltsangabe des Romans zu liefern.

„Die Hauptpersonen sind der reiche Fitzwilliam Darcy und Elizabeth Bennet, die als zweitälteste von fünf Schwestern in einfacheren Verhältnissen aufgewachsen ist", begann ich genüsslich. „Dass Mr Darcy in Elizabeths Augen allzu stolz auftritt, weckt in ihr schnell Abneigung und Vorurteile …" In meiner Hosentasche begann mein Handy zu vibrieren. Eilig zog ich es hervor und drückte auf eine Taste, während ich weiterredete: „Der zentrale Konflikt dabei ist natürlich, dass …" Ich warf einen kurzen Blick unter den Tisch und wurde knallrot im Gesicht. Rasmus hatte mir eine SMS geschrieben. „… ist natürlich, dass …", wiederholte ich gepresst und räusperte mich. Ich konnte nicht anders, als die SMS noch einmal zu lesen. Und wurde noch röter.

„Lily, ist Ihnen nicht gut?", fragte Professor Scott leicht gereizt.

„Oh doch, und wie", stammelte ich. „Ich meine, doch, bestens. Der zentrale Konflikt ist, dass sich Elizabeth trotz ihrer zur Schau gestellten Gleichgültigkeit doch von Mr Rarcy angezogen fühlt. Ich meine, Mr Darcy."

„Na schön", sagte der Lehrer nach einer kurzen Pause und seine Stirn glättete sich wieder. „Fahren wir also fort."

Ich sank auf meinem Stuhl zusammen und wischte mir möglichst unauffällig die verschwitzten Handflächen an meinen Jeans ab. Als nach einer halben Ewigkeit – in der ich Rasmus' Grinsen über meinem Kopf schweben fühlte wie das der Cheshire Cat – die Pausenglocke ertönte, sprang ich sofort auf und sauste zur Tür hinaus, bevor die anderen überhaupt Gelegenheit hatten, ihre Sachen zusammenzupacken. Ein Teil von mir wollte wirklich gerne auf Rasmus warten, aber ein anderer Teil hatte nicht übel Lust, ihn für seine Unverschämtheit ein bisschen zu bestrafen. Außerdem fühlte ich mich immer noch etwas zu … erhitzt. Ich marschierte also schnurstracks zu Grabowskis Klassenzimmer, und auch in den Pausen danach gelang es mir, ein Zusammentreffen mit Rasmus zu vermeiden – in letzter Zeit hatte ich darin ja ganz schön viel Übung gehabt. Dafür stieß ich nach der Sportstunde mit Eric zusammen, der sich mir urplötzlich direkt in den Weg stellte.

„Hi." Er verschränkte die Arme vor der Brust, was den wenig herzlichen Ausdruck in seiner Stimme unterstrich.

„Hallo, Eric. Entschuldige, aber ich hab es etwas eilig …"

„Sag mal – du bist doch heute im Wagen von Rasmus hergekommen", unterbrach er mich. „Wie ist das, hat er dich auf dem Weg zufällig getroffen und mitgenommen?"

Es hörte sich so an, als wäre das für ihn die einzige akzeptable Möglichkeit. Einen Moment lang erwog ich, ihm zuzustimmen, aber dann setzte sich mein Stolz durch. „Nicht direkt“, erwiderte ich knapp.

Eric nickte langsam, und ich wollte mich schon an ihm vorbeidrängen, als er düster vor sich hin murmelte: „Dachte ich mir schon. Du hast schließlich dieselben Sachen an wie gestern.“

Ich stoppte abrupt, einen Fuß noch in der Luft. „Ja, also, das finde ich nun doch ein bisschen merkwürdig, dass dir so etwas auffällt“, rutschte es mir heraus, und lauter fügte ich hinzu: „Wieso interessiert dich das eigentlich?“

Anstatt auf meine Frage einzugehen, hob Eric eine Augenbraue und erkundigte sich spöttisch: „Seid ihr jetzt … ein Paar, oder was?“ Er lachte trocken auf, so als wäre schon allein der Gedanke irgendwie abartig. Ich sah ihm forschend ins Gesicht und fragte mich dabei, an wie viel von dem Autounfall er sich wohl noch erinnern konnte. Genug, um eine gewisse Scheu vor Rasmus zu haben jedenfalls, und weil er sich diese Furcht nicht erklären konnte, äußerte sie sich anscheinend als tiefste Abneigung. Ich war schon fast so weit, Mitleid für Eric zu empfinden, als mir einfiel, dass er bereits bei unserem allerersten Zusammentreffen über Rasmus hergezogen war. Augenblicklich verflüchtigte sich meine Nachsicht, und ich reckte trotzig das Kinn vor.

„Ja, und?“, fragte ich und war ziemlich zufrieden mit meinem spitzen Tonfall.

Eric trat noch einen Schritt auf mich zu und verzog dabei abschätzig den Mund. „Ich finde das äußerst fragwürdig“, bemerkte er.

„Und ich finde deine Frisur fragwürdig“, ließ sich plötzlich Jinxy neben mir vernehmen. Während Eric besorgt nach seinen aschblonden Haaren griff, hakte sie sich bei mir ein und zerrte mich mit sich.

„Willkommen zurück – und danke“, sagte ich erleichtert, sobald wir um die Ecke gebogen waren, „das war gerade wirklich peinlich.“

„*Du* bist wirklich peinlich!“, rief sie aus und ließ mich los. „Du und der Klopapiermann? Ernsthaft? Schon wieder?“

„Was für ein Klopapiermann?“, mischte sich Sam ein, der gerade aus einem Klassenraum geschlendert kam. Er stellte sich neben Jinxy, und beide starrten mich an. Wie angenehm.

„Hört mal, Leute“, sagte ich ein bisschen bockig, „ich habe jetzt keine Lust, über Rasmus und mich zu reden.“

„Ach so“, murmelte Sam in sich hinein, „*der* Klopapier…“

„Das halte ich ja im Kopf nicht aus!“, stöhnte Jinxy dazwischen. „Wie oft warst du jetzt schon gekränkt oder erschrocken wegen seines Verhaltens und wolltest nichts mehr mit ihm zu tun haben?“

„Ich habe da auch irgendwie den Überblick verloren“, warf Sam verbittert ein.

„Ja, ehrlich, Lily – ihr liefert allmählich genug Material für eine Telenovela!“

„Ihr versteht das nicht“, versuchte ich die beiden zu beschwichtigen. „Als ich gestern bei ihm übernachtet habe, hat er mir Dinge über sich erzählt …“ Ich brach ab, während ich die Emotionen von den Gesichtern meiner Freunde abzulesen versuchte. Nein, es war unmöglich – ich konnte es ihnen nicht anvertrauen. Sam sah immer noch entsetzt aus, und Jinxy machte den Eindruck, als wollte sie gleich einen Psychologen kontaktieren; und das, bevor ich überhaupt auf Engel zu sprechen gekommen war.

„Dinge?", hakte sie jetzt nach, und ihre Nase kräuselte sich, als ich immer noch zögerte. „Meinst du so etwas wie seine geheimsten Fantasien ...?"

„Oh Jinxy, ich bitte dich!", rief ich schnell. „Nein, ich meine einfach, dass er sich endlich geöffnet hat. Er hat mir vorher ja nie von seiner Vergangenheit erzählt, aber jetzt scheint er mir zu vertrauen, und ... es ist jetzt alles anders."

„Alles ist anders, ja? Entschuldigt er sich von jetzt an mit einem herzlichen Pardon, nachdem er sich mit anderen geprügelt oder dich in der Schule zur Schnecke gemacht hat?"

„So weit wird es gar nicht mehr kommen", sagte ich fest.

Jinxy schüttelte noch einmal den Kopf, dann hakte sie sich wieder bei mir ein. „Na schön, du musst es ja wissen. Falls er sich wieder als Grottenolm erweisen sollte – du weißt, ich liebe dich innig und stehe immer hinter dir." Sie schob ihren anderen Arm unter Sams Ellbogen und lotste uns in Richtung Cafeteria.

„Ich", begann Sam und räusperte sich, „stehe auch hinter dir."

Und ich für meinen Teil hoffte, dass Mousse au chocolat auf dem Menüplan stand, was Jinxys gemeines kleines Kichern zum Verstummen bringen würde. Dieser Tag setzte sich entschieden anstrengender fort, als er begonnen hatte.

Kaum dass ich nach Unterrichtsschluss aus dem Schultor getreten war, stand Rasmus auch schon neben mir. Sein gespielt vorwurfsvoller Gesichtsausdruck konnte nur schlecht seine Belustigung verbergen, als er bemerkte: „Du gehst mir ja wieder aus dem Weg. Ich dachte wirklich, diese Phase hätten wir hinter uns."

„Pah“, brach es wütend aus mir hervor, „du weißt doch genau, warum ich das tue. Das in Englisch war unglaublich fies!“

Rasmus riss überrascht die Augen auf. „Tatsächlich? Und dabei so nett gemeint.“

Ich suchte nach einer schlagfertigen Antwort und brummte schließlich nur: „Jedenfalls gehört es nicht hierher.“

„Da hast du wohl Recht. Und jetzt zu einem ganz anderen, gar nicht verwandten Thema: Hast du heute Nachmittag Zeit? Kann ich später bei dir vorbeikommen?“

„Meine Eltern sind nicht da.“

„Ähm“, machte Rasmus gedehnt und kratzte sich im Nacken, „tja, das ist natürlich schade.“

Ich musste lachen. „Nein, ich meine, was sollen die Nachbarn denken, wenn in der Abwesenheit meiner Eltern fremde Männer durch meine Tür ein und aus gehen?“

„Dann komme ich eben durchs Fenster. Das pflegen übernatürliche Wesen so zu tun, habe ich irgendwo gelesen.“

„Ach, *irgendwo*? Mir scheint, da fehlt noch ein ganz bestimmtes Literaturzitat auf deinem Fußboden.“

„Ich habe keine Ahnung, wovon du sprichst“, gab Rasmus würdevoll zurück. „Also, wie sieht's aus?“

Ich war kurz, ganz kurz davor, freudig zu nicken, aber dann setzte sich meine gute alte Strebermentalität durch. „Geht nicht. Professor Grabowski hat uns für morgen einen extrem wichtigen Test angekündigt.“

„Schon klar, gegen Grabowski komme ich nicht an. Hm … soll ich dich nach Hause fahren?“

Dieses sehr durchschaubare Angebot brachte mich wieder zum Lachen. „Ich muss heute *wirklich* lernen! Und ich sollte mit Jinxy den Bus nehmen, um sie ein wenig zu besänftigen. Ich hab ihr vorhin von uns erzählt.“

„Und sie ist nicht einverstanden?"

„Sie und Sam finden wohl, dass wir uns so aufführen wie Ross und Rachel."

„Oh …"

„Mach dir nichts draus", beruhigte ich ihn und tätschelte gönnerhaft seinen Arm, „Infos über eine so alte Serie findest du sicher nicht in aktuellen Teenie-Magazinen."

„Nein, ich wundere mich nur über diesen unpassenden Vergleich. Du bist doch ganz eindeutig eine Monica."

Ich holte tief Luft, um ihm zu widersprechen, doch aus irgendeinem Grund fiel mir nichts ein. Deshalb blieb ihm ärgerlicherweise das letzte Wort, als er mir einen raschen Kuss gab und in Richtung seines parkenden Autos davonschlenderte.

Seine Hände verkrampften sich um das Lenkrad, und er starrte so verbissen auf die Wagenkolonne vor ihm, als könnte er sie allein durch die Kraft seines Willens zwingen, schneller zu fahren. Wegen des trüben Regenwetters hatte sich der Himmel derart verdunkelt, dass bei vielen Autos bereits die Scheinwerfer brannten, obwohl es erst früher Nachmittag war. Er wusste, dass ihm mehr als genug Zeit blieb, und doch fiel es ihm schwer, seiner Ungeduld Herr zu werden. Lily hatte keinen Zweifel daran gelassen, wie weit die Beziehung sich bereits entwickelt hatte: Nach Monaten der bangen Sorgen und Misserfolge hatte er sie endlich genau dort, wo er sie brauchte. Es gab keinen Grund mehr, es jetzt noch aufzuschieben, und da sein Weg nun klar vor ihm lag, konnte er es kaum erwarten, seinen Plan in die Tat umzusetzen. Zwar bemühte er sich, seine Euphorie ein wenig zu bändigen – er würde sich in Acht nehmen müssen, damit er sich heute nicht die Finger verbrannte –, aber die Genugtuung, die ihm dieser Abend verhieß, beschleunigte seinen Herzschlag. Heute. Nach heute würde es endgültig vorbei sein.

Die Busfahrt mit Jinxy gestaltete sich weniger vergnüglich als erhofft – tatsächlich zog sie sich wie ein ausgiebig gekauter Kaugummi. Stoisch ließ ich zahlreiche Beziehungsratschläge über mich ergehen, von denen mir die meisten eher Angst einjagten, als dass sie hilfreich gewesen wären. Bis zum Ende der Fahrt hatte ich meine beste Freundin immerhin so weit, dass sie dem „Projekt Lily und Rasmus" nicht mehr skeptisch, sondern sogar mit einer voyeuristisch angehauchten Vorfreude entgegensah. Etwas erschöpft sprang ich aus dem Bus und stapfte auf mein Zuhause zu, wobei es mir nicht gelang, allen Pfützen auszuweichen. Es hatte den ganzen Vormittag geregnet, und die schweren Wolken am düsteren Himmel machten den Eindruck, als könnten sie jederzeit noch etwas ausspucken. Eilig kramte ich meinen Schlüsselbund hervor und war schon dabei aufschließen, als ich mitten in der Bewegung innehielt und mich lauschend aufrichtete.

Hinter dem Haus ertönte ein Rascheln.

„Ma? Pa?" Blödsinn, ich wusste doch, dass sie erst in drei Tagen aus Prag zurückkommen würden. Ein kleines Grinsen schlich sich auf mein Gesicht, während ich die Stufen vor der Eingangstür wieder hinunterstieg und mich dann leise an der Hauswand entlangtastete. Offenbar hatte Rasmus eine ganz eigene Vorstellung davon, wie wir den Nachmittag verbringen sollten. Tja, dann würde er mir eben beim Lernen helfen müssen.

„So was nennt man Hausfriedensbruch!", rief ich und sprang an der Ecke vorbei auf den Rasen. Gleich darauf kam ich mir ziemlich bescheuert vor – bis auf eine mürrisch aussehende Krähe war der Garten hinter dem Haus völlig leer. Ich versuchte mir nicht einzugestehen, wie enttäuscht ich war, und wollte gerade zur Vordertür zurückzukehren, als ich über mir das Küchenfenster klappern hörte. Danach ein dumpfer Aufprall, ich fuhr zusammen und drehte mich um, bevor sich etwas auf mein Gesicht presste. Eine Hand hielt mich im Nacken fest, während ich würgte und spuckte und nach Atem rang, bis mir von dem scharfen Gestank die Tränen über die Wangen liefen. Mein Kopf sackte nach hinten. Die Hand ließ mich los. Ich glaubte zu fallen … und dann nichts mehr.

14. Kapitel

Das Erste, was mir auffiel, war die Kälte. Sie kroch durch meine Hosenbeine, meine Jacke, in meine Haare, und ich erkannte, dass ich auf dem Boden saß, den Rücken gegen eine feuchte Wand gelehnt. Als ich mich bewegte, kippte mein Kopf nach vorne, und mir fehlte die Kraft, um ihn wieder zu heben. Meine Kehle brannte, als hätte ich mit Salzsäure gegurgelt. Vielleicht hatte ich das ja. Gott, war ich müde. Meine Gedanken drifteten ab, und für einen Moment versank ich im weichen, warmen Nichts, bis ich mich erneut auf dem ungemütlichen Felsboden wiederfand. Ja, Felsboden, das war es. *Konzentrier dich.* Ich versuchte die Augen zu öffnen, mir an den schmerzenden Hals zu fassen, und wie ein Stromschlag durchzuckte mich die Erkenntnis, dass ich es nicht konnte. Der Schock holte mich aus meinem Dämmerzustand heraus, und ich begriff, dass ich weder blind noch gelähmt war. Meine Augen *waren* offen, bloß war es hier verdammt finster, und meine Hände wurden von irgendetwas zusammengehalten. Jetzt bemerkte ich auch, dass ich fast kein Gefühl mehr in den Armen hatte, weil mir an den Handgelenken das Blut abgeschnürt wurde. Handschellen? Das war lächerlich. *Konzentrier dich.*

Langsam zog ich meine Füße an mich heran und rollte mich auf die Knie. Dann versuchte ich mich aufzurappeln; ich brauchte mehrere Anläufe, weil mir vor Schwindel richtig schlecht wurde, doch schließlich stand ich aufrecht. Es fühlte sich so an, als würde mein Körper von einem Bündel weichgekochter Spaghetti gestützt anstatt von Beinen, aber es ging. Meine Hände hingen jetzt nach unten, und als das Blut kribbelnd hineinfloss, spürte ich, dass meine Gelenke von etwas Metallenem zusammengedrückt wurden. Das waren tatsächlich Handschellen – ich schob meine Arme ein bisschen hin und her – die offenbar an Ketten befestigt waren. Ich hörte das Klirren, als sie über die Felswand schabten. Verrückt. Abartig. Eine Woge von Panik stieg in mir hoch, und ich drängte sie mit aller Kraft wieder zurück.

„Okay", murmelte ich, als könnte ich mich an diesem Wort irgendwie festklammern. „Okay, okay, okay. Ich krieg das hin." *Handy.* Ich tastete mit dem Fuß links und rechts von mir den Boden ab, bis ich auf etwas Weiches trat. Da lag wahrhaftig meine Tasche, halb geöffnet, und mit einigen Verrenkungen gelang es mir, mein Telefon hervorzuholen. Entführer, die mir all meine Sachen ließen? Ich versuchte, nicht über die Absurdität dieser ganzen Situation nachzudenken, oder darüber, dass die Typen ihren Fehler jeden Augenblick erkennen und zu mir zurückkehren konnten. Stattdessen ließ ich meine immer noch tauben Finger über die Tasten wandern und zwang mein benebeltes Hirn, jeden Schritt mitzudenken. Jinxy zuliebe hatte ich schon oft genug blind unterm Tisch SMS schreiben müssen; vor allem in den Mathestunden, in denen sie mich meistens irgendwie dazu brachte, sie zu unterhalten. Mitteilungseingang – letzte Nachricht. Öffnen – Antwort. Ich hielt den Atem an, als ich anfing zu tippen. *Ich krieg das hin.*

Seit sich meine Augen an die Dunkelheit gewöhnt hatten, wusste ich, wo ich war. Von hier aus konnte ich nicht nach draußen sehen, aber die ovale Öffnung der Felsnische, in der ich mich befand, war mir gleich bekannt vorgekommen. Schließlich war ich die Szene, die sich damals auf der Plattform direkt vor dieser Höhle abgespielt hatte, wieder und wieder in meinem Kopf durchgegangen, um herauszufinden, was ich falsch gemacht hatte.

Bin im Steinbruch, schrieb ich an Rasmus. *Hilfe.* Und senden. Das Handy glitt mir aus den Fingern und landete klappernd hinter mir auf dem Felsboden. Es blieb mir nichts anderes, als zu warten.

Als meine Beine zu zittern anfingen – ich wusste nicht, ob das an der Kälte lag oder an der Anstrengung, die mir das Stehen immer noch bereitete –, rutschte ich an der Wand entlang wieder in eine sitzende Position. Dann zog ich die Knie an die Brust und rollte mich möglichst eng zusammen, doch gegen das Frieren half es wenig. Ich versuchte mir vorzustellen, wo Rasmus gerade war und wie lange es dauern würde, bis er mich erreichte. Jetzt hatte er die SMS gelesen, jetzt den Aussichtsturm verlassen, und nun war er bestimmt schon in seinem Auto und auf dem Weg hierher. Wie viele Minuten also noch, fünf? Mehr? *„Ich wohne am Stadtrand"*, hatte er damals im Kino zu mir gesagt. *„Dort in der Nähe gibt es einen Ort, an dem man tatsächlich die Sterne sehen kann."* In der Nähe. Wie nahe war das genau? – Und was, wenn Rasmus gerade irgendwo unterwegs war? Oder wenn sein Wagen gar nicht ansprang? Zuzutrauen wäre es dieser Schrottkarre ja!

Meine Atmung beschleunigte sich, und ich merkte, dass das Schwindelgefühl zunahm. Als mich die Benommenheit von vorhin wieder zu überwältigen drohte, lehnte ich die Stirn gegen meine Knie und zwang mich, tief und regelmäßig Luft zu holen. Die Kälte verstärkte zwar meine Halsschmerzen, aber zugleich sorgte sie dafür, dass sich die Nebel in meinem Kopf allmählich lichteten. Rasmus war schnell und stark und praktischerweise auch noch unsterblich – es würde eine Kleinigkeit für ihn sein, mich heil hier rauszubringen. An diesem Gedanken hielt ich mich fest, wiederholte ihn immer wieder und versuchte damit die Frage zu verdrängen, wer wohl zuerst bei mir sein würde: Rasmus oder die Entführer …

Das Schaben am Höhleneingang war kaum lauter als meine Atemzüge, doch ich riss sofort den Kopf hoch und starrte der Gestalt entgegen, die fast die ganze Öffnung ausfüllte. Sie sah aus, als wäre sie mitten in einer schnellen Bewegung eingefroren, und auf ihrem Gesicht lag ein Ausdruck, der ziemlich deutlich besagte:

Was zum Teufel …?

„Rasmus“, keuchte ich und brach dadurch den Bann. Mit zwei langen Schritten hatte er mich erreicht, dann ging er vor mir in die Hocke.

„Bist du okay?“, fragte er leise, und ich schaffte nicht mehr, als wortlos zu nicken. Rasmus half mir auf die Füße; dabei warf er einen schnellen Blick zurück zum Höhleneingang. „Schön, du hast gewonnen“, bemerkte er, und es hörte sich beinahe entschuldigend an. „Ich sehe es ein: Das hier ist *tatsächlich* ein ungeeigneter Ort für ein Date.“

Mir entwischte ein hysterisches kleines Kichern, und damit schien sich die Angst, die mir zuvor die Kehle zugeschnürt hatte, ein wenig zu lösen. „Ich verstehe das nicht“, stammelte ich vor mich hin, während Rasmus sanft hinter mich griff und nach meinen Handgelenken tastete. „Ich meine, klar, meine Eltern haben ein paar wertvolle Antiquitäten, aber die hätten die Typen doch einfach nehmen können. Unser Haus sieht doch nicht so aus, als würden sich Kidnapping und Erpressung lohnen, oder? Warum sollte jemand so etwas tun?“

„Ich weiß es nicht“, antwortete Rasmus ruhig, „aber ich krieg es raus. Und zuallererst mache ich dich von diesen Dingern los.“

„Du hast keinen Schlüssel.“

„Das ist wahr.“ Er öffnete meine Tasche und zog einen Packen Zettel hervor.

„M… meine Notizen", stotterte ich, „was machst du da?"

„Du bist so ein Mädchen, das eher eine Büroklammer bei sich hat als eine Haarklammer", meinte Rasmus, nachdem er sich aufgerichtet hatte, und er lächelte fast. „Okay, jetzt bitte stillhalten."

Er kam ganz dicht heran und legte wieder die Arme um mich, sodass ich seine Körperwärme auf meiner eisigen Haut spüren konnte. Ich senkte den Kopf und sah, wie sich seine Brust hob und senkte, während er konzentriert an den Handschellen herumwerkte. Dann spannten sich seine Muskeln kurz an, und gleich darauf verschwand der Druck um meine Gelenke. Aufatmend rieb ich über meine geschundene Haut und bewegte probeweise die Hände hin und her. Rasmus ließ zufrieden die aufgebogene Büroklammer fallen.

Stirnrunzelnd sah ich ihn an. „Das hast du nicht zum ersten Mal gemacht."

„Ich hätte sie wahrscheinlich auch aufbrechen können, aber ich wollte dir nicht wehtun", sagte Rasmus anstelle einer Antwort bescheiden. Ich beschloss, dieses Thema für den Augenblick nicht zu vertiefen; stattdessen hob ich mein Handy vom Boden auf, verstaute es wieder in meiner Umhängetasche und trat hinaus auf die Felsplattform. Nachdem ich eine gefühlte Ewigkeit in dieser dunklen Höhle festgesessen hatte, war es wunderbar, endlich wieder unter freiem Himmel zu stehen – auch wenn dieser Himmel nur unwesentlich weniger dunkel war und sich überdies nur einen halben Meter von mir entfernt ein sehr, *sehr* dunkler Abgrund auftat.

Rasmus kam mir nach und hielt mich am Arm fest. „Warte, lass mich vorgehen und dir einen sicheren Weg suchen. Das hier wird nicht ganz einfach werden."

Nachdem mein Enthusiasmus über meine wiedererlangte Freiheit ein wenig abgeflaut war, erkannte ich, wie Recht er hatte: Ich erinnerte mich nur ungern an die Kletterpartie am Tag unseres ersten Dates zurück, und damals war der Steinbruch immerhin in das rotgoldene Licht der untergehenden Sonne getaucht gewesen. Nun konnte ich nicht nur kaum sehen, wo ich hintrat, sondern musste außerdem befürchten, in einer Pfütze vom vergangenen Regen auszurutschen. Dass sich meine Knie dank der Betäubung immer noch etwas weich anfühlten, war ebenfalls nicht gerade hilfreich.

Beklommen starrte ich auf den nassen Felsvorsprung, der von der Plattform wegführte. An seinem Ende befand sich der Pfad, über den man ins Tal gelangte – wenn man sich denn nicht vorher den Hals brach. Weil Rasmus diesen Steg allerdings so leichtfüßig entlangbalancierte, als liefe er über ein Basketballfeld, kratzte ich meinen Mut zusammen und folgte ihm. Dabei hielt ich den Blick auf seine Füße geheftet und versuchte jeden seiner Schritte exakt nachzuahmen. Zwar hatte ich keine Ahnung, ob Rasmus im Dunkeln besser sehen konnte als ich (oder war das eher ein Vampirding?), doch es schien, als würde er jede Unebenheit vorherahnen, um mich dann mühelos daran vorbeizuführen. Nach wenigen Metern fühlte ich mich so sicher, dass ich das erste leise Knacken kaum wahrnahm – im Gegensatz zu Rasmus. Er wirbelte herum und machte einen Satz auf mich zu, während das Geräusch berstenden Gesteins und herabfallenden Schutts anschwoll, ich sah noch in sein erschrockenes Gesicht, und dann kippte die Welt, als der Boden unter mir wegbrach.

Meine Tasche schwang nach hinten und baumelte über dem Abgrund, bis ich sie geistesgegenwärtig von meiner Schulter rutschen ließ. Mit einem Klatschen trafen meine Schulbücher ein paarmal auf Ausbuchtungen im Fels, dann wurden sie von der Schwärze unter mir verschluckt. In diesem Moment schoss mir ein Erinnerungsfetzen durch den Kopf: Ich musste noch sehr klein gewesen sein, vielleicht vier oder fünf Jahre alt, als mich meine Eltern auf eine Expedition zu einer Burgruine mitgenommen hatten. Sobald sie voll und ganz mit Fotografieren beschäftigt gewesen waren, hatte ich mich direkt vor die verfallenen Zinnen gestellt und hinuntergestarrt – es war, als würde mich der Abgrund magisch anziehen. Ein Schritt nur, ein kleiner Schritt … ein Sturz aus dieser Höhe war etwas so unglaublich Endgültiges. Was mich damals fasziniert hatte, brachte mich nun dazu, vor Panik nach Luft zu ringen, während ich die Finger in den Stein krallte. Die Spitzen meiner Turnschuhe schabten über die Felswand, doch anstatt Halt zu finden, lösten sie nur einige Trümmer, die mehrere Sekunden lang talwärts polterten. Unter Aufbietung all meiner Willenskraft verbot ich mir, ihnen mit dem Blick zu folgen, und sah stattdessen nach oben. Etwa einen Meter über mir kauerte Rasmus auf dem Boden und streckte die Hand nach mir aus.

Endlich fand ich meine Stimme wieder. „Fass mich nicht an!“, schrie ich zu Rasmus hinauf, und es klang so scharf, dass er reflexartig zurückzuckte. Dann kroch er allerdings noch näher an den Rand des Abgrunds heran und ließ seinen Oberkörper über die Felskante gleiten, bis er mich beinahe zu fassen bekam.

„Nicht bewegen, ich hab dich, ich hab dich gleich“, stieß er so schnell hervor, dass die Worte ineinanderflossen und kaum zu verstehen waren. Mit dem rechten Fuß fand ich einen winzigen Vorsprung, auf dem ich mich abstützen konnte, während ich mich langsam hochtastete. Rasmus’ ausgestreckte Hand ignorierte ich dabei komplett. „Lily …“, setzte er an, aber ich unterbrach ihn sofort.

„Geh zurück", fauchte ich, „und wehe, du sagst jetzt etwas wie ‚Nimm meine Hand' oder ‚Ich lass dich nicht los'! Hast du kapiert, wag es ja nicht, mich zu retten!"

Der Vorsprung zerbröckelte unter meinen Füßen, und ich schrie auf, als mein gesamter Körper ein Stück nach unten sackte. Meine Hüftknochen schrammten über den Fels, und kleine Steinchen gruben sich unter meine Fingernägel, doch ich konnte mich gerade noch festklammern.

Rasmus stieß einen gequälten Laut aus. „Bitte lass mich dir helfen, komm schon, *Lily, bitte*!" Ganz kurz streiften seine Finger meinen Handrücken, und der flehende Ton in seiner Stimme trieb mir die Tränen in die Augen.

„Du hast es mir versprochen", schluchzte ich und presste mich gegen die Felswand, als meine Füße endlich wieder auf einen Widerstand trafen. „Du darfst nicht einfach so abhauen! Ich schaffe das alleine, das weiß ich genau!"

Über mir blieb es still. Ich biss mir auf die Lippe, während der Schmerz in meinen Händen und Armen allmählich unerträglich wurde. Trotzdem gelang es mir daran zu denken, was für eine tragische Ironie in dieser Situation lag: Genau so ein Szenario hatte sich Rasmus vermutlich damals ausgemalt, darauf hatte er bei unserem Ausflug in den Steinbruch gehofft. Die perfekte Gelegenheit für eine Lebensrettung. Der ideale Weg, um sich vor den Richtern zu bewähren.

Ich zuckte zusammen und wäre beinahe erneut abgerutscht, als plötzlich wieder Rasmus' Stimme zu mir herunterdrang. „Okay", sagte er, und durch die erzwungene Gefasstheit klang es völlig ausdruckslos. „Du musst dich ganz langsam bewegen, verstanden? Ein kleines Stück rechts von dir ist eine breite Kerbe im Fels, da kannst du deine Füße als nächstes abstützen. Aber gut festhalten, während du dein Gewicht verlagerst. Ich weiß nicht, wie stabil das hier ist."

Ohne zu zögern befolgte ich seine Anweisungen. Es fühlte sich an, als hätte ich jegliche Verantwortung an Rasmus abgegeben, er übernahm jetzt das Denken für mich, und alles, was ich tun musste, war, mich von seinen Worten leiten zu lassen.

„Von hier an ist alles ziemlich glatt, da gibt es keinen Vorsprung mehr, auf den du dich stellen könntest. Du musst dich das letzte Stück mit den Armen hochziehen, in Ordnung?"

Ich nickte langsam, den Blick starr auf die Felswand direkt vor meinem Gesicht gerichtet. Ein letztes Mal prüfte ich die Festigkeit der Gesteinsstufe, an die ich mich klammerte, dann stieß ich mich ab. Ich versuchte mich in die Höhe zu stemmen, aber meine Muskeln zitterten erbärmlich unter meinem Gewicht, und meine Arme schmerzten so stark, dass sie sich wie von selbst wieder streckten. Verzweifelt tastete ich nach der Stelle, auf der ich zuvor gestanden hatte, doch meine Füße baumelten ins Leere. Unter meinen verkrampften Händen rieselte feiner Sand hervor und fiel lautlos in die Tiefe.

„Schau mich an."

Ich hob den Kopf und versuchte durch einen Tränenschleier Rasmus' Gesicht zu erkennen, einen sehr blassen Fleck gegen den dicht verhangenen Abendhimmel. Seine Hände waren zu Fäusten geballt, aber er sprach ganz ruhig. „Ist schon gut, du schaffst das. Lily? Nicht weinen, du brauchst jetzt deine ganze Kraft. Aber du kriegst das hin, okay? Auf drei?"

Ich antwortete nicht, doch während er redete, legte sich das Beben meiner Muskeln allmählich. Als Rasmus zählte, spannte ich meinen Körper an und sammelte alle Energiereserven, die ich im Sportunterricht noch nie unter Beweis gestellt hatte. Mit einem kräftigen Ruck zog ich mich nach oben, ich schaffte es, ein Bein über den Rand zu schwingen, und hievte mich dann auf den festen Boden.

Sofort schlossen sich Rasmus' Hände um meine Oberarme, und er zog mich hoch. Ohne ein Wort führte er mich die paar Schritte bis zum Höhleneingang zurück; erst, als wir den Steg hinter uns gelassen hatten, drehte er sich zu mir. Ganz kurz huschte sein Blick über meinen Körper, als wollte er sich vergewissern, dass ich noch heil war, dann drückte er mich eng an sich. Sein Herz hämmerte so stark gegen seinen Brustkorb, dass es sich anfühlte, als wäre es mein eigenes.

Nach einer Weile brachte Rasmus schließlich hervor: „Ich verstehe das nicht – ich hätte schwören können, dass diese Stelle stabil war. Immerhin bin ich vor dir darübergelaufen …"

„Uncharmante Bemerkungen über mein Gewicht sind jetzt absolut unangebracht", versuchte ich zu scherzen, aber es hörte sich ziemlich kläglich an. Rasmus umarmte mich noch fester, bis es beinahe wehtat. Trotzdem nicht fest genug für meinen Geschmack. Ich schmiegte mein Gesicht an seine Halsgrube, schloss die Augen und wartete darauf, dass sich sein und mein Herzschlag beruhigte. Erst seine Stimme holte mich schließlich in die Wirklichkeit zurück.

„Lily, wir haben ein Problem."

„Immer noch?", murmelte ich, ohne die Augen zu öffnen. „Ich dachte, mit Problemen wären wir jetzt durch."

„Wir stehen immer noch auf einer Felsplattform, von der du nicht wegkannst, ohne dir den Hals zu brechen", erinnerte er mich. „Am besten, wir rufen nicht nur die Polizei, sondern auch die Feuerwehr, damit die dich sicher hier runterholen."

„Mhm", machte ich geistesabwesend.

„Ja, aber ich nehme an, dein Handy war in deiner Tasche. Und meins ist in meiner Jacke, und die ist …" Endlich löste ich mich von ihm und sah ihn stirnrunzelnd an. „… unten in meinem Auto", vollendete er den Satz, und ich stöhnte leise auf.

„Wer vergisst denn bei diesen Temperaturen seine Jacke?", fragte ich dümmlich, bevor es mir wieder einfiel. „Richtig. Du trägst die ja nur zur Dekoration."

„Um nicht aufzufallen", verbesserte Rasmus mich mit einem schwachen Grinsen. „Und als ich hier ankam, hatte ich Wichtigeres im Sinn."

„Aber dann bleibt uns ja nichts anderes übrig, als doch hinunterzuklettern, oder? Hier ist nämlich ein menschliches Wesen, das holt sich den Tod, wenn es die ganze Nacht im Freien hockt. Und außerdem habe ich keine Lust, den durchgeknallten Typen zu begegnen, die mich hergebracht haben."

Er schüttelte den Kopf. „Es ist zu gefährlich", erwiderte er nachdrücklich. „Ich gehe, und du wartest hier auf mich."

„Ähm … *klar*."

„Das ist mein Ernst. Tut mir leid, ich weiß keine andere Möglichkeit. Vor wenigen Monaten, vor ein paar *Wochen* hätte ich hier noch gefahrlos freihändig runterklettern können und dich gleichzeitig tragen." Die Bitterkeit in seiner Stimme erinnerte mich daran, was er mir am Vortag erzählt hatte: dass Gefallene Tag für Tag mehr von ihrer überirdischen Kraft einbüßten, und dass manche von ihnen darüber den Verstand verloren. In diesem Moment bekam ich eine Ahnung davon, wie quälend diese wachsende, ungewohnte Ohnmacht sein konnte.

Allerdings war das immer noch kein Grund, wahnwitzige Dinge vorzuschlagen. „Und wenn die Typen hierher zurückkehren, während du weg bist?", fragte ich fassungslos.

„Es gibt nur einen einzigen Weg hier herauf, und den werde ich gehen. Die werden wohl kaum die Steilwand hochkommen, das würde selbst ich nur schwer schaffen."

„Du meinst, sie werden dir hoffentlich direkt in die Arme laufen? Bist du verrückt? Du weißt doch nicht, wie viele das sind, und bewaffnet sind sie wahrscheinlich auch!"

Rasmus zuckte die Achseln. „Und?"

Verflixte, verfluchte Engelsarroganz.

„Schön, aber woher willst du wissen, dass es dir nicht als Rettung angerechnet wird, wenn du dich mit ihnen anlegst?", erkundigte ich mich raffiniert.

„Das weiß ich nicht. Aber ich weiß, dass es auf jeden Fall eine Rettung geben wird, wenn du jetzt mit mir hier im Finstern auf den nassen Felsen herumkletterst", hielt er nicht weniger raffiniert dagegen.

Ich gab meine Listigkeit auf und steuerte trotzig wieder auf den Felsvorsprung zu. „Ich lass dich jedenfalls nicht alleine gehen."

Offenbar hatte Rasmus ebenfalls genug vom geistreichen Debattieren. „Du bleibst verdammt noch mal hier!" Er stellte sich mir in den Weg, und zwar so dicht, dass ich den Kopf zurücklegen musste, um ihm störrisch in die Augen zu schauen. Ich hatte erwartet, ihn wütend zu sehen, doch sein Gesichtsausdruck ging in eine völlig andere Richtung.

„Pass auf", begann Rasmus eindringlich, „ich hätte gerade fast dabei zugesehen, wie du in den Tod stürzt. *Zum zweiten Mal* konnte ich nur nutzlos dabeistehen, während du in Gefahr warst. Würdest du mir ein drittes Erlebnis dieser Art bitte ersparen? Das ist nämlich – das ist nicht …"

Er brach ab und sah mich abwartend an, aber ich rührte mich nicht von der Stelle. Dann, ohne die kleinste Vorwarnung, beugte er sich zu mir herunter und küsste mich.

Ich hatte zwei Nächte direkt neben ihm verbracht, und er war ein beinahe perfekter Gentleman gewesen … doch nun schien Rasmus seine Selbstbeherrschung aufgegeben zu haben. Ich vergaß, dass wir uns in schwindelerregender Höhe befanden, und auch, dass womöglich ganz in der Nähe ein händereibender Finsterling in einem Versteck hockte, der wer weiß was mit mir vorhatte. Im Moment wurde ich ganz und gar von der Frage eingenommen, was *Rasmus* mit mir vorhatte, als er mich in die Höhle schob und dort gegen die Felswand drängte. Er nahm mein Gesicht zwischen seine Hände und fuhr mit den Daumen meine Wangenknochen entlang; dann strich er langsam über meinen Hals und meine Schultern, während er mich mit solcher Ernsthaftigkeit küsste, dass es mir den Atem verschlug. Ich hatte mich an seiner Taille festgehalten, aber Rasmus umfasste nun meine Handgelenke, schob mir die Arme hinter den Rücken und hielt sie dort zusammen, als wollte er eine etwaige Gegenwehr unmöglich machen. Aber natürlich leistete ich keine Gegenwehr. Stattdessen ließ ich meinen Mund zu seiner Kehle wandern und presste ihn auf seine Halsschlagader, ich spürte seinen schnellen Puls gegen meine Lippen, und als Rasmus leise seufzte, ließ das mein Blut so laut in meinen Ohren rauschen, dass ich das Klicken fast überhörte.

Das Klicken der Handschellen.

Rasmus machte einen Schritt nach hinten.

Ein paar Herzschläge lang war es totenstill. Ich starrte Rasmus an, und er starrte zurück aus geweiteten, beinahe schwarzen Augen. Als ich den Blick senkte, konnte ich sehen, dass seine Finger bebten. Ich stieß die angehaltene Atemluft aus, in einem zittrigen, erschrockenen kleinen

Stöhnen, und sofort war Rasmus wieder bei mir, hielt mit beiden Händen meinen Nacken und drückte seine Stirn gegen meine.

„Es tut mir leid", sagte er so leise, dass es fast im Geräusch des einsetzenden Regens unterging, „aber ich kann nicht anders. Ich kann das nicht noch einmal mitmachen, verstehst du, dir beim Sterben zusehen aus purem Egoismus und in der Hoffnung, dass doch alles gutgehen könnte. Bitte verzeih mir, Lily." Ohne sich von mir zu lösen tastete er nach dem Saum meiner Jacke und zog den Reißverschluss bis oben hin zu, als wäre ich ein kleines Kind. „Ich bin gleich zurück, okay? Es dauert wirklich nicht lange, und dir wird nichts passieren. Ich verspreche es." Seine Finger strichen noch einmal kurz über meine Wange, und er steckte eine lose Haarsträhne hinter meinem Ohr fest. Danach drehte er sich um und verschwand mit schnellen Schritten aus der Höhle und somit aus meinem Blickfeld. Zuerst hörte ich noch seine Fußtritte auf dem Fels und ab und zu einen losen Gesteinsbrocken, der mit leisem Poltern davonrollte; doch bald vernahm ich nur noch das Rauschen des Regens.

Ich verharrte in derselben Position, die Fäuste hinter dem Rücken geballt, während die fiebrige Hitze allmählich aus meinen Wangen wich. Dann stürzte ich abrupt auf den Höhlenausgang zu und zerrte dabei die Ketten hinter mir her, so weit es ging – was kaum mehr als ein Meter war und nicht ausreichte, um nach draußen zu sehen. Mit angehaltenem Atem konzentrierte ich mich wieder auf die Geräusche vor der Höhle, aber da waren keine Schritte, kein Rasmus, der es sich noch einmal anders überlegt hatte und zu mir zurückkehrte. Stattdessen ertönte nach einer Weile ein nervtötendes Platschen, als sich der Regen irgendwie einen Weg durch die Felsdecke gebahnt hatte. Wahrscheinlich hatte sich hier durch frühere Niederschläge bereits eine riesige Pfütze gebildet. Wahrscheinlich würde sich irgendwann die ganze Höhle mit Wasser füllen, und ich würde elendiglich ertrinken, und dann würde Rasmus einsehen müssen, dass ich *nirgendwo* vor meinem Pech gefeit war. Wahrscheinlich ... war ich gerade dabei, den Verstand zu verlieren.

Beim nächsten verfluchten *Pitsch* ächzte ich gequält und ließ mich schräg an der Felswand hinabgleiten. Und ächzte erneut. Die Riesenpfütze war näher, als ich vermutet hatte – tatsächlich hatte ich mich direkt hineingesetzt. Das Wasser war eisig. Ich stützte mich auf dem überfluteten Boden ab, um wieder auf die Beine zu kommen, und bemerkte dabei, dass die Kälte den Schmerz an meinen geschundenen Handgelenken ein wenig linderte. Schwerfällig rutschte ich ein Stück zur Seite, damit das Wasser mir nicht mehr in die Schuhe lief, und tauchte beide Hände in die Pfütze. Bald spürte ich, wie die Schwellung zurückging – und noch etwas. Vorsichtig drehte ich erst den einen, dann den anderen Arm, um mich davon zu überzeugen, dass ... ja, die Handschellen saßen ganz locker. Rasmus hatte sie viel weniger eng eingestellt als meine Entführer, und nun, da meine Gelenke durch die Kühlung wieder auf ihre normale Dicke zusammengeschrumpft waren ... noch eine langsame Drehung, ein kleiner Ruck, und ich war frei.

Ich starrte auf meine Hände, als hätte ich sie noch nie zuvor gesehen; dann ging ich steifbeinig auf die Höhlenöffnung zu und spähte nach draußen. Nachdem ich es vorhin kaum hatte erwarten können, den Abstieg zu beginnen, zog sich mein Magen nun schon bei dem Gedanken daran schmerzhaft zusammen. Vielleicht traf Rasmus' Einschätzung zu, und ich konnte die Felsplattform unmöglich alleine verlassen, ohne mir den Hals zu brechen: Schließlich hatte er mir vorhin einen sicheren Weg gezeigt, und trotzdem war es mir gelungen, eine brüchige Stelle zu finden und auch noch mit voller Wucht draufzutreten. Ich schauderte, als meine Augen den Teil des Stegs fanden, wo nur wenige Minuten zuvor ein großer Gesteinsbrocken unter meinen Füßen nachgegeben hatte und im Nichts verschwunden war. Beklommen fragte ich mich, ob ich es wohl meiner Ungeschicklichkeit oder doch meinem erstaunlichen Pech zu verdanken hatte, dass ich selbst diesem Schicksal nur knapp entronnen war. Was auch immer der Grund für meinen Unfall gewesen sein mochte, es lief jedenfalls auf dieselbe Tatsache hinaus: *Das hier war keine gute Idee.*

Andererseits ... Ich drehte mich halb zu der Höhlenwand um, an der die Fesseln hingen, und vergrub die Hände in meinen Jackentaschen. Andererseits konnte ich mir *überhaupt nicht* vorstellen, noch länger hier herumzusitzen, während Rasmus sich womöglich mit mehreren Verbrechern anlegte, nur um mich zu beschützen. Mein Instinkt sagte mir, dass er es wohl kaum dabei belassen würde, den Pfad hinunterzuklettern, Hilfe zu rufen und dann gleich zu mir zurückzukehren. Wahrscheinlich würde er dort unten auch nach den Entführern suchen ... vielleicht würde er die Typen sogar absichtlich auf sich aufmerksam machen, und was dann? Er verließ sich darauf, dass ihm niemand etwas anhaben konnte, aber wenn sie zu mehrt waren, würden sie ihn möglicherweise überwältigen und ebenfalls fesseln. Schließlich war er noch geschwächt vom Jahrestag ...

Ohne es zu bemerken hatte ich die Höhle verlassen und einige Schritte auf die Plattform hinaus gemacht; ich wurde mir erst dessen bewusst, als der Regen in einem eisigen Rinnsal durch meine Haare und in meinen Kragen floss. Wenn ich ehrlich war, hatte ich die Entscheidung längst getroffen: Ich musste so schnell wie möglich zu Rasmus hinunter und ihn davon abhalten, etwas Engelhaft-Waghalsiges und potentiell Bescheuertes anzustellen. Vorsichtig schob ich einen Fuß auf den Steg und zog dann den anderen nach, sorgfältig darauf bedacht, nicht in die Nähe des Abgrunds zu geraten, wo der Boden dünner war. Der Fels fühlte sich unter den Sohlen meiner Turnschuhe glitschig an. Aus Furcht davor, auszurutschen, ging ich in die Knie und kroch auf allen Vieren weiter. Meine aufgeschürften Handflächen brannten, als ich sie über den rauen Untergrund wandern ließ, aber dafür konnte ich so jeden losen Stein ertasten und mich viel sicherer fortbewegen. Bald waren die Hosenbeine meiner Jeans steif vor Nässe und Schmutz, und meine Zähne begannen zu klappern, doch ich ließ mich davon nicht beirren. Stattdessen starrte ich verbissen auf den Boden und sagte mir in Gedanken jeden Schritt vor – bis ich tatsächlich den Pfad erreicht hatte.

Ungläubig schaute ich zu dem grässlichen Felsvorsprung zurück, den ich entlanggekrochen war. Zwar lag immer noch eine ganz schöne Kletterpartie vor mir, aber nun, da ich die erste Hürde bewältigt hatte, machte meine Furcht einer absurden Hochstimmung Platz. Meine freudige Aufregung verstärkte sich noch, als nur wenige Meter von mir entfernt ein Geräusch die Stille durchbrach – konnte es sein, dass ich Rasmus eingeholt hatte? Oder war er schon wieder auf dem Rückweg zu mir? Ich rappelte mich auf und blickte konzentriert in die Finsternis vor mir. Dann, nach und nach, verflüchtigte sich meine Begeisterung, und ich spürte ein Kribbeln im Nacken, als sich dort die feinen Härchen aufrichteten. Mit einem Mal erfasste mich die merkwürdige Gewissheit, dass es nicht Rasmus war, der sich näherte – Rasmus bewegte sich immer mit einer raubkatzenhaften Geschicklichkeit, sei es beim Basketballspiel oder auf dem Schulflur, und selbst hier auf dem unebenen Boden hatten seine Schritte ruhig und gleichmäßig geklungen. Wer gerade auf dem Weg hierher war, schien um einen lautlosen Gang bemüht, denn sekundenlang konnte ich ihn nicht mehr hören; danach überkam ihn offenbar doch die Eile, und seine beschleunigten Fußtritte klangen umso lauter auf dem Geröll.

Mein Herzschlag dröhnte in meinen Ohren, als ich herumfuhr und mich auf die Knie warf, um wieder über den Steg auf die Plattform zurückzukriechen, doch es ging nicht, ich zog und zerrte, bis ich begriff, dass mich jemand von hinten an meiner Jacke festhielt. Ich konnte gerade noch meinen Mund zu einem Schrei öffnen, bevor sich eine Hand darüberlegte. Da klappte ich meine Kiefer wieder zusammen und biss zu.

„Au!", erklang es leise direkt neben meinem Ohr. „Hey, Lily, ich bin es nur!"

Ich riss meinen Kopf los, drehte mich um und blickte in ein vertrautes Gesicht, das von triefenden blonden Locken umgeben war. „Sam!", brach es aus mir hervor, und meine Verwirrung wurde sofort von dem Gefühl unendlicher Erleichterung verdrängt. „Wie kommst du denn hierher?"

„Ich hab keine Ahnung", flüsterte er zurück. „Ich bin eben erst aufgewacht – ich war irgendwie betäubt oder so … ich weiß nicht …"

„Bei mir war es genauso!", rief ich in meiner Aufregung zu laut, und Sam legte mir wieder zwei Finger an die Lippen. „Schht! Du wirst die Typen noch auf uns aufmerksam machen, die sind ganz in der Nähe!"

Ich schob seine Hand weg und starrte ihn mit weit aufgerissenen Augen an. „Hast du sie etwa gesehen?"

Sam nickte heftig. „Ich wollte diesen Pfad hinunterklettern und musste gleich wieder umkehren, als ich einen von beiden etwas rufen gehört habe. Erkennen konnte ich nicht viel, dafür waren sie zu weit unten, und es ist ja auch verdammt finster, aber sie hatten Taschenlampen. Ein Mann und eine Frau, glaube ich, in Kapuzenpullovern. Wir müssen ganz nach oben und uns verstecken, okay? Und dann rufen wir die Polizei."

Ich zögerte einen Moment – wie sollte mich Rasmus wiederfinden, wenn ich weiter hinaufkletterte? Doch wenn die Entführer nur zu zweit waren, würde er leicht mit ihnen fertig werden. Sam und ich aber mussten uns in Sicherheit bringen.

„Okay", hauchte ich. „Allerdings weiß ich nicht, ob ich das schaffe – die nassen Felsen hoch, und dann noch bei dieser Dunkelheit …"

„Keine Sorge", drängte Sam, „weiter hinauf geht es viel einfacher als hinunter. Los jetzt, schnell!"

Er wandte sich um und begann geschickt bergauf zu steigen, während es mir sicherer erschien, wieder die Hände zu Hilfe zu nehmen. Bald erkannte ich allerdings, dass das gar nicht mehr notwendig war: Das Gestein war hier in großen Blöcken abgebaut worden, und dabei waren richtige Stufen im Fels entstanden, die mir trotz der Nässe guten Halt boten. Ich verstand jetzt, weshalb sich Rasmus bei unserem ersten Date nicht die Mühe gemacht hatte, mich bis ganz nach oben auf die Felswand zu führen; wenn ich auf dem Weg bis zur Plattform nicht gestürzt war, standen die Chancen schlecht, dass es danach noch passieren würde.

Nichtsdestotrotz fühlte ich mich wie gerädert, als wir endlich am oberen Rand des Talkessels angekommen waren. Erschöpft lehnte ich mich gegen den Stamm einer Kiefer, die so dicht am Abgrund stand, dass einige ihrer Wurzeln wie leblose braune Schlangen über den Rand hingen. Dann reckte ich den Hals und versuchte weit, weit unten in der Geröllhalde Rasmus oder zumindest sein Auto zu entdecken, aber es war mittlerweile viel zu dunkel dafür. Sam hatte das offenbar schon geahnt, denn anstatt in die Tiefe zu schauen, hatte er mir den Rücken zugewandt und blickte in Richtung des Pfads, auf dem wir gekommen waren.

„Rufen wir jetzt die Polizei?", fragte ich ihn immer noch ein bisschen atemlos. „Sam?"

Er schien mich nicht gehört zu haben. Erst einige Sekunden später drehte er sich zu mir und sah mich unverwandt an. „Eines würde mich interessieren", sagte er langsam, „wie hast du es geschafft, zu entkommen?"

„Na ja, zuerst habe ich meine Handgelenke in einer Pfütze gekühlt, und als die Schwellung zurückgegangen ist …" Ich brach ab und strich mir verwirrt eine nasse Haarsträhne aus dem Gesicht. Sam zeigte nicht die geringste Reaktion auf meine Erzählung, er schien nicht einmal zu blinzeln. Ich räusperte mich, bevor ich stockend fragte: „Wieso, wie hast du es denn geschafft?"

Jetzt lächelte er, und meine Verunsicherung fiel von mir ab. Wir standen beide unter Schock, ich nahm meine Umgebung immer noch leicht verschwommen wahr, und Sam ging es vermutlich genauso. „Das war gar nicht nötig", antwortete er freundlich. „Aber wenn ich mich in deiner misslichen Lage befunden hätte, wäre mir damit wohl geholfen gewesen."

Er streckte den Arm aus, und einen Moment lang glaubte ich, er wolle nach meiner Hand greifen. Erst als Sam keinerlei Anstalten machte, weiter auf mich zuzukommen, senkte ich den Blick auf seine Handfläche und sah dort etwas aufblitzen. Wieder rutschte die Haarsträhne in meine Stirn, und ich wischte mir mit einer mechanischen Bewegung über die Augen.

Dann, endlich, erkannte ich den Schlüssel.

15. Kapitel

Bevor mein Verstand die Situation völlig erfasst hatte, noch ehe ich überhaupt Angst fühlen konnte oder Entsetzen oder Panik, wanderten meine Augen an Sam vorbei und zu dem Weg, der ins Tal hinunterführte.

Sam folgte meinem Blick und lachte leise. „Nur für den Fall, dass du bereits fleißig Fluchtpläne schmiedest, sei bitte gewarnt: Zum einen bin ich ganz sicher schneller als du, und zum anderen ist es hier ziemlich rutschig. Solltest du also stürzen, dann wirklich unangenehm tief."

„Ich verstehe das nicht", sagte ich tonlos. „Du bist Sam, mein Biologiepartner. Meine Cafeteria-Begleitung. Du bist …"

„Ich weiß. *Ich bin nett*", erwiderte er, und es klang genau so wie an dem Tag, als er von mir zum Schulball eingeladen worden war. Es war gruselig, wie er sich binnen einer Sekunde wieder in den schüchternen Jungen zurückverwandeln konnte, den ich zu kennen geglaubt hatte.

„Nein", würgte ich hervor, „du bist krank. Was soll das, dass du mich hier festhältst – mich *in einer Höhle ankettest*? Bist du wahnsinnig geworden?"

Sam ließ sich Zeit, bevor er antwortete. Dann zog er spöttisch die Augenbrauen hoch und fragte zurück: „Wirklich? Ich soll dir jetzt alles ganz genau erklären, so wie die Bösewichte im Film? Na meinetwegen. Zufällig habe ich gerade ein paar Minuten Zeit, und es kann eigentlich nicht schaden, wenn du Bescheid weißt. Vielleicht wird es dann sogar noch lustiger!" Er ließ sich vor mir in den Schneidersitz sinken und fügte amüsiert hinzu: „Ich nehme an, du hast deinen Liebsten bereits verständigt;

und so wie ich ihn kenne, wird er bald heldenhaft wie eh und je hier auftauchen, um dich zu retten. Aber bis es so weit ist, können wir es uns gern noch ein wenig gemütlich machen."

Ich biss mir auf die Unterlippe, um mich daran zu hindern, ihm zu widersprechen. Er wusste nicht, dass Rasmus schon bei mir gewesen war, und dass er jederzeit zurückkehren konnte – auch wenn es nun eine Weile dauern würde, bis er mich fand. Ich musste irgendwie Zeit schinden, musste Sam am Reden halten.

„Heißt das … du kennst Rasmus schon länger?", fragte ich bebend.

„Oh, ich kenne ihn schon sehr lange. Und das ist sogar noch eine Untertreibung. Wir sind wirklich ganz alte …", er schien absichtlich zu zögern und verzog dann den Mund zu einem unheilvollen Lächeln, „nun, sagen wir, alte Kollegen."

„Dann bist du – du bist so wie er …"

„Ein Gefallener? Allerdings, und die Lichtwelt ist nicht das Einzige, was wir uns geteilt haben." Ich gewann mehr und mehr den Eindruck, dass Sam die ganze Situation unglaublich genoss. „Vermutlich hat Rasmus dir von deiner Vorgängerin erzählt – Sophie?"

Ich nickte stumm.

„Du bist also im Bilde. Dein glutäugiger Freund war schon immer fasziniert von allem Menschlichen und hat heimliche Besuche in der irdischen Welt gemacht. Irgendwann bin ich ihm schließlich aus purer Langeweile gefolgt. Zu dumm, dass er ausgerechnet mit einem Mädchen zusammentreffen musste, das es mir ebenfalls angetan hatte." Wieder brach Sam ab, um auf meine Reaktion zu warten, und in der Stille glaubte ich es förmlich in meinem Kopf klicken zu hören, als die Puzzleteile auf ihren Platz fielen.

„*Du* warst Rasmus' Gegenspieler in der Rivalität um Sophie? – Also hat sich die Geschichte wiederholt", hauchte ich. „Du bist in mich verliebt."

„Wie bitte?" Einen Moment lang wirkte es, als hätte ich Sam aus dem Konzept gebracht. „Wieso zum Teufel sollte ich in dich verliebt sein?"

„Na ja, du ...", stammelte ich, „du warst doch mit mir auf dem Ball ..."

„Und ich darf dich daran erinnern, dass *du mich* eingeladen hast. Abzulehnen wäre verdächtig gewesen, aber zumindest gab es Spanferkel, sodass der Abend nicht völlig verloren war."

„Und du hast dir mit mir *Stolz und Vorurteil* angeschaut ..."

„An dieser Stelle würde ich mich ja gern über die gestohlenen zwei Stunden meiner Lebenszeit beschweren, aber da ich unsterblich bin, sagen wir mal: Schwamm drüber."

Allmählich verwandelte sich meine Verwirrung in hilflose Wut. „Heißt das, du bist nicht hinter Rasmus her, weil du eifersüchtig auf ihn bist?"

„Eifersüchtig?", wiederholte Sam, immer noch ein wenig irritiert. „Worauf denn, auf seinen tristen Modegeschmack vielleicht? Wobei ich es schon etwas ärgerlich finde, wie Rasmus die Mädchen an sich zu binden versteht, ärgerlich und rätselhaft. Als ich ihm Sophie abspenstig machen wollte, war sie doch tatsächlich so unkooperativ, dass ich zu gewissen Hilfsmitteln greifen musste."

Der Tonfall, den er am Ende des Satzes angeschlagen hatte, jagte mir einen eisigen Schauer über den Rücken. Trotzdem dauerte es einige Sekunden, bis ich den Sinn seiner Worte erfasst hatte. „Du hast also ihren Willen beeinflusst?", fragte ich dann angewidert. „Das war nicht nur absolut abscheulich von dir, du hast sie damit auch noch in Gefahr gebracht!“

Sam schnaubte höhnisch. „Herzlichen Dank, das weiß ich inzwischen auch. Ich habe zwar bekommen, was ich wollte – und ich möchte betonen, dass das der übliche Lauf der Dinge ist –, aber es gab ein paar … Komplikationen. Wer hätte auch gedacht, dass ihr Menschlein so zerbrechlich seid? Es hat sich herausgestellt, dass ich ihren Geist ein bisschen zu sehr verwirrt hatte, und die Konsequenzen sind dir bekannt.“

Unwillkürlich grub ich die Finger in die rissige Baumrinde hinter mir, als könnte mir das irgendwie Halt geben. „Dann war es gar nicht Rasmus' Schuld, dass sie gestorben ist“, flüsterte ich und dachte mit wachsendem Entsetzen daran zurück, wie Rasmus mir von Sophie erzählt hatte. Seine Stimme war so ausdruckslos gewesen, während sein Blick den Kummer und die unendlichen Schuldgefühle verraten hatte – Schuldgefühle, von denen er wegen einer Tat gequält wurde, die ein anderer begangen hatte. Ich spürte, dass ich Sam dafür zu hassen begann, mit einer Stärke und Rücksichtslosigkeit, die ich mir gar nicht zugetraut hätte.

„Nein“, bestätigte er jetzt, und seine Miene verdüsterte sich ein wenig, „aber er trägt für etwas anderes die Schuld. Der Idiot musste ja gleich zu den Richtern rennen und alles gestehen, und dabei hat er in seiner grenzenlosen Aufrichtigkeit auch erzählt, dass ich in die ganze Sache involviert war. Das hat für mich ebenfalls Verbannung bedeutet.“

„Und das schiebst du alles Rasmus in die Schuhe?!“

„Tja, weißt du“, erwiderte Sam, und das süffisante Grinsen kehrte auf sein Gesicht zurück, „Petzen kann wirklich niemand leiden.“ Er beobachtete mich aus leicht zusammengekniffenen Augen, und ich ahnte, dass es ihm eine diebische Freude bereitet hätte, wenn ich vollends die Nerven verlor. Um ihm diese Genugtuung auf keinen Fall zu verschaffen, presste ich die Lippen zusammen und bemühte mich, seinen Blick stoisch zu erwidern. Als mir dann allerdings eine Frage durch den Kopf schoss, war es mit meiner Zurückhaltung gleich wieder vorbei:

„Aber Rasmus hat dich doch immer wieder in der Schule gesehen! Und da schien er dich nicht zu kennen!"

„Offenbar hat er doch nicht das gesamte Engel-Insiderwissen an dich weitergegeben", meinte Sam milde. „Mit der Verbannung verlieren wir nicht nur unsere Flügel, sondern auch die Fähigkeit, andere Gefallene als solche zu erkennen. Damit soll verhindert werden, dass wir uns verbünden – oder, dass einer am anderen Rache nimmt. Ich habe bloß gewusst, dass Rasmus nur ein wenig früher als ich und an demselben Ort in der irdischen Welt gelandet war: in diesem Steinbruch, wo niemand einen Herzinfarkt bekommen konnte, wenn er uns aus dem Nichts auftauchen sah. Anderthalb Jahre habe ich damit vergeudet, ihn an verschiedenen Schulen in der Stadt zu suchen, und dabei hätte ich doch ahnen müssen, dass er sich die exklusivste Lehranstalt aussuchen würde. Wieso nur unter Menschen gehen, um sich vor den Richtern zu bewähren, wenn man dabei auch etwas *lernen* kann?"

Die Geringschätzung, mit der er von Rasmus sprach, verstärkte meinen verzweifelten Wunsch, irgendetwas zu tun – aber außer ihn anzuspucken fiel mir nichts ein. Und dabei würde ich wahrscheinlich nur meine eigenen Schuhe treffen. Obwohl Sam meine düsteren Überlegungen bestimmt erahnen konnte, fuhr er unverdrossen fort:

„Als Eric auf der kleinen Party bei dir zu Hause von Rasmus erzählt hat, bin ich gleich hellhörig geworden, aber ich habe meine Hoffnungen schnell wieder verworfen. Am nächsten Tag konnte ich mich im Sportunterricht allerdings selbst von seinen erstaunlichen Fähigkeiten überzeugen …"

„Und das hat dich derart schockiert, dass du mich fast mit der Reckstange erschlagen hättest", schloss ich bitter.

Er machte eine wegwerfende Handbewegung. „Stimmt, das wäre um ein Haar schiefgegangen. Und damit nicht genug, hat Rasmus mitangehört, wie du dich bei der Schulärztin als Unfallmagnet geoutet hast. Als ich erfahren habe, dass du dich mit ihm verabredet hast, war mir sofort klar, was er vorhatte: dich zu einem riskanten Unternehmen zu überreden, um dann den Helden spielen zu können. Ich hatte schon befürchtet, er sei mir entwischt, als er sich nach eurem Date tagelang nicht blicken ließ. Aber dann ist er ja wieder aufgetaucht, und ihr habt angefangen, euer lächerliches *Nur-Freundschaft-Spiel* zu spielen. Er wollte sich ganz offensichtlich bei dir einschmeicheln, um möglichst viel in deiner Nähe sein zu können – Nachhilfe in Englisch? Ich bitte dich."

„Ich habe ihn selbst um Nachhilfe gebeten!"

„Ja", sagte Sam nachsichtig, „weil du seinem schläfrigen Killerblick erlegen bist, nicht wahr? Nicht einmal, dass Rasmus' Armband nachts auf deinem Küchenboden gelandet ist, konnte dich umstimmen."

„Das warst du?!"

„Ist das nach meinen bisherigen Geständnissen immer noch eine Überraschung? Ich habe es während meiner Freistunde aus der Umkleide geklaut. Zuerst hat es ja so ausgesehen, als hätte ich damit Erfolg gehabt; aber als du am Tag des Autounfalls sofort zu deinem Liebsten geeilt bist, musste ich mir was Neues einfallen lassen. Also habe ich Eric im *Netherwold* ein bisschen gegen seinen Teamkameraden aufgehetzt, um dir Rasmus' wahres Gesicht als Losschläger zu präsentieren." Sam lehnte sich zufrieden zurück. „Hier bitte schurkisches Gelächter einfügen."

„Das war nicht halb so gerissen, wie du glaubst", antwortete ich trotzig.

Er nickte gleichmütig. „Wahrscheinlich hast du Recht. Schon kurze Zeit später stand Prince Charming wieder ganz hoch in deiner Gunst, und du hast mich auf dem Ball sitzen gelassen – sehr unhöflich, übrigens –, um mit ihm die Nacht zu verbringen. Da habe ich geahnt, dass seine Gefühle für dich womöglich nicht nur vorgespielt sein könnten; Rasmus springt nämlich nicht mit jeder x-Beliebigen in ... die Rumpelkammer."

„Wir waren überhaupt nicht", platzte es aus mir heraus, und ich spürte, wie sich mein Gesicht trotz des eisigen Regens erhitzte, „ich meine, wir waren schon in einer Kammer, aber ..."

„Schh", machte Sam begütigend. „Niemand hat nach Details gefragt. Jedenfalls ist es mir von da an möglich erschienen, dass Rasmus gar nicht mehr ins Licht zurückkehren will, sondern dass er sein *Glück* bereits hier gefunden hat." Er sprach das Wort ungefähr wie *Schleim* aus. „Um ganz sicher zu gehen, habe ich ihn auf die Probe gestellt: Ich habe den Willen von zwei Junkies beeinflusst, deren Geist schon viel zu verhangen ist, um großartig Schaden zu nehmen. Diesen beiden habe ich befohlen, dir in der Allee aufzulauern. Dann habe ich Rasmus von Jinxys Handy eine SMS geschickt und ihn gebeten, uns vom Palais abzuholen. Auf dem Weg dorthin musste er dich sehen – und er hat gezögert einzugreifen, obwohl es für ihn so gewirkt hat, als wärst du ernstlich in Gefahr. Da wusste ich dann Bescheid."

„Sehr schlau. Und was hat dir das gebracht?" Ich hörte mich nicht halb so ungerührt an wie erhofft, und der herablassende Ausdruck in Sams blauen Augen verriet mir, dass ihm das nicht entgangen war.

„Sei nicht so zynisch", rügte er mit gespielter Missbilligung. „Es stimmt schon, ich war mir zunächst selbst nicht darüber im Klaren, was ich mit dem Wissen um Rasmus' Gefühle anfangen sollte. Fürs Erste hat es mir schon genügt, eure lächerliche Liaison zerstört zu haben. Aber als du heute durchblicken hast lassen, dass Rasmus dir sogar die ganze Wahrheit über sich anvertraut hat, habe ich erkannt, dass er absolut *alles* für dich tun würde. Und hier sind wir nun also."

Er schenkte mir ein träges Lächeln, das sich langsam über sein Gesicht ausbreitete und seine Augen zu schmalen Halbmonden zusammenzog. Für den Bruchteil einer Sekunde sah er Rasmus so ähnlich, dass es mich kalt überlief. Gemächlich stand er auf und schlenderte auf den Baum zu, an dessen Stamm ich immer noch meinen Rücken presste. Ich spürte ein panisches Flattern in meiner Brust, als mir klar wurde, dass ich Sam nun nicht mehr lange würde hinhalten können – noch hatte ich seine Absichten nicht ganz durchschaut, zu schnell waren die Informationen auf mich eingeprasselt, aber meine Gnadenfrist war offensichtlich fast vorüber. Verzweifelt suchte ich nach irgendetwas, das ich noch fragen oder tun konnte, um Rasmus mehr Zeit zu verschaffen. Seit er mich alleingelassen hatte, waren bestimmt schon fünfzehn Minuten vergangen, und um bei Finsternis und Regen den Weg hinunter- und wieder hochzuklettern, brauchte man wahrscheinlich eine halbe Stunde. Als Mensch.

„Fragst du dich, wo dein strahlender Ritter bleibt?", erkundigte sich Sam lauernd. Er war mir nun so nahe, dass ich die Wärme seines Atems auf meinem Gesicht zu spüren glaubte. „Mach dir mal keine Sorgen, der sollte doch sicher bald hier erscheinen. Bevor du mir in die Arme gelaufen bist, habe ich jemanden nach unten geschickt, um mir Bescheid zu sagen, sobald Rasmus auftaucht – weißt du was, du kennst sie sogar. Es ist die Frau, mit der du bereits in der Allee Bekanntschaft geschlossen hast."

„Was wird sie mit ihm machen?", gelang es mir zu flüstern.

Sam schnalzte vorwurfsvoll mit der Zunge. „Lily, du beleidigst meine Art. Sie kann gar nichts mit ihm machen – außer, ihn ein wenig in die Irre zu führen. Sie wird sich von ihm fangen lassen und zugeben, dass ihr Freund und sie dich gekidnappt haben, um Lösegeld zu erpressen. Als du aus der Betäubung erwacht bist, hat sie dann doch Schiss gekriegt und ist abgehauen, aber ihr Freund ist noch irgendwo da oben … auf dem Weg zu dir."

Als hätte er damit ein Stichwort geliefert, hörte ich gleich darauf leise Schritte. Eine Gestalt löste sich aus der Dunkelheit, und ich erkannte das abgemagerte, bleiche Gesicht und die Schatten unter den starr blickenden Augen sofort. Der Mann trug dasselbe abgewetzte Sweatshirt wie in der Allee, und genau wie damals fielen mir seine seltsam eckigen Bewegungen auf, als er uns umrundete und direkt hinter mir stehenblieb. Dann bog er mir die Arme auf den Rücken, während Sam mit schiefgelegtem Kopf dabei zusah.

„Du solltest vorsichtig sein", japste ich bei dem aussichtslosen Versuch, mich loszureißen, „wenn mir etwas passiert, werden die Richter dich bestrafen!" Ich zitterte so heftig, dass Sam es zweifellos bemerkte, und es schien ihn zu belustigen.

„Du musst keine Angst haben", meinte er, „niemand hat vor, dir etwas anzutun. Zumindest nichts allzu Ernsthaftes. Ich bin mir sicher, dass unsere Richter körperliche Verletzung allein nicht berücksichtigen, weil es so etwas in unserer Welt gar nicht gibt. Das Einzige, was sie zum Handeln treibt, ist ein Mord, und den werde heute Abend nicht ich begehen. Dein Held Rasmus allerdings ist bestimmt ganz wild darauf, dich zu retten – und vermutlich noch wilder, wenn er sieht, in welch schrecklicher Gefahr du dich befindest. Da wird er wohl nicht lange fragen, wenn plötzlich der nette Sam auftaucht und ihm das geeignete Mittel liefert …" Er schob beiläufig sein kariertes Hemd hoch und ließ es gleich darauf wieder fallen, sobald ich den Griff der Schusswaffe gesehen hatte. „Mein Helfer hier wird inzwischen dafür sorgen, dass du bedrängt genug erscheinst, um bei Rasmus die gewünschte Reaktion auszulösen."

„Und die gewünschte Reaktion ist …", begann ich, konnte aber nicht weitersprechen, weil sich mir die Kehle zuschnürte.

„Dass Rasmus den Mann tötet, genau", vollendete Sam fast freundlich den Satz. Im nächsten Augenblick zog er sein Handy aus der Hosentasche und warf einen Blick darauf. „Ja, er ist unterwegs", stellte er zufrieden fest, „ganz wie von dir bestellt. Ich bedanke mich für die gute Zusammenarbeit."

„Bitte, Sam …", flehte ich, und es fühlte sich so vertraut und zugleich so schrecklich falsch an, seinen Namen auszusprechen, „wenn du mich freilässt, kann ich dir dabei helfen, die Bewährungsprobe zu bestehen. Ich mache alles, was du willst, ich klettere die Steilwand hoch und runter, und du kannst mir folgen. Und wenn ich falle, kannst du …"

„Tut mir leid", unterbrach er mich, „aber daran habe ich längst kein Interesse mehr. Ungetrübtes Licht oder reine Schatten – das ist nichts für mich. Wahre Bewegungsfreiheit hat man nur in dieser Welt: Ihr habt all diese Regeln und Gesetze, und noch mehr faszinierende Möglichkeiten, um dagegen zu verstoßen. Hier bietet sich mir die ganze Palette an Helligkeit und Finsternis und Zwielicht. Das Einzige, was mir mein irdisches Dasein verleidet, ist dein Freund."

Er gab dem Mann im Kapuzenpullover einen Befehl, den ich nicht verstand; im nächsten Augenblick zwang mir sein Helfer einen Stofffetzen zwischen die Lippen und knotete die Enden an meinem Hinterkopf zusammen. Ich würgte und versuchte das Ding irgendwie aus meinem Mund zu bekommen, da packte mich Sam am Kinn. Er umklammerte meinen Unterkiefer so fest, dass ich ihn reglos ansehen musste und dabei spürte, wie die Haut an den Innenseiten meiner Wangen aufplatzte. Trotzdem klang seine Stimme ganz sanft, als er leise fragte: „Was meinst du, Lily? Wie weit wird Rasmus für dich gehen?"

Die Worte hallten immer noch in meinem Kopf wider, nachdem Sam mir bereits den Rücken gekehrt und sich an den Abstieg gemacht hatte. Es war nicht schwer, ihm mit den Augen zu folgen: Inzwischen war die Wolkendecke aufgerissen, und Sams Gehilfe hatte mich bis ganz an den Rand des Abgrunds geführt, von wo aus ich einen guten Blick auf den Pfad hatte. Der Mann hielt mich an den Oberarmen fest und stand so dicht hinter mir, dass sein Atem über meinen Nacken streifte. Es war unheimlich, sich so nahe bei einem Menschen zu befinden und trotzdem das Gefühl zu haben, alleine zu sein: Ich verdrehte den Hals, bis ich dem Mann ins Gesicht sehen konnte, doch seine Miene war wie versteinert. Wären da nicht seine Atemzüge gewesen, man hätte ihn ohne Weiteres für eine Statue halten können. Umso überraschter war ich deshalb, als sich sein schraubstockartiger Griff um einen meiner Arme plötzlich löste, und ich spielte schon mit dem Gedanken, einen Fluchtversuch zu wagen, als ich knapp über meinem Schlüsselbein etwas Kaltes spürte.

Ich musste gar nicht erst hinsehen, um zu wissen, was das war. Stattdessen wandte ich mich wieder nach vorne, um dem Blick dieser ausdruckslosen Augen zu folgen, und entdeckte nun ebenfalls die Silhouetten dreier Personen, die zu uns heraufgeklettert kamen. Als sie gerade nahe genug waren, dass ich ihre Gesichter erkennen konnte, packte Sam Rasmus an der Schulter und deutete scheinbar entsetzt auf mich. Rasmus blieb einen Moment lang wie angewurzelt stehen, dann begann er den Weg hochzusprinten, und Sam lief hinterher – viel zu schnell für einen Menschen, doch das bemerkte Rasmus nicht. Erst nach einer Weile ließ sich Sam zurückfallen, und gleich darauf traf mich etwas mit solcher Wucht an der Schläfe, dass ich das Gleichgewicht verlor. Ich stieß einen erstickten Schrei aus und taumelte nach hinten. Im Fallen bekam ich gerade noch mit, wie Sam irgendetwas zu Rasmus hinaufrief und ihm dann die Pistole zuwarf.

Noch waren wir außer Schussweite.

Der Mann hob mit einer Hand das Messer und drückte mit der anderen meinen Kopf auf den Boden, und ich ließ es zu, kümmerte mich auch nicht darum, dass meine Wange über den Felsboden schrammte, sondern fühlte nur, dass der Knebel zu rutschen begann. Ich gab vor, mich verzweifelt gegen die Umklammerung des Mannes zu wehren, und warf den Kopf hin und her – ich wusste, wie dieses Bild auf Rasmus wirken musste, und sah schon, wie er noch im Laufen die Hand mit der Waffe ausstreckte, aber dann war es mir endlich gelungen, das Tuch abzustreifen.

„Er wird mir nichts tun! *Es ist eine Falle!*“

Rasmus hielt verunsichert inne, die Pistole weiterhin auf Sams Helfer über mir gerichtet. Es sah aus, als wäre er immer noch bereit, jeden Augenblick abzudrücken, doch dann beging der Mann einen Fehler: Wie Rasmus war er bei meinem Aufschrei mitten in der Bewegung erstarrt, so als würde er zunächst die Reaktion abwarten wollen, und bestätigte damit meine Warnung.

Rasmus ließ die Waffe fallen. Seine Augen huschten mehrmals zwischen mir und dem Mann hin und her, dann wandte er sich langsam um und sah Sam an. Dieser erwiderte seinen Blick mit der Miene von jemandem, der zwar gerade eine Wette verloren hatte, sich aber über den Einsatz keine Sorgen machte. Ohne große Eile schlenderte er an Rasmus vorbei und schwang sich dann mit katzengleicher Gewandtheit den letzten Felsen hinauf.

„Samael?“, stieß Rasmus schließlich hervor.

„Raziel?“, imitierte Sam spöttisch Rasmus' erschrockenen Tonfall. „Ist das nicht nett, so eine spontane kleine Szene des Wiedererkennens?“

„Nicht besonders“, gab Rasmus zurück, und ich bemerkte, dass er die Hände zu Fäusten ballte, um seine Fassung wiederzuerlangen. *„Was willst du?“*

„Tja, Raziel, mein Bruder – wie üblich kannst du davon ausgehen, dass das, was ich will, so ziemlich das Gegenteil von dem ist, was du willst.“

„Wie du meinst“, sagte Rasmus gepresst, „aber lass Lily dabei aus dem Spiel. Diese alte Rivalität hat nichts mit ihr zu tun, und nebenbei bemerkt könntest du dich damit selbst in Teufels Küche bringen.“

„Mir gefällt deine Wortwahl“, meinte Sam bedächtig und begann am Rand der Steilwand auf und ab zu spazieren. „Aber ich habe nicht vor, auch nur in die Nähe eines solchen Ortes zu kommen. Stattdessen wirst *du* dorthin gehen … und um dich davon zu überzeugen, wird die gute Lily unglückerweise noch benötigt.“

Er hatte kaum das letzte Wort ausgesprochen, als Rasmus plötzlich nach vorn stürzte. Er flog praktisch das letzte Stück des Weges hinauf, an dem perplexen Sam vorbei, und in weiten Sätzen steuerte er auf mich und den Mann im Kapuzenpullover zu. Im selben Moment nahm ich eine andere Bewegung hinter ihm wahr: Die Frau hatte jetzt ebenfalls beinahe das Ende des Pfades erreicht, im Laufen bückte sie sich und griff nach etwas, und als Rasmus nur noch wenige Schritte von mir entfernt war – als ich den Mund aufriss, um eine Warnung zu rufen –, hob sie die Pistole und drückte ab.

Die Kugel traf Rasmus in den Rücken, und seine Augen weiteten sich in namenlosem Erstaunen, bevor er auf dem Boden aufschlug.

16. Kapitel

Verwirrung und für eine Sekunde fast so etwas wie Unsicherheit huschten über Sams Gesicht, als er zu ahnen begann, dass ihm sein Spiel entglitt.

„Engel mit Schusswaffe getötet?“, murmelte er und ging langsam auf die zusammengekrümmte Gestalt zu, unter der sich allmählich eine Blutlache ausbreitete. „Das wäre etwas ganz Neues.“ Er blieb einen halben Meter von Rasmus entfernt stehen und streckte seinen Fuß nach ihm aus, und dann, endlich, hatte ich meine Stimme wieder.

„Bleib weg von ihm!“, schrie ich und warf mich nach vorne, bis sich die Finger des Mannes hinter mir tief in meine Haut gruben. „Rühr ihn ja nicht an!“

Sam würdigte mich keines Blickes. Mit einigen Tritten schob er Rasmus‘ T-Shirt hoch und beugte sich dann über ihn. Zuerst konnte man wegen des vielen Blutes gar nichts erkennen, aber als Sam mit der Schuhspitze etwas davon wegwischte, kam die Wunde zum Vorschein: Eine Handbreit unter dem Schulterblatt hatte die Kugel ein tiefes Loch in eine der Flügelnarben gerissen. Ich spürte, wie sich die Tränen ihren Weg über meine schlammverkrusteten Wangen bahnten, doch Sams Miene wirkte wieder völlig beherrscht.

„Interessant“, meinte er, als betrachtete er ein kurioses Ausstellungsstück und kein sterbendes Wesen. „Offenbar hat man dort oben dafür gesorgt, dass wir doch einen wunden Punkt haben – beziehungsweise zwei verwundbare Streifen.“

Ich musste würgen und wurde von einem Husten geschüttelt, der in ein trockenes Schluchzen überging. Sam warf mir einen Blick zu und zog die Augenbrauen hoch, als ertappte er mich dabei, wie ich mir eine peinliche Blöße gab.

„Krieg dich wieder ein, es ist nur ein Streifschuss", erklärte er kalt. „Es fängt auch schon an zu heilen. Allerdings wird es wohl eine Weile dauern, bis dein Liebster sich wieder halbwegs erholt hat – das verschafft mir die Gelegenheit, alles in Ruhe vorzubereiten." Damit packte er Rasmus an den Unterarmen und schleifte den reglosen Körper auf den Abgrund zu.

„Was hast du vor?", rief ich schrill, doch Sam hielt nicht einmal inne, während er zurückgab:

„Zu jedem finsteren Masterplan gibt es einen Plan B, wusstest du das nicht?" Endlich ließ er Rasmus los, sodass dieser mit dem Gesicht nach unten nur wenige Zentimeter von der Felskante entfernt auf dem Boden landete. Ich starrte auf Rasmus' schwarzes Haar, das nass an seinem Kopf klebte und ihn jünger wirken ließ als sonst, auf seinen entblößten Nacken, auf seine linke Hand, die in meine Richtung wies und an deren Gelenk die Plakette des Lederarmbands zu erkennen war … überallhin, um nur nicht auf die Wunde an seinem Rücken schauen zu müssen.

„Und jetzt zu dir", begann Sam gedehnt und lenkte meine Aufmerksamkeit damit wieder auf sich. Er drehte sich zu der Frau um, die immer noch an der Stelle stand, von der aus sie auf Rasmus geschossen hatte. Ihre Hände waren in den Taschen ihrer Jeans vergraben, sie schien sich hinter dem nassen Vorhang ihrer Haare verstecken zu wollen und wirkte so trotz ihrer ausgemergelten Figur und der hohlen Wangen nur wenige Jahre älter als ich.

Sam kam auf sie zu, neigte sich dann zu ihr hinunter und fuhr mit dem Zeigefinger über ihr Kinn. Es war eine fast liebevolle Geste, doch als der Blick der Frau zu ihrem

Freund hinüberhuschte, schlug Sam ihr so heftig ins Gesicht, dass ihr der Kopf in den Nacken geworfen wurde.

„Schau mich gefälligst an, wenn ich mit dir rede", befahl er scharf. „Du dachtest also, du müsstest deinen Gefährten verteidigen? Bildest du dir ein, dein oder sein Leben hätte einen anderen Wert, als mir bei der Durchführung meines Plans zu nützen? Aber ich gebe dir die Chance, diesen Fehler wiedergutzumachen. Streck die Hände aus!"

Mechanisch hob die Frau die Arme und hielt sie steif in die Luft, während Sam zu einem Rucksack hinüberging, der einige Meter entfernt halb hinter einem Felsbrocken verborgen lag. Ich kniff die Augen zusammen, um in der Dunkelheit erkennen zu können, was Sam hervorholte: Es war ein Seil, das er der Frau über die Arme hängte, bevor er den Saum ihres Kapuzenpullovers ein Stück in die Höhe zog. Erst jetzt bemerkte ich, dass sie einen Klettergurt um die Hüften trug, in den sie die Pistole geschoben hatte. Sam achtete allerdings überhaupt nicht auf die Waffe; offenbar war er davon überzeugt, dass seine unfreiwillige Gehilfin für ihn keine Gefahr darstellte. Sorgfältig befestigte er das Seil an dem Gurt und überprüfte danach ausgiebig den Knoten.

„Das sollte reichen", sagte er schließlich, und der spöttische Unterton verriet, dass er vollends davon überzeugt war, wieder Herr der Lage zu sein. „Nicht *ich* werde derjenige sein, der für dein bedauerliches Ende die Verantwortung trägt." Während er sprach, rollte er das Seil ganz aus und wand das andere Ende um den Stamm des Baumes, der kaum zwei Schritte vom Abgrund entfernt wuchs. Dann kehrte er zu der Frau zurück und legte erneut beinahe zärtlich die Hand unter ihr Kinn, sodass sie den Kopf hob und ihm direkt in die Augen sah. Nach wenigen Sekunden setzte sie sich abrupt in Bewegung und marschierte bis an den Rand der Felskante, wo sie erneut in eine Starre verfiel. Sam hatte sie zufrieden dabei beobachtet; nun wandte er sich Rasmus zu, der das Bewusstsein immer noch nicht wiedererlangt hatte. Mit einem angeekelten Laut ergriff Sam ihn an der blutverschmierten Schulter und wälzte ihn grob auf den Rücken. Rasmus' Kopf rollte kraftlos zur Seite, doch Sam zerrte ihn an den Haaren wieder herum und gab ihm dann zwei kräftige Ohrfeigen. Obwohl ich wusste, dass er ihn damit nicht verletzen konnte, stieg ein Schluchzen in meiner Kehle hoch. Der Mann hinter mir machte Anstalten, mir erneut den Knebel in den Mund zu schieben, aber Sam winkte ab:

„Lass das. Für die folgende Vorstellung werden wir ihr Jammern gut gebrauchen können."

Er verpasste Rasmus noch einen letzten Schlag, danach richtete er sich auf und sah sein Opfer abwartend an. Gleich darauf erkannte auch ich, dass Rasmus sich bewegte: Ganz langsam zog er die Arme an den Körper, stützte seine Hände auf dem schlammigen Boden ab und stemmte sich schließlich mit einem leisen Stöhnen hoch. Einen Moment lang schien er nicht zu wissen, wo er sich befand; dann flog sein Kopf herum, und seine Augen suchten mein Gesicht.

„Keine Sorge, ihr geht es wahrscheinlich besser als dir", ließ Sam sich vernehmen, „und es liegt bei dir, ob das so bleibt. Ich würde dir also raten, keine Dummheiten zu machen, oder niemand wird deine Freundin mehr als hübsch bezeichnen können."

Rasmus hatte bereits Anstalten gemacht, aufzustehen, doch bei Sams Worten erstarrte er mitten in der Bewegung und sank dann wieder auf die Knie.

„Was soll ich tun?", fragte er so leise, dass seine Stimme kaum bis zu mir drang. Dabei hielt er den Blick auf seine Hände gerichtet, als fürchtete er sich vor Sams Reaktion, wenn er mich auch nur ansah.

Ohne Rasmus aus den Augen zu lassen, trat Sam zu der Frau hinüber, die so weit vorne auf der Felskante stand, dass ihre Fußspitzen darüber hinausragten. Beiläufig ließ er eine Hand über ihren Rücken gleiten, während er freundlich erwiderte: „Auf einmal so kooperativ, Raziel …? Lily scheint völlig neue Seiten an dir zum Vorschein zu bringen. Muss Liebe schön sein!"

Damit stieß er die Frau in den Abgrund.

Entsetzt schnappte ich nach Luft, als das Seil sich straffte, und ich befürchtete schon, es würde ebenfalls in der Tiefe verschwinden – doch der Knoten um den Baumstamm hielt. Einige Atemzüge lang herrschte eine unheimliche Stille. Ich starrte auf das gespannte Tau direkt neben Rasmus' Kopf, das sich überhaupt nicht bewegte, nicht einmal vibrierte. Die Frau hatte während des Fallens nicht das leiseste Geräusch von sich gegeben, und auch jetzt war nichts von ihr zu hören. Die Vorstellung, wie sie schweigend und reglos dort unten zwischen Himmel und Erde hing, bereitete mir Übelkeit, und Rasmus schien es ähnlich zu gehen: Obwohl er immer noch an derselben Stelle auf dem Boden kauerte, hatte er sich unwillkürlich nach vorne gestreckt, um nach der Frau Ausschau zu halten.

Sam war unterdessen einige Schritte zurückgetreten und zwischen Rasmus und mir stehen geblieben. Er hatte die Daumen in die Gürtelschlaufen seiner Jeans gehakt und den Kopf schiefgelegt, als verfolgte er ein mäßig spannendes, aber zumindest recht unterhaltsames Schauspiel. Schließlich räusperte er sich demonstrativ und erklärte gelassen: „Nur damit es keine Missverständnisse gibt: Im Moment ist meine Gehilfin völlig sicher, und ich werde dir auch nicht befehlen, das Seil zu zerreißen. Was auch immer du tust, es liegt ganz bei dir – so wie es in meinen Händen liegt, was mit Lily passiert."

Rasmus' Schultern unter dem blutigen T-Shirt verkrampften sich bei dieser Drohung. Er hatte sich halb von mir abgewandt, aber was ich von seinem Gesicht erkennen konnte, sah so gequält aus, dass ich es nicht länger aushielt.

„Hör nicht auf ihn", keuchte ich, „er kann mich nicht töten, und bestimmt darf er auch keinen Menschen dazu manipulieren!"

Der Mann im Kapuzenpullover drückte meine Arme noch fester zusammen, um mich zum Schweigen zu bringen, doch Sam zuckte nur unbeeindruckt die Achseln.

„Danke, dass du mich daran erinnerst", sagte er, ohne sich auch nur zu mir umzudrehen, „schon wieder. Ich habe meinem Gehilfen natürlich entsprechende Instruktionen gegeben, oder hältst du mich etwa für einen Unmenschen? – Halt", fügte er schnell hinzu, als hätte ich überhaupt vorgehabt etwas zu sagen und als müsste er mich unterbrechen, „beantworte das nicht. War etwas unglücklich formuliert. Jedenfalls hat dieser Mann den Auftrag bekommen, dich auf keinen Fall zu töten, aber alles andere überlasse ich ihm und seiner Kreativität. Zum Glück ist der menschliche Körper ja mit zahlreichen entbehrlichen Teilen ausgestattet; zum Beispiel wirst du sicher auch gut mit dem einen oder anderen Finger weniger auskommen. Oder was ist mit diesen hübschen grauen Augen …"

Rasmus zuckte zusammen, und im nächsten Moment hatte er eine Hand um das gespannte Seil gelegt. Er ballte die Faust, richtete sich ein wenig auf, während er auch den anderen Arm hob – und riss seine Hand wieder zurück, als hätte er sich verbrannt.

„Du hast doch nicht etwa moralische Bedenken, oder?“, höhnte Sam, doch diesmal wirkte seine Belustigung gespielt. Ich hatte genau gesehen, wie er sich während Rasmus' Ausbruch erwartungsvoll vorgebeugt hatte, und nun fiel es ihm sichtlich schwer, wieder seine selbstbewusste Pose einzunehmen. „Diese Frau wollte dich umbringen, ohne dass ich es ihr befehlen musste. Du schuldest ihr kein Mitleid, keine Gnade. Wahrscheinlich tust du der Welt sogar einen Gefallen damit. Tritt als Held ab!“

Rasmus antwortete nicht. Er hatte den Kopf tief zwischen die Schultern gezogen, und es war schwer zu sagen, ob er sich wie eine Raubkatze zum Sprung bereitmachte, oder ob er sich unter der Last von Sams Worten zusammenkrümmte. Als er sich nach einigen Sekunden immer noch nicht gerührt hatte, machte Sam eine ungeduldige Bewegung mit der Hand; weil er dabei seinem Gehilfen und mir weiterhin den Rücken zugekehrt hielt, nahm ich an, die Geste würde Rasmus gelten.

Der scharfe Schmerz an meinem Oberarm kam so unerwartet, dass ich einen Schrei nicht unterdrücken konnte. Instinktiv warf ich mich nach vorne, sodass die Klinge des Messers wieder aus der Wunde glitt und Sams Gehilfe sich darauf konzentrieren musste, mich festzuhalten. Erschrocken über meine Unbeherrschtheit sah ich zu Rasmus hinüber, und er erwiderte meinen Blick – diesmal umklammerte er das Seil bereits mit beiden Händen –, dann zerrte mich der Mann wieder näher an sich heran. Mit aller Kraft versuchte ich mich von dem Messer wegzulehnen, das er erneut erhoben hatte; dabei fragte ich mich benommen, ob ich mir den nächsten Schmerzenslaut würde verbeißen können. Innerlich versuchte ich mich darauf vorzubereiten, dass der Mann ein zweites Mal zustach … doch nichts geschah.

Ich blinzelte den Tränenschleier weg und sah mich vorsichtig um. Sam stand abwartend da, wie eingefroren in einer Haltung, die von seinem Gehilfen perfekt gespiegelt wurde. Beide hatten die Augen gebannt auf Rasmus gerichtet, als rechneten sie damit, dass er jeden Moment handeln würde; doch stattdessen starrte er mich immer noch an, die Lippen zu einem blassen Strich zusammengepresst. Eine Mischung aus Verzweiflung und Hoffnungslosigkeit spiegelte sich auf seinem Gesicht. Ihn so zu sehen, erschreckte mich noch mehr, als es die plötzliche Wandlung von Sam getan hatte: Der Rasmus, den ich kannte, war niemals passiv oder resigniert oder ratlos gewesen … und auf einmal begriff ich, dass es diesmal an mir war, einen Ausweg zu finden.

Ganz langsam, um niemand anderen als Rasmus auf mich aufmerksam zu machen, drehte ich den Kopf so weit zur Seite, wie ich konnte; dann zog ich den verletzten Arm über meine Kehle. Als ich fühlte, wie das Blut auf mein Schlüsselbein tropfte, sah ich an Sams Rücken vorbei wieder zu Rasmus, und ich hoffte, dass er mitspielen würde, dass er *verstand … bitte …*

Rasmus stieß einen Schrei aus, der so echt und so entsetzt klang, dass ich ein schmerzhaftes Ziehen in der Brust spürte. Sam fuhr herum. Im selben Moment ließ ich meine Beine einknicken und fiel gegen den Mann hinter mir. Mein Kopf kippte zur Seite, sodass mir die Haare über das Gesicht rutschten und in der warmen Nässe auf meinem Hals kleben blieben.

„Was", begann Sam dumpf, doch nach einem heftigen Atemzug wurde seine Stimme beinahe schrill: *„Was hast du getan?!"*

Die Worte des Gehilfen waren verschwommen und schwer zu verstehen, als er beteuerte: „Ich weiß nicht, was passiert ist, ich hab gut aufgepasst, ich weiß nicht, ihr Hals … ich hab nicht …“

„Hat sie einen Puls?“, unterbrach Sam ihn schneidend. Der Mann bemühte sich zu antworten, brachte allerdings keinen kompletten Satz mehr heraus. Plötzlich ließ er mich los, sodass ich unsanft auf dem Boden landete, und ich erkannte, dass Sam ihn aus dem Weg gestoßen hatte. Ich versuchte, nicht auf das Brennen in meinem rechten Arm zu achten und außerdem ganz flach zu atmen, doch Sam schien ohnehin zu aufgebracht, um das Heben und Senken meines Brustkorbs zu bemerken. Er umfasste mein Handgelenk und bohrte seine Finger in meine Haut, aber sie zitterten so stark, dass er nichts fühlen konnte. Fluchend wich er wieder zurück und begann auf seinen Gehilfen einzureden, die Stimme verzerrt vor Panik.

Ich öffnete meine Augen einen Spalt breit und spähte zu Rasmus hinüber, der sich inzwischen auf die Knie aufgerichtet hatte. Ein frisches Rinnsal Blut sickerte durch sein T-Shirt, als sich seine Muskeln anspannten. Mit einem kräftigen Ruck zog er das Seil nach oben, er griff mit der anderen Hand nach – Sam war immer noch damit beschäftigt, seinem Gehilfen Verwünschungen an den Kopf zu werfen – dann tauchte die Frau am Rand des Abgrunds auf. Teilnahmslos wie eine Puppe ließ sie es mit sich geschehen, dass Rasmus sie auf den festen Boden hievte und seine Hände um ihr Gesicht legte. Es war nichts zu hören; ich wusste nicht, ob Rasmus überhaupt laut gesprochen oder ob Sams wütende Stimme seine Worte übertönt hatte, aber kaum mehr als zwei Sekunden später kam plötzlich Leben in die Frau. Im selben Augenblick, als Sam sich zu Rasmus umwandte, stürzte sie an ihm vorbei und entlang der Felskante davon. Reflexartig setzte Sam sich in Bewegung, um sie zu stoppen. Sein Fehler wurde ihm bereits bewusst, nachdem er nur wenige Meter hinter sich gebracht hatte, aber das genügte.

Rasmus hatte mich gepackt und lief mit mir auf den Weg zu, der von der flüchtenden Frau weg und ins Tal führte. Nach wenigen Serpentinen verließ er den Pfad und rannte über das lose Geröll steil bergab. Ich befürchtete schon, dass wir zusammen in die Tiefe stürzen würden, als er abrupt bremste. Er schob mich in eine Furche in der Felswand und legte die Arme um mich, als könnte er mich mit seinem Körper gegen jegliche Gefahr abschirmen. Eine Weile vernahm ich nur seine mühsam gedämpften, hastigen Atemzüge, während wir beide in die Finsternis lauschten.

„Kannst du ihn hören?", formte ich schließlich mit den Lippen.

Rasmus schüttelte den Kopf. „Er zögert noch", antwortete er fast lautlos. „Einer seiner Sklaven ist fort, und die Polizei kann jeden Augenblick hier sein. Die Chancen stehen nicht allzu gut für ihn."

„Dann lass uns von hier verschwinden!", drängte ich, doch Rasmus hielt mich zurück.

„So einfach ist das nicht. Wir können ihm wahrscheinlich für heute entkommen, aber was dann? Samael wird nicht aufgeben, das liegt nicht in seiner Natur. Irgendwann wird er einen neuen Versuch starten, und dann gelingt es mir vielleicht nicht, dich zu befreien. Und wer weiß schon, was er mit der Frau anstellen wird, falls er sie erwischt? Oder mit dem Mann, der immer noch unter seinem Einfluss steht? Nein, Lily, ich muss versuchen, ihn endgültig zu stoppen."

„Und wie willst du das schaffen?"

Er sah mich lange schweigend an. Dann drehte er sich weg, und ich konnte gerade noch einen Blick auf den Gegenstand erhaschen, den er dabei hinter seinem Gürtel hervorzog.

„Nein!" Beinahe grob riss ich Rasmus wieder zu mir herum. Sams Pistole sah in seiner Hand so falsch, so grotesk aus, dass ich vor Entsetzen zu flüstern vergaß. „Tu das nicht, bitte, Rasmus, *das kannst du nicht machen!*"

Behutsam, aber unnachgiebig löste sich Rasmus aus meiner Umklammerung. „Doch, ich kann", sagte er, und ich merkte, wie sehr er sich anstrengte, um seine Worte fest klingen zu lassen. „Es hat sich doch vorhin herausgestellt, dass es möglich ist, einen Gefallenen zu töten."

„Aber ich will nicht, dass du so ein Opfer für mich bringst! Und ich will nicht, dass du mich zurücklässt, begreifst du das denn nicht?!"

In Rasmus' Gesicht zuckte es einmal, doch dann hatte er sich wieder unter Kontrolle. Trotzdem schien er mir nicht in die Augen sehen zu können, als er entgegnete: „Und wenn ich hierbleibe, was soll ich für dich sein? Ein Freund, der dich nicht beschützen kann? Der dabei zusieht, wie du überfallen wirst, oder wie du von einer Katastrophe des Alltags in die nächste stolperst? Das ist nichts. *Ich* bin nichts für dich."

„Du musst mich gar nicht beschützen", beteuerte ich, und meine Stimme brach am Ende des Satzes weg. „Ich werde eben besser auf mich aufpassen!"

„Sagte sie, als meinte sie es ernst."

„Sie meint es auch ernst! Und wie!" Jetzt rollten mir die Tränen über die Wangen, während mein Mund automatisch ein zittriges Lächeln formte, um sein schiefes Grinsen zu erwidern.

Rasmus legte mir die Hände auf die Schultern und beugte sich ein wenig vor, bis seine Augen mit meinen auf einer Höhe waren. „Hör mir zu", sagte er eindringlich. „Du läufst den Weg hinunter, so weit, wie es dir sicher erscheint. Jetzt, bei Mondlicht, sollte der Abstieg etwas einfacher sein. Dann versteckst du dich und wartest auf die Polizei. Hast du verstanden?"

Ich presste die Lippen zusammen, um ein Schluchzen zu unterdrücken.

„Hast du verstanden, Lily?"

Stumm senkte ich den Kopf. Rasmus setzte sich in Bewegung, doch nach einigen Schritten wandte er sich noch ein letztes Mal zu mir um und befahl: „Lauf!"

Ich brachte es nicht über mich, ihm dabei zuzusehen, wie er davonging. Stattdessen starrte ich weiterhin auf meine schlammbedeckten Turnschuhe, und als es mir endlich gelang, den Blick zu heben, hatte die Dunkelheit Rasmus bereits verschluckt. Trotzdem glaubte ich immer noch seine Stimme zu hören – *„Aus purem Egoismus und in der Hoffnung, dass vielleicht doch alles gut geht …"* – und ich wusste, dass er Recht hatte. Ich konnte nicht zulassen, dass jemand erneut zur Figur in Sams Spiel wurde; ich musste es beenden. Auf einen Schlag sah ich meinen Weg vor mir, so klar, dass ich mir der Folgen schmerzhaft bewusst wurde und gleichzeitig den nötigen Mut fand, um trotzdem zu handeln.

Ich holte noch einmal tief Luft. Dann begann ich zu laufen … allerdings hinter Rasmus her.

Zuerst bemühte ich mich noch, möglichst leise aufzutreten, aber bald hetzte ich den Pfad entlang, ohne auf den Schotter zu achten, der unter meinen Turnschuhen hervorspritzte. Einmal rutschte ich auf dem nassen Boden aus und wäre beinahe auf die Knie gestürzt, doch es gelang mir gerade noch, mich mit den Händen abzufangen, und schon kletterte ich weiter, das Hämmern meines Herzens in den Ohren. Erst als sich meine Atemzüge allmählich in ein qualvolles Japsen verwandelten und ich einen stechenden Schmerz zwischen den Rippen fühlte, verlangsamte ich meine Schritte. Inzwischen war ich beinahe am Ziel. Obwohl meine Jacke vom Regen völlig durchtränkt war, spürte ich, wie mir der Schweiß den Rücken hinunterrieselte, während ich den Rest des Weges hinaufkroch. Ich streckte die Arme aus, um mich das letzte Stück hochzuziehen – da hörte ich die Stimmen.

Sofort duckte ich mich wieder und spähte vorsichtig über den Rand der Felskante.

Rasmus hielt die Pistole auf Sam gerichtet, der wenige Meter von ihm entfernt stand und die Hände wie im Scherz erhoben hatte.

„Das schaffst du nicht", sagte Sam gerade, und es hörte sich fast amüsiert an. „Dafür bist du viel zu edel – oder nennen wir es lieber: schwach?"

„Erinnerst du dich daran, was du über meine neuen Seiten gesagt hast?", gab Rasmus zurück.

„Trotzdem wirst du das nicht übers Herz bringen. Du kennst mich seit einer Ewigkeit!"

„Und es kommt mir sogar viel länger vor." Rasmus' Tonfall klang hart, aber ich fühlte, dass Sam mit seiner Vermutung richtig lag: Zwar hielt Rasmus die Pistole immer noch auf Sams Brust gerichtet, doch dabei wirkte er eher starr als entschlossen. Im Licht des Mondes sah er sehr blass aus, und während er auf eine Antwort wartete, biss er die Zähne zusammen, sodass seine Kieferknochen deutlich hervortraten.

Sam lachte leise, und ich war mir sicher, dass er es nicht vortäuschte. Obwohl nicht er derjenige in Besitz einer tödlichen Waffe war, schien er dasselbe Vergnügen zu empfinden wie eine Katze, die mit einer Maus spielt. „Dir ist schon klar, dass das für dich die Verbannung zu den Schatten bedeuten würde, oder?", erkundigte er sich. „Ich glaube nicht, dass du dich da unten wohlfühlen könntest –

wie ich gehört habe, trifft man dort auf wirklich unangenehme Zeitgenossen."

„Dann wirst du mir also nicht allzu sehr abgehen", konterte Rasmus ohne zu zögern.

Sam nickte nur langsam, als hätte er mit keiner anderen Reaktion gerechnet. „Weißt du was, Raziel", sagte er ruhig, „lass uns diesen kleinen Plausch lieber beenden, bevor einer von uns noch unhöflich wird. Außerdem wird es allmählich spät. Also tu, was du nicht lassen kannst", er drehte Rasmus den Rücken zu, „mal sehen, wie viel Schuss du brauchst …"

Rasmus schwieg, und es schien, als würde er auf Sams Provokation überhaupt nicht reagieren. Erst nach einigen Sekunden bemerkte ich, wie sich seine linke Hand öffnete und schloss, immer wieder, während er mit der anderen so fest die Pistole umklammerte, dass sich seine Knöchel weiß unter der Haut abzeichneten. Auf einmal ging ein Ruck durch seinen Körper, und in der plötzlichen Angst, Sam und ich hätten uns getäuscht, machte ich mich bereit, aus meinem Versteck hervorzuspringen.

Dann senkte Rasmus endlich die Pistole.

Im selben Augenblick fuhr Sam herum – er musste die Bewegung gehört haben, oder vielleicht hatte er das alles schon die ganze Zeit vorhergeahnt – und machte einen Satz auf seinen Gegner zu. Noch in der Luft holte er mit der Faust zum Schlag aus. Rasmus gelang es zwar, sich rechtzeitig zur Seite zu werfen, doch dabei entglitt die Pistole seinen Fingern. Scheppernd landete sie auf dem Boden und schlitterte noch einige Meter weiter, bis sie in meiner Nähe liegenblieb. Völlig synchron begannen die beiden Jungen in Richtung der Waffe zu stürmen, aber dann versetzte Sam Rasmus im Laufen einen Stoß. Rasmus geriet ins Stolpern, und Sam hechtete nach vorne, er streckte sich schon nach der Pistole – da wusste ich, was ich zu tun hatte.

Meine Stimme hallte von den Felswänden zurück, als ich Rasmus' Namen rief; im nächsten Moment stürmte ich nach vorne, um mich dem Abgrund entgegenzuwerfen. Noch während ich lief, schien die Welt um mich herum in unzählige Splitter zu explodieren, die durcheinanderpurzelten und mich nur noch einzelne erstarrte Bilder wahrnehmen ließen: Rasmus, wie er die Arme nach mir ausstreckte, er hatte mich fast erreicht – und dann plötzlich Sam, der den Mund zu einem stummen Aufschrei öffnete, bevor er sich Rasmus in den Weg stellte. Es war zu spät, um jetzt noch zu bremsen, *zu spät,* der Schwung zog mich über die Felskante, und ich glaubte schon, die Geröllhalde auf mich zurasen zu sehen, als jemand meine Hand erwischte und mich zurückriss. Mit einem dumpfen Schlag traf Rasmus' Faust in Sams Gesicht, und zugleich wurde ich aus der Gefahrenzone geschleudert.

Mein Kopf prallte hart gegen einen Felsen. Während die Schwärze mich langsam ausfüllte, gellte in meinen Ohren der Schrei eines gefallenen Engels bei seinem letzten und endgültigen Sturz.

17. Kapitel

Am Anfang fühlte es sich so vertraut an: Es war Sonntag, und ich wurde nicht vom Klingeln des Weckers aus dem Schlaf gerissen, sondern glitt sanft vom Träumen in einen Zustand, der kein Wachsein war, sondern irgendetwas ganz kurz davor. Als die ersten Geräusche zu mir hindurchdrangen, waren sie in diesem warmen Halbschlummer wie kühle Wassertropfen auf meiner Haut: überraschend klar und nur ein ganz klein wenig unangenehm. Träge versuchte ich sie zu benennen, das Ticken einer Uhr, Wind, der an der Fensterscheibe rüttelte, vielleicht eine Stimme irgendwo. Allmählich gesellten sich jedoch Laute hinzu, die ich nicht einordnen konnte – ein merkwürdiges Piepen und das Scheppern von kleinen Rädern, als etwas über den Flur geschoben wurde – und meine Verwirrung darüber zog mich weiter an die Oberfläche. Jetzt nahm ich auch andere Sinneseindrücke wahr: Das Nachthemd, das sich um meine Beine gewickelt hatte, fühlte sich gar nicht so an wie meines; das harte Kopfkissen gehörte definitiv nicht mir, und was den Kopf darauf anbelangte – ich hätte nichts dagegen einzuwenden gehabt, wenn der ebenfalls nicht mir gehört hätte. Oder mein rechter Arm, wenn wir schon mal dabei waren. Das Gefühl von Wassertropfen auf meiner Haut wurde zunehmend von einem Pochen abgelöst, ebenfalls sehr klar, aber definitiv mehr als nur ein wenig unangenehm.

Ich verzog das Gesicht und schlug widerwillig die Augen auf. Erstaunt starrte ich auf das seltsame Metallgestell über mir und versuchte mich daran zu erinnern, wann ich meine Zimmerdecke in diesem hässlichen Beigeton gestrichen hatte.

„Frag jetzt nicht ‚*Wo bin ich*'", hörte ich eine ausdruckslose Stimme sagen, „du kannst sicher riechen, dass du in einem Krankenhaus bist."

Schwerfällig hob ich meinen Kopf, der sich ungefähr so anfühlte, als hätte er Bekanntschaft mit einem Felsbrocken gemacht – was, wenn ich es mir recht überlegte, vermutlich auch so war.

„Rasmus?", krächzte ich, und schon stand er direkt neben meinem Bett. Seine Fingerspitzen streiften flüchtig über meine Wange, als fürchtete er, mir mit einer festeren Berührung Schaden zuzufügen. Dabei sah er selbst ganz schön mitgenommen aus: Zwar hatte er seine graue Jacke übergezogen, um das getrocknete Blut auf seinem T-Shirt zu verstecken, doch seine Augen waren von dunklen Schatten umgeben und wirkten todmüde. In seinem Gesicht regte sich kein Muskel. Fast schien es, als wäre es aus Stein gemeißelt, bis Rasmus schließlich leise fragte:

„Wieso hast du das bloß getan? Ich habe niemals gewollt, dass du dich einer solchen Gefahr aussetzt."

Die Erinnerungen stürzten auf mich ein, und ich ignorierte die Schmerzen in meinem Kopf, als ich mich ruckartig aufsetzte. „Ich war bereit, dieses Risiko einzugehen!", verteidigte ich mich heftig, obwohl ich mich gleichzeitig unendlich elend fühlte. Es war vorbei, ich hatte es beendet, und er war hier, um sich zu verabschieden. Ich zwang mich, noch für ein paar Minuten die Fassung zu bewahren, und fuhr fort: „Du hattest die Wahl, mich zu retten oder Schuld auf dich zu laden, und du warst dabei, die falsche Entscheidung zu treffen. Da musste ich dir ja wohl irgendwie helfen! Aber hierzubleiben war für dich eben keine Option mehr!"

Ich sah, wie seine Schultern sich strafften. „Doch", antwortete er steif, „in dem Moment habe ich geglaubt, dass es eine Option sein könnte. Als Samael deinen Plan durchschaut hatte, war er so darauf bedacht, ihn zu durchkreuzen, dass er mich an deiner Rettung hindern wollte. Ich musste ihn aus dem Weg stoßen, um dich festhalten zu können, und dabei ist er von der Felswand gestürzt. Das konnten die Richter unmöglich ignorieren. Ich habe in diesem Augenblick gehofft, dass sie nicht wüssten, wo sie mich hinschicken sollten, und mich deshalb endgültig hierlassen würden: Ich bin kein Held, aber ich hatte auch keine andere Wahl, wenn ich dich retten wollte."

„Sam ist *tot*?", platzte ich heraus, doch Rasmus schüttelte ungeduldig den Kopf.

„Du hast doch selbst schon gesehen, dass ein Sturz aus großer Höhe für unsereins keine Gefahr darstellt, oder? Nein, Samael wird sein ewiges Leben fortführen können, aber nicht in dieser Welt. Nachdem er beinahe zum zweiten Mal einen Selbstmord bewirkt hätte, war das Maß für ihn voll, und die Richter haben ihn zu den Schatten verbannt."

Plötzlich keimte eine irrsinnige Hoffnung in mir auf. Irgendwie ergab Rasmus' Überlegung doch Sinn: Er hatte nicht tatenlos dabei zusehen können, wie ich mich in den Abgrund warf; gleichzeitig hatte er allerdings auf eine Weise gehandelt, die einem Wesen des Lichts wohl kaum zustand. Und machte das nicht einen Menschen aus – irgendwo zwischen Schatten und Licht zu sein?

Doch als ich Rasmus anblickte, schrumpfte meine Zuversicht zu einem kalten Nichts zusammen. Er hatte noch nie so ernst ausgesehen.

„Es hat nicht funktioniert, oder?", brachte ich mühsam hervor. „Für das, was du getan hast, können sie dich unmöglich bestrafen. Aber du wirst trotzdem fortgeschickt, nicht wahr? Wirst du von jetzt an ein Engel sein?"

Für einen Moment war es grauenhaft still im Zimmer. Dann nickte er. „Es ist doch nicht zu übersehen, dass du so etwas wie einen Schutzengel gebrauchen kannst, Lily", sagte er. „Aber … ich denke, diesen Job kann ich auch ganz gut als Mensch übernehmen."

Ich starrte ihn an.

Öffnete den Mund.

Und brach in hemmungsloses Schluchzen aus.

„Scheinbar beginne ich meine Aufgabe nicht allzu gut", meinte Rasmus bestürzt.

„Nein!", heulte ich. „Du hättest gerade fast einen Herzinfarkt bei mir ausgelöst!"

Rasmus stützte eine Hand neben meinem Kopf auf die Matratze und beugte sich über mich. „Tut mir leid", sagte er gedämpft, „ich dachte, ich könnte es etwas dramatischer gestalten."

Ich atmete tief durch. „Du …", hauchte ich.

„Ja?", flüsterte Rasmus zurück.

Wie von selbst wanderten meine Hände zu seinem Gesicht, und meine Finger legten sich auf seine Grübchen. „Du weißt genau, was du bist", fuhr ich fort. „Es fängt mit *Grotten* an …"

„Und du bist gerade *so was von* dabei, einen filmreifen Moment zu zerstören. Jetzt weiß ich, wie sich dieser arme Mr … Rarcy gefühlt hat."

Mein Kissen segelte an seinem Kopf vorbei und klatschte gegen die Türe, als diese gerade von einer Schwester geöffnet wurde. Ächzend hob sie es vom Fußboden auf und sah uns missbilligend an. „Also, das ist ja wirklich unglaublich", zischte sie.

Rasmus richtete sich wieder auf und schenkte mir ein extrabreites Grinsen. „Das stimmt wahrscheinlich", sagte er leise zu mir, „aber nimmst du mein Angebot trotzdem an?"

„Wir können es ja mal probieren", erwiderte ich ebenso leise, zog Rasmus am Kragen seiner Jacke zu mir herunter und beschloss, außerdem zu probieren, ob wir die griesgrämige Schwester aus dem Zimmer vergraulen konnten.

Liebe Leserinnen (und Leser – man weiß ja nie)!

Verbannt zwischen Schatten und Licht ist das erste meiner Bücher, das nicht nur meine Schwester und meine besten Freundinnen zu sehen bekommen. Deshalb bin ich natürlich umso gespannter auf euer Feedback! Besonders freue ich mich über Amazon-Rezensionen, aber auch E-Mails sind herzlich willkommen; bitte wendet euch mit euren Anmerkungen und Fragen an **kira_gembri@hotmail.com**. Ich beantworte fast alles – bloß den Inhalt von Rasmus' ganz spezieller SMS kann ich leider nicht preisgeben. Das darf ich der guten Lily einfach nicht antun!

Kira Gembri

18368880R00202

Printed in Poland
by Amazon Fulfillment
Poland Sp. z o.o., Wrocław